大清钱王

3

人情亦商机

萧盛◎著

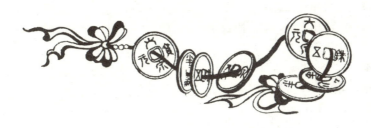

花山文艺出版社

图书在版编目（CIP）数据

大清钱王（3）：人情亦商机 / 萧盛著 . -- 石家庄 ：
花山文艺出版社，2018.7

ISBN 978-7-5511-3947-2

Ⅰ . ①大… Ⅱ . ①萧… Ⅲ . ①长篇历史小说－中国－
当代 Ⅳ . ① I247.5

中国版本图书馆 CIP 数据核字（2018）第 086230 号

书　　名：**大清钱王（3）：人情亦商机**
著　　者：萧　盛

责任编辑：李　爽
责任校对：李　鸥
出版发行：花山文艺出版社　（邮政编码：050061）
　　　　　（河北省石家庄市友谊北大街 330 号）
销售热线：0311-88643221/29/31/32/26
传　　真：0311-88643225
印　　刷：天津旭丰源印刷有限公司
经　　销：新华书店
开　　本：787×1092　1/16
印　　张：20
字　　数：320 千字
版　　次：2018 年 7 月第 1 版
　　　　　2018 年 7 月第 1 次印刷
书　　号：ISBN 978-7-5511-3947-2
定　　价：46.00 元

〔目 录〕

是时，王炽和李晓茹两人已到了西堂，只见在这所教堂的门口，躺了俞献建和另一位人犯的尸体，在这尸体的旁边则一字排开跪着李耀庭、那拉青桐和孔孝纲三人。他们手脚都被绑着，嘴里塞了块布，面朝西方，而后面便是乌黑的枪口对着他们。罗本如此安排，似乎是想让他们看着太阳落山的方向，迎接死神的到来。

王炽被清兵和洋人围在中间，脑子里嗡嗡作响。此时，再看桂良的脸，那张红润的老脸像是狡黠的狼，温和的表皮下暗藏着噬人的凶相，与他的心机相比起来，自己好比是涉世未深的毛头小孩，完全无法相提并论。

王炽环顾了一下包围着他的那些人，却没有说话，在这场对决中，他没有输给洋人，却败给了桂良，且是百口莫辩。

　　王炽叹息一声，如果把当今的朝廷比作一个果子，它已然里里外外都烂透了。可问题是他们到京城没多久，怎么会惹上内务府的人，又怎么会牵涉到军火生意上去？此案要是按图索骥继续深挖下去，说不定就能挖出一桩震动京城半边天的贪腐大案来……王炽不敢再往下想，说到底这是朝中官员跟洋人之间那些见不得人的勾当，跟他们又有什么关系呢？

　　王炽微微一怔，他知道巴夏礼说的是实话，英法联军一路从广州打到北京，气势汹汹，岂能容忍他们的使者在中国受辱？正自唏嘘间，发现于怀清转过头来，眼里精光闪闪，脸上也是神采奕奕，全无受刑前的沮丧，不觉又是一愣，投去疑惑的目光。

　　在目睹了这场惊天动地的浩劫，经历了北京的生死劫难后，王炽的心态发生了微妙的变化，尽管此时尚未查清楚内务府为何要陷害他，但他已无心理会了，国已不国，人心涣散，查这些又有何用？即便是查清楚了，又能怎样呢？就连停在港口的那艘漕运船，也暂时打发去了天津，留待后用。

　　王炽早就想到了这个结果，他托巴夏礼运茶叶，并叫他写介绍信，就是为买卖城之战而做的准备，只是没想到他们会来这里拦截。他往百里遥身后看了一眼，其所带人数有三十余众，很显然这是要绑架，其效果无异于战场上的突袭，把王炽打了个措手不及。然事到如今，想退已是不及，人家既已经出招，那么就只能硬着头皮接招了。

　　到了阿历克赛的铺子外时，李晓茹似已预感到了什么，蛾眉一动，面现紧张之色。到了里面，阿历克赛将他们带到一间屋子。这屋子前后不着院，光线照不进来，昏黄的灯光下，只见在一处墙角下坐了一人，长得浓眉大眼、虎头虎脑的，虽说光线昏暗，没办法看清楚他的面目，但李晓茹还是一眼就认出了他来。

　　因有了前车之鉴，为防同行打压，王炽想了两条计策应对，一是雇用俄国本地人当伙计，在前台打理；二是在进货渠道上，分成明暗两条线，明线即是彼得堡的伊万，故意把消息透露出去，要与伊万合作，以吸引刘劲升等人的注意；暗线是伪装成京津都的驼队，将货运送过来，秘密通过阿历克赛，输入恰克图。

许春花估计是未曾面对过这样的大场面，明显有些慌神，她恐慌地望了眼于怀清，然后又在大堂内扫了一眼，这才战战兢兢地道："是我……一时糊涂，在你们的茶叶里掺了鸦片……我只是想帮主子，若是你们要责怪，就怪在我一人头上，放了我的主子吧！"她起先还有些结巴，说到主子时，眼里已涌出泪来。

一夜未眠的王炽眼里布满了红丝，晨曦落在他的脸上，苍白的脸满是懊恼。从天津到买卖城，李晓茹跟着他吃了许多苦，受了许多的罪，还曾在他最困难的时候拿出银子来救济，在俄国的生意她更是忙里忙外、日夜操劳，她虽然脾气不好，爱嫉妒吃醋，可这一切皆是因为她对眼前的男人缺少安全感，如果你不气她，不拿话激她，她岂能让人劫了去？

看着那黑底烫金的招牌，听着噼里啪啦不停炸响的鞭炮，王炽站在店铺的门口，心情久久难以平静。为了这一日，他几经风雨，历经劫难，九死一生，然而他相信，这一切都是值得的，从今日起，他的人生将是另一番模样，他要带着自己的商号，在重庆落地生根，将之做大做强，有朝一日真正地成为一块金字招牌！

王炽沉默了，他知道李晓茹说的是实话。自从替付少华垫付了那三万两的缴解银后，他便在无意间卷入了这场朋党之争，加上地方商人私人恩怨的推波助澜，他王炽已无法从那泥潭中脱身出来，眼下唯一的可行之计是，只能在这场杀人不见血的暗斗中去寻找生机。

知己知彼，百战不殆，战争如此，生意也是如此。王炽料到了顺天军与捻军间的矛盾和隔阂，却不知道蓝大顺的为人和谋略，在看到杨大嘴连夜出现之时，不由喜上眉梢。按照他的计划，只要起义军肯上钩，清军的粮饷问题自是可以迎刃而解，还打算通过生意手段，一步一步加深他们的内部矛盾，襄助清军作战。王炽怎么也不曾想到，一着疏忽，将酿成大错。

"不出意外的话，清军即将迎来一场大捷。"王炽的目光从于怀清身上移开，落向门外，当他站在胜利者这边时，突然想起了魏元，那个父亲被杀，承受着巨大痛苦和仇恨的人，他知道当站在高处，去同情或怜悯一个人的时候，对受害者而言，同样也是一种伤害，可越是作如此想，心中越发愧疚，魏元不该死，更不应该死在顺天军的刀下。

　　王炽静静地听着，慢慢地回过味来。如果李晓茹所说之事真的会发生，那么朝廷必会干预整饬盐场，朝廷会如何整饬呢？从当前的形势来看，国库空虚，连军饷都发不出来，那么盐场的整饬必是官管商行，至于谁敢去接手那千疮百孔的烂摊子，就要看你有没有勇气和信心了。

　　李晓茹银牙一咬，抬头向着明月吐了口气，心说：王小贩子啊王小贩子，本大小姐虽说不上叱咤风云，可在昆明也是要风得风，要雨得雨，后来跟着你走南闯北，出生入死，尽管吃尽了苦，可这一路上来也说得上是运筹帷幄，替你挡灾消难，谁能想到你我良缘未成，不曾看到苦尽甘来的美满，却要为你献身捐躯了！

第一章

中圈套王炽落局　脱危境绝地反击

　　过了亥时，众人都已睡去了，王炽却辗转反侧，无法入眠，索性便起了床，搬了把椅子坐到窗前，望着天上的那一轮明月发起呆来。

　　所谓月是故乡明，在王炽的眼里，北京的月亮虽也明亮，却显得有些清冷，少了些暖意。他突然间想起了母亲，那微微佝偻的身子，那苍老的布满风霜的脸，在月光下倒映出来，清晰地浮现在他的面前。

　　他知道母亲对他是寄予了厚望的，她把所有的陪嫁首饰变卖了给他做生意，颇有些孤注一掷的意味。他有时候甚至担心，如果把这笔钱亏了，身无分文了，该如何向母亲交代？所以在母亲把那一笔银子交到他手里的时候，他亦是孤注一掷，咬牙发誓，一定要做出番事业来，出人头地，给母亲一个交代。

　　思及此，王炽轻轻地叹了口气，心说，母亲啊，儿在这乱世之中，虽九死一生，如今好歹也赚下了些资本，待有一天儿子稳定了下来，一定把你接过来，安享晚年！

　　思绪飘飞时，夜空中突地寒光一闪，一道利器破风而来，王炽大惊之下，连人带椅倒在地上。与此同时，只听"笃"的一声，一把匕首钉在窗户上，刀柄颤动，兀自嗡嗡作响，刀尖处还捎了张纸。王炽心头突突直跳，小心翼翼地起身，探出半个身子往外面看了看，确无异状后，这才伸手将那匕首拔了下来，取出那张纸来看，只见上面潦草地写道：李耀庭、那拉青桐被押往西堂问斩，性命堪忧。

王炽推开门，跑到隔壁于怀清的房间，将他叫了起来，把刚才的事说了一遍。于怀清捏着纸条，眉头一皱，道："我们在北京并无熟人，更没人知道我们在此落脚，怎会有人给我们传达信息？"

王炽也是百思不得其解："不妨先去查探一下，如果事情属实，那么就可以断定送信之人是友非敌。"

于怀清点点头，出去把席茂之三兄弟叫了来，吩咐俞献建、孔孝纲两人去西堂查探，并叮嘱道："如果李将军和那拉小姐真被扣押在西堂，速回来禀报，切不可鲁莽行动。"

两人应是，转身要出去时，突听席茂之叫道："且慢！"

于怀清转头问道："怎么？"

"为什么会有人知道我们在此入宿，又为什么会有人给我们送信，是出于何等目的？这些问题我等一无所知，须防那是个陷阱。"席茂之眉头一扬，道，"你俩到了西堂后，不妨留一人在外接应，以防不测。"

王炽深觉有理，道："席大哥所虑极是，到了那边后务必小心行事。"

西直门的这座圣衣圣母院并不大，在北京的四大天主教堂中属最小的一座。然它小虽小，那高高的尖塔耸立于众多传统建筑中，傲世而独立，自是与众不同，特别是在夜色里看来，更是显得孤傲高冷。

俞献建和孔孝纲抵达教堂外围的时候，放眼望去，一个人影也没有，好像这幢洋建筑与北京城一起沉睡了。俞献建道："三弟，你在这里给我策应，我进去看看。"孔孝纲想阻止时，他已然往前扑了出去。

孔孝纲山贼出身，乃是经历过大风大浪之人，可今晚看着这座奇形怪状的洋建筑时，不知为何，只觉心里发怵，仿佛那是一头蛰伏着的冷血的凶兽，随时都会张开血盆大嘴吞噬他们，下意识地握紧了手里的那口刀。再次看向前方时，俞献建已到了教堂门外，侧着耳朵听了下动静，把手一伸，要去推门。

谁也不知道门里面究竟是什么，孔孝纲的心立时揪紧了。

俞献建伸手一推，那门居然是虚掩着的，一推便被推了开去。与此同时，一道灯光由里往外射将出来，照亮了门外的那块区域，亦落在了俞献建的身上。

这时候，孔孝纲看到他二哥的身子似乎微微地战栗了一下，然后便如泥雕木塑似的站在原地不动了。

孔孝纲发现他好像被教堂里的什么东西吓着了，忘了动弹。

是什么让二哥如此惊恐？孔孝纲发现自己的呼吸越来越快，心头咚咚直响，倏地把钢牙一咬，心想不管里面是什么东西，爷爷今晚遇神杀神，见鬼杀鬼！寻思间，正要举了刀往前时，突听教堂里面传来一个洪亮的声音："既然来了，何不进来叙叙？"

俞献建动了下身子，同时朝孔孝纲的方向望了一眼，向他使了个眼色，然后便往里走了进去。

孔孝纲未曾看懂他的眼色，也不愿去细想，即便里面是地狱，他也不能丢下兄弟独自偷生，把刀一扬，发足奔了过去。

俞献建的脸色变得越发难看了，蓦地一声大喝："给老子滚回去！"可越是如此，孔孝纲就越是要往前冲，他不能不明不白地走了，更不能让二哥不明不白地死在这地方……

一个时辰过去了，客栈里王炽等人的心情越来越沉重。此时李晓茹、杜元珪两人亦被惊动，与大家坐在一起，五人均是沉着眉头，未发一言。

席茂之站在门口，紫糖色的脸略有些发黑，夜风轻拂着他那浓密的胡须，让这高大魁梧的汉子看上去多了层忧郁的色彩。

"我不该让他们去的，这是个陷阱。"席茂之转过身来，脸色铁青地道，"我那两个兄弟肯定落在对方手里了。"

"以他们俩的身手，寻常人决计近不了身，那小小的教堂里究竟埋伏了何方神圣？"杜元珪刀一样的眉毛一挑，道，"我去看看！"

"且慢！"于怀清道，"这恐怕是个精心设计的局，专等着我们去跳，去了也是有去无回。"

"若是不去救，我兄弟的性命只怕就没了。"饶是席茂之老成持重，也不由得急了，"我们总不能在此坐等吧？"

王炽知道他们兄弟间的感情，更清楚他们的山头是因了自己而被剿的，他曾经在他们面前发誓，只要有他王炽一口饭吃，便也有他们的一口。现在俞、孔两人身处险境，岂能见死不救？思忖间，看了眼席茂之，道："还是让杜将军走一趟吧，当务之急是要摸清对方究竟是什么人，李将军他们到底在不在他们手里，没摸清楚这些，我们无异于瞎子，只有坐以待毙的份儿。"

"我也去。"席茂之沉着脸道。

"席大哥，你现在的情绪不宜行动。"王炽道，"有时候人多了，未必是好事。"席茂之焦躁地走到一张椅子上坐下，算是默认了。

杜元珏背着九环刀出发了，但他没有行动，而是在教堂外面埋伏了下来。他此行的任务是伺机暗杀王炽，所以他不可能为王炽的事情去拼命。然旁观者清，有些事情冷静地处理，反而能收到意想不到的效果。

约到半夜时分，万籁俱寂，估计北京的百姓都已进入了梦乡。霍然，教堂内传来几声叫喊，且挟带了几句咒骂声。杜元珏眉头一动，眼里的精光亦随之一闪，他听得出来，那是李耀庭和孔孝纲的声音。由此可以揣测，李耀庭确实在里面，而且身处险境。那么是谁把他们抓去的呢？

应该是洋人。杜元珏心想，除了洋人外，没人敢在教堂里这么胡作非为。但在没有亲眼看到之前，他还不敢轻易离开，这是战场上锻炼出来的冷静，在残酷的斗争中不容许假想或者假设。

正自寻思间，教堂的门突然打开了，出来四个清兵，两人负责警戒，而另两人则拖了两具尸体出来。

看到这个情景，饶是杜元珏沉着冷静，亦不由得大吃一惊。里面怎么还有清兵，莫非这是朝廷和洋人联合起来的一场行动？如果真是这样的话，为何要把王炽拉下水？思忖间，清兵已将尸体丢弃在路边。杜元珏定睛一看，周身大震，那两具尸体有一具他不认识，而另一具却分明是俞献建！

俞献建被他们杀了！

杜元珏握紧了拳头，身体不由自主地颤抖起来，背后的九环刀因了身体震动的缘故，发出了一声轻微的脆响。虎目一转，见那四个清兵转身要返回教堂，他拾起两枚石粒，手臂一扬，呼啸着飞射出去。

"笃、笃"两声闷响，两个清兵应声而倒，另两人个清兵大吃一惊，厉喝一声，举目四望，然茫茫黑夜，杳无人迹，静得好像刚才的事没发生过一般。自己的人被杀了，却连敌人的踪影都不曾见着，清兵知道附近有高手埋伏着，不敢逗留，转身就跑。

与此同时，教堂内传来一阵杂沓的脚步声，一支洋枪队端着枪拥了出来，迅速地站作一个四方形，枪指四方，严阵以待。

看到这个阵势，杜元珪嘴角一斜，他现在终于明白俞献建和孔孝纲是如何被捕的了，当下转了个身，悄无声息地退了出去。

教堂内，孔孝纲、李耀庭和那拉青桐的嘴都被塞了起来，分别绑在三根柱子上。此时，孔孝纲的眼睛红得像要喷出火来，把一张圆脸涨成猪肝色，恨不得扑上去撕碎了前面的那个洋人。

在教堂的上首，坐了两个人，都是神情肃然，面色凝重。右首那位正是东阁大学士桂良，负责交割清帮的三名人质事宜。左首那位是个清瘦的洋人，三十余岁的样子，浅金色的头发，目光深邃，高挺的鼻梁上挂了副金丝边的眼镜，分明是欧洲贵族子弟，坐在那里，高贵冷峻，甚至有些不近人情。

此人叫罗本，是美国的驻外使节，负责处理洋教士被杀一案。与罗本比起来，桂良的长相显得亲切许多，虽已到了古稀之年，须发花白，但脸色红润，颇有些鹤发童颜的飘逸之风。只是他眉毛与眼睛的距离较常人拉得远，看上去让人觉得有些怪异。

罗本修长的眉毛一挑，深邃的目光望着教堂门外，"清帮的高手出动了！"

桂良瞟了眼被绑在柱子上的李耀庭等三人，他知道这三人并非清帮的帮众，不过是替死鬼罢了，而刚才在外面的动手之人，也极有可能不是清帮的人，却又不便说破，冷哼道："罗本先生，你到底要杀多少人才肯善罢甘休？"

"桂大人以为这几个人的命就能抵消传教士被杀一事了吗？"

桂良两眼一眯，愤懑之色溢于脸上："以清帮五人的性命，莫非还抵不了贵国三条人命吗？"

罗本冷冷一笑，用眼角的余光瞟向桂良："当然抵不了！"

桂良霍地起身："那么罗本先生到底想要怎样？"

"要你们的皇帝亲自出来赔罪。"罗本慢慢地站起身来，与桂良并肩而立，"然后下旨准许我国传教士自由活动，并保护他们的人身安全。否则的话，只要涉及此案的，我要将他们斩尽杀绝。"

桂良怒视着他道："如此看来，罗本先生无视于本官今晚的诚意了？"

"诚意不够。"罗本白色的脸上露出一抹冷峻的笑，"我要看到你们更高的诚意。"

桂良看着他不可一世的样子，却又奈何他不得，只得隐忍着怒气道："那么这三人你要如何处置？"

"先放着。"罗本道，"钓更大的鱼。"

"哦？"桂良道，"莫非罗本先生料到了会有更大的鱼上钩？"

"当然！"罗本沉声道，"他们已经朝这边过来了。"

桂良暗自一怔，疑惑地往李耀庭、那拉青桐身上看过去，最后把目光落在孔孝纲身上，心想此人到底是何身份，为何要掺和此事？看罗本胸有成竹的样子，莫非他已经知道后面来的两人，不是清帮的？刚才外面的那人杀了两名士卒后，便再没现身，难道说此案的背后另有隐情？

"本官预祝罗本先生能钓到更大的鱼，恕不奉陪了，告辞！"言落间，拂袖出来，带着自己的人马离开了西堂。

王炽等人听了杜元珪的讲述后，客栈的氛围一下子沉重了起来。这居然是朝廷与洋人合伙设下的阴谋，初到京城，到底是哪个要置他们于死地，如此做的目的何在？

突然，哗啦啦一声巨响，席茂之掀了张桌子，悲戚地道："二弟啊，你我兄弟，落山为寇，多少凶险都一起走过来了，没想到你竟会命丧洋狗之手，大哥未能护你周全，大哥有罪啊！"

看着席茂之痛不欲生的样子，王炽心头大痛，起身过去，扑通跪倒在席茂之面前："若说有罪，王四罪该万死。三位哥哥本是山中的大王，自由自在，却因我而被剿了山头，后又受我撺掇，流浪江湖，一路从昆明跟着我来了北京，辗转几千里路，风餐露宿，不曾享过什么福，反倒让二哥赔送了性命，王四罪该万死啊！"

席茂之痛叹一声，扶了王炽起来："王兄弟，三弟尚在洋狗手里，我这就去救他出来，你等不必跟来了，免得受了牵累。"

"席大哥还当我是兄弟吗？"王炽含着泪大声道，"如果大哥心里还有我这个兄弟的话，请莫说此话。"

席茂之道："我没有别的意思，只是此事怪异蹊跷，不想你再冒大险罢了。"

王炽伸出手去握住席茂之的手，浓眉一扬，毅然道："大哥，请相信王四，定能破了此局，救三哥出来！"

席茂之望着王炽，情知他定然不会放自己去孤身冒险，只得叹道："那我二弟的尸体总得去收吧？"

王炽神色间微微一愣，所谓死者为大，如果连俞献建的尸体都不让去收拾，此话说出去未免太不近人情，可若答应他去，必是凶多吉少。正自为难间，李晓茹道："只怕那就是洋人的一个饵，这个时候去西堂，无异于送死。"

王炽趁机道："大哥，二哥之死大家心里都十分难过，可越是在这种时候，越需要冷静，再等等可好？"

席茂之沉着眉头想了会儿，问道："你果真有破局之法吗？"

王炽道："我明天就去清帮，先把这件事了解清楚了，我们再想办法。"

翌日，天色刚亮，王炽便起了身，刚走出客房的门，席茂之便迎了上来，说是要一起去。王炽知道他心中着急，便答应了下来，一同出了客栈，急匆匆地去了清帮堂口。

到了清帮所在处，大门紧锁，想来里面的人尚未起床。席茂之大步走将上去，"咚咚咚"敲响了门。

就在这当儿，没见里面的人来开门，在不远的拐角处，倒有两人鬼鬼祟祟地探出头来，朝王炽、席茂之打量了会儿，其中一人使了个眼色，又隐没在拐角处，想是去禀报了，而另一人则继续监视着。

过了许久，才见有人睡眼惺忪地出来开门，看了眼门口的两人，有些不耐烦地问道："大清早的把门敲得震天响，有什么事？"

王炽怕席茂之得罪人，忙上前道："在下有急事要见贵帮头领。"

清帮是大帮派，且又是朝廷认可的帮会，其性质介于朝野之间，因此见他们的头目，不啻见官，等闲人很难有机会。那来开门的人冷冷地道："我们头领尚未起床，要见的话先在外面等着吧！"说话间就要关门。

席茂之心急如焚，霍地伸手一探，抓了那人的衣领一提，"砰"的一声，将之抵在门框上，喝道："不长眼的东西，不去禀报也罢，爷爷自己进去！"手一使力，将那人像沙包一般掷出老远。

如此一闹，早已惊动了帮会的人，持枪带棍地冲了出来。席茂之心里憋着口怨气，正愁没地方撒，抽出刀来，与他们斗作一团。

"何方好汉，竟如此给向某面子，大早清便光顾敝帮了！"话音刚落，只见一位三十开外的汉子，穿一袭藏青色的长袍，大步而来。

清帮众人闻言，纷纷退让开去。那汉子朝王炽抱拳道："敢问阁下是哪路的英雄，闯我清帮，所为何事？"

王炽看了眼此人，只觉得他气宇轩昂、神采奕奕，举止间不怒自威，想来该是此间的领头人物，便也拱手道："在下滇南王四，有事请教，不知足下如何称呼？"

那汉子闻言，一声冷笑，"你连我是谁都不知道，却也敢来本帮闹事，胆子倒是不小啊！"

王炽道："我兄弟命在旦夕，不得已而为之，得罪了！"

那汉子微微一震，见王炽气度不凡，谈吐间不卑不亢，料想非等闲之辈，当下稍缓了些语气，道："在下向天明，忝为我帮洪顺堂龙头，你适才说你的兄弟命在旦夕，究竟是怎么回事？"

王炽将昨晚的事简略地说了一遍，又道："贵帮打杀洋人，为国出气，为民除害，在下佩服。不过令在下想不明白的是，我兄弟李耀庭怎会落到洋人手里，洋人为何会拿我等来出气，望向龙头给在下一个说法。"

向天明闻言，禁不住眉头一紧。在洋人和朝廷两方面的压力下，清帮不得不审时度势，选择妥协，为了安抚帮众，向天明选择三名无关人犯，拿去抵罪。这本是权宜之计，但后来洋人的举动大大出乎了他的意料，看情形分明是有意设下的一个局，要引诱人踏进去。

问题的关键就是在这里，眼前的这个王四到底是何身份，跟洋人之间有何仇怨？莫非洋人早就摸清了李耀庭的底，这才将计就计，布下此杀局？

"王兄弟，请到里屋说话。"向天明沉吟片晌，手一抬，把王炽请了进去。

到了大堂内，双方分宾主落座，向天明说道："在向某回答你的问题前，可否容我先问你两个问题？"

听到向天明的语气，王炽越发地纳闷儿了，心想莫非他也不知情？思忖间，打量了向天明两眼，见他并非是演戏的样子，便道："向龙头请说。"

"那李耀庭与你是何关系，你又是如何得到消息，知道他在洋人手里的？"

王炽道："李将军是我在云南时出生入死的兄弟，说实话在下并不知道他也在京城，在接到这张神秘的纸条之时，在下也难辨真伪，这才派了俞二哥和孔三哥前去探视，不想两人都落入了洋人手里，俞二哥更是因此丧命。"说话间把当晚的那张纸条拿了出来，递给向天明。

向天明看了一眼，抬头道："如此说来，对洋人的举动，你们也不明就里？"

"正是。"

"不瞒两位，我帮杀了三个洋教士后，受到了来自朝廷和洋人的压力，万般无奈之下，才交了三个与本帮无关之人出去，以望平息了此事。"向天明道，"谁承想洋人只是拿他们当诱饵，引诱你等上钩，看来这里面大有蹊跷。"

席茂之眉头一蹙，问道："是否会与朝廷有关？"

"不太像。"向天明摇头道，"除非你们跟朝中大员有怨隙。"

王炽皱着眉道："我等初到京城，连相熟之人都没有，更别论与人结怨了。"

"这可就奇怪了。"向天明低眉思索着道。

王炽往席茂之看了一眼，道："眼下我的兄弟还在洋人手里，那帮嗜血的洋狗随时都会动手，在下必须尽快把他们救出来。"

向天明转首问道："莫非你有营救的计策？"

王炽略作思量，道："洋人布了这个杀局，欲置我等于死地，我想布一个更大的局，杀他个回马枪。不过在下人手有限，不知向龙头可否施以援手？"

向天明敢顶着压力斩杀洋人，自是个有血性的热血男儿，听了此言，两眼一亮："你且说来听听。"

"洋人不是在西堂布下了局，让我们去送死吗？我们就把他引出来，在街上动手。"王炽浓眉一挑，把计划详细地说了一遍。

向天明听完后，考虑了一番，这才说道："计是好计，不过风险也颇大，你有几分把握？"

王炽冷笑道："在下被逼上了死路，不得已绝地反击，就看向龙头敢不敢参与了。"

向天明自是想杀了那美国使节，一了百了，再被王炽如此一激，沉声道："向某答应了！"

王炽、席茂之一抱拳，谢过向天明后，议定今晚动手，随后便告辞出来。

离开清帮堂口后，王炽往后面看了看，见无异状，这才朝席茂之道："席大哥，你姑且留下来监视清帮的动静，我有些信不过他们。"

席茂之愣了一下："你是说……"

"没有官方的支持，洋人不敢在京城如此胡作非为。"王炽道，"清帮被迫交人，乃官府威胁所致，如果今晚的行动，官府再来插一脚，我们都得死在这里，不得不防。"

席茂之称是，便选了个人多的地方，与王炽分开后，又折回了清帮堂口。

王炽的预感是没有错的，当天中午时分，向天明就被请去了官府，只是令王炽没想到的是，参与这起事件的居然是当今的东阁大学士桂良。

"学士府？"李晓茹惊讶得合不拢嘴，然后朝王炽道："王小贩子，天降大祸于斯人也，这回你即便是不被抽了筋骨，也要剥层皮了！"

王炽看了她一眼，未去理会她那幸灾乐祸的样子。

于怀清手捋青须，蹙眉道："当朝大员居然参与到了此事中来，当真令人百思不得其解。还按原计划行动吗？"

"箭在弦上，不得不发。"王炽用拳头敲了下桌面，咬牙道，"我们没有选择。"

李晓茹眼睛一亮，道："敢拼是好事，可是你拿什么跟人家去拼？"

于怀清道："眼下有两个难处：一是洋人会否中计，被我们引出来；二是如何让清帮使全力帮我们。"

"向天明让桂良请了去，当中必没好事，如何还能奢望他们使全力？"王炽沉声道，"索性把事情闹大了，让他们狗咬狗，逼使清帮与洋人火拼。"

于怀清与席茂之、李晓茹、杜元珪等人交换了个眼神，大家都没再言语，他们都清楚，眼下除了舍命一搏，确已无路可走了！

事实上此时的桂良也同样吃惊，他看着向天明，花白的眉毛微微地上下抖动着："那王四与洋人究竟有何过节，你完全不晓得吗？"

"不光是向某没想明白，只怕王四他自己也是云里雾里。"向天明细长的剑眉一动，"向某以为，不如趁此机会，狠狠地打他一下，省得洋人在京城胡作非为。"

"你的名字已经在朝廷和洋人两边挂了号了，如此下去，唯死而已。"桂良眉头一抬，道，"本官劝你不要再胡作非为了。"

向天明从桂良的眼里看到了一道杀气，周身微微一震。桂良沉吟片晌，又道："你可知道杀了那三个洋教士，朝廷背负了多少压力吗？美国人知会了英、法等国，联合向朝廷施加压力，如果再把罗本杀了，你知道后果吗？"

向天明的身体又是一震："那么依大人的意思……"

"将计就计，让那王四在今晚消失。"

"大人……"向天明脸色大变。

"你是否觉得本官心狠手辣，是否觉得本官杀自己的同胞去奉迎洋人，没有血性、没有气节，甚至猪狗不如？"桂良的脸色渐渐黯淡下来，仿若罩了层阴云，"天津一战，我军一败涂地，让人家把城池给占了，这才被迫签下《天津条约》，你觉得再打一场，我军能胜吗？你敢打保票，如果再打一场洋人不会趁势进攻北京？如果丢了北京，你认为会不会亡国，你我会不会成为千古罪人？"

一连串的质问，把向天明问得冷汗直冒，连忙跪倒在地，颤声道："小人知错了！"

从学士府出来后，向天明的心里如波涛汹涌一般，久久难以平静。清帮虽依附于朝廷，有保护朝廷之职责，可保护朝廷为了什么？说到底还是为了百姓，让他们安居乐业。这也是各地分堂的清帮兄弟打压起义军、打杀洋人的原因所在。如今，为了苟延残喘，不惜杀害自己的百姓去讨洋人的欢心，这完全背离了清帮当初立帮的宗旨，也是所有心存善念、有血性之人难以容忍的。

向天明痛苦地皱着眉头，他同时也非常清楚，那些所谓的为国为民拔剑而起的事情，纯粹只是理想罢了，而眼下的现实是，在洋人的强权之下，整个大清都在遭受压迫，仅凭个人的那点血性，根本无法挽救这个国家，甚至有可能会导致这个国家加速灭亡。

这种时候，所谓的道德、正义甚至理想，都会显得十分的可笑和不合时宜。也许这就是大势，不顺势而为，结果只能是死亡。

向天明眉头一动，抬眼间已到了清帮堂口的门前，此时，他心中已有了主意，大步迈进门去。

向天明离开后，桂良就接到了咸丰帝的圣旨，让他迅速去御书房见驾。

是时正值中午的用膳时间，桂良知道皇上这时候叫他去宫里，必有要事，不敢怠慢，坐了马车直奔紫禁城。

御书房内，咸丰帝消瘦的脸有些发白，像是一个受了惊吓的孩子般惴惴不安，见了桂良后就道："英、法两国公使今日早上入京了，来商量换约事宜，他们断然拒绝了在上海换约。"

桂良身躯一震："莫非他们要在北京换约？"

咸丰帝沉重地点了点头，"正是。"

"这应该是英、法、美三方商量的结果。"桂良抬头道，"只怕是醉翁之意不在酒啊！"

"这正是朕所担心的。"咸丰帝叹息一声，问道，"你可有良策？"

桂良沉吟许久，抬头道："让他们来了京城，无异于引狼入室，奴才以为，断然答应不得！"

咸丰帝冷哼了一声："朕自然知道答应不得，关键是拒绝了他们后，如何善后呢？"

桂良暗地里咬了咬牙，道："让天津大沽口的僧格林沁加强防御，做好应战准备。其次是……"

咸丰帝眼睛射出一道寒光："到了这时，还有什么不能说的，直言无妨。"

桂良应了一声，道："前几日，清帮杀了几个美国的传教士，美国使臣罗本紧抓着此事不放，想要扩大事端，奴才想利用民间百姓之力，给他一个下马威，好叫他们知道，来了京城没什么好果子吃。"

咸丰帝沉默了会儿，道："可行吗？"

桂良知道这位主子生性犹豫，行事畏首畏尾，拿不定主意，便分析道："在大沽口加强防御是示威，表示朝廷抗战之决心；在京城打击洋人是警告，表明我朝上下对侵略者的痛恨。如此双管齐下，或可削减洋人的气焰，改变执意在京换约的主意。"

咸丰帝似乎认可了这个办法，又问道："还让清帮去做吗？"

桂良道："罗本在报复的时候，牵扯到了另一股势力，奴才虽不清楚那股势力有多大的能耐，不过从他们跟清帮商议的办法来看，倒是可以一试。即便是失败了，那也是老百姓自发的行为，与朝廷无关。"

咸丰帝点头道："准了，你下去督办吧。"

桂良从宫里出来后，马上写了道密函，派人送去给了向天明。

向天明没想到前脚刚离开学士府，后脚就收到了桂良的密信，好不奇怪。然而当打开密信看完之后，身躯倏地一震，脸色顿时若纸一样的苍白。

桂良在密函里的意思是，配合王炽杀了罗本，但同时要抓捕王炽，将他交给洋人处置。

向天明混迹在官场，对和稀泥、拣软柿子捏这些手段早就见惯不怪，把李耀庭送去西堂，不也是这种手段吗？可仔细一想，这两件事又有本质的区别，李耀庭只是个局外人，即便是死在了洋人手里，也没什么可内疚的。王炽却不同了，你利用他去杀了罗本，却又在他背后捅一刀，交给洋人处置，这是过河拆桥，是毫无道义可言的无耻之举，连强盗都干不出这等龌龊之事，若真那么做了，良心安在哪！

向天明看着这道密令，只觉身体阵阵发寒，即便是午后的春风，亦难以让他感到丝毫的暖意。

可谁承想，就在这时，一个消息传来，几乎把向天明吓得手足无措。

"罗本把李耀庭等三人押到了教堂外面，说是要在落日时分，学中国人的方式问斩三人。"

这是报复，更是挑衅！向天明猛地一拳击在桌上，震得杯盏叮当直响。可愤怒归愤怒，该面对的终究还是要面对，他与王炽的计划是今晚子时动手，现在罗本抢先发难，把他们的计划全部打乱了。

向天明霍地起身，喊了声"带我去找王四"，急匆匆地往外小跑出去。

到了王炽所在的客栈门口时，向天明停下了脚步。他犹豫了，他没有勇气迈入这个门槛，或者说他不忍心让里面那群无辜的人去送死。他慢慢地转过身，又走了回去。跟来的两个手下莫名其妙地彼此看了一眼，也跟着往回走。

回到清帮堂口后，向天明闭门躲了起来，不去会合王炽，也不去通禀桂良，只当是不知道此事。

其实这是种掩耳盗铃的做法，他不去跟王炽会合，并不意味着王炽不会知道此事，事实上在他接到洋人要问斩李耀庭等人消息的时候，王炽也得到了消息。在向天明退缩的时候，王炽率众出发了，他没有选择，也没有退路。

东江米巷[1]是北京城最长的一条胡同，因元朝时此地曾是漕运粮食集散地，因此得名。到了明朝，将此处改设为礼部、鸿胪寺及四夷馆，其中四夷馆专门用于接待来自安南、蒙古、朝鲜、缅甸四个藩属国的使节。清朝基本沿用明制，只不过将四夷馆改称为四译馆，除了翻译各国文字外，也有接待外国使节的功能，但清政府规定，凡来京使节只能居住四十天。

美国使节罗本便是住在此处，这天他虽去了西堂，并没在馆驿内，但他所带的随从却在里面歇脚。

席茂之、杜元珪两人抵达四译馆门口时，被守卫的清兵拦了下来，问他们是来做什么的。席茂之抽出手里的刀，沉声道："清帮入内办事，我们不杀同胞，请你们让开。"

守兵闻言，脸色一变，他们听说过最近清帮斩杀洋人之事，也为清帮此举暗暗叫好，可如今职责所在，要是眼睁睁地让这两人闯进去，把洋人砍了，他们的失职之罪也足以被砍头了，因此均面现为难之色。

杜元珪看出了他们的心思，道声："得罪了！"出手如电，迅速将两个清

---

[1]　东江米巷：东交民巷的原名。

兵击晕过去，将他们拖到门内的角落处。由于这里不是重要机构所在，守兵并不多，用同样的法子击晕了六七个清兵后，两人就已经进入了馆内。

里面的洋人有的站着有的坐着，还有的则在下棋，对席、杜两人入内，虽说有些意外，但也并没去在意，以为是清政府某个衙门来传达事情的，其中一人便用英语随口问了一句："你们是来做什么的？"

席茂之本身就藏着一肚子的火没处发泄，也没去管那句英语究竟是什么意思，手里的刀一扬，就扣在了那人的脖子上。

杜元珪见状，连忙叫道："席大哥且留他性命！"

席茂之两眼通红地看了眼面前的洋人，霍地转首朝其他人喊道："听得懂老子说什么了吗？乖乖地束手就擒，不然别怪老子手里的刀不认人！"

出使国外的一般都懂些当地的语言，这些洋人听了个大概，又见席茂之一副要吃人的模样，都吓得不轻，不敢轻举妄动。杜元珪拿出绳子，把他们一个个绑好了，全都驱赶到门外，上了准备好的一辆大马车，直奔西堂而去。

是时，王炽和李晓茹两人已到了西堂，只见在这所教堂的门口，躺了俞献建和另一位人犯的尸体，在这尸体的旁边则一字排开跪着李耀庭、那拉青桐和孔孝纲三人。他们手脚都被绑着，嘴里塞了块布，面朝西方，而后面便是乌黑的枪口对着他们。罗本如此安排，似乎是想让他们看着太阳落山的方向，迎接死神的到来。

罗本坐在教堂的门口，神情颇是悠闲，好像料准了如此做一定能引大鱼前来上钩，因此这时候他又像一个经验丰富的垂钓者，目光一会儿看看眼前的鱼饵，一会儿又看看四周围观的人群，留意着周遭环境的变化。

看到俞献建的尸体，看着李耀庭和孔孝纲被迫跪在地上，王炽的呼吸陡然急促起来。那都是他出生入死的兄弟，铁骨铮铮的汉子，他们从未曾向任何事情任何人低过头颅，更别说屈膝向人求饶。而现在这些外来的洋人却让他们屈了膝、低了头，承受着从未有过的屈辱！

说到底洋人凭什么来欺负中国人？王炽咬着钢牙大步朝西堂走去，今天他要让中国的老百姓，以及这些来到中国的洋人看看，这个古老的国家的百姓，并非都是任由欺凌之辈，在遇到强权和欺凌的时候，他们是有骨气和血性的！

罗本似乎注意到了有两个人径直往这边走来，意识到了来自那两人的杀气，不由得站了起来，两眼一眯，眼中迸射出一股阴寒之色。

王炽在距李耀庭所跪的不远处站定，看了眼俞献建的尸体，然后用目光一一从孔孝纲等人的身上扫过去，最后落在他们背后的罗本身上，沉声道："你就是美国来的使节？"

罗本细长的眉毛一扬，道："你是谁？"

王炽道："清帮北京分堂的头领。"

此话一落，围观的人群中立时有人走了开去，迅速地离开了西堂。孔孝纲、李耀庭神色一愣，脸上露着疑惑之色。

"是清帮的人！"罗本朝王炽和李晓茹打量了一眼，又问道："来做什么？"

"要人。"

"要人？"罗本仰首一笑，"清帮的人果然很大胆！"

李晓茹冷笑道："再大胆也大不过你啊，敢到中国来公然杀人！"

罗本傲然道："杀了又如何？"

李晓茹蛾眉一挑："看来你不光胆子大，傻劲儿也不小啊！敢在他国使性子任意胡为，那不就是活腻了吗？"

罗本饶有兴趣地看着李晓茹，道："看你长得蛮漂亮，性子却是泼辣得紧，我倒是想听听你会安排我怎么个死法。"

李晓茹呵的一声笑："你是不信吗？"

罗本摇了摇头："不太信。"

李晓茹妙目一转："那我们不妨来打个赌。"

罗本把两只手臂抱在胸前，好整以暇地道："怎么赌？"

李晓茹道："我赌你在今日太阳下山之前必死无疑。"

罗本眼里精光一闪，冷笑道："要是我没死呢？"

"本大小姐任你处置。"

"好，好得很！"罗本把双手伸展开来，手掌一摊，道，"那我们开始吧！"

李晓茹看了眼王炽，只见王炽点了点头，她便会心一笑，转首朝罗本道："好，开始吧！"

第二章

为利益西堂酿血案　求脱身妙用反间计

向天明听到禀报后，大吃了一惊，显然王炽之举大大出了他的意料。

向天明本来想躲，可现在王炽冒充清帮，打着他的名头跟洋人对着干，他就不得不出面了，不仅要出面，而且还得把在场的洋人赶尽杀绝，不然的话他向天明就得吃不了兜着走了。他霍地站起来，眼睛朝着门外盯了会儿，咬着牙根道："带上一百个兄弟，跟我走！"

向天明知道王炽不是省油的灯，但到了西堂看到王炽的举动时，依然吓了一跳。他居然无视洋人的枪口，与罗本面对面地站着，一脸的杀气，要逼迫罗本就范！再看王炽的后面，停了辆马车，六个洋人双手反绑着站作一排，其背后则是手持大刀的杜元珪、席茂之两人，同样也是一脸的杀气，随时都会将刀砍向面前的洋人。最为重要的是，他们所站的位置，在洋枪的射程之外，罗本虽怒，却丝毫奈何他们不得。

只见李晓茹冷冷地笑着，漫不经心地瞄了眼罗本，然后朝后面的席茂之道："席大哥，让你面前的这些黄毛狗都跪下！"

席茂之大喝一声"跪下"，那些洋人本就胆战心惊，被他如此一喝，没一个敢不听话的，纷纷跪倒在地。

李晓茹又道："席大哥，你觉得俞二哥的命需几个洋人来换？"

席茂之紫糖色的脸涨成酱紫色，咬着钢牙道："杀光这些洋狗，也难消我心头之恨！"

"那就先杀两个吧！"李晓茹看着罗本，轻描淡写地道。随着两声惨叫响起，她看到罗本的脸色变了，那白色的皮肤罩了层淡淡的灰，瞳孔在慢慢地收缩。

"你的人还有四个。"李晓茹若无其事地看着罗本，清纯中露着一脸的无辜，好似方才那两人不是她下令杀的一般。"我的人只有三个在你手里，要不我再杀一个，咱们公平一点儿？"

罗本的脸色又是一变："你如此砍杀美国使者，可有想到后果吗？"

李晓茹盈盈一笑："你杀害本帮兄弟，莫非就没想过后果吗？"

罗本道："你们的国家会因为你今天的愚蠢行为，而付出惨重的代价，我们的大炮将轰向这里，到时全城的百姓都难逃一死。"

"你这是在威胁吗？"王炽突然开口道，"今天老子也让你知道，敢踏入这片土地者，都不得好死。还等什么，杀！"

席茂之等的就是这个命令，大刀一挥，又是一个洋人的人头落地，剩下的三个洋人吓得浑身筛糠似的瑟瑟发抖。

"你还要再威胁吗？"王炽眼睛一抬，射出一道如刀一般的寒芒，"不是所有的中国人都任由你们欺负，这个拥有古老文明的国家能延续至今，自有它的道理，你明白吗？"

罗本的脸色越来越难看，这个绅士一般的男人面目开始狰狞起来，他举起手，指向王炽和李晓茹两人，与此同时，那二十来支洋枪，亦指向了他们。

在不远处埋伏着的向天明见状，连忙回头叫弓箭手准备。事情发展到现在这个地步，他必须要救回王炽的命，如果他死了，清帮公然斩杀洋人的罪名就解释不清了，而他向天明也将死无葬身之地。

"你早该这么做了。"王炽两眼一眯，神情泰然若素，根本无视那些洋枪，"我今天来了，就打算好了要横着出去。"

此话一落，罗本的眼神不由自主地往李耀庭等人落去。他说他是清帮北京分堂的头领，他号令清帮数千兄弟，如此贵重之身份居然以身犯险，前来营救人质，这意味着什么？只有一种可能，那就是在这三个人质里面，有一个人的身份比他更为尊贵。

罗本举着的手停在了半空："你来就是为送死的吗？"

"是的。"王炽非常肯定地点了下头，"因为我的手下犯了个致命的错误。"

"哦？"罗本的头微微一偏，斜着眼看向王炽。

王炽把目光落向李耀庭，然后朝罗本道："你能来到中国，说明你不会太笨，莫非你就没有想过，这个人到了你手里之后，我的两个兄弟为何会来救他？"

罗本道："我想过。他是清帮的人，你来救他很正常，可让我没想到的是，你会舍了命来救他。"

"这才是问题的关键。"王炽道，"他是清帮的人，但他不是普通的清帮帮众。"

李耀庭听到这里，被王炽绕得云里雾里，心想，他如此诓骗洋人，到底有何用意？即便是骗得洋人相信我们都是清帮的人，又能如何，莫非就能脱险了吗？

思忖间，王炽的目光又朝他落来，沉声道："他是清帮天津忠义堂的龙头万安清。"

此话一落，不只李耀庭吃了一惊，罗本也是周身微微一震。天津城隍庙一场突袭，英、法两国的人被打了个措手不及，经查，那是天津官府和清帮的人所为，天津清帮忠义堂的万安清之名，他自然是听说过的。可是，天津忠义堂的龙头为何会被北京洪顺堂抓了去，当作人犯献给他？

想到此处，罗本蓦地仰天一声大笑："你当我是傻子吗？"

"你我都不傻，只是这件事出乎了常人的预料，万安清是来北京执行一项秘密任务的。"王炽道，"不过，这件事涉及帮内的重大机密，我不便在大庭广众之下说出来。"

罗本听完，暗松了口气，微哂道："不说也罢，因为这对我来说并不重要，我也没有兴趣听。"

"不，很重要。"王炽眼中精光一闪，道，"这关乎你的生死。"

罗本一怔："莫非他是来刺杀我的？"

王炽摇了摇头："我告诉你这件事，有两个原因，首先是让你知道，即便是你们入侵了这个国家，也并不安全，就像英、法联军攻入了天津又能如何，还不是时时处在危险之中？"

罗本冷冷一笑："还有一个原因呢？"

"另一个原因是，你在北京城如此嚣张跋扈，难道就真没想过自己的处境吗？你难道就真的以为这块土地是你可以为所欲为的吗？"王炽脸色一沉，道，"我不妨告诉你，如今在这座教堂的周围，已经布满了精兵，你要是敢轻举妄动，马上就会被射成刺猬。"

罗本两眼一眯，射出一道寒光："就凭你们清帮的人？"

"我们清帮的人自然不敢在北京城对你们大打出手。"王炽嘴角一撇，似笑非笑地道，"还有清兵。"

此话一落，罗本的眼睛不由得往周围扫了一下，心中升起一抹恐慌。然后疑惑地把目光落向王炽，他似乎还不敢相信清政府敢对他下手。

李耀庭心思细腻，听到此处，似乎明白了些王炽的计谋。他这是置之死地而后生，把自己推向绝境，公然暴露在敌人的面前，然后以清帮头领的身份亮相，把清帮拉下水，让他们跳进黄河也洗不清嫌疑。如此，清帮方面的人为了保全自己的清白，就会设法不让他死，哪怕是拼尽全力，也不能落得个死无对证的后果；而在朝廷方面，他们也不能让王炽死于非命，天下人都知道清帮是朝廷支持的帮派，如果清帮的人公然跟洋人火拼，后果不堪设想。所以朝廷也必须让王炽活下来，将来在与洋人对质的时候，也好有个交代。

如此一来，在各方面利害的牵扯下，清帮和清兵的力量反而成了王炽的保护伞，而他自己虽然处在极其危险的境地，但是，有时候最危险的地方往往也是最安全的。李耀庭尽管早就见识过了王炽过人的胆色，可是在生死一线的境地，他还能与洋人谈笑风生、从容面对，依然对他的机智佩服得五体投地。

罗本看着王炽，看不到他丝毫的恐惧，还有他旁边的那位姑娘，俏生生的脸上甚至还带着笑意。罗本暗吸了口凉气，如果清政府和清帮联合起来的话，他现在的确站在了鬼门关的边缘！

"你输了，罗本先生！"李晓茹笑吟吟地道，"现在只要我动下手指头，我们的弓箭手就会把你射成刺猬。我知道你依然会说，你死了你们的国家会联合其他几国，把大炮轰向这里。可这都是后事了，你现在只需要明白，一旦反抗，别说见不到明天的太阳，今天的日落你都见不到了。"

孔孝纲虽手脚都被绑着，嘴也被塞住了，却是一脸的兴奋。他觉得今日王炽跟李晓茹一唱一和，这场戏简直是演绎了，端的是大快人心。

罗本的脸上罩了层淡淡的灰色，他像是闻到了死亡的气息，连眼神之中都蕴含着惊恐之色。但很快眼里的那丝惊恐又收了回去，神情恢复了常态，嘴角露出一抹习惯性的轻蔑笑意，"为国家的事业即便玉碎，我也没有遗憾，今日你们既然让我死，那么就来拼个玉石俱焚吧！"

说这话的时候，李晓茹清楚地看到了罗本眼里的杀气，她虽然行事果敢、霸道，可毕竟没经历过这种事，看到洋人真的要开枪时，心里不由一慌。与此同时，路边围观的人群里亦响起一股躁动，人们不约而同地往后退去。

王炽天生大胆，又经历了数番生死，千钧一发之际，他居然霍地哈哈一声大笑，浑没将洋人的举动放在眼里。笑声落时，朝罗本大声道："就这么死了，你真不觉得遗憾吗？"

罗本寒声道："我说了，为国家的事业玉碎，死而无憾。"

王炽哼了一声，道："可如果不是让人骗了，你本不应该死的。"

此话一落，罗本暗自一怔。王炽紧盯着他的神色变化，看着他的反应。西堂周遭顿时鸦雀无声，空气静得叫人窒息。

罗本眼睛一转，目光如电，也紧紧地盯着王炽。从清帮带来这三个人犯，到造成如今这种局面，这中间的事确实透着诡异，莫非这是一个陷阱？想到此处，罗本的瞳孔开始收缩，后脊梁骨陡然传来阵阵寒气。

王炽的脸看上去信心十足，仿似一切尽在其掌握之中，其实他的内心也是虚的。因为他并不知道那晚究竟是谁用匕首给他传递的消息，更不清楚传消息那人与罗本是何关系、有什么居心，甚至不知道那是中国人还是外国人……总之对此中的内幕一无所知。但是，事到如今，他只能用此方法去诓罗本，便如赌局一般，在不知道对方的底牌之前，谁赢谁输，除了运气外，还需要勇气。

罗本的脸皮一动，硬着头皮道："那又如何？"

"杀了他。"王炽沉声道。

罗本讶异地"哦"了一声："你也要杀他？"

"没有他，就不会有今日这死局，我的兄弟更不会死。"王炽道，"我为什么不杀他？"

"你们想杀谁啊！"正值此时，突听得有人一声高喊，人群中分出一条道来，一队人马簇拥着一位须发皆白的朝中大员疾步而来。

此人的出现，使罗本的神色顿时缓和下来，却使得王炽和李晓茹心头一震。

来者正是当朝的东阁大学士桂良，他在接到消息后，同向天明一样的心思，带着人急忙往这边赶来，并隐藏在暗处，静待事态的发展。王炽知道朝廷一定会派兵前来，且会埋伏在四周，伺机而动。但是令他没想到的是他们会现身，而且来者竟然是桂良！

据席茂之所探得的情报说，与清帮来往的正是桂良，尽管现在王炽还无法知道桂良在这中间扮演的是什么样的角色，但是有一点可以肯定，他在此时现身，绝对是来者不善。如果说他当场把今日之事揭穿了，那么他王炽必然难逃一死。

桂良大步走到西堂的门口，往王炽身上看了一眼，继又朝罗本走去。罗本脸上露出一抹笑意，道："桂大人此行，应该不是为杀我而来的吧？"

"岂敢啊！"桂良也是微微一笑，道，"有些事情不方便在这么多人面前说出来，说得越多，于罗先生可能越是不利。如果罗先生不介意的话，可否到里面去谈？"

罗本巴不得在这令人窒息的对峙中脱身，道："这样最好了，桂大人请！"

两人正要动步时，桂良突然回过身，朝王炽道："你也进来吧。"

罗本一愣，却是没有反对。王炽不知道他葫芦里究竟卖的是什么药，往李晓茹看了一眼，这才迟疑地往前走去。只听席茂之在后面喊道："王兄弟，小心哪！"

王炽应道："我理会得，你们把人看紧了便是！"

三人走入教堂内，桂良吩咐王炽把门关上。王炽疑虑了一下，反手将门掩上了。

"砰"的一声响，大门一关，隔绝了里外的联系，一时间教堂内静谧得落针可闻。

三人各站了一个方位，似乎谁也不太信任谁，都警惕地看着对方。

桂良灰白的眉毛一动，率先开口道："罗先生，事到如今，咱们不妨打开天窗说亮话吧，事实上本官也一直没弄明白一件事，你拿那三个人犯为诱饵，如何知道他一定会上钩，是哪个教你如此做的？"

罗本坦然道："是你们的人。"

桂良神色间微微一怔，显然十分意外："是朝廷的人？"

罗本点头道："是内务府的人。"

桂良听到这里，脸色立时变得凝重起来。所谓的内务府是管理皇家内院之事的，顺治入关时，建立了一个专为皇家服务的机构，为了便于管理，此机构的成员由满洲八旗中的上三旗[1]所属包衣[2]组成，旗下设十三个衙门，因此又叫十三衙门。

康熙即位后，改称总管内府衙门，下辖七司三院。这个机构不受吏部、户部等衙门管辖，由皇帝亲自负责管理，换句话说游离于律法之外，除了皇帝外哪个衙门也管他们不得。有特权的地方必有贪污，内务府被称作清朝历史上油水最多的部门，连漕运衙门这样的地方都不能与之相提并论。

比如说咸丰帝的父亲道光帝想吃一碗汤粉，吩咐内务府去做，结果隔了一天未见汤粉的影子，便质问相关人等，内务府的人回复说，御膳房正在想办法成立制作汤粉的机构，增设相关人员的编制，算上那些人员的工钱和原料费用，每年需要多出六万两银子，目前正在筹措资金。道光帝一听，大为恼怒，宫门外一碗汤粉不过两个铜钱，让你们去做居然每年需要六万两银子，真是岂有此理！你们不用做了，去宫外给朕买回来就是了！

结果一等又是两天，依然没见汤粉的影子。道光帝又问，为何还不见汤粉？相关人员回复说，宫外的汤粉摊子早就没了，正想着法子去远一些的地方买，可是从远处买回来，泡糊了又没味道，我等正为此事愁着呢。实际上汤粉摊子早被他们赶走了，道光帝无奈，只得说朕不吃便是了。

皇帝的一口吃食都要如此贪污，若是承办工程、采办相关物品，当中所收的黑钱就可想而知了。令桂良吃惊之处便是在此，内务府是三不管的黑色地带，如果真是他们跟洋人串通了从中作梗，就算知道了是何人所为，又能如何？那些人的关系盘根错节，上上下下都有关系网，能把他们怎么着？

王炽知道内务府这个机构，却并不清楚里面的黑幕，见桂良沉默不言，就

---

[1]　上三旗：指镶黄、正黄、正白旗。

[2]　包衣：指清朝没有地位的奴仆。

问罗本道："可知具体何人？"

罗本道："当日是一个小太监来传的话，说是暂不杀那三人，无需多时，就会有大鱼上钩。"

桂良瞟了眼王炽，王炽的目光正好亦往他身上扫了过去，两人的眼光一碰，心照不宣地移了开去。洋人恨不得将这件事扩大，好进一步向朝廷发难，有了这等情报，自然是乐意听命。那么从目前的情形来看，罗本虽依着那计策做了，却也不知道是什么人在暗中策划。

再看桂良的神色，他脸上的茫然之情确实不像是装出来的，那么下一步会怎么做呢？在这一瞬间，王炽突然没了主意。

桂良沉吟片晌，突又问道："内务府的提供这条消息时，可向你收了银子？"

罗本淡淡一笑，"分文未收。"

桂良闻言，深吸了口气，纳罕不已，心想内务府的人向来无利不起早，他们如此做究竟是何居心？思忖间，抬头望向罗本，道："看来罗先生果然是中计了。"

罗本急忙问道："桂大人知道其中的内幕？"

桂良微微一哂："内务府的那些道道，本官岂有不知之理。"说话间，朝着罗本走过去，走到其身前时，伸手搭了罗本的肩膀，低声道："借两步说话。"

王炽不知道他要做什么，出于本能反应，立马警惕起来。却在这时，陡听得一声闷哼，一把匕首插在了罗本的心口，直中要害，一刀毙命。

事起突然，王炽着实吃惊不小，他不明白桂良为什么要这么做。

桂良的脸色有些紧张，但眼色却是十分坚定，甚至带着些许的杀气。他看了王炽一眼，发黄的门牙一咬，伸手一推，罗本瞪着死鱼般的眼睛，在他身边倒了下去。

王炽看着罗本的尸首，脑子里正思索着桂良此举的意图时，听到桂良大喊了一声："来人哪，罗本先生遇刺！"

遇刺？王炽心头蓦地一慌，这教堂里除了他们仨之外再无他人，莫非他要将罪名推到我头上？心念未已，洋人和清兵已然踢开门，冲了进来，看到里面的情景时，微微愣了一下，就把王炽围了起来。

王炽被清兵和洋人围在中间，脑子里嗡嗡作响。此时，再看桂良的脸，那张红润的老脸像是狡黠的狼，温和的表皮下暗藏着噬人的凶相，与他的心机相比起来，自己好比是涉世未深的毛头小孩，完全无法相提并论。

王炽环顾了一下包围着他的那些人，却没有说话，在这场对决中，他没有输给洋人，却败给了桂良，且是百口莫辩。

"将此人交给本官吧，不日定给你们一个交代。"桂良朝洋人说了一句话，喝声，"带走！"

看到王炽被押出来时，李晓茹、席茂之等人依然没明白是怎么回事，震惊不已。一直潜伏在暗处的向天明见到此情景，一方面暗暗佩服桂良的计谋，同时却又觉得心惊胆战，此举不仅如愿杀了罗本，且成功地把罪名推到王炽身上，找了个替死鬼，诚可谓一举两得，果然姜还是老的辣！

"放了他们吧！"桂良朝席茂之、杜元珪喊道，"罗本已让你们杀了，挟持他们已无任何意义。"

席茂之还以为王炽真是舍命替俞献建报了仇，两眼通红，大喊道："王兄弟，哥哥欠你一条命！"说话间，朝面前的洋人踢了一脚，将之踢将开去。杜元珪见状，也放了手里的洋人。

"带走！"桂良又喝了一声，众清兵押着王炽，挥开人群，走了出去。在即将离开西堂时，王炽突然回头朝李耀庭喊道："李兄弟，离开这是非之地，回云南！"

李耀庭愣了一下，眼睁睁地看着王炽被带走，一脸的焦急。

不一会儿，席茂之、杜元珪分别给李耀庭等人松了绑，然后抬了俞献建的尸首，带着一脸的沉重，默默地离开了西堂。

安葬了俞献建后，于怀清把杜元珪叫到身边，道："杜将军，眼下须请你回一趟重庆，不然的话，王兄弟必死在京城。"

杜元珪一怔，没明白他的意思。于怀清只得凑在他的耳边，说明了一番，杜元珪闻罢，眉头一沉，道："明白了，我这便出发！"于怀清道声辛苦，便与杜元珪道别。

刑部大牢位于天安门广场西侧，为全国最大、最为森严的监狱。

监狱是另一个社会，同样是分等级的。里面分为普通监和官监两部分，所谓官监乃犯了罪的官员关押之处，一般情况下，只要不是不可饶恕的滔天大罪，抬着银子进去便能把人保出来，即便是一时出不来，官监内也有雅间可供居住，且还可以让夫人、妻妾进去轮流侍候。

普通监就不同了，老百姓没那么多银子可使，也无背景，只能在里面活受罪了，因此对老百姓而言，刑部大牢就是座人间地狱。

王炽便是被关押在普通监里的，虽一时还没受什么罪，可所住之处阴暗潮湿，老鼠、蟑螂满地爬，空气中弥漫着霉变和淡淡的血腥味道，绝非人待的地方。

这一天夜里，牢卒把他带了出去，王炽以为要对他用刑了，心里着慌。不想到了一间陋室时，却见桂良坐在一张桌子面前，昏暗的火光把他那花白的须发亦映得有些发黄，红润的脸在此时看起来略显发黑，越发地使人看不清楚他的内心。

只见桂良抬起头来，看到王炽时，眉头一皱："你坐下吧，本官有话与你说。"

王炽依言落座。桂良沉着眉思量了片晌，道："罗本死后，美国会同英、法、俄三国，向我朝施威，要求交出杀害罗本之人，本官打算把你交给洋人处置。你是聪明人，到了他们手里后，必死无疑。今晚来见你，是要问你几个问题。"

王炽早已料到了这个结果，死期将至，心中不免悲伤，把眼睛一抬，带着丝恨意看向桂良，"可否让我先问你一个问题？"

桂良情知他心里有疑问，便道："好，你说吧。"

"你怕洋人，更知道杀了洋人后，他们必不会善罢甘休，可为何还要杀那罗本？"

"警告。"桂良眼里精光一闪，"让他们知道我们不是懦夫，不是可由着他们欺负的。"

王炽冷笑道："可你还是个懦夫。"

桂良哼的一声，并没反驳，"现在轮到本官问你了，你与内务府究竟有什么怨隙？"

王炽也是哼了一声，"素不相识，何来怨隙！"

"不认识？"桂良神色间一愣，"那内务府的人为何把你卷进来？"

"莫非你是不信吗？"王炽冷笑道，"我已是将死之人，没有必要对你们隐瞒什么。"

桂良白眉一蹙，沉思起来。他相信王炽没有撒谎，可他一介平民，内务府怎会联手洋人来对付他？

事实上这同样也是王炽百思不得其解之处，然而不管他是否能猜透其中奥妙，随着洋人的步步紧逼，把自己交给洋人的日子已然不远了，他死后，这可能将成为一桩悬案。

这天晚上，桂良走后，李耀庭、于怀清、李晓茹及席茂之、孔孝纲等人都到牢里来探望，王炽劝李耀庭离开北京这是非之地，李耀庭却是斩钉截铁地道："王兄弟为救我而入牢狱，我即便是拼了这条性命也要把你救出去。"

王炽叹道："如今只知此事跟内务府有瓜葛，可内务府机构众多、人员庞杂，根本无从着手。即便是查到了是内务府的人要陷害于我，可我杀洋人之罪已然坐实，莫非我们还能斗得过桂良吗？"

众人一时无言以对，均是摇头兴叹。李晓茹微红着眼圈，幽幽地道："你数次遇险，都死里逃生，我还以为你有九条命呢，没想到竟折在京城了。"

王炽苦笑道："这些年来，我东奔西走、横冲直撞，没死不过是命大罢了，就算有九条命也用完了。"

于怀清道："王兄弟也莫要太过于悲观，这世道乱则乱矣，但既可乱中取利，或许亦能乱中求生，现在朝廷正与洋人谈判，双方相持难下，我们还有时间来想办法。"

一干人等又说了会儿闲话，便从牢里出来，暂时回了落脚处。

三天后，东江米巷的鸿胪寺内，英、法、美三国与清廷针对西堂血案进行了第三次谈判，洋人提出了四个条件，作为平息事端的基本要求：一是允许此次谈判国的牧师在北京自由传教，并保护他们的安全；二是赔偿白银七千万两；三是《天津条约》的换约地点改在北京；四是西堂血案交由谈判国全权审理，清政府只是作为协助方。如果清政府不答应以上四个基本条件，他们将用武力解决此案。

清廷的谈判组由桂良率领，他听了这四个条件后，脸色发青，嘴里呼出来的气直把白须吹得掀了起来，猛地一拍桌子，大喝道："你们这是在谈判吗？这是威胁！如此谈法，不谈也罢！"

洋人看着桂良的样子，若无其事地相顾一笑，然后起身走了出来，行至门口时，其中一人回头道："不出几天，你们会接到天津告急的战报。"

"王八蛋！"桂良踢翻了一张桌子，大骂道，"漫天要价，把老子惹恼了，再杀你几个！"

就在鸿胪寺谈判刚刚开始的时候，有人进入了刑部的大牢，去找了王炽。此人便是长得若猴子一般满脸皱褶的英国人巴夏礼。

巴夏礼自然不是为查案而来，也没兴趣去追究案件的来龙去脉，他是觉得一个人在明知必死的情况下，还要去做这一件事，有些不可思议，所以在见到王炽时，他就问道："罗本真是你杀的？"

王炽恨透了洋人，从未有如此的痛恨过。在昆明的时候，他曾与云贵总督恒春发出这样的感慨：我们在打，洋人在看，到头来亡的是自己的国家。那个时候他还没有真正见识到洋人的凶狠和狡黠，不过是人云亦云、强自说愁罢了。可随着他离开云南，在重庆、天津、北京一点一点看清洋人的本性后，才真正觉得洋人在中国的行为是丧失道德、毫无人性的。

是时，看着巴夏礼的这张脸，王炽甚是厌恶，好像有一只臭虫在他面前晃着，恨不得将它一巴掌拍死："这结果很重要吗？"

"不重要。"巴夏礼似笑非笑地看着王炽，态度倨傲，"我是英国人，美国的使节在中国被杀，与我毫无关系。而且不管罗本是不是你杀的，都改变不了联军向中国发难的事实。我只是好奇，在当时的那种环境下，你拼死去刺杀罗本，有些不合常理。"

王炽冷笑道："我的兄弟被他杀了，我为兄弟报仇，叫他血债血偿，合情合理啊！"

巴夏礼摇摇头："我听说你是生意人，对吧？出于职业的习惯，在行事前你一定会权衡利弊得失，刺杀罗本，只赔不赚，你会愿意去做？而且你是明白人，肯定明白只要活着，就一定有机会去杀罗本的，有必要为了泄一时之恨，把自己的命搭进去吗？"

王炽轻蔑地看着他，从鼻孔里发出哼的一声："既然你没把我当傻子，那么何不打开天窗说亮话呢？如果你只是因了好奇来到这种地方，怕也是说不通的吧？"

巴夏礼幽蓝的眼里精光一闪："跟你讲话很痛快！我知道一定是有人指使你这么做的，让你来作替死鬼，好把事情压到最小化。我来就是想要知道，是朝中的哪个官员教你这么做的？"

"条件呢？"王炽目不转睛地看着他道。

巴夏礼眼睛微微一眯，禁不住笑了："放你出去。"

"你也知道我是个商人，这个条件还不足以诱惑到我。"

"哦？"巴夏礼讶然道，"那么你还想要什么？"

"要你给我准备一批春茶。"王炽道，"以你们英国人的名义送到买卖城去。"

巴夏礼不可思议地笑道："你都死到临头了，居然还在想着做生意！"

王炽也笑道："是你说了要放我出去的。"

"你要多少？"

"十引。"

巴夏礼闻言，眉头不禁一皱。一引为百斤，十引便是一千斤的数量，按照成品茶均价每斤十五两白银计算，十引就是一万五千两银子，如果算上包装、运输环节的全部费用，王炽这一开口，相当于要了两万两银子。

"你的这个消息值这么多银子吗？"巴夏礼笑着相问。显然他是理解王炽心思的，官场和商场一样，想要赢得对手的尊重，只有比他更强。

"成交吗？"王炽冷冷地看着他道。

"你是个优秀的商人，将来一定能成大器！"巴夏礼低头想了会儿，"成交！"

"好！"王炽暗舒了口气，道，"待你放了我出去，并把十引茶叶的运输凭证交到我手上，便告诉你答案。"

巴夏礼点头出去了。看着他走出去的背影，王炽突然觉得人生的际遇真是变化无常，前一天尚以为必死无疑，才一天时间便柳暗花明，且让他在洋人那里狠敲了一笔。想起这些，他不由得苦笑了一声。

翌日中午，王炽就被放了出来，在洋人的护送下去了东江米巷的驿馆。

桂良得到此消息的时候，大为震惊。王炽为什么会被洋人提出去，又为何去了驿馆？根据刑部的说法是，洋人不再追究王炽的罪了，提了去另有用处。

什么叫不再追究了？桂良心头一沉，莫不是王炽将真相捅了出去？真是如此的话，洋人不追究王炽的罪了，接下来会不会追究他的责任？

桂良倒吸了口凉气，他是朝中的一品大员，一旦王炽把真相说出去，那么就不只是他个人的事了，而是朝廷的事，代表的是朝廷的态度，洋人完全可以拿此事作为要挟或者开战的借口。

想到此处，桂良禁不住慌了。他连忙着人去鸿胪寺打探消息。不久，传来的消息是，王炽被洋人严加看管了起来，另外，他们正在筹备一批新茶，运往买卖城。

桂良听闻此消息，眉头一蹙，越发地看不清此事了。那些使节抵京并非是为了什么生意，他们是来谈判的，此时筹备新茶运往买卖城，却是何道理？莫非是跟王炽之间达成了某种协议，要用那批茶叶来交换西堂血案的内幕？

桂良沉着两道白眉踱步冥思着，之前千算万算却不曾算到这一步，然而，一着不慎，满盘皆输，接下来如果不能妥善处理，结果无疑是致命的。

可是要如何做才能挽回眼前的局面呢？桂良正殚精竭虑地想着计策，突听得有人来报，说是王炽手下求见。

桂良闻言周身一震，迟疑了一下，道："让他进来。"

不消多时，进来个消瘦的中年书生，朝着他行了个大礼，"不才于怀清参见大人！"

桂良不明其来意，不敢怠慢，请他落座后，又差人奉上香茗。于怀清端起杯子，呷了口茶水，啧啧称赞道："这是今年开春的新茶吧？入喉涩里带甘，芬芳扑鼻，好茶！"

桂良存心想试探于怀清此行的目的，说道："京城的好茶都产自外地，据说洋人最近正在大肆收购新茶，今后想要在京城买些好茶可是不容易了。"

于怀清放下杯子，微哂道："凭大人的地位，莫非也弄不到好茶了吗？"

桂良苦笑道："本官地位虽高，却也难以跟洋人抗衡，他们把好茶都收了去，本官也只能徒叹奈何了。"

"如此说来，委实可惜了。"于怀清摇着头，微微一叹，"不才倒有一计，可让大人安心地喝上好茶。"

桂良装作漫不经心的样子："哦"的一声，道："愿闻其详。"

"与我们合作。"于怀清边看着他的神色变化，边慢条斯理地道，"到时候大人想要喝多少茶都无妨。"

桂良问道："这算是交易吗？"

"是的。"于怀清毫不避讳地道，"大人以为如何？"

桂良"嘿嘿"一声怪笑，"本官好歹也是朝廷一品大员，要喝些茶，却还要与你等小贩交易，你不觉得可笑吗？"

"如此看来，大人是不愿意了？"于怀清手臂一按桌子，站了起来，沉声道，"大人，不才虽只是一介书生，本无资格如此面对面坐着跟大人说话，但今日大人既然将不才请了进来，不才便劝解大人两句，一品大员也是人，是人总是要喝茶的，只要能喝上茶，这茶是出自平民之手还是商号之手，有区别吗？不才言尽于此，告辞！"

桂良见他果然举步要走，便打了个哈哈，以掩饰窘态，道："此话倒是在理，咱们不妨再坐下来谈谈，你与本官交易有何条件？"

于怀清回身，伸出两根手指道："两个条件，一是查出内务府陷害我等的人；二是把西堂血案的责任推到清帮头上。"

桂良闻言，大吃一惊。于怀清微微一笑："大人要想安安心心地喝上一壶好茶，只能如此了。况且此事本就是清帮挑的头，又有王炽冒充清帮的人在西堂跟罗本说的那番话为证，把责任推到清帮头上，洋人决计不会怀疑。"

桂良红润的脸变得有些发白："可如果端了清帮……"

"大人还不明白吗？"于怀清打断桂良的话头，大声道，"案发当日，你去了西堂，这是人尽皆知的事情，洋人追究此案是醉翁之意不在酒，是要把你揪出来啊！"

桂良的脸色又是一变，咬了咬牙道："好，本官答应了。"

"不才冒昧，想请大人立下手书为证。"

桂良脸色一沉，似乎想要发作，但兹事体大，终究还是忍了下来，走到桌前，提笔写下了同意于怀清提出之条件的保证书。

于怀清拿过纸来仔细看了，笑道："多谢大人，从今日起，大人可以放心地喝上好茶了。不才告辞！"

待于怀清出去后，桂良把黄牙一咬，手臂一伸，拂去了桌子的杯盏，瓷杯碎了一地。

七日后，巴夏礼筹齐了十引新茶，并装载上车，运往在买卖城的英国公馆。待这一切全部就绪后，巴夏礼便把运输凭证交到了王炽手上，并说道："到时候你只需拿这份凭证，就可以到买卖城的英国公馆提货。"

王炽道了声谢："好了，现在也是我兑现承诺的时候了，你问吧。"

巴夏礼在王炽的对面坐下，问道："你不是清帮的人，对吧？"

"对。"王炽看着他认真地道，"那只是为救我的兄弟，情急之下编造的谎言。"

巴夏礼满意地笑了一笑，这是他意料中的结果，可见王炽是真有诚意的，于是又问道："那么究竟是谁指使你杀害罗本先生的，或者说罗本先生本来就不是你所杀，是另有其人？"

"另有其人？"王炽似笑非笑地看着巴夏礼，"当时教堂内除了我和桂大人外，再无他人了，莫非你怀疑桂大人？"

"我只想听你的答案。"

"向天明。"

巴夏礼紧盯着王炽的眼睛，似乎想要读出这句话的真假。王炽哂然一笑道："你是不信呢，还是不满意这个答案？"

"这有区别吗？"

"请恕我直言。"王炽道，"按照你们的意思，更希望利用我，指认桂大人就是凶手，是吗？"

巴夏礼却也不予以否认，道："你既然把我的心思看得这么透，为何不说个可以令我满意的答案呢？这样我们的合作会更愉快。"

"我是生意人，以利益为先，可我还没到为了利益信口雌黄，昧了良心的地步。"王炽道，"再者说，此事是向天明所为，乃显而易见的。他不能违抗朝廷的命令，不得已把人交了出去，然如此做清帮兄弟不服，刚杀了洋人，却又把自己的同胞交出去抵罪，却是哪门子道理？因此为了服众，向天明又不得不去把人救出来。"

巴夏礼眼珠一转，道："这么看来，你也是被迫的？"

"是的。"王炽煞有介事地道，"去罗本手里救人，无异于虎口拔牙，为此向天明设了个陷阱，一边托人秘密知会罗本，说晚上有人会来劫人，一边向我透露消息，说我的人在西堂让洋人抓了起来，我派了两名兄弟去查探时，就落入了陷阱之中，有去无回，没奈何之下，我只得跟他合作，答应他杀了罗本，救人出来。"

巴夏礼沉吟了会儿，估摸是想理顺思路。须臾，他又问道："可我怎么听说那晚是朝廷的人去跟罗本接的头？"

"应该是。"王炽点头道，"掩人耳目罢了。"

巴夏礼轻轻地点了点头，一副似信非信的样子。实际上王炽的话到底有几分真几分假，对巴夏礼来说并不重要，重要的是王炽出口指证了谁。于是在当天下午，他就跑去找到了桂良，要求清政府立即剿了清帮。

桂良自己虽逃过一劫，但依然头疼得很，毕竟清帮是大帮派，且跟朝廷有千丝万缕的联系，不分青红皂白就把它清剿了，那是不可能的事。可是面对强势的洋人，他又不敢不答应，万般无奈之下他决定和稀泥，告诉巴夏礼说，兹事体大，本官须与皇上商议了后再行定夺。

如此一拖就是好几日，始终未见音讯，果真把洋人惹恼了，美国人尚未动手，英、法联军率先发难，进逼大沽口。

面对这一次的危险，朝野上下都显得比较淡定，原因无他，没多久前天津已打过一次了，这次再打，大家心理上有了准备，再者惨败过一次后，大沽口的防线也有所加强，没那么容易让人突破。

特别是北京城的老百姓，拿它当一件闲事来谈，茶馆饭庄之中讨论之声不绝，且伴随着嘻嘻哈哈的笑声，与当前之形势极不协调。也许他们决计想象不到，一场灾难已然降临到了自己头上，且是毁灭性的。

第三章

学士府请君入瓮　潘家窑[1]阴谋初现

　　王炽是在傍晚时分，从鸿胪寺的洋人驿馆里出来的，走到门口时，他深深地吸了一口京城夜晚的空气，不知为何，突地感到一阵凉意，令他禁不住打了个寒战。

　　旁边的李晓茹看到他这副模样，诧异地道："怎么了，冷吗？"

　　王炽抬头望着夜空，道："不是冷，是怕。"

　　李晓茹闻言，抿嘴一笑："原来你也有害怕的时候！"

　　王炽转头望向随李晓茹一起来接他的于怀清，道："于先生可感受到了一股杀气？"

　　于怀清捋着青须，低头沉吟了会儿，道："王兄弟，依不才之见，我们还是快些离开北京吧。"

　　王炽浓眉一皱："无端被卷到风口浪尖，却连是谁在暗中作祟都不知道，就这样离开甘心吗？"

　　于怀清沉默了。自经历了重庆和天津的事件后，王炽的争强好斗之心越来越盛，他能理解被人驱逐、受人排挤后，那种想要证明给人看，要成为一个强者的好胜之心。证明自己存在的价值和活着的尊严，此乃人之常情，他没有理由去拒绝，多少功成名就的人，当初都是凭着这股年少气盛时的勇气，才拼出

---

[1]　潘家窑：今潘家园。

一片属于自己的天空的。

于怀清暗暗地叹了口气，兀自没有言语，低着头慢慢地往前走。李晓茹看着王炽道："我认为于先生的话是对的，没必要为去争那一口气，让自己陷入危境之中。"

王炽冷笑道："原来李大小姐也有怕的时候！"

李晓茹被他这话一堵，气得翻了翻白眼，嗔道："好个不识好歹的王小贩子，你要是死在了北京，本小姐都懒得给你去收尸，就让你横尸街头！"说完，往前快走了几步，不与王炽同行。

李晓茹刚往前走了几步，便发觉有些不太对劲儿。她在济春堂时，曾与武师练过些拳脚功夫，对周围环境的感觉要较寻常人灵敏些，是时，她突觉在这川流不息的人群中有些异常，仔细一观察，发现有几人神情肃穆，眼里带着股杀气，不由吃了一惊，回头要去提醒王炽时，那几人蓦地身影一动，朝她奔袭上来。

李晓茹心下虽惊，但绝非寻常胆小畏事的姑娘，见那几个人果然出手了，反倒使她镇定了下来，娇喝一声，猱身而上，拦住了那几人的去路。

大街上突然大打出手，把路人惊得四散逃开，只远远地观望着。王炽定睛一看，来者共有五人，手持钢刀，招式狠毒，专攻要害，忙不迭大叫道："李大小姐逞强不得，快跑！"

李晓茹也知不是他们的对手，几招下来，已然是左支右绌，可是冲上去容易，想要脱身出来却是难了，根本无暇分身，当下叫道："本小姐跟他们拼了，你们快走吧！"

王炽哪里肯丢下她逃生，正自忧心间，见有两人离开李晓茹，往他扑了过来。王炽暗叫不好，提了口气，喊道："你等是什么人？"

谁知那两人根本不搭话，把钢刀一扬，挥手就砍。王炽和于怀清哪里是这些人的对手，连忙惊呼着乱躲。就在这生死一线的当口，陡听得一声大喝，半空中匹练匹地，劈头盖脸地往那两人落去。

那两人没料到有人来袭，连忙回身去挡。可仓促间这一挡之力，哪有对方的力道之猛？只听得一声金铁狂鸣，火星四溅，那两人虎口一麻，手里的钢刀脱手飞出。未及回神，但听来者又是一声大喝，匹练再起，血光在夜色中迸溅而出。

王炽和于怀清回头过去看时，只见一名少年手擎大刀，将袭击他们的两人砍翻在地。他眉毛秀长，儒雅中带着股刚毅之气，是时，大刀在手，刀刃带血，威武之气笼罩其身，英姿飒爽，不怒自威，正是李耀庭。

王炽大喜，喊道："李将军快去救李大小姐！"

李耀庭霍地转身，大步奔将过去时，倏地刀尖一点，落在其中一人的手腕处，那人痛哼一声，钢刀脱手。李晓茹眼疾手快，娇躯微微往前一倾，把那柄钢刀接在了手中，朝李耀庭笑道："李将军来得正好！"一时斗志大起，随着李耀庭与那几人斗作一处。

于怀清拍拍胸脯，连叫了几声好险，抬眼看时，见李晓茹跟着李耀庭与对方打得正欢，不由摇头苦笑道："你我男儿，倒不如一介女流！"

五名杀手死了两个，那三人都不是李耀庭的对手，便抽身退去。李晓茹挥着刀大喊道："有种就别跑，再与本小姐打三百回合！"

王炽走上前去，朝李耀庭拱手相谢。李耀庭嘘了口气，道："亏的是我不放心，出来看看，不然的话后果真是不堪设想。"

李晓茹斜眼瞟了王炽一眼，冷笑道："那倒也好，好叫有些人横尸街道，让狗叼了去！"

王炽无心理会她，急着回了客栈。席茂之听说王炽在路上的遭遇后，惊道："是我疏忽了，未能前去迎接，该死该死！"

"席大哥莫要自责，是我们都没想到对方这么快就动手了。"王炽道，"不过这只是个开始而已，接下去可能会更加危险。"

席茂之叹道："王兄弟，非是大哥胆小怕事，你我势单力薄，要真是明刀明枪地打起来，非吃亏不可。再者，北京乃各方势力集结之所在，鱼龙混杂，我等要面对的局面空前复杂，怕是会应接不暇啊！"

于怀清闻言，目光朝王炽看了过去。王炽沉吟片晌，朝众人道："大家的意思是离开北京吗？"

因为俞献建的死，再加上王炽今晚遇险，孔孝纲的胆气明显比平时弱了些，道："二哥的仇也报了，你从洋人身上又敲了一大笔，我觉得见好就收吧。"

王炽朝李耀庭道："李将军是怎么想的？"

李耀庭看了眼身边的那拉青桐，道："依我之见，王兄弟没必要争那一口气。"

王炽道："既然大家都想要离开，那么在下就听大家的便是。"

当下议定，明日一早就启程离开北京，是晚由李耀庭、席茂之、孔孝纲轮流值夜，以防不测。

翌日，王炽先行送走了李耀庭和那拉青桐，因两人是共患过难的生死兄弟，想到这次分别，此后一南一北很难相见，越发难舍。一直送至城门外时，李耀庭才道："王兄弟，你回去吧，此去买卖城路途遥远，须一路小心。"

王炽点头道："我理会得，李将军莫念。今后若在生意上有用得着我的地方，只管差人来说。此外，若是在云南遇上马如龙，代我问好。"

双方道别后，王炽转回客栈，却发现众人的神情有些异常，问道："怎么了？"

于怀清道："方才学士府差人来说，查内务府的事有眉目了，让我们过去一趟。"

王炽浓眉一扬，回头看了眼席茂之和孔孝纲两人，说道："俞二哥因了此事而亡，现在是去是留，两位哥哥拿主意吧。"

"有了眉目时放弃追查，总觉得甚是不甘心。"孔孝纲狠狠地用拳头击了下桌子，"这样走了对不起二哥！"

李晓茹看了眼犹豫的席茂之，情知他内心是想留下来查个究竟的，但又不好叫大家跟着冒险，便道："临行前去一趟学士府，跟桂良了解下情况，应也出不了什么事。"

于怀清蹙眉道："去一趟无妨，但不才以为此事有些古怪。"

王炽问道："何处古怪？"

于怀清道："学士府的人说有眉目了，说明只是查到了些苗头，并没掌握实质证据，既然如此的话，让捎信之人直接把事情说了便是，何须如此遮遮掩掩，让我等走一趟？"

席茂之点头道："于先生之言不无道理，桂良有把柄在我等手里，想他堂堂一品大员，却让我等牵着鼻子走，心里定然不痛快。"

李晓茹惊道："莫非昨晚那五个杀手，就是桂良所派？"

于怀清道："这倒不一定，也有可能是清帮的人。总之去学士府时须时时防备才是。"

是日下午，由于怀清、席茂之陪同王炽前去学士府，李晓茹和孔孝纲则在学士府外围策应，一行人神色肃然地走出客栈，匆匆而去。

到了学士府附近，观察了番周围环境，并没发现异常，李晓茹、孔孝纲便佯装成路人，徘徊在街头，王炽等三人径往前走了去。

让门口的人通禀了后，没过多久，王炽等人就被请了进去。一路上席茂之身负钢刀，眼观六路，耳听八方，丝毫不敢大意。到了大堂门口时，席茂之便守在门口处，王炽、于怀清两人则走了进去。

桂良看了眼他们的架势，心知肚明地笑了一声："听说几位昨夜遇袭，险些丢了性命，忒是凶险，今后是得小心一些了。"

于怀清也笑了一声："大人对京城的大小事情，真是了若指掌啊，我等这样的百姓遭遇袭击，您居然也得到了消息，端的令不才受宠若惊！"

桂良听了这揶揄之词，笑容僵化在脸上，"几位虽是初到京城，可抬手举足间都是大手笔啊，不得不让本官关注。"

王炽道："桂大人，听说内务府那边已有了些眉目，不妨先说来听听。"

"先不忙说这个。"桂良眉毛一抬，道，"有个人说要见见你们，不妨先见了再说吧。"

王炽心头一震，不由自主地朝于怀清看了一眼。于怀清同样也是吃了一惊，隐隐感到一股杀气悍然袭来！瞥目间，只见从里屋走出一人来，三十几岁的样子，穿一袭长袍，颔下留一绺短须，目光一抬间，精光灼灼，不怒自威，正是清帮北京洪顺堂龙头向天明！

看到此人在学士府出现，王炽和于怀清在吃惊的同时，亦明白了昨晚的刺杀是怎么回事了，一方想清除障碍，一方想报复，在共同利益的驱使下，这才有了昨晚的袭击。于怀清挤出一抹生硬的笑容，嘿嘿怪笑道："堂堂朝廷大员，行如此下作之事，大人不怕遭报应吗？"

桂良沉着脸道："不怕。因为你们也不是什么好东西，死有余辜！"

"这就是江湖上传说的黑吃黑吗？"王炽冷笑道，"可大人杀了我等，就不怕臭名昭著，损了您的名声？"

"你是说那份保证书吗？"桂良道，"那不过是本官的权宜之策罢了，杀了你等，再随便安个罪名，到时候死无对证，哪个会去追究？"

向天明哼一声，道："何须杜撰罪名，他们为求脱身，与洋人勾结，陷害清帮，祸害朝廷，足以死个几次了。"

"说得好，说得好啊！"于怀清拂掌道，"不才有个推断，不知两位有没有兴趣听听？"

桂良的眼皮一抬："死到临头了，再让你多说几句也无妨，说吧。"

于怀清道："大人以查内务府之由头邀我等而来，临了却要杀我等灭口，不才是否可以理解为，内务府贪赃枉法，草菅人命，然官官相护，这件事的背后牵涉到了大人您的利益，因此才迫不及待地要将我等置于死地？"

桂良闻言，脸色一沉，看了眼于怀清："你以为如此说便可以吓着本官？"

于怀清眼里精光一闪："莫非不才说错了吗？我的两位兄弟落入罗本之手时，您正在西堂，难道这还不足以证明您跟内务府联合起来，害人性命吗？至于您为何要如此做，只怕这里面有不为人知的巨大利益吧？"

于怀清说话间，王炽留意了眼向天明的神色，他的脸色铁青，但随着于怀清说话的深入，神情间不免微露了些狐疑之色，目光情不自禁地往桂良身上落去。

桂良明知他是信口胡诌，但此话却是切中了向天明的要害，按着这话延伸开去，他桂良才是西堂血案的罪魁祸首，才是跟洋人勾结之人，如果向天明真被说动了，那么此间的局面将发生巨大的改变。

桂良拍案而起："放肆，你也不想想这是什么地方，就敢满嘴胡言！"

于怀清就是要把他激怒，一个处于愤怒之中的人，是没有理智的。看到桂良那怒气冲天的脸，于怀清笑了："大人要是清白的，大可以不用急着杀人灭口，把内务府的事情先说清楚了。"

逞口舌之利桂良终非于怀清之敌手，脸上青一阵红一阵，强忍着怒气道："近日来，本官派人监视了内务府，发现武备司[1]跟花旗洋行来往密切。"

---

[1] 武备司：内务府七司二院下的其中一个机构，主掌器械制造。

王炽问道："花旗洋行是做什么生意的？"

向天明插嘴道："那是美国人开的一个商号，表面上卖的是普通商品，暗地里却也做军火买卖。"

清廷是严禁军火生意的，内务府作为皇家机构，居然敢涉足其间，着实令王炽和于怀清吃惊不已。而且更叫人玩味的是，是时英、法联军正集结在天津大沽口外，大战一触即发，这个时候内务府涉足军火生意，意味了什么？

王炽看了眼桂良，道："兹事体大，大人不去向皇上启奏，却把心思放在了害我等小民身上，令人费解。"

桂良冷笑道："你知道内务府都是些什么人吗？"

"听说过一些。"王炽道，"天下衙门虽多，却没一个能管得了他们。"

桂良道："有一次当今皇上要修缮御花园，让内务府拿个预算出来，结果内务府说需要五十万两白银。皇上一听这数字，吓了一跳，问为何需要这许多银子？内务府回答说，眼下工匠和原料采购的费用都偏高，五十万两已是紧打紧算了。皇上情知内务府之弊，便要求工匠到宫外去请，一概采购也均让工匠去负责。谁知三天之内，京城之工匠全部消失，连一个泥瓦匠都找不到。"

王炽、于怀清听了这一番话，只觉字字惊心。桂良看着他们又道："眼下只知道他们跟花旗洋行有来往，并没有确凿的证据证明就是在从事军火交易。而且他们的这个举动，跟你们之间又有何牵连，也是不得而知，这时候去招惹他们，岂非嫌命长了吗？"

王炽叹息一声，如果把当今的朝廷比作一个果子，它已然里里外外都烂透了。可问题是他们到京城没多久，怎么会惹上内务府的人，又怎么会牵涉到军火生意上去？此案要是按图索骥继续深挖下去，说不定就能挖出一桩震动京城半边天的贪腐大案来……王炽不敢再往下想，说到底这是朝中官员跟洋人之间那些见不得人的勾当，跟他们又有什么关系呢？

"现在死心了吗？"桂良看着王炽两人，冷冷地道，"不管内务府的事跟你们之间有什么联系，但只要牵涉其间的，绝对干净不了，杀了你们也算是为民除害了！"

王炽转首看了眼于怀清，显然于怀清也是一脸的迷茫，此事过于诡异，非是在短时间内能理清楚的。面对桂良设下的绝杀局，饶是于怀清以足智多谋著称，亦不禁手足无措。

霍地，大堂内脚步声大起，一众人从两边的暗室里跳将出来，将王、于两人围住。门外的席茂之见此情景，大喝一声，冲了进去，钢刀一扬，扫开王、于身边的几人，大喝道："快随我来！"

见席茂之要带他们杀出去，那些人不约而同地袭将上来，堵住了去路，刀枪齐上，袭向包围圈里的三人。

眼看着一场血战在所难免，陡听得堂外有人一声大喝："都住手！"

李耀庭、那拉青桐一人一骑，踏着早上的阳光，出了京城，一路往南而行。

迎着晨光，鼻沁花香，那拉青桐心中的阴霾已一扫而光，姣好的脸庞娇柔明媚。李耀庭的眼睛虽望着前方，却在时不时地用余光留意着她，见她眼角含笑，脸色也是红扑扑的，恢复了往日的神采，心中顿时就遐想了起来：广州一行，辗转到了天津，不想竟遇上了这个善良美丽却又遭遇大变的世家小姐，这一路走来，虽说是九死一生，却又像是天定的缘分，若非那一系列的变故，他一个浪迹天涯的马锅头，又如何能与她结缘呢？如此又想到她从此以后将跟着自己闯荡江湖，无论走到哪里，身边总是会有这样的一位红颜相伴，不由得心里一甜。

正自胡思乱想间，突见那拉青桐转过脸来，问道："今后有何打算？"

李耀庭回神过来，答道："在下想先回云南，把马帮再带起来。"

那拉青桐美丽的眼珠一转："莫非你想一辈子走马帮吗？"

"马帮是刀头舔血的营生，在下如何能一辈子干这危险的行当。"李耀庭笑道，"待积累了些资金后，打算开一家商行，利用云南和四川的地域差异，来回运两地的货来卖。"

"我相信你能实现的。"那拉青桐迎着阳光微微一笑，笑靥如花，"你相信我吗？"

李耀庭一愣，一时没明白她的意思，道："自然是相信的。"

那拉青桐又问道："那你把我当作你的什么人？"

李耀庭又是一愣，她这突如其来的问题，彻底把他问蒙了，心想我与她经历了生死，亦曾信誓旦旦地说过生死相依的话，这会儿也没什么不可以说的了，当下说道："你是要与我一起走完一生的人。"

那拉青桐闻言，又是娇羞又是欢喜，再次相问道："如此说来，你不会将我当作外人了？"

李耀庭肯定地点头道："自然不会！"

"那好！"那拉青桐认真地道，"我要帮你实现目标。"

李耀庭这才明白她的用意，惊道："你……你是说要帮我开设商行？"

那拉青桐笑着点头。李耀庭却是失色道："这如何使得！"

"如何使不得？"那拉青桐正色道，"我离家时，父亲把家里的积蓄换成银票，如数让我带了出来，对我来说，那些大额的银票只是几张纸而已，而对你而言，却是希望。"

李耀庭道："那拉小姐，你身上怀揣着的不只是银票，而是令尊一辈子的心血。他让你把它带着，是希望你过得好一点儿，希望你的未来多些美好。"

"你可有想到，从今往后，你便是我的未来？"那拉青桐脸上微微一热，却依然一本正经地道，"只有你好了，我才能活得更好。"

望着她的脸以及一脸的真诚，李耀庭不由得心头一暖，他虽还无法接受要她资助去开设商号的事实，一时却也不忍去拒绝。

是时，他们离京城已经有一些距离了，路上的行人陆续多了起来，他们或赶着马车拖家带口，或是提着包袱行色匆匆……李耀庭见状，心头一沉，转头看了眼那拉青桐。

果然，那拉青桐看到那些人的时候，脸上轻松愉悦之色消失了，蛾眉紧蹙，眼神露出一丝淡淡的悲痛。他们显然是从天津城出来避难的百姓，眼下天津的形势再次吃紧，这些无辜的百姓为逃兵祸，只得抛家别里，远行异乡。

李耀庭知道那拉青桐在看到这些避难百姓时，勾起了她那段不堪回首的往事，同时亦为她尚在天津的老父亲担心起来，便下了马，拦住一人问道："这位大哥请问，现在天津的战事如何了？"

那路人看了眼李耀庭，道："你们这些身在京城的人不知道啊，打得可惨了！"

李耀庭暗吃一惊："原来已经交上手了！"

"可不是嘛！"那人道，"前两天那些洋狗攻了几轮，都被僧格林沁将军挡了回去。"

李耀庭道："我军获胜，对天津大为利好，你们如何还要出来避祸？"

那人道："洋狗都是丧心病狂之徒，吃了败仗，把他们惹毛了，定会疯狂反扑，往后天津能不能守得住难说呢。"

李耀庭一愣，他并不赞同百姓的这种悲观心理，可反过来一想，你自己对当今的朝廷又有多大的信心呢？亲历了上一次的大沽口之战，官员间的不团结，粮草、器械又难以为继，诚如那人所言，往后能否守得住谁又说得准呢？

李耀庭暗叹一声，走到那拉青桐的马前，道："我们回一趟天津吧，若是他老人家愿意的话，就把他接出来。"

那拉青桐蹙着眉想了会儿，道："越是上了年纪的人，对故土越是依恋，他是不会离开那片庄院的。若是现在回去，让他知道了我要与你远赴云南，只怕更会叫他担心。"

李耀庭倒是没想那么多，听了她之言，好生为难："那要如何是好啊？"

"尽快做出一番事业来，给他去报喜。"那拉青桐看着李耀庭，声音虽柔和，眼神却是坚定无比，"按我刚才说的做，开一个商号，交易南来北往的货。"

李耀庭看着她坚定的眼神，突然叹道："这叫我如何报答于你！"

那拉青桐微微一笑，笑容虽浅，却是饱含了对未来的希冀，"你的不离不弃，便是对我最好的报答了。"

李耀庭伸出手轻轻地握住了她的手，道："李耀庭定不负你！"

那拉青桐的笑慢慢地在脸上绽放，白玉般无瑕的脸上多了层浅浅的红晕。她想她是不幸的，但也是幸运的，能遇上这样的有情人，也算是不枉此生了。

却在这时，陡听得官道上蹄声乍起。远远望去，只见一人一骑飞快地往这头奔来，惊得尘土飞扬，吓得沿途的百姓纷纷避让。待得再近些时，李耀庭定睛一看，却见马上那人正是杜元珪！

不多时，杜元珪也看到了李耀庭，忙不迭勒住缰绳，纵身跳下马来，朝李耀庭拱手道："两位这是要往何处？"

"在下正要去往昆明。"李耀庭道，"杜将军是从重庆赶回来的吗？"

杜元珪道："正是。王四在京城身陷险境，在下这一路上不敢耽搁。"

李耀庭道："王兄弟打算今日离京，现在入城应还赶得上与他会合。"

杜元珪讶然道："何以这么快就离京了？"李耀庭便把昨晚遇袭之事说了，杜元珪闻言，也是吃惊不小，道，"如此在下先行告辞了，两位一路走好！"

与李耀庭道别后，杜元珪不敢怠慢，急往京城而来。入了城后，找到客栈所在，一问之下，才知他们皆已离开，亏的是于怀清想得周全，临走时交代了店家，要是有人来找，就说他们去了学士府。

杜元珪虽是武行出身，却是心思缜密之人，他们本要离开京城，临时改变主意去了学士府，料知是出了变故，便又骑了马往学士府赶去。

到了地头，遇上李晓茹和孔孝纲两人，相问情况时，孔孝纲道："他们进去有一会儿了，至今没有什么动静。"

杜元珪道："我进去看看。"行至门口时，被守门的拦了下来，说是没有桂大人的命令，一律不得入内。杜元珪两眼一瞪，气势俨然，喝道："本将奉四川骆秉章骆总督之令，有要事面禀桂大人，滚开！"

杜元珪这一声喝声色俱厉，把守门的吓得惊了一惊，眼见得他要往里闯，拦又不敢拦，只得跟着他入内。穿过前院，到了大堂外时，里面已是剑拔弩张，王炽、于怀清、席茂之三人让二十余人围着，恍如铜墙铁壁一般，凭席茂之一人之力，想要带着两人杀出来，难于登天。

杜元珪本就是性情中人，见此情形，眦眦欲裂，所谓的京官亦如披着羊皮的狼，在利益面前同样会露出凶残的本性！当下大喝一声："都住手！"

席茂之带着王、于两人，面对那么多的杀手，正自心惊胆战，循声望去，见是杜元珪到了，喜出望外。王炽、于怀清看到杜元珪背负九环刀，面呈杀气，威风凛凛地站于院中，也是心头一松。

桂良没想到这时候会有人闯进来，喊道："外面何人？"

杜元珪也不报名讳，道："末将奉四川骆秉章大人手谕，有急事求见！"

当今皇上对骆秉章也是敬重三分，桂良自也不得不理会，走了出去，站到院里，道："什么事，说吧。"

杜元珪将一封信函呈于桂良。桂良拆开来一看，脸色一沉，抬头看了看杜元珪，疑惑地道："他们是北上对付俄国人的？"

杜元珪也不说话，只是蹙着双浓眉不容置疑地点了点头。看着他的气势，桂良自然不敢去怀疑手里这道手谕的真假，可眼下的局面却让他不知道该如何收拾。现在刀都亮出去了，要是不杀了王炽这些人，委实不甘心；可要是咬咬牙痛下杀手，除非连眼前的这个杜元珪也一道杀了，不然的话，那王炽是负有使命的，说到底是在为朝廷办事，若传了出去，他的顶戴花翎都有可能不保。

桂良抽动着那两道高悬着的眉毛，在权衡着利弊。过了许久后，往向天明看了一眼，说道："把人撤了吧！"

向天明一怔，随即明白了他的意图。杀王炽是私怨，而他身负使命，杀了他便成公案了，骆秉章定会揪着不放，到时谁也兜不住。当下咬了咬牙，把手一挥，那些杀手都退了出去。

王炽嘘了口气，走出门去，朝杜元珪拱手致谢后，转身对桂良道："桂大人，如果能抛却私怨，我们之间还是有共同利益的，内务府走私军火，是一桩震惊我朝的走私贪腐案，一旦查实，任他内务府如何狡猾，亦难逃制裁，而你桂大人就可以等着皇上嘉奖了。"

桂良阴沉着脸没有说话，哼的一声回身走入大堂去了。揭了皇上的伤疤，不革职砍头就算是轻的了，还等着嘉奖，岂非笑话！

王炽讨了个没趣，招呼于怀清等人一声，正要往外走，突听得一个阴阳怪气的声音传来："哟，府上可热闹得紧哪！"

王炽往前一看，迎面走来一个太监，清面无须，二十来岁的样子，然其年纪虽轻，从服饰打扮上看，品级却是不低，眼神往王炽等人的身上飘过，落向大堂里的桂良。

桂良见到此人，连忙挤出一抹笑意，转身迎将出来，说道："原来是安公公大驾光临，有失远迎！"

那安公公名叫安德海，是咸丰帝御前太监，因其聪明伶俐，且善于奉迎拍马，在宫里如鱼得水。后得叶赫那拉·杏贞[1]赏识，咸丰帝驾崩后参与辛酉政变的便是此人，此乃后话，姑且按下不表。

却说安德海与桂良互见了礼，说道："我奉了皇上口谕，让大人立刻进宫。"

桂良心头一震："可知是什么事？"

"天大的事。"安德海道，"洋人撇开天津，直接挥师朝京城来了。"

"这怎么可能……"桂良面色煞白地道，"天津不是有僧格林沁吗，如何能让他们绕开了天津，直取京师？"

安德海往王炽等人看了一眼，小声道："皇上不也是在为此忧虑嘛，这才急着让我出来，请你入宫。"

桂良不敢怠慢："事不宜迟，安公公请！"说话间，便急急地随安德海出了府。王炽等人哪敢在此停留，也跟着出来。

桂良进宫的时候，咸丰帝已急得出了一头的冷汗，他的那张脸本来就病怏怏的，此时面色惨白，无一丝血色，十分难看。

桂良看到咸丰帝这般模样，心头一沉，正要跪下行礼，咸丰帝摆了摆手，"洋人都要打到朕的皇宫来了，还要这些礼数做什么？"

桂良忙问道："僧格林沁镇守天津，怎会让洋人钻了空子？"

咸丰帝叹道："洋人狡猾，前次败了后，改变了策略，打了僧格林沁一个措手不及。"

桂良往安德海瞧了一眼。安德海解释道："洋人佯装主攻大沽口，分兵袭击了大沽口侧翼的北塘，由于我军主力集中在大沽口，北塘防线一触即溃，由此，英、法联军从北塘登陆，并迅速攻下了塘沽。眼下水陆两军齐攻大沽口，僧格林沁只怕是抵不住了，兵败只是旦夕间的事儿。"

桂良听说大沽口暂未失守，心下稍安，道："天津乃京师之门户，若是此时增援天津，该是还来得及。"

咸丰帝看了他一眼，眉头一蹙："京师就那么点兵力，万一派出去后天津

---

[1] 叶赫那拉·杏贞：慈禧。

还是守不住呢？"

桂良闻言，明白了咸丰帝并无死战之决心，便道："如果不增援天津，那么索性就撤军休战。"

咸丰帝神情一动，道："你且说得细些。"

桂良道："如果不援助僧格林沁，无疑是将其置于虎口，早晚让洋人一口吞了。要是让他撤军回防京师，或还能保存点实力，到时候即便是跟洋人在北京换约，也好多些底气。"

咸丰帝的眼里闪过一抹异彩，他显然被桂良说动了，或者说他本来就有此意愿，只是需要有朝中大员来支持此想法，现在如愿以偿了。于是，让僧格林沁撤军的旨意，当天就被送去了天津。

桂良从宫里出来的时候，咸丰帝的神色明显缓和了许多，像是除却了心头的石块，整个人都因此放松了下来。然桂良的心头却越发地沉重了，皇上不想打，是因为他害怕，怕把手里的军队拼光了，怕把洋人惹毛了，怕他们有朝一日冲进金銮殿，用洋枪抵着他的头，一枪把他崩了……可桂良心里清楚，让僧格林沁撤出天津，不仅仅是把天津丢给了洋人，还将入京的大门打开了，那一伙强盗会长驱直入，到时候象征着权力和威严的京师会发生什么，谁也无法猜测……

想到这里，桂良的心里禁不住掠过一丝寒意，并且这股寒意透过心尖，漫延至全身，令他忍不住打了个寒战。

"桂大人！"桂良的那寒战未已，听到有人在后面叫他，那人似乎刚巧看到了他身子的颤抖，又道，"下官的声音有如此可怖吗，竟把大人吓了一哆嗦！"

桂良转过身去，看到了一个身形矮胖，长了一脸麻子，两道眉毛往下垂着的若笑面虎一般的人。此人笑嘻嘻地走上来，朝桂良行了个礼，"下官常正英见过桂大人！"

这常正英便是内务府武备司的郎中，掌管宫里的器械，桂良此前查到武备司与花旗洋行来往密切，实际上指的就是此人。是时，他看着常正英满脸端笑，不免心里打起鼓来，莫非此人察觉到了我在监视他，故意在此等我的吗？

桂良毕竟是官场老手，心里虽七上八下，脸上却是丝毫未曾显露出来，笑道："才几日不见，常大人这身体又发了些福！"

"这是托桂大人的福！"常正英慢慢地收去脸上的笑意，道，"平日里承蒙桂大人照顾，感铭于心，今儿个便是要给大人提个醒。"

桂良情知说到正题上了，却依然装作若无其事的样子，问道："常大人请说。"

常正英压低了些声量，道："龙腾虎跃会京师，风起云涌漫杀气，大人，小心哪！"

桂良莫名其妙地看了眼常正英："常大人最近在学作诗吗？可惜这诗句蹩脚得紧哪！"

"桂大人是真不明白还是假不明白？"常正英显然被他逼得有些急了，道，"最近京师不太平，下官是想给大人您提个醒，跳出是非，免得引火烧身。"

桂良明知他说的是军火的事，依然装作没听懂的样子，失笑道："官场即是非场，你叫我如何跳得出去？"

"桂大人既然如此说，那么下官只好把话挑明了。"常正英挑了一挑往下垂着的眉毛，道，"桂大人最近可是在留意下官与花旗洋行的事？"

桂良"嘿嘿"怪笑一声，道："无意中得知而已。"

"桂大人究竟是有意还是无意，无关紧要，要紧的是那真的是一个火坑。"常正英往桂良的身边凑了凑，踮起脚尖对着桂良耳语了几句。

桂良听完，禁不住周身一震，不可思议地看着常正英道："当真？"

"千真万确！"为了让桂良相信，常正英一脸严肃地道，"不过请桂大人放心，到时候得了好处，少不了您的那一份。"

桂良没有说话，转身走了。常正英看着他离去的背影，微微地叹了口气。

随着从天津来北京避难百姓的增加，街头巷尾讨论天津局势的人越来越多，但绝大多数人在谈到天津形势不利的时候，脸上是带着笑意的，仿佛是在讲一段很久远的历史故事。有些茶馆里甚至有人拿此事来说书，且说得绘声绘色，仿佛他真的经历了那场战争一般。

这一日傍晚，王炽等人在下榻的客栈用膳，耳听着食客们兴高采烈地讨论着天津战事，不免有些刺耳。天津告急，北京城岌岌可危，莫非这些住在皇城脚下的人果真不担心吗？

事实上此时的王炽并未真正了解，在极度腐败动乱的大环境影响下，封闭的老百姓看不到希望时，是会迷茫的，清政府灭与不灭，洋人来与不来，他们都觉得无所谓。

倒是于怀清一语道破玄机："国不知有民，民岂能有国乎？"

王炽一愣，旋即明白了他的意思，不由得微微一叹，心想如果洋人果然攻入了北京，北京城会是一个什么样的局面？

李晓茹面带一丝冷笑，冷漠地看着眼前那些兴致高昂的听书的百姓，思绪却已飘到了昆明被杜文秀大军围困的那年。

那年的局势同样紧张，但她却看到了军民协同抗敌的热情和决心。然那种热情和决心来自共同的利益，为了生存他们自然会拿起武器去抵抗。而如今，皇城脚下，他们被奴役着、压迫着，兴许他们心中甚至想着，要是这个国家倒了，他们的自由就会来了！

当于怀清说出"国不知有民，民岂能有国"之言时，李晓茹眼珠一转，心领神会地朝于怀清笑了一笑。

王炽对百姓的这种状态颇为不满，草草吃完便回了房去。其他人吃完后又闲坐了会儿，这才回去休息。

次日，王炽刚起床吃过早饭，学士府便差人来说，桂大人接到密报，今天晚上内务府与洋人有交易，地点在潘家窑，官府正在筹备晚上的抓捕行动。

王炽听到此消息，不免有些兴奋。他来了北京后，就一直被人在幕后操控着，后来怀疑对象直指内务府，这个皇家机构到底跟自己有什么恩怨，他们所做的军火生意跟自己又有何关系？这些疑问使他对内务府引起了高度关注，因此找来了于怀清商议。

于怀清听说之后，说道："潘家窑那个地方原是烧砖窑的，地方偏僻，又有个村落作为掩护，确实是办事的好所在。不管如何，这件事跟我们有莫大的关系，理该去看看。不过，官府都是些吃人不吐骨头之辈，去之前须做好万全之准备。"

王炽道："先生是怕这里面有诈？"

"按理说军火生意是大忌，官府得到此消息后，定会全力抓捕，我们应无危险。"于怀清看着王炽，一脸凝重地道，"可是不知为何，不才心中却是惴惴不安，究竟是哪里令不才心头难安，偏又说不上来。"

王炽道："许是从天津一路到北京，我们经历了太多的凶险。我向先生保证，查清楚了这件事后，马上离开北京。"

于怀清点头，"那我们就准备一下晚上的事吧。"

是晚，薄暮时分，王炽等人离开客栈，去了潘家窑。按照于怀清的计划，将人分了两拨，第一拨由席茂之、杜元珪两人组成，先行一步，负责摸清楚那边的状况；第二拨则由王炽、于怀清、李晓茹和孔孝纲等人组成。

一路走去，于怀清的心里依然是惴惴不安，生怕会出什么意外，而王炽却是有些焦急和激动。谜底马上就要揭开了，困扰了他许久的问题即将有答案，也许那答案是出乎他意料的，但也正是因了其未知性，才更加令人激动。

席茂之、杜元珪两人都较为稳重，且经验丰富，到了潘家窑外围时，就着灰蒙蒙的夜色往前打量，却是什么也没有发现。那只是一个小村落，周围都是平原，野草疯长，从高处望去，除了几处因烧砖而被挖掘过的地方，在夜色中显得犬牙交错，惹人眼球外，委实没有起眼儿之处。

杜元珪看了会儿，朝席茂之道："据说官兵也会在今晚行动，怎么没见个人影？"

"应该是隐藏起来了。"席茂之道，"我下去看看，若无异常，你便去把王兄弟他们接过来。"

杜元珪称好，藏好身子，静观其变。席茂之则猫着身子慢慢地往下面村子走去。到了村子外围，席茂之留意了下周遭的环境，并没发现异状，就又动身朝村子右侧的几处破砖窑走过去。

潘家窑的砖窑厂由来已久，全盛时期每天有三百多工人在此作业，后来由于附近做砖头的土越来越稀少，窑厂不得已搬到了房山一带，留下了这里坑坑洼洼的土地以及那几座破败的土窑，昭示着曾经的辉煌和忙碌。

席茂之在窑厂的外围走了一圈，估计是交易双方的人都尚未到，这里沉寂得除了夜虫的鸣叫外，就再也听不到任何声音了。确认没有异常后，席茂之学了声夜莺啼叫，转身离开。

上面的杜元珪听到夜莺叫声，便知一切正常，转身去接了王炽等人来。待王炽等到了后，席茂之亦已回到原处，道："下面静得很，什么人都没有。"

于怀清沉着眉头望着底下的砖窑，一副心事重重的样子，却没有发话。王炽看了眼于怀清，道："于先生放心，应该不会有事。再说我们只是旁观者，他们交易军火，也赖不到我们头上来。"

于怀清点了点头，依然没有说话。李晓茹好奇地问道："于先生到底是在担心什么？"

"说不上来。"于怀清微眯着双眼，清瘦的身材在夜色里显得灰暗，那一缕青须随风拂动着，衬托出他一脸的沧桑和一丝的不安。他沉默了会儿，突然问了一句："交易双方的人没来，莫非官府的人也还没到吗？"

众人闻言，都不觉一愣，均想席茂之下去转了一圈，未见人迹，莫非官府的人藏匿得那么好吗？可转念一想，倘若随随便便就能让人发现了，还如何逮捕交易的人呢？

席茂之伸手拍了拍于怀清的肩膀，道："先生莫忧，咱们相机行事就是了。"

约过了有一个多时辰，大伙儿正等得焦急，突见其中一个砖窑里面亮起了火光，李晓茹嘿嘿笑道："来了！"

众人都是心头一紧，目不转睛地望着前方。然而，让大家都没想到的是，那座砖窑的灯光亮起之后，就再也没有任何动静了，好似那火光不是人为的，乃自然燃烧所致。王炽浓眉一蹙："怪了，火光亮起，该是有人来了才是，为何没了动静？"

孔孝纲道："难不成那帮人早就在窑里面了，所以大哥下去时也不曾发觉？"

李晓茹道："若是早在里面了，他们早交易完了，何须再点灯引人注意？"

孔孝纲一听，觉得在理，讶然道："那你说为何灯火亮了这许久，连个鬼影都不曾见到？"

"这事确实透着古怪。"席茂之转首朝王炽道，"要不我再下去一趟？"

杜元珪道："再等等吧。"王炽点头，示意过会儿再说。

又是一个时辰过去了，窑里的那盏灯依然亮着，可依然听不到动静，这下王炽也按捺不住了，让席茂之再下去探探。

席茂之下去后，李晓茹找了片草地躺下，望着满天的星星道："说不定人家察觉到了什么，改了交易地点。"

孔孝纲两眼一瞪："那我们不是白蹲了一晚上？"

李晓茹笑道："当是来郊外走了一趟，你看天上的星星，多美啊！"

孔孝纲哼了一声，未去理会，转头又去看下面。此时，席茂之已到了砖窑外面，因有那盏灯照亮，从上面望下去看得分明。于怀清陡地神情一紧，道："莫非又是个陷阱？"

被他如此一说，众人都是吃了一惊，想到了西堂的情景。特别是孔孝纲，前几天刚从那边死里逃生，俞献建之死依然历历在目，霍地起了身就要往下走。几乎与此同时，杜元珪起身道："一起去！"说话间，抓了背后的九环刀在手，随着孔孝纲一起下了坡。

李晓茹早已翻身起来，大大的眼睛望着砖窑那边，恰好看到席茂之的人影一闪，进了砖窑里面。见席茂之走了进去，李晓茹的心头也禁不住怦怦直跳，"按理说，桂良要是想杀我们，在学士府的时候就可以动手了，没必要如此大费周折，引我们到这里来。"

于怀清神色凝重地道："这件事只怕不能以常理去推论，那内务府跟我们更是八竿子打不着边，又如何会来陷害我们？"

说话间，砖窑口人影又是一闪，正是席茂之，随即便听到了他发出的两声夜莺啼叫。

按照他们先前的约定，以夜莺为号，一声表示没有异常，两声表示有情况，却无危险，三声则是有危险。现在席茂之发出两声夜莺的叫声，说明他在窑里发现了可疑之处，却没看到人。

"走！"王炽简短地说了一声，大步往下走。及至砖窑外，席茂之、孔孝纲、杜元珪便围了上来，均是一脸的凝重。王炽问道："发现了什么？"

"木箱子。"孔孝纲道，"我撬了其中一箱来看，是火药。"

于怀清心头一沉："有多少？"

席茂之道："二十来箱。"

"坏了！"于怀清倏地脸色大变，正要叫大伙儿离开，突地火光大盛，从另一处砖窑里冲出大队清兵，迅速地将他们围了起来！

李晓茹蛾眉倒竖，娇喝道："你们要做什么？"

"做什么？"清兵丛中走出一位领头的人，头冠上镶了颗小蓝宝石，该是千总之类的武官，凶神恶煞般地看了眼李晓茹，冷笑道，"本官盯你们很久了！"

"他娘的，果然又是个陷阱！"孔孝纲脸涨得通红，把手里的刀一挥，喝道，"爷爷跟你们拼了！"

"拼了？"那千总依然一脸的冷笑，"你要跟哪个拼，跟洋枪吗？"话犹未了，周围的清兵便举起了枪，齐刷刷地对准了他们。

孔孝纲受过一次同样的罪，宁死也不肯再受第二次，根本无视洋枪，大喝一声，举刀就要上去打。席茂之眼疾手快，连忙一把将其按住，沉声道："二弟已故，莫非你还要去送命吗？"

孔孝纲大叹了口气，两眼通红，眦眦欲裂，"这些鸟人欺人太甚！"心头恨归恨，终究再没强行上去。

这时候，那千总已命人将里面的军火如数抬了出来，寒声道："人赃并获，这么多军火，足够送你们上路了，带走！"

是晚，王炽等六人被关进了刑部大牢。前两天托了巴夏礼之福，刚从刑部大牢出来，今又故地重游，王炽不由得发了火，狠狠地在墙上踢了两脚。"哪帮浑蛋，何以定要置我于死地！"发泄了一番后，王炽红着眼面朝众人，懊恼地道，"王四该死，连累大家了！"

看着王炽那强忍着怒意的样子，李晓茹不由得心里一软，生出许多温情来，可嘴上却是没好气地道："依本小姐看，你就是个瘟神转世，到哪儿都得跟着你倒霉。不信你闻闻你身上，一股的霉味。"

"是我大意了！"于怀清沮丧地缩在一个角落里，两眼无神地盯着牢门外，"这是个连环套，是有人精心布下的局，那么多箱军火，这一次我们怕是在劫难逃了。"

所有人都被抓了进来，无一落网，在京城又是举目无亲，连个靠山都没有，要想从刑部大狱走出去，的确是不可能了。众人听了这话，均是唏嘘不已，一路上风风雨雨都闯了过来，却在北京栽了大跟头，走上了绝路。

席茂之沉吟了会儿，抬头问道："于先生不妨说说，这是个怎么样的连环套？"

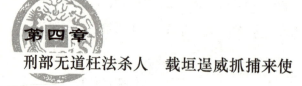

第四章

刑部无道枉法杀人　载垣逞威抓捕来使

夜已深了，但没有人想睡。

整个牢狱里只有两三盏灯火亮着，使得通道昏暗不堪。空气亦似乎是静止的，各种难闻的气味混杂在一起，让人透不过气来。

于怀清无精打采地看了眼席茂之，消瘦的脸上写满了懊悔。"从那晚飞刀寄书开始，这个连环套便已经实施了，我们知道是有人在暗中操控，却不知道是谁。到了罗本临死前说出了内务府后，是一个重要的转折点，因为罗本不会说谎，他没有理由去诬陷清廷的官员，而桂良显然也是不知情的，上次王兄弟入狱时，他还专程到狱中追问此事，不像是装出来的，于是乎所有的矛头都指向内务府，叫我们百般好奇，一心只想去一探究竟，这个与我们素无瓜葛的内务府究竟意欲何为。就是这种强烈的要一探究竟的好奇心，让我们忘记了西堂血案的教训，再次踏入了他们布下的局。好计谋啊好计谋！"于怀清说完之际，"嘿嘿"一声怪笑。

席茂之倒吸了口气凉气，道："好一个诡异莫测的连环局！"

于怀清苦笑道："是啊，可笑的是，死到临头了，操局之人到底是何方神圣，我们都一无所知。"

席茂之闻言，不再言语。孔孝纲手捏着地上所铺的一把草，恶狠狠地道："在潘家窑的时候，就该让我冲上去杀他们几个，那帮狗东西，在洋人面前装奴才，到老百姓面前来装主子，作福作威，无所不为。"

"官要民死，民不得不死！"孔孝纲的话音刚落，从隔壁狱房里传来一声叹息。众人循声望去，晦涩的灯光下，只见在旁边的狱中坐了个五大三粗的壮汉，短须如刺，根根倒竖，虎目豹额，然其长得虽粗鲁，但神色间却并非那种莽夫粗汉，反而隐隐透着股内秀。他往王炽这边瞟了一眼，苦笑道："知道老子是如何进来的吗？老子本也是个读书人，与老父亲一道办了个私塾，教一些学生读书识字，日子过得自在逍遥，却生生让一个当官的给毁了。"

"哦？"于怀清听他说原是个读书人，不由得好奇地望向那人。

那汉子眼中精光一闪："怎么，不信老子是个读书人吗？"

孔孝纲也不觉好奇地问道："他们把你家私塾拆了吗？"

那汉子道："我家的旁边是座员外府，据说主子是刑部员外郎，一个从五品的官儿，从早到晚要么丝竹音乐不绝，要么呼朋唤友、猜拳喝酒，时常吵得学生不得认真读书。有一天我便去与他们说，要他们收敛些，免得搅了学生读书之兴。可隔了一天，他们便带了群人进来，说我们的读书声搅了他们的清静，叫我们马上搬走。老子那房子是祖上传下来的，老父亲自然不依，双方便因此争吵了几句，那帮狗东西出手就打。老父亲本就年迈体衰，挨了几拳后，加上气火攻心，一口气没提上来，驾鹤归西。"

李晓茹听到这里，插嘴道："真是无法无天了！"

"这世道无法无天的人多了。"王炽看了她一眼，冷不丁补了一句。李晓茹一愣，瞧他的神色，似乎是另有所指，随即回过味来，原来他是说在昆明之时，济春堂不过一个商号，尚且能把他打入牢狱，何况人家是京官乎？

想到这里，李晓茹脸色一青，冷笑道："王小贩子，原来你一直记恨着呢！"

于怀清朝那汉子问道："于是你便与他们打了起来，这才入了牢狱吗？"

那汉子嘿嘿笑道："老子一介书生，纵然是有些力气，怎是他们的敌手？老父亲死后，老子要去告官，想讨个公道。谁知道还没待老子去告状，那狗东西竟以扰乱公务罪，把老子带到这儿来了。"

孔孝纲闻言，一时忘了那些不快事，笑道："没想到琅琅读书声，也扰了公务！"

那汉子低头一叹："官要民死，民不得不死！"

大家一时都难以入睡，于是又闲聊了会儿，得知那汉子姓许名进，其口中的老父亲竟是京城名儒许斯宗。

不知不觉，已是凌晨。许进道："狱中无日月，老子乏了，先休息会儿。"说话间，在草堆上一倒，呼呼睡去。

没过多久，通道里走来一人，因光线昏暗，看不清来者面目，只觉其身子娇小，走起路来袅袅婷婷，应是女人。

走得近些时，这才看清是位十七八岁的姑娘，穿一袭嫩绿色的粗布衣衫，胸前挂了两条又粗又长的辫子，模样算不上标致，五官也生得平常，然因收拾得干净，肤色白皙，看上去颇是清新可人。

那姑娘走到许进的狱门外时，见其正在熟睡，没敢去吵醒他，把手里的竹篮子轻轻地放在地上，便在狱门外蹲了下来等。

孔孝纲也是闲得无聊，又没什么睡意，便走到牢边去，轻声道："姑娘，你可是许进的夫人？"

那姑娘闻言，脸色绯红："奴婢哪来这等福气！"

孔孝纲一听，便道："那是他福气好，落了难还有你来侍候。"

那姑娘道："少主于我有恩，纵是做牛做马亦是应该的。"

孔孝纲看这姑娘样貌虽不出众，可性情温和、知书达礼，且懂得感恩，从一而终，不觉啧啧两声，"是个好姑娘！"

许是说话声惊动了许进，只见他翻了个身，睁开眼来。那姑娘连忙站起身行礼："奴婢扰了少主清梦了！"

许进翻身起来，看了眼那姑娘，叹息道："春花，老子得罪权贵，已是将死之人，你无须每日前来侍候，找个好人家，过你的日子去吧。"

许春花闻言，花容大变："少主这是要赶奴婢走吗？"

许进道："老子只是不想耽误你的前程。"

许春花眼圈一红，泫然欲泣："奴婢的命是老主人捡回来的，侍候少主是天经地义的事，少主若是要赶奴婢走，奴婢这就去与牢役说，让他们把奴婢也关了进来，好与少主同生共死！"其声虽弱，毅然之意却形于脸色，不容拒绝。

"罢了，罢了！"许进怕她果真做出这等事来，只得退了一步，道，"你把早膳拿来给老子，快些回去吧，免得那帮狗东西又来驱赶于你。"

许春花应声是，将篮子里的吃食一样一样取出来，递给许进。许进也不客气，大口吃了起来。许春花就在外面看着，直至他吃完了，这才收拾了碗筷回去。

孔孝纲眼睁睁地看着他吃完，道："你也忒是不懂人情，好歹剩些给我们啊！"

许进苦笑道："你却是不知，老子要是没吃饱，她定还会再来一趟，免不得要多受那些牢役调笑。"

孔孝纲又是啧啧两声："你哪儿捡的这么好的姑娘？"

许进微微一笑，却未置言。李晓茹揶揄道："怎么，你也想去捡一个来吗？"

孔孝纲脸上一红，讪笑道："怕是没这么好的狗屎运！"

如此一连几日，许春花每天都要来一趟，给许进送各种吃食。诚如许进所言，狱中无日月，好在许春花来的时候，都会跟他们讲些外面的事情，倒也不太寂寞。就这样，浑浑噩噩地不知过了多少天，这一天午后，牢役突把许进提了出去。估计是那员外郎公报私仇，至回来时，许进已被打得遍体鳞伤，浑身没一个完整处，饶是他身强体壮，也被折磨得奄奄一息。

看着血肉模糊的许进，李晓茹忍不住打了个寒战，想他们是因了私贩军火罪进来的，若有一日被提了出去，岂能比许进好过？王炽转过头去看她时，恰好见到那胆战心惊的样子，脸色苍白得弹指欲破，不觉心中一阵怜惜，愧疚之意油然而生。想她在昆明时乃是个霸气十足的李家大小姐，何曾畏惧过什么，如今跟了他却受这等苦楚。叵耐身陷囹圄，想要出去比登天还难，在濒死的边缘，若是说那些歉疚的言语，却又是何等的单薄无力。当下暗自一声长叹，转过了头去。

次日一早，许春花来的时候，许进已恢复了一些，至少能开口说一些话了，只是依然没什么力气，蜷缩在墙角。许春花见到他这般模样，花容惨白，手捂着嘴未敢哭出声来，可眼里的泪水却若决了堤似的，哗啦啦往下落。

旁边狱中的王炽等人，见此情形，均是唏嘘不已。孔孝纲走上前两步，说道："许姑娘，想开些吧，到了这种鬼地方，没有不受罪的。"

许进的身子动了一动，有气无力地道："春花，老子命不久矣，今日拿了什么好吃的来，让老子先吃些，纵是死了好歹也做个饱死鬼。"言语间，费力地支起身子，往许春花所在的方向挪去。

两人隔得近了时，许春花拿出手绢，去给他擦脸上的血污，奈何过了一晚，那些血迹早已干了，怎么擦也擦不掉，眼泪再一次扑簌簌落下来。许进苦笑道："别擦了，先给老子喝些水。"

许春花连忙取出水壶来，给他倒了一碗。许进接过，咕噜噜喝了，满足地笑了一笑："亏得有春花，不然的话，老子死了也会是个饿死鬼。"

孔孝纲笑道："可不就是嘛，你父亲捡了她，可真是给你积了德了！"

侍候了许进吃完东西，许春花却是无论如何也不肯走了，说是少主大伤在身，奴婢留在身边，好随时使唤。

这一句话说得王炽等人感动不已，他们之间虽说是奴仆，却早已超越了那种世俗的阶级关系，宛如亲人。许进道："他们不会让你留在这里的，你要是还认老子这个主子，就快些回去吧，免得无端受辱。"

孔孝纲敢情也是心疼许春花，劝道："许姑娘，这地方没人情味儿，容不下你的温情，做哥哥的劝你还是回去吧，好歹留着这有用之身，明天还能再来看望你的少主啊！"

许春花虽是放心不下，可想想孔孝纲的话也有道理，这才含着泪水离开。

是日傍晚，许进又被牢役提了出去，李晓茹见状，娇躯大震，不知哪儿来的勇气，突地大喊道："他都快被你们打死了，你们还想做什么？"

牢役回头，凶神恶煞般地喝道："嚷什么嚷，再嚷也给你来两下！"

王炽连忙去握住她的手，示意别冲动。李晓茹只觉心惊肉跳，转头看向王炽，大大的眼里满是恐慌和无助："我们也会这样被折磨至死吗？"

王炽看着她的眼睛，心头一堵，鼻子发酸，脑海里搜遍了安抚的话语，却没一句话能安慰于她，一时语塞。

"杀出去吧。"杜元珪冷不丁沉声道，"横竖是一死，不如寻个机会杀出去。"

孔孝纲神色一震，道："爷爷不怕死，可害怕受辱而亡，愿与你一道杀出去。"

李晓茹连忙附和道："即便是杀不出去，让人一刀砍死了，也是好的。"

王炽本还想跟于怀清商量一下，听到李晓茹的话时，顿时便下了决心，道：

"如果他们敢来提我们之中的任何一人，就趁机动手。"众人应好，脸上均是一副视死如归之色。

商量完计策没多久，许进被带了回来，奇怪的是这次竟没受折磨。牢役将他推入狱中时，他朝王炽等人看了一眼，眼中满是落寞和沮丧，慢慢地走到那个角落，蜷缩起身子，便再没动上一动。

孔孝纲觉得奇怪，道："许兄弟，怎么了？"许进没有回答，像是睡着了似的。孔孝纲情知不正常，便又道："砍头也不过碗大个疤，到底怎么了？"

许进转了个身，面向孔孝纲道："我都认了，判了死罪，三日后行刑。"

王炽大吃一惊，道："就算他们信口雌黄，你也不过是个扰乱公务罪，何来死罪？"

"你也说了，他们会信口雌黄。"许进冷笑道，"这本来是个普通的案件，可我老父亲因此死了，出了人命了，他们为绝后患，给了我了断。"

"王八蛋！"孔孝纲大骂道，"信口雌黄，草菅人命，那些狗杂种不得好死啊！"

"老子认了。"许进叹息着道，"与其在牢狱里被折磨，倒不如死了干净。在老子行刑之前，有两件事相求，万祈诸位答应。"

孔孝纲道："只管说便是了。"

许进道："一则是不可与春花说，阎王叫你三更死，焉能容你到五更，既已是定局，说与她听了，也不过徒增她悲伤罢了，于事无补。"

孔孝纲点头道："理会得。"

许进道："二则是老子死了后，请你们收留了春花，给她个容身之所。"

孔孝纲一震，回头朝王炽看去。未及王炽说话，只听许进又道："她是个好姑娘，世间稀有，只是父母早故，从小便流落街头，受尽了万般苦楚，好不容易在老子府上安身，哪曾想又遭这等变故。唉……老子已是将死之人，了无牵挂，独春花教老子难以释怀，望诸位成全。"

王炽郑重地道："兄弟放心，但要我等有机会出去，定保她周全。"

许进闻言，微哂道："如此多谢了！此外，若有机会，把老子的那幢祖宅变卖了，折换成银子后留给春花做嫁妆，好歹服侍了许家一场，出嫁时不可使她过于寒酸。"

　　李晓茹本是好强之人，从不曾在人前落泪，许是在这种特殊的环境下，听了许进之言，一时动了女儿心肠，竟怔怔地落出泪来。王炽摇头叹息，道："许兄放心，若果真有那一天，王四绝不让她受委屈。"

　　第二天，许春花来的时候，众人配合着许进，装出一副高兴的样子，孔孝纲则照样与她说话取笑。

　　许春花一来是心思单纯，未能从大家的眼神里揣摩出异样来；二来是把所有的心思都放在了许进身上，无暇顾他，反正只要许进的脸上有笑容，她便也会跟着高兴。

　　大家说了会儿话，许春花突然漫不经心地道："今日我在来的路上，听人在说洋人打进来了。"

　　于怀清本来一副恹恹无神之态，听了此话，陡然周身一震，霍地起身走将过来，急道："当真吗？"

　　"大家都在讨论这事，该不会有假。"许春花偏着头，回忆道，"昨天我的确好像隐隐地听到了枪声。"

　　于怀清眉头一皱，沉思了起来。

　　王炽道："可知道打到了哪儿？"

　　许春花道："据说僧格林沁在通州跟洋人决战。"

　　席茂之叹道："西堂血案给了洋人进京的理由，这一次清廷只怕真的危在旦夕了。"

　　孔孝纲"嘿嘿"冷笑道："没有西堂血案，洋人也会找理由打进来的，不过是早晚的事。不是我没有血性，他们这般的胡作非为，活该！"

　　许进咽下嘴里的食物，道："历朝历代，外族入侵，朝野上下，皆是同仇敌忾，为何此番洋人能如此顺利，长驱直入？"

　　于怀清道："国不知有民，民岂能有国乎！"

　　许进道："正是！"

　　许春花见许进吃了东西后，精神恢复了许多，心下高兴，笑道："国家大事，非我等小民可议，免得让牢役听了去，再受折磨。"

许进道："春花所言极是，老子不说了。"

许春花嫣然一笑，收拾了东西，与许进作别，提着竹篮出去了。待她的倩影消失，大家都沉默了下来，死亡的气息瞬间萦绕在众人的心间。

于怀清低头思索了良久，忽然说道："不对，这里面怕是还有更大的阴谋！"

王炽一惊："你说的是哪件事？"

"军火的事。"于怀清两眼放着光，道，"策划这个连环套的人，应该是个十分有远见之辈，他早预见了今日之乱，世道乱了，便可乱中取利。"

李晓茹看了眼王炽，道："乱中取利可是王小贩子的拿手把戏，从昆明到重庆，屡试不爽，我见得多了，多少也能看出些端倪。可这一次分明是有人设了陷阱让我们跳，没看出来有利可取啊！"

席茂之狐疑地道："莫非对方早就料到了洋人会打到北京来，于是提前就在筹划贩卖军火了？"

"这个不才不太确定。"于怀清摇了摇头道，"但有一件事是可以肯定的。"

王炽莫名其妙地道："什么？"

"洗货。"于怀清眼里精光一闪，似乎一下子恢复了精神，脸上亦是神采奕奕，"诬陷我等贩卖军火，他们缴了货后，就可以公然以官府的名义处理了。"

席茂之惊道："贼喊捉贼，把黑货洗白了，然后各个部门堂而皇之地联合起来，大发其财！"

"不止如此。"于怀清道，"谁也不知道他们到底缴了多少货，抓捕我等归案，相当于拿到了一张公然销售军火的路引，再加上洋人入侵，世道混乱，谁会去追究他们到底卖出去了多少？"

"好一个暗箱操作洗白黑货的妙计，简直绝了！"李晓茹倒吸了口凉气，"换句话说，我们是必死无疑了。"

于怀清哼的一声，没再发话，算是默认了李晓茹之言。王炽皱着眉头道："内务府找上我们，究竟是偶然还是早有预谋，恐怕也是无缘知道了。"

许进听到此处，惊道："如此说来，你们也要被处斩？"

孔孝纲走到他附近，小声道："我们打算伺机杀出去。到时候如果你还没死，我们也会捞你出去的。"

许进一声苦笑："从刑部大狱杀出去，谈何容易。"

孔孝纲道："总比等死的强。"

许进道："这倒是。"

讨论完此事后，狱内陷入了沉寂，谁也没有再说话，因为谁也不知道有没有机会越狱，也无法预测，若是有了机会能否越狱成功。随着众人略显粗重的呼吸声，里面的空气似乎越来越稀薄，沉重得令人窒息。

不知是京城的局势变了，无暇顾及王炽等这些人，还是那些当官的忙于自保，反正自从被关了进来后，他们中的任何一人都没被提审。本是想着在有人来提审时，趁机越狱，不想他们这些人居然被集体忽视，这就不免使人着急了。孔孝纲道："我等犯了这么大的罪行，怎么就无人来过问？"

于怀清道："估计是没人来过问了。"

"为何？"越狱的主意是杜元珪提出来的，无人来提审，就意味着计划可能流产，不免焦急地问道，"即便是处斩，也该有个审判的程序。"

于怀清冷笑道："京城出了这么大的事情，那些京官要么在想着如何出走，要么绞尽脑汁地想着抵御外敌，谁还有心情来审咱们？再者说，咱们这桩案子是人赃并获，证据确凿，即便是有人来了，恐也是一纸处决令。"

杜元珪脸色一变，用手掌狠狠地击了下地面。其余人也是你看看我，我看看你，脸上罩着面对死亡时的恐惧。

然而，不管如何恐惧，该来的终归还是要来的。又过了两日，许进行刑的日子到了，死亡的恐惧在每个人的脸上显露着，即便是此日早上，许春花提着竹篮来探监时，大家虽都约定好了，不让她事先知道这个消息，可再怎么强作镇定，亦无法掩饰内心的恐慌。

许春花似乎感觉到了异样的气氛，看了眼李晓茹等人，问道："怎么了？"

李晓茹苍白的脸上挤出一抹笑意："成天被关在这臭烘烘的监狱里，心情郁闷罢了。"

"李姑娘说得是，关在这种地方，心情如何好得起来呢？"许春花叹息一声，把目光落在许进身上，眼里流出一股柔情，"希望少主能早一日出去。"

众人听到这话，看着她眼里的希冀，想到明日早上来时，再也见不到她的少主时，那悲痛欲绝的样子，心头猛地一沉。

可能是不想被许春花看出来，或者说左右难逃一死，已然想开了，许进反而显得开朗很多，朝许春花笑道："今日给老子带了什么，拿出来看看。"待许春花一样一样拿出来，递进牢里去后，许进又道："去给老子沽一壶酒吧。"

许春花愣了一下："少主平时不饮酒的，今日何以如此？"

许进道："狱中的时日不好打发，饮些酒好稀里糊涂地度日。"

许春花狐疑地看了他一眼，应声好，便走了出去。没出多久，外面隐约传来戏谑之声。许进像是猜到了什么，霍地起身走到牢门边，侧耳听了起来。

"哟，给相好的买酒去了？"

"也要得，吃砍头饭不喝些酒壮壮胆，不得吓尿裤子了吗？"

"你们胡说什么，少主好好地怎么会砍头了呢？"

"呵！她还不知道！"

"小姑娘，他临死了还要骗你，可见不是什么好人，要不然你跟了爷得了，给爷做个小的，亏待不了你！"

许进虽隐隐约约地没听全，却也听了个大概，两只手臂抓着牢门，青筋暴起，若困兽一般吼叫着道："你们这帮畜生，老子做了鬼也不会放过你们，让你们不得好死！"

这一声吼叫对许春花来说，证实了处斩的消息，她撕心裂肺地凄叫一声，飞快地跑进来，泗涕俱下，眼神里满是恐慌和无助："少主，他们为什么要处斩你……"

许进望着她无助的眼神，心头大痛："春花，别哭，听老子说，这世道没有公理，似我等这样无权无势的百姓，在他们的眼里，便如蝼蚁一般，杀与不杀，只凭一时喜恶。"

"你是好人啊！"许春花凄叫着，难以接受眼前的事实。

"听老子说！"许进提高了语音，肃然道，"老子现在还没死，你还听不听老子的话？"

许春花边落泪边点头。许进手指着王炽，说道："老子死后，他便是你的新主子，如果他能活着离开此地，你便好生跟着他。另外，老子的祖宅还值些银子，你将它变卖了，换些银子，日后嫁个好人家，好好活着，好好过日子。"

许春花听完，"哇"的一声，哭得越发厉害了。王炽等人听着这椎心泣血的哭喊，以及她那无助无奈、悲痛欲绝的样子，都不由得湿了眼眶。

许进在牢里面席地坐下，叹道："老子还没死，春花就开始不听老子的话了。"

许春花闻言，慢慢地收住了哭声，血红的眼睛看着许进道："少主的话，奴婢已经记下了。"

许进点点头，道："那就好。快把你的酒拿来给老子喝吧，再在你手里焐下去，都要给你焐热了。"

许春花连忙把酒递了进去，许进接过，拨开酒封，仰首便咕噜噜喝了半壶。因平时极少饮酒，一口气灌了那么多，直呛得他险些倒喷出来。

王炽靠在许进的牢狱旁边，道："许兄，我来陪你喝点儿。"

许进把酒递过去，王炽接了酒过来，郑重地道："许兄，我王四向你保证，只要我能活着走出去，定会善待许姑娘。倘若我也走不出这里，也当托朋友照顾她，总之请许兄放心。"话落间，举起酒壶，狠狠地喝了一口。

将近中午时分，许进被提了出去行刑。许春花哭喊着要跟去，许进劝她别去，她泣声道："少主生前桃李满天下，临死时岂能没个人陪，奴婢要去给少主收尸。"许进大叹一声，只得由她去了。

许进和许春花走后，王炽等人看着隔壁那空荡荡的牢狱，突觉整个心都空了，所谓唇亡齿寒、兔死狐悲，许进被斩后，他们离死的日期也不远了。

这之后的几天里，再也没看到许春花的身影，估计是给许进守陵去了，抑或她根本没认王炽这个新主人，在她的心里，除了许进便再也难容得下他人了。

没见着许春花，刑部那边倒是来了消息，果如于怀清所料的那般，迎来的是一纸处决书，以贩卖军火罪，于十日后处斩。

如果说在这之前，他们还抱有些幻想的话，那么这一纸的处决书，彻底把他们的希望打破了，当死亡的阴影真正笼罩在头顶的时候，每一个人的心情都降到了冰点，沮丧和对死亡的恐惧时刻飘浮在周围，挥之不去。

李晓茹哭了，再坚强的姑娘也终究难以抵抗死神的威胁，趴在墙上抽泣了起来。王炽见状，抛开了顾虑，伸手过去，把她的身子转过来，纳入怀里。李晓茹没有拒绝，顺势依偎在他的怀里，尽情地哭泣起来。

这是他们认识以来的第一次拥抱，从昆明时的相互斗法，到重庆时的相互帮助，以及在天津时的相互依靠，这一路走来，由冤家到互相信任，他们走得十分曲折，然而谁又能想到，这第一次的拥抱，竟是临死前的相互安慰。

其余人都沉默着，同样面对的是死亡，谁也没有办法去安慰谁。待李晓茹的哭声渐渐停息时，王炽转过头来，道："我们本是一个团队，矢志要通过自己的努力，去创造一片属于我们的天空，叵耐天不遂人愿，今时今日，我们的梦想和未来要随着死亡一道葬送。我错了，是我对不起你们。"

席茂之道："王兄弟，这不是你的错，更无须向我等道歉。"

"不，是我的错。"王炽提高了声音道，"倘若我听了于先生的话，不去学士府，离开京城，何来今日？是我太冲动，太过于好强，结果害了自己，也害了你们。"

"生命无常啊！"于怀清叹道，"到了这一步，说这些徒劳无益，许是我等合该如此。"

"合该如此吗？"李晓茹抹了把眼泪，一把推开王炽，气呼呼道，"若是明刀明枪的对决，败了输了，也心甘情愿。可如今我们连对手是谁都不知道，死了也只能做糊涂鬼。"

"那又能如何？"于怀清道，"你以为许进就死得心甘情愿了吗？"

李晓茹一愣，被于怀清堵得哑口无言，当下把头一转，把那哭得红肿的眼望向王炽，蓦地拳脚相加，把怨气如数撒在王炽身上，边打边叫喊道："你说得没错，就是你的错，是你的错，你就是个丧门星……"

王炽没有逃，也没有还手，由着她打着，仿佛身体已然麻木了。

打闹了一阵后，牢里又沉默了下来，死一般的寂静。

在处决书下达的第二天，许春花突然出现了，她还是提着那只竹篮，篮子里装满了吃食，从那条通道处走来。看着这一幕的时候，王炽的心神恍惚了一下，仿佛许进还没有死，她是来看她的少主的。

"奴婢许春花见过主子。"当许春花在他面前福了一福时，王炽才回神过来，连忙道："许姑娘无须多礼。况且在下也并非你的主子，这般称呼令在下惶恐。"

许春花道："少主曾说以后您便是奴婢的新主子，少主之遗命，奴婢岂能不听。"

王炽一愣，无言以对。孔孝纲道："咱们也活不了几天了，还计较这些俗礼做什么，就随许姑娘的意吧。"

许春花闻言，娇躯一颤，眼神慌乱地朝他们看去。王炽叹道："不瞒许姑娘，过几天我等也要被斩首，答应许兄的事只怕是要食言了。你明日来的时候，记得带纸笔过来，在下写一封书信，待我等死后，你就带着书信去昆明找马如龙马将军，他定会收留你。"

王炽之所以没将许春花托付于李耀庭，是因为他已卸职从商，这世道百姓命如草芥，运途难测，而马如龙已是一方大员，至少可保许春花安宁。

许春花听着王炽说完，这一回却没有哭，愣了下神后，又是福了一福："奴婢记下了。"话落间，把竹篮里的吃食取将出来，一一递进牢里去。

众人也没什么胃口，胡乱吃了一些后，把碗筷递出来。临走时，王炽突又交代许春花说，他们在京城客栈所租的房间还没退，那里还放了些他们的行李以及几万两银票，要她去取出来，姑且放到许府去，他们死后，那些银子就由她保管着，以供日常花销。日后若是到了云南，有机会时去看一看他的母亲。

听了这些遗言，许春花的眼里忽然泛出泪花，短短几日间，两度听到这断人心肠的遗命，接受这生离死别的事实，让她那并不坚强的心经历了残忍的打击。她只觉脑子里嗡嗡作响，脸色惨白，眼前越来越模糊……不，确切地讲她的眼前越来越昏暗，像是这世界突然间要崩塌了……

就在这时，刑部大牢门外突传来一阵吆喝，走进来一批人。

当前的这段时间，不光是王炽等人的末日，同样也是朝中官员的末日，自洋人打到通州后，他们便惶惶不可终日，生怕洋鬼子突有一天冲进了京城，把他们一个个都拉出去枪毙了。

如果真到了那时候，北京城会是怎样的一种场景？所有人都不敢想，但所有人心里均如明镜一般，那一日可能随时都会到来。因此，他们的心如同许春花一样，只觉世界要崩塌了。

不过在任何危险的境地下，这世上都会有三类人存在，一类是惶惶不可终日，一类是浑水摸鱼，而另一类则是临危受命、苦撑困局。

内务府武备司的常正英便是属于典型的浑水摸鱼之辈，他会同桂良以及朝中的几个重要机构，大肆兜售军火，卖给清帮或者太平天国等组织，还美其名曰处理缴获的非法军火。

桂良本不想跟他同流合污，你卖给清帮可以，好歹是自己人，然卖给太平军却是有违道义、有损朝廷的不法不义之举了。常正英见他犹豫，便劝道："洋人都快要入京了，京城很快就会变天，桂大人可有想过会变成什么样子吗？"

桂良沉着脸，脸色不再红润，如雪一般的须发把他的脸映衬得很是苍白。他没有说话，眼睛直勾勾地看着常正英，似乎是在等着他说下去。

常正英眯了眯眼，又道："按咱们那位主子的性子，一旦不妙，定会吓破了胆，很有可能会找个由头离开皇宫。到了那时，意味着什么？意味着他要放弃他的家了，把他起居饮食之处扔给了洋人。更意味着他抛弃了我们这些奴才，由着我们自生自灭了。桂大人您想想，这种时候您倘若不给自个儿留条后路，您还想要做什么？"

是的，桂良的良心未曾泯灭，可他是个明白人，知道常正英说的是大实话，就没再说什么，算是默认了他的看法。

此时，临危受命、苦撑困局的是世袭和硕怡亲王爱新觉罗·载垣。对于这位怡亲王，桂良在心里是有意见的。此人是武将出身，历任八旗的五旗都统，监督过虎枪营、御枪营、善扑营等皇家禁卫军，性情刚烈，刚愎自用，软硬不吃。

前两天，桂良再次奉命往通州与洋人议和，因对方漫天要价，谈判一度陷入僵局，载垣以桂良态度软弱，不足以跟洋人交锋为由，自告奋勇，去了通州，接替了通州谈判之要务。

本来这就是个苦差事，夹在洋人跟咸丰帝之间，不能退让，也不能过于强硬，两头为难，有人揽了过去，未尝不是件好事。可载垣性子急、火气大，当英法代表说要在《天津条约》的基础上，还要增开天津为通商口岸，增加上百万两赔款，且换约地点必须在北京城内，还得让他们带兵入城……脸色马上就沉了下来，虎目中射出一道杀气，咬牙切齿地道："尔等可知此乃何处？"

参加通州谈判的除了中国通巴夏礼外，还有额尔金的贴身秘书洛奇、《泰晤士报》记者鲍尔以及英法的一些军官等三十九人，这些人尽管身份不一，职责不同，但毫无疑问都是英法两国响当当的人物，他们以战胜国的名义前来谈判，岂容你载垣作福作威？当时巴夏礼便冷笑道："北京城外通州南部张家湾，是清政府首都的外围。"

载垣哼的一声，道："既然知道你还漫天要价，把这里当成菜市场了吗？"

巴夏礼皱了皱眉头，寒声道："你不是来议和的，倒更像是来威胁的。"

载垣闻言，霍地"啪"的一声，把桌子拍得震天响，"各地守军正赶往京城，识相的就赶紧把协议换了，要不然休怪本王手下无情！"

巴夏礼没想到清政府派了个刺头来威胁，火气也一下子被激了起来，也是伸手一拍桌子，喝道："换约只能在北京城内，如果你不让我们进城，那也可以，我们自己打进城去！"

火药味一下子浓烈了起来，站在一边的桂良似乎已然闻到了双方大打出手后的血腥味。桂良非常清楚，如此发展下去，后果不堪设想，他想去阻止，可看了眼载垣那一副要吃人的样子，终究还是忍住了。人家是皇亲国戚，在中外各国要员面前公然去反对他，回了朝后只怕他的脑袋就要挪位了。

果然，载垣钢牙一咬，下了个让人心惊肉跳的命令："把这些人统统给本王抓起来！"

僧格林沁愣了一下，目光有意无意地往桂良身上瞟来。桂良明白执行了这命令的后果是什么，咬咬牙站了出去，道："怡亲王，两国交兵，不斩来使，此举……"

"两国交兵，不斩来使，那也要看是什么样的来使！"载垣目光一转，瞪着桂良道，"你没看到他们的气焰吗？本王若不答应他们的条件，便要挥师入京了！这是谈判吗，这是狗娘养的威胁！"话落间，转首看向僧格林沁，眼中杀气重重。僧格林沁不敢违命，喝了一声，门外官兵纷纷涌入，将巴夏礼等三十九人扣了起来。

载垣怒笑一声，环视一周道："本王倒要看看，谁还敢说要入京换约，带走！"

谈判就这样结束了，那三十九个洋人被带回了北京。桂良暗叹一声，这抓的哪里是人啊，分明是火药包，把他们带回去，随时都会在京城爆炸！

在回京的路上，桂良交代僧格林沁，让他做好守卫京师之战的准备。僧格林沁只是点了点头，却没有说话，他心里明白一场生死之战，已然近在眼前了。

从通州回来后，桂良好几天都没有出门，直至常正英找上门来，听了他的那一番话，表面上没有回应，其实心里是完全认同的，广州失守了，天津也失守了，北京能逃过一劫吗？作为朝廷的一品大员，他实在也没什么信心，那么就最后利用一次这风雨飘摇的朝廷，为自己铺一条后路吧！

由于监狱里灯光昏暗，看不清前面究竟来了什么人，只能隐约分辨出是差役押了几个犯人进来。此处进进出出的犯人每天若走马灯似的换，王炽正在跟许春花交代后事，没心情去理会到底来了什么人。直到那几个人被关到他们对面的牢房时，王炽才看清楚了他们的面目，这不看还不打紧，一看之下着实是吃惊不小。

对面一共关了三人，其中一人长得跟只大马猴似的，脸型消瘦，一对眼睛却又圆又大，眼睑闭合之间，额头的皮便现出沟壑般的纹路，正是英国遣往中国的使节巴夏礼。

就在王炽发现他时，巴夏礼也看到了对面所关之人，不由得咧嘴一笑："幸会啊！"

"幸会啊！"王炽错愕了一下，似乎一时还无法相信眼前所见之事。要知道前些日子正是巴夏礼发话，把他从这里捞出去的，洋人在中国何等威风，没想到风水轮流转，他们竟成了狱友！想到此处，王炽不由得咧嘴一笑："端的是人生际遇无常，我们居然在这种地方相见了！"

巴夏礼道："我以为你们已经去了买卖城，现在看来，那批茶叶你是无福消受了。"

王炽仔细观察了他们一下，巴夏礼倒是没受什么伤，可另外两个洋人，他们身上都带有伤，其中一人更是皮开肉绽、伤痕累累，不禁惊道："我以为你们在大清朝可以耀武扬威、为所欲为，现在看来，也有在阴沟里翻船的时候。"

巴夏礼眉头一沉："彼此彼此！不过咱们都到这里来了，就没必要斗嘴了吧？"

王炽认真地点了点头："这倒是。不过狱中的日子难熬，不妨说一下你等的遭遇，也好打发时光。"

巴夏礼是中国通，他当然听得出对方的语气中明显带有揶揄的意味，冷笑道："我说出来的，只怕不是什么好消息，你真的要听？"王炽含笑点头。

这时，牢役来催许春花离开，王炽叮嘱她莫要忘了交代的事，许春花称是，走了出去。待许春花离开后，巴夏礼道："我们在通州谈判的时候，被载垣抓来了北京，头两天英、法两国的三十九名代表，都被安置在圆明园里，接受了清政府的轮番审讯，其中便包括你们的皇帝。"

王炽又看了眼他们身上的伤，道："看来你们没少受罪。"

"你们中国人的酷刑的确让我开了眼界！嘿嘿，用浸泡过盐水的皮带把人的双手勒紧了，然后在太阳底下暴晒，那皮带就会越勒越紧，直至两手被勒处腐烂。"巴夏礼想起那情景，似乎是心有余悸，脸上一阵抽搐，"有些人还被严刑拷打，浑身上下无一完整处。"

王炽不由得想到了许进，他清楚那是一种非人待遇，一时沉默。巴夏礼也停顿了会儿，又叹息道："我搞不明白，两国交兵之际，如此对待使者，于战事何益？"

于怀清眉头一沉，问道："他们如此做法，可是要逼你们退兵？"

"是的。"巴夏礼点头道，"可那是徒劳的。"

"哦？"于怀清讶然道，"为何？"

巴夏礼"嘿嘿"怪笑一声，道："我们只是英、法两国的谈判代表，手里并没兵权，就算把我们凌迟了，也于事无补，逼我们退兵，岂不可笑吗？"

于怀清摇头道："这倒也未必，若是贵国的君主在乎你等的性命，说不定就会有效果。"

"那要看是在什么时候。"巴夏礼眼睛微微一眯，"在国家荣誉面前，个人的生死是微不足道的，即便是牺牲了，也是光荣的。如果我们真的死在了中国，清政府要付出的代价，只怕也是致命的。”

于怀清眉头微微一动，突然叹道：“也许你说得对！”

“看来你是明白人，只可惜你们的皇帝糊涂得紧。”巴夏礼道，“中国人常说，两国交兵，不斩来使，现如今他们抓了英、法两国的三十九个使者，我想清政府的噩梦不远了。”

王炽微微一怔，他知道巴夏礼说的是实话，英法联军一路从广州打到北京，气势汹汹，岂能容忍他们的使者在中国受辱？正自唏嘘间，发现于怀清转过头来，眼里精光闪闪，脸上也是神采奕奕，全无受刑前的沮丧，不觉又是一愣，投去疑惑的目光。

于怀清道：“我们或许有救了！”

此话一落，不仅巴夏礼，连王炽等人亦讶异不已。于怀清嘿的一声冷笑，道：“联军入城后，北京会是一个什么样的局面？”

李晓茹本来神情沮丧，更没心情跟洋人调侃，听了于怀清之言，倏地两眼发光，神色为之一振。只听于怀清继续说道：“凡重犯得以重生，一般只有两种情况：一则是国家大兴，大赦天下；一则是国家大乱，礼崩乐坏，秩序律法全无。”

王炽仔细寻思，似乎明白了于怀清之意。到时候联军入城，个个存着报复之心，在城内胡作非为，这座百年古都便要乱成一锅粥了，大乱之下，说不定真有机会出去。

李晓茹脸上发着光：“如此说来，我们还有希望！”

于怀清道：“本来是一脚踏入了鬼门关，现在看来生死两说了。”

王炽听了这话，却不由得摇头苦笑，前一次是巴夏礼把他从这里放了出去，如果这一次真能从这里活着出去的话，还是托了洋人的福，两次让国人所害，却都因了洋人死里逃生，此等怪事怕也只有在大清朝才会出现了！

第五章

咸丰胆怯出走北京城　联军大怒火烧圆明园

王炽等人的脸上又出现了笑意，不管如何，总算还有生还的希望。孔孝纲更是嚷嚷着要喝酒压压惊。

"不过是一线生机罢了，何以高兴如斯？"巴夏礼卖弄了句中文，眼里带着些许挑衅的意味，"你们还有几日去菜市口？"

一语惊醒梦中人，巴夏礼的这句话犹如一盆冷水当头淋下，让王炽等人脸上的笑意一下子就隐了去。诚如于怀清所言，联军入城后，他们或有生还的希望，可处决书下达已是第三天了，换句话说再过七日，他们就要被推至菜市口处斩了，七日之内联军可会进城？

盼英法联军入城以获得重生，是他们唯一的机会，然这想法却是可笑的，希望也是渺茫的。

于怀清冷冷一笑，看着巴夏礼道："如果我等难逃一死，你们也绝难活着离开此地。"

巴夏礼眼里精光一闪："哦，这却是为何？"

"因为每一个中国人都希望你们快些死。"于怀清对视着巴夏礼，一字一字地道，"朝廷更希望用你们的死去威胁联军，此事如果在几日内解决不了，被逼急了的朝中大员就会杀人，特别是那怡亲王载垣，他可容不得你们在这里吃皇粮。"

巴夏礼面色一沉，"嘿"的一声："看来我们是拴在一条线上的蚂蚱了！"

于怀清道："不才以为，应是如此。"

巴夏礼重新打量了下于怀清，眼里露出钦佩之色："那么阁下的意思是，英法两国与清政府交手的时候不远了，而你们还是有活着出去的希望？"

于怀清点头。巴夏礼的脸上挤出一抹笑容："我也希望你们活着！"

王炽突似想到了什么，问道："我有一事不解，望巴夏礼先生如实相告。"

巴夏礼道："咱们既是一条绳上的蚂蚱，只要不涉及国家机密，我一定知无不言。"

"花旗洋行你可知道？"

"知道。"巴夏礼看了眼王炽，突然会意地笑了一笑，道，"我明白了，你们这次二进宫，是否因为军火？"

"正是！"王炽神色一振，道，"那你可知道他们主要跟谁有业务上的来往？"

巴夏礼想了一下，道："那花旗洋行是美国人开的，且是一帮雇佣兵在经营，要摸清楚他们的底很难。"

王炽问道："何为雇佣兵？"

巴夏礼笑道："那些人当兵出身，却没有信仰，谁给他们钱，就帮谁杀人。"

"杀手！"李晓茹冷不丁地插了一句，脸色十分震惊，"而且是一帮没有原则的杀手，怪不得我们会栽在他们手里！"

"差不多吧。"巴夏礼似乎认同李晓茹的理解，"那些人以雇佣为生，在清政府对抗太平天国的战场上，也有他们的身影。"

王炽道："如此说来，他们跟朝廷的关系还挺密切。"

巴夏礼点了点头，却没发话。王炽看了一眼于怀清，道："看来要弄清楚这件事，有些难了。"

于怀清语重心长地道："放弃吧，如果有机会出去，马上离开北京。"

王炽沉吟片刻，艰难地点了点头，目光往席茂之、孔孝纲两人望过去。席茂之明白他的意思，沉痛地叹息一声，道："民与官斗，非死也伤，此番身陷绝境，便是因了此事，此等错误不可再犯，相信我二弟在天之灵，也能谅解。"

孔孝纲咬了咬钢牙，道："虽叫人心中不甘，也只能如此了。"

王炽喟然一叹，身陷绝境，能否出去都还两说，谈何去查事情的真相？他低下头，显然也是接受了这个事实。

次日一早，许春花如约来到牢里，给大家送吃的。王炽道："许姑娘……"

许春花道："主子叫奴婢春花便是。"

王炽失笑道："那你可否也不要口口声声自称奴婢？"

许春花却执拗地道："主子便是主子，奴婢便是奴婢，尊卑有别，岂能僭越，主子适才有何事吩咐奴婢？"

王炽拗不过她，只得道："你去外面沽两壶酒来。"

许春花闻言，脸色倏然一变，她记得上次沽酒时，便是许进要去行刑了，因此吃惊地看着王炽，眼里满是恐慌。王炽见她的样子，立时明白过来，道："放心吧，不是喝断头酒。只是在此关了许多日，又因事情可能有了转机，就想放松一下。"

许春花听完，这才松了口气，"奴婢这就去。"连忙转身出去了。待许春花沽了酒回来，王炽请巴夏礼一起饮用，巴夏礼道："这些天折磨得我要命，要是有咖啡提神最好。"

王炽笑道："有酒喝便是不错了，你却还挑三拣四。"

众人都饮了一杯，王炽问道："巴夏礼先生，你觉得此酒如何？"

巴夏礼咂咂嘴，道："醇香兼而有之。"

王炽却是叹息道："就是太醇太香了。"

巴夏礼讶然道："酒不是醇香才更有味道吗？"

"醇香固然是好，可没了烈性，也就没了酒该有的风味。"王炽眼里精光一闪，说道，"酒如人，亦如时势，每一朝每一代的酒都是不一样的。"

巴夏礼微微一哂："中国人好品酒论时势，果然不虚。王先生不妨说说这酒与时人、时势有何关联。"

王炽自己倒了一杯，一口饮下，捏着杯子在手里把玩着，若有所思，道："巴夏礼先生对中国的文化十分了解，该是知道我们以前有个春秋战国时代，那时诸侯争霸，为图强自保，人人尚武，个个向上求进，男儿所饮之酒，更是热烈如火，一口下去喉咙便如火烧的一般，胸口热了，胆子便也壮了。后来国家一统，进入全盛时期，百姓富裕了，日子也过得安逸了，人便也懒了，越发贪图享乐，于是这酒也就越做越精致，越来越醇厚，然而这浮华的背后却是虚妄。佛说凡所有相，皆是虚妄。便是此理。"

巴夏礼虽是中国通，可这段话咀嚼了许久才回过味来，赞道："妙言！"

李晓茹讶然地看着王炽道："这些话你是从哪里偷看来卖弄的？"

王炽道："突生的感慨罢了！"

"王先生这些话，果然助酒性，来干了！"巴夏礼抬手敬了王炽一杯。

大伙儿正饮得欢，牢门口那头蓦然传来一阵吆喝声，几个清兵抬了两人进来，打开一间牢房门，把人往里一扔，便骂骂咧咧地出去了。

那间牢房位于巴夏礼的那边，中间隔了一间，由于是白天，依然能看清楚那头的情景。巴夏礼眯着眼认清了那两人时，不由倒吸了口凉气，手里的酒杯"啪"的一声，落在地上碎了。这两人他是认识的，一个是英国人，额尔金伯爵的贴身秘书洛奇；另一个是法国人，随谈判团而来的记者。这两人身上的衣服已让鲜血浸湿，好几处地方血肉翻卷着。更为恐怖的是，他们手上所绑的皮带已然勒入了皮肉里，伤口溃烂，流着黑乎乎的脓血，发出阵阵恶臭。

"洛奇！"巴夏礼惊叫一声，另两人认出他们。

那个法国记者年过半百，早已昏死过去，不省人事。洛奇只有二十几岁，因体格健壮，尚有知觉，被叫唤了两声，艰难地偏过头来，见是巴夏礼等三人，眼里泪光一闪，流出泪来。

"不许哭！"巴夏礼沉声道，"为国而战，虽死犹荣！"

洛奇强忍着眼泪，道："他们……在圆明园……"

巴夏礼心里一沉："他们怎么了？"

洛奇呼哧呼哧地吸了几口气，待稳定了些情绪后，道："有九个人被他们折磨死了，托马斯……托马斯被他们砍成四块，扔出去喂了狗！"

巴夏礼涨红着脸，连眼里都充了血，问道："其他人呢？"

"还在圆明园里。"洛奇脸抽搐了一下，眼神里露出恐惧之色，"我们手上被绑的地方都烂了，还有人的伤口处长了蛆虫，那黄白色的小虫子不停地在伤口蠕动着，又痒又痛……后来卡布其疯了，一头撞死在了石柱上。"

说到此处，泪光又在洛奇的眼里闪烁："我也不知道他们为何把我俩带来了此处，我觉得这一次我们都要死在这里了。"

巴夏礼的神色沉重了起来，抬起头艰难地道："放心，我们很快就能出去的。"其实在说这话的时候，他自己也没多少把握。

他们之间说的是英语，王炽等人一句也没听懂，但看他们的神色以及洛奇和那法国记者反绑的手腕，便猜测了个大概。王炽等人看在眼里，不免心里发毛。他们虽痛恨侵略者，但看到此等非人的酷刑，也觉触目惊心。

许春花更是不敢去看，脸色发白。王炽怕把她吓坏了，道："春花，你先回去吧。"许春花连忙称好，提了竹篮急匆匆地走了。

是日晚上，洛奇便开始痛叫起来，那个法国记者醒了后也跟着叫，声音此起彼伏，狼嚎一般。许是牢里刻意安排的，洛奇的牢房两边都没关人，是孤立起来的，因此他们手腕处的蛆虫在蠕动或噬咬时，根本找不到人来帮忙。而且那蛆虫繁殖非常快，一夜之间就能生出许多。

到了第二天早上，他们手腕上细细的、白白的一片，不停地蠕动着，洛奇和那记者只觉犹如万箭钻心，痒得要命，痛入骨髓。他们满脸通红，眼里似要喷出血来，血丝根根暴呈，张着嘴撕心裂肺般地吼叫着。

巴夏礼和另外两人都用脚踢着牢房，嘴里咒骂着。牢役却对此视而不见，听而不闻，径自喝酒聊天儿。

又过了一天，那位法国记者失去了理智，疯了一样用头撞墙，不消多时，撞死在牢里。牢役见状，就开了门去抬尸体。不想洛奇突然发了疯一样地冲上去，撞倒其中一名牢役，发足就往外跑。

王炽等人见状，心头倏地一沉。果然，就在洛奇跑到门口时，其背后刀光一闪，洛奇的身子一个趔趄轰然倒地。

两具尸体一前一后被抬了出去，对死者来说，也许是解脱了，可于生者而言，却是痛苦而难以接受的。接下来的两天里，巴夏礼一直没有说话，他经历过被皮带勒住手，在太阳底下暴晒的苦痛，虽因身份特殊，被拿掉了皮带并带到了监狱里，但洛奇所受的苦他完全能感同身受。现在同伴死了，他的心亦如被剥离了，神情恍惚，整个人若萮儿了一般。

李晓茹忍不住道："你现在完全可以要求让你的国家撤兵。"

巴夏礼抬头看了眼李晓茹，只淡淡地说了句："攻打中国是国策。"

"那你们就是罪有应得！"李晓茹生气地道，"活该！"

这是行刑前的第三天，李晓茹骂了一句，又坠入了恐慌，目光不由自主地朝于怀清瞟去："于先生，你不是说我们有救了吗，何以到了现在还没见动静？"

于怀清却把目光投向了巴夏礼，喃喃地道："快了。"

在很多时候，于怀清对局势的洞察力是敏锐的，行刑前的第二天下午，北京城真的出事了。

许春花本是每天早上来探监的，可这天她没有如期而至，直到下午，方才见到她的身影。

以许春花的脾性，若无特别的事耽搁了，即便是大雨如注，也决计不会改变行程，因此在她出现的时候，大家都用询问的眼神看着她。许春花以为是在责怪于她，连忙低首道："非是奴婢晚来，是洋人要打进来了，从昨天下午至今天上午，城内一直禁严。"

王炽惊道："洋人入城了？"

此话同样吸引了巴夏礼，眼光不由得朝许春花落去。许春花道："清兵跟洋人在八里桥发生了激战，从今天凌晨一直打到午时才结束，据说清兵三万人马全军覆没，尸体把八里桥的路都堵死了。"

杜元珪睁大了眼睛，惊讶地道："全军覆没？"

"嗯，据说除了主将僧格林沁等少数人幸免于难外，全都战死了。"许春花神色黯然，许是为那些战死的士兵伤怀，道，"沿途来的时候，我听大家都在说，朝廷虽然无能，但八里桥一战，真正打出了中国人的精气神儿。"

巴夏礼突然冷笑一声，道："清政府的蒙古骑兵虽勇，却是难挡联军的炮火，惨败是必然的。"

王炽本来还同情巴夏礼的遭遇，可此时听说三万清兵全军覆没，又见他一副冷嘲热讽的样子，不免心里有气："看来阁下可以活着出去了！"

许春花哼了一声，不去看巴夏礼，转身给王炽拿吃的。巴夏礼拿鼻子嗅了嗅，道："好香，今天春花小姐拿的是什么好吃的？"

许春花径自给王炽等人递食物，不理巴夏礼。巴夏礼却又笑道："若能给我些吃的，我就能救你主子出去。"

许春花回身问道："当真吗？"

"自然是当真的。"巴夏礼盯着她手里的那半只烤鸭道，"半只烤鸭换他们六条性命，这买卖大大地划算。"

许春花果然把那烤鸭递了过去，又给另外两个洋人也拿了些吃的。巴夏礼接过烤鸭，边狼吞虎咽边道："狗娘养的，许久没沾荤腥了，这味道简直让人着迷！"

李晓茹问他道："你果然要救我们出去？"

巴夏礼抬头道："好歹狱友一场，这样的缘分只怕不会再有第二次了，我会好好珍惜的。"

王炽闻言，眼中精光一闪："如此多谢了！在下还有一事，不知可否行个方便？"

"什么事？"

王炽道："在下此去买卖城，主要是跟恰克图的俄国人做生意，可否写封介绍信，以便到时方便通行？"

"你倒是会得寸进尺！"巴夏礼今日心情大好，笑道，"不过送佛送到西，我答应了！"

正说笑间，外面几个牢役的讨论声吸引了他们的注意，只听一人道："乱了，乱了，这下彻底乱了！"

"这是什么时候的事？"

"就下午的事，宫里传出来的，绝对假不了！"

"皇上都逃走了，那咱们留在京城，岂不成了洋人俎上的肉？"

"听天由命吧兄弟，你我这种身份的人，谁也不会来惦记，随他去吧。"

王炽等人闻言，面面相觑。原来联军攻下八里桥后，咸丰帝吓破了胆，带着皇后、贵妃及一班大臣，以狩猎为名，逃去了热河行宫[1]，指派其同父异母的六弟恭亲王奕䜣镇守京城，负责与洋人谈判事宜。

京城就这样进入了无政府、无秩序的境地，一切都由洋人说了算。

洋人入京后，首当其冲的便是圆明园，这座位于京城西北郊的皇家园林，完全暴露在了洋人的眼皮子底下。面对数不尽的古玩、字画以及闻所未闻的贵

---

[1]　热河行宫：今河北承德避暑山庄。

重物件儿，洋人如同饿狼闯进了羊窝，面对唾手可得的稀世珍宝，垂涎欲滴，许多士兵顺手牵羊，肆意抢夺。

两天后，也就是十月八日，联军再次进入园内，进行了洗劫，他们像强盗一样，能拿的悉数拿走，拿不走的，则敲碎砸烂，经此番破坏后，好好的园林，便只剩下残垣断壁。

远在热河的咸丰帝获悉圆明园被毁的消息后，痛心疾首，那是祖宗传下来的家业啊，没想到毁在了自己的手上！十月十二日，咸丰帝革了僧格林沁的职，并督促恭亲王抓紧跟洋人谈判，尽可能维护京师稳定。

奕䜣没奈何，只得让清军退出安定门，并同意把安定门开放给联军。从该次事件的层面来说，此乃外交上的一次胜利，尽管他实际上看来是一次军事行动，但毫无疑问，联军再一次获得了胜利。然而，接下来面临的问题就尴尬了，外交归外交，谈判归谈判，抢劫了人家的珍宝，破坏了人家的园林，该如何交代？

就在这个时候，事情却发生了转机。在洋人的要求下，清政府交出了之前被抓的谈判团成员。当天傍晚时分，巴夏礼就被放了出去，这个洋人比较守信，好似也十分看好跟王炽结下的友谊，不仅依约把王炽等人放了出去，还真的写了一封介绍信，让他带去买卖城。

王炽等人死里逃生了，可北京城却坠入了万劫不复的深渊。洋人一看三十九位谈判团代表，居然只有十八人活着，其他人不是被折磨至死，就是被杀，勃然大怒，特别是额尔金，听巴夏礼说完洛奇惨死的情景，当场表示，要烧了皇家花园圆明园，说谈判团的大多数成员都被关在那里，为了报复，为了洗刷英法两国的耻辱，就要让它彻底毁灭。

事实上，额尔金此举固然有泄愤的成分，但还有个重要的原因是，想要掩盖此前抢劫圆明园的事实，一把火烧了，就干干净净了，连同他们的恶行一块儿灰飞烟灭。

其他洋人听闻此言，皆吃惊不已。这些人被派来中国，对中国多少是有些了解的，火烧了圆明园是什么概念，会造成什么样的国际影响，他们心里非常清楚，这绝对是件足以震惊国际社会的大事件。

一般我们所知的"火烧圆明园"只是一个狭义的概念，实际上圆明园包括了长春园、绮春园以及香山的静宜园、玉泉山的静明园、清漪园等，整个园子占地五千余亩，绵延十多公里。它建于康熙四十八年，经雍正、乾隆、嘉庆、道光、咸丰六朝皇帝的经营，抛开它的面积不说，单就里面所藏的文物和独创的中西合璧的建筑风格，就是一座世界级的园林，是园林艺术的巅峰之作，如果把它毁于一旦，无疑会被钉在世界历史的耻辱柱上，成为历史的罪人。因此，当时就有人表示反对。

可额尔金力排众议，一意要烧毁园林，说清政府杀我使者，辱我国家，不烧了它难解愤怒。我不扰百姓，但这座园林必须烧！

次日，额尔金命人去街头贴了告示，大意是说联军要烧圆明园了，但这与百姓无关，只是为了给你们的政府一个教训。我们也不会为难你们，你们该躲的躲，该搬家的搬家。

额尔金认为，贴出这么一张告示，京城的百姓一般会出现两种情绪：一是愤怒，甚至可能会集体抗议；二是会使老百姓跟清军联合到一起，为保圆明园而战。为此，额尔金做了充足的准备，以防不测。

然而，京城百姓的举动大大出乎了额尔金的意料，他们不但没有抗议，没有出现丝毫愤怒之意，反而在街头所贴的告示面前指指点点、谈笑风生，说这洋人文化水平太低，写个告示都写不齐整，这文章还没我家小儿通顺！

额尔金为此大跌眼镜，百年来古今中外很多人亦为此惊诧不已，皇城下的百姓怎么了？事实上这无关百姓的冷漠，他们是被压迫的，圆明园的存在往高雅了说，那是艺术的结晶，然说得实在一些，那是他们的血泪凝成的，老百姓恰恰是最实在的。而且那圆明园只是一座皇家园林，听说是很大也很美，可里面究竟是什么样子的，他们看不见也摸不着，那么烧与不烧又与他们何干呢？

官员的情绪较之于百姓，则多了些愤怒，因为圆明园一旦被烧，烧的可不只是一座园林，还有这个国家的尊严。然而，也仅仅是愤怒而已，在洋人的枪炮下，他们也只能徒叹奈何！

真正对这座园林有感情的是它的守护者——圆明园大总管文丰。他吃在这里、睡在这里，对这里的一草一木都烂熟于胸，甚至能闭着眼睛行走在园林里面。这里的一切对他来说，就像家一般的亲切。

这一日，三千多人的英国军队冲入圆明园来的时候，文丰并没有逃，他知道在这些手扛洋枪的外国人面前，自己手里的冷兵器是何其无力，更清楚选择战斗，等于是选择了死亡，但他只想求个心安，找一个他可以接受的面对现实的方式。

三百多名包括文丰在内的圆明园守护者，死在了英军的枪下，完成了他们的使命。随着这一场小小的战斗的结束，一把火从圆明园内部燃烧起来，浓烟滚滚，火苗在东南风的吹送下，越烧越大，十里之外都能看到火光，听到大火噼里啪啦的燃烧声。

大火烧了三天三夜，一座世界级的园林终究成了废墟！

这一日晚上，王炽等人站在北京的街头，仰首望着蹿上夜空肆虐的大火，唏嘘不已。其实中国历史上不缺类似于这种火烧大型建筑的行为，项羽火烧咸阳宫，黄巢烧了大明宫……似乎也不曾留下骂名。只是这次不一样，它是中外战争中遭遇的野蛮行径，在每个国人的心中种下了耻辱的种子。

更为重要的是，那是一种毫无道德的强盗行为。在圆明园被一把火烧了之后，英法两国的士兵便入内抢夺文物，反正谁抢到便是谁的，大伙儿争相哄抢，装载的马车来往转运，络绎不绝。

几天之后，京城的百姓还爬墙进去捡漏儿，甚至有谁家造房子了，还去里面运土运砖……在此后的几十年里，直至民国初期，这座废园一直被当作取之不尽的宝库，除了百姓外，经当地政府、北洋军阀、八国联军等几度搬运、打砸抢烧，终致这座园林彻底毁灭，失去了重修的机会！

从侵略者的角度来看，火烧圆明园的行为，确实是起到了震慑作用，就在园林被烧之时，留守京师的奕䜣不得已答应了联军提出的全部条件，并交换了《中英天津条约》。而且在联军的逼迫之下，又与英法两国增签了《北京条约》，赔偿英法两国白银一千六百万两，增开天津为商埠，割让香港九龙半岛给了英国，确立了洋教士在津京地区的传教和兴建教堂的合法性……

半个月后，俄国人趁火打劫，说我们在中、英、法三国之战中，充当了和事佬，调停有功，也要求清政府签署《中俄北京条约》，清政府别说是没有还手之力，连还嘴的能力都没有，只好与俄国人也签了一份。

王炽是在这时候离开北京的。在目睹了这场惊天动地的浩劫，经历了北京的生死劫难后，王炽的心态发生了微妙的变化，尽管此时尚未查清楚内务府为何要陷害他，但他已无心理会了，国已不国，人心涣散，查这些又有何用？即便是查清楚了，又能怎样呢？就连停在港口的那艘漕运船，也暂时打发去了天津，留待后用。

然而，此时的王炽决计想不到，内务府的事情没有如此简单，在北京时没有彻查清楚此事，他将为此在买卖城付出沉重的代价。

买卖城位于俄国和蒙古之间，又叫阿尔丹不拉克，但汉人比较实在，直呼买卖城。其原是一片荒漠，雍正五年，中俄双方签署《恰克图条约》后，双方约定以恰克图河为界，河北归俄国所有，河南由清政府管辖。

此条约是在大清强盛时期，出于政治、军事、经济等各方面综合考虑，为杜绝俄国跟噶尔丹势力勾结，而与俄国签订的条款，根据条约规定，允许俄国商人入华经商，但商队人数不得超过两百，每三年准予进北京城一次。雍正八年，清政府出于商业目的，下令在恰克图南边建新城，以促进中俄互市，就这样，一座被誉为是"沙漠威尼斯"的国际性商贸都市诞生了[1]。

买卖城的中俄互市，自建立买卖城到《中俄天津条约》签订前夕，这一百余年的历史里，双方的贸易是平等的，俄国人要从中国进口茶叶，只能通过当时最大的商业集团晋商，转手出口欧洲。但是《天津条约》签订后，俄国人可以在中国直接收购并生产茶叶，买卖城的贸易交易和晋商的利益急剧下滑，此后，随着这种不正当竞争的加剧，洋人对中国的步步蚕食，使晋商与俄国人的茶叶贸易之争日益加剧，最终因胳膊拧不过大腿，使得买卖城和晋商集团在中国历史上彻底消失。不过这是后话，姑且按下不表。

却说王炽等一行人出了京城后，一路北上，到张家口时，因此地是通往买卖城的重要商贸城镇，便在此歇了两天，采购了万余两银子的茶叶，又在当地组织了支驼队之后，再次北上。

---

[1] 今天俄罗斯的恰克图还在，但位于中国的买卖城却已从历史上消失，只留下草原上的一块残碑，如今位于蒙古国的阿勒坦布拉格与原来的买卖城没有实际关系。

出了张家口，沿途的景色就换了番模样，山野之间到处都是黄土地，赤裸裸的黄土地毫无保留地映入眼帘，不带一丝的杂色，强势地冲击着来往行人的眼球。

过几日后，便进入了一望无垠的沙漠，遍目所及，皆是黄沙，烈日下，沙漠的颜色黄得扎眼，在碧蓝的天空映衬下，这仿佛是另一个澄澈的世界，除了头顶的蓝天和脚下的黄沙外，几乎没有其他任何杂质，纯净得有一种令人窒息的美。行走在这样的一个天地里，不觉让人感到自己的渺小和自然的博大。

除了驼队的人员外，王炽等人都是第一次进入沙漠，首次目睹这等壮观的景色，不由得连连赞叹。而李晓茹则不时地发出惊叫，兴奋之情溢于言表。许春花虽也兴奋，但没有像李晓茹那样忘乎所以，她会时常顾及王炽，一双妙目始终游离在王炽和沙漠景色之间，若是王炽出汗了，就会递手绢过去，渴了便递水叮嘱他喝。

起先王炽对这种衣来伸手、饭来张口的照料十分不习惯，说我又不是病人，无须这般的照顾。许春花虽对王炽千依百顺，唯独此事任由他如何劝阻，她却照样坚持着，说少主临终前交代，以后你就是奴婢的新主子了，奴婢照料主子天经地义，除非你把奴婢赶走，不要奴婢了。一口一声奴婢，娇嗔之余透着丝固执，令王炽一点儿办法也没有，只得由着她。

从北京到蒙古，走了近半个月。这半月来，除了睡觉外，许春花均随时侍候在王炽左右，早时洗漱，午时送饭，临睡洗脚等，一样不落，无微不至。起先王炽觉得十分别扭、不自在，可后来也渐渐习惯了。

然王炽习惯了，李晓茹却看不惯了。她对王炽虽时时冷嘲热讽，一口一个王小贩子挂在嘴边，似乎根本没把此人放在心上。可几番患难后，芳心之中早有了他的一席之地，只是连她自己也不知道，为什么会没有勇气去承认这一段感情，是源于他的出身，还是一时还无法接受从冤家到情人的角色转变？她不清楚，只是看着王炽对许春花的照顾表现出一副理所当然的样子时，她心里便会不舒服。

这时候，又看到许春花递水过去。"主子，再喝些水。"王炽则伸手过去，喝了之后顺手再把水壶交给许春花。李晓茹哼的一声，提高了嗓子道："主子喝了水，可觉得舒坦些？"

王炽闻言，心头一震，转首看过去时，只见她虽故作高傲地微微昂着头，没来看他，却是一脸阴沉，言语之中更是充满了醋味。王炽本就对她存了许多感激，在天津至北京的漕船上甚至有过一次表白的冲动，奈何被她生生压了下来。后在刑部大牢又有了一次拥抱，在当时那死亡阴影的笼罩下，抱着她的身体，便有一种强烈的要保护她的冲动，认定了这个女人就是自己携手要走过一辈子的人。

是时，见她强自装出一副不在意的样子，便存了心要气一气她，亦提高了嗓子道："春花，我有些饿了，拿些干粮来予我。"

"呵！"李晓茹冷笑一声，"大沙漠之中，大太阳晒着，主子居然还要吃干粮，小心噎死！"

王炽拿过干粮咬了几口，果然觉得有些干。旁边的许春花却早就想到了，连忙又递了牛奶上去。王炽接过牛奶，故意朝李晓茹瞟了一眼，仰首便吧吧地喝了起来。李晓茹见他那得意忘形的样子，撇了撇嘴："这牛奶是牧民早上刚挤的，又酸又腥，主子的口味端是独特，竟也喝得下去！"

孔孝纲听着他俩斗嘴，忍不住哈哈大笑："这可就奇怪了，沙漠中荒凉得连鸟都没有，哪来这么重的醋味！"

席茂之、杜元珪两人不觉失笑："闻着确实有些酸！"

于怀清抚须一叹，突吟道：

沙上鸥群轻戏，云端雁阵斜铺。殷勤特为故人书。写尽衷肠情愫。
名字纵非侪匹，夤缘自合欢娱。尽教涂抹费工夫。到底翻成吃醋。

这是明末清初的诗人杨无咎的上阕《西江月》，说的是女子思念中意之人，欲写信诉情愫，怎奈纸上涂鸦终翻成醋意。

李晓茹出身名门，岂有听不出来之理？不由恼羞成怒，道："自古书生多矫情，尽吟些无聊诗句！"

如此一闹，使沙漠之旅多了些许的乐趣，少了很多无聊。如此又过十余日，走入了戈壁沙漠。

戈壁沙漠是沙漠地形的一种，较之满是流沙的沙漠，戈壁多了砾石，亦偶尔可见绿洲或者少量的沙漠灌木草丛。据驼队的领队说再过去就是蒙古草原，众人听说终于走出了沙漠，马上就能见到风吹草低见牛羊的美丽景象，不禁大为兴奋。

是日傍晚，进入了广袤的大草原，因驼队的领队是这一带的老向导了，熟悉路上的牧民，当晚便在一处蒙古包里落脚。

由于王炽持有巴夏礼的介绍信，虽没有销售茶叶的路引，但各关卡都卖了洋人的面子，一路上并没波折，穿过草原后，便顺利地到了南通库伦[1]，此处距买卖城已然不远了。

进入南通库伦后，所见到的人和景物与中原地区完全不一样，带有一种浓郁的异域风情。其建筑淋漓尽致地体现了游牧民族的特色，大部分房子形同蒙古包，有些大型建筑则是上圆下方，遵照"天圆地方"的传统文化理念建设；然其因地理位置处于欧亚接洽部，因此除去本身的民族特色外，又带了些西方特点。

这里的人亦与汉族不同，大多是高鼻深目，幽蓝色的瞳孔令人分不清究竟是洋人还是中国人，只能从他们的服饰以及行为举止上去辨别。特别是语言，因与买卖城相近，南通库伦人的语气中也多少带了些买卖城方言的特质[2]，带有些中俄混杂的语调。

王炽一行人甫到这座城镇，眼前的一切都觉得十分新鲜，边走边欣赏这里的人和物，一时倒也忘了一路上风餐露宿的辛苦。

在城内走马观花般地游览了一番，正打算找个客栈落脚，突听得一阵蹄声传来，定睛一看，不由得心头一紧。

只见前面路上行来一支马队，骑在最前边领头的是个瘦小的中年人，脸色发黄，像个长期营养不良的街头浪子，颧骨高高耸立，全身上下刮不了几两肉。但他的那双眼睛却炯然有神，若鹰隼一般，游目间寒光四射。此人正是重庆山西会馆的百里遥。

他在此出现并不奇怪，因为刘劲升、魏伯昌正是带着货来的买卖城，由于

---

[1]　南通库伦：今蒙古国乌兰巴托。

[2]　买卖城方言是一种象征性说法，其本质还是俄语，但是清朝商人的俄语说得并不准确，有点像现在人说的半拉子英语，甚至是中俄语混杂在一起说。由于当时俄国人来买卖城做生意的多，便也迁就他们的这种语调，久而久之就形成了独特的买卖城方言。

他们并没绕那么多弯路，比王炽等人早来一步，也十分正常。奇怪的是，王炽等人刚到南通库伦，他便出现了，这绝对不会是巧合。

王炽浓眉一动，忍不住眯着眼睛望向百里遥。按照在重庆的约定，王炽作为幌子吸引俄国人注意，由山西会馆、祥和号暗中偷运大宗茶叶北上，欲在俄国人的源头做手脚，一旦源头的市场饱和后，在重庆的俄商所收的茶叶越多，滞销的也就越甚，从而给重庆俄商以沉重的打击。

这便是王炽提出的"明修栈道，暗度陈仓"之策，他也当面向山西会馆及祥和号承诺，此番北上只为打击洋人，不为生意，因此只在两家商号那里收取些马帮的行脚费。现在，他不但动用英国人运了新茶进入买卖城，自己还带了大宗茶叶过来，这显然违反了当初的约定，也大大地损害了山西会馆及祥和号的利益，百里遥及时出现在南通库伦，只怕是在此已等了多日，只等他们到来。

正值王炽脑子飞快地运转思索对策时，只听于怀清道："来者不善，善者不来，须小心了！"

第六章

买卖城中鸿门宴　塞北大漠寒风起

　　双方走近时，百里遥下了马，朝着王炽等人拱一拱手，面无表情地道："诸位辛苦了，在下奉刘大掌柜之命，在此迎候！"

　　天津的一场暗斗，以老米店惨败收场，背后操纵的山西会馆跟祥和号为此赔了许多银子，可谓是颜面丧尽。百里遥在南通库伦出现，可见他们早已在买卖城做好了准备，要扳回一局。

　　王炽早就想到了这个结果，他托巴夏礼运茶叶，并叫他写介绍信，就是为买卖城之战而做的准备，只是没想到他们会来这里拦截。他往百里遥身后看了一眼，其所带人数有三十余众，很显然这是要绑架，其效果无异于战场上的突袭，把王炽打了个措手不及。然事到如今，想退已是不及，人家既已经出招，那么就只能硬着头皮接招了。王炽当下抬了抬手，强笑道："刘大掌柜有心了，竟派了支马队前来迎接，着实令在下受宠若惊。"

　　百里遥道："王兄弟为吸引俄国人，千里迢迢，不辞辛劳，一路跋山涉水、披星戴月，吃了许多的苦。况且我等此番秘密抵达买卖城，叶夫根尼全然不知，此乃王兄弟之功劳，在下迎出这些路，算不了什么。刘大掌柜和魏大掌柜已经在买卖城为诸位备下了宴席，诸位请吧！"说话间，冷冰冰地把手一伸，示意王炽等人动身。

　　"有句话说，宴无好宴，却不知刘大掌柜此番给我们备下的是什么宴？"李晓茹冷冷一笑，乜斜着眼睛看着百里遥，"天津一战，两位大掌柜输得不服气，还想在买卖城再比试一场吗？"

百里遥的脸色向来冷峻，一听此话，眼里精光一闪，嘴角微微往上一翘，沉声道："李大小姐此话说得却是令人心寒了，买卖城毗邻俄国，我们如今是在洋人的眼皮子底下做生意，须精诚团结，方可跟洋人争斗。刘大掌柜安排宴席，不过是联络彼此感情，商榷计策罢了。"

"好一个精诚团结！"李晓茹蛾眉一竖，"本大小姐是跟人斗大的，倒是想看看你们怎么个团结法，请吧！"话音一落，手在马背上一拍，率先走了上去。王炽等人相互看了一眼，只得让驼队随后跟进。百里遥冷冷地看着他们走过，随后吆喝一声，命马队押后，一行人浩浩荡荡往买卖城而去。

买卖城与严格意义上的城池不同，许是设计者思想开放的缘故，它没有城墙，周围只用栅栏为垣，共设四道门户，其中北门正与俄国的恰克图相对，两者相差不过百余米。

整座城池呈一个矩形，全长六百四十米，宽三百六十六米，城虽不大，却是五脏俱全，有塔楼、有守兵，亦有衙门。街道两旁除了店铺外，还有住宅区、酒楼茶馆等。别看它处于中俄两国的分界点上，其所有的建筑都是纯正的中国风格。

两条主要的街道上车马川流不息，人来人往，摩肩接踵，来南北往的中国人及俄国人、英国人混杂其间，形成了一个独特的国际性的贸易城。

历经千辛万苦，终于抵达了目的地，然王炽的心里却是沉重万分，他无心去欣赏这座繁荣的边界小镇，默默地思量着应对之策。

途中，王炽跟于怀清低声商量了一路，得出的结论是，买卖城的生意向来是晋商在主导，这里相当于是山西商人的天下，想要在这里从刘劲升身上占到便宜，几乎是微乎其微。这且还罢了，最让人头疼的是，在他们的队伍中还跟了个杜元珪，他是受命来监视他们的，一旦任务失败，就会痛下杀手，把他们的尸体丢给俄国人。

这就是骆秉章，精明到冷血无情，其所用的手段与京师的桂良如出一辙，反正胜了是朝廷之功，败了则是小贩之乱，把自己的责任推得一干二净。

前有伏击，后有追兵，王炽清楚地感觉到，这一次又陷入一个绝境。

到了一家酒店时，百里遥就把王炽等人和他所带的驼队隔开了，其意图十分明显，这批茶叶他们暂时接管了。

王炽看在眼里，急在心里，却是一点儿办法也没有，只得强镇心神，昂首走入客栈里面。

一间大包厢里，分别坐着刘劲升、魏伯昌及朝廷派来管理买卖城的办事大臣熊挚臣，三人居上方而坐，其背后站了五个执刀护卫，一个个目似铜铃，凶神恶煞。人家鸿门宴的甲士好歹隐藏在暗处，他们则是明刀明枪地摆着，分明是在告诉你，老子今日就是要给你个下马威。

王炽等人走入里面时，那三人都站了起来，肃穆的脸上挤出抹僵化的笑意，以示欢迎。王炽的目光从他们身上扫过，最后落在魏伯昌身上。在远乡异地再次看到这张清癯的脸时，王炽感慨万千，他们之间曾是合作伙伴，是他在重庆时最可信任之人，而重庆一别，再见面时这张脸虽依然亲切，却已然是生死敌手。

利益驱使下的角色转换令王炽一时难以接受，同时他也十分清楚，中间隔着桂老西的一条人命，他们之间定是难以善罢甘休。看着魏伯昌，他施了一礼："魏老伯别来无恙乎？"

魏伯昌听了这句问候，强自挤出来的那一抹笑意消失了，生硬地道："王老弟无须多礼，请入座吧！"

双方落座时，唯独李晓茹依然站着，她瞄了眼对方身后的那五个彪形大汉，"嘿嘿"笑道："今日这是要比武呢还是吃饭，这几位是什么意思？"

刘劲升笑道："李大小姐莫多心，买卖城人多眼杂，乱得紧，刘某为安全起见，这才安排了这五人。"

"是吗？"李晓茹俏脸铁青，冷哼道，"若是为安全起见，劳刘大掌柜大驾，让他们去门外站着，如果他们不走，那么就本大小姐走。"

刘劲升脸色一沉："李大小姐这是在威胁刘某吗？"

李晓茹道："本大小姐站在你的屋檐下，有威胁你的资格吗？只不过从小娇生惯养，看着下人的臭脸吃不下饭。"

刘劲升无奈，只得让那几人撤了下去。为了打破这尴尬的氛围，刘劲升举杯致意。大家饮尽了杯中酒后，刘劲升又道："来来来，今日咱们不谈生意，只管吃菜。"

王炽听他说不谈生意，也乐得个一时清静，闷不作声，只管装傻充愣吃喝。刘劲升用余光瞟了他一眼，突然举杯道："王兄弟，刘某替重庆商界敬你一杯！"

王炽抬头看了他一眼，知道该来的终归还是来了，当下依然没说话，坦然饮了一杯。放下酒杯，刘劲升轻咳了一声，道："王兄弟这一路跋山涉水，成功吸引了叶夫根尼的注意，使我等成功转运茶叶到买卖城，诚可谓是利国利民之举，不知接下来有什么打算？"

王炽装出一副懵懂的样子，道："似在下这等小贩，除了浪迹天涯，还能做甚？"

刘劲升眉头一沉，白皙的脸上露出一抹疑惑之色："你随行的这一支驼队规模可不小啊，莫非要带着驼队浪迹天涯？"

王炽道："在下本来就是行马帮为生，带着驼队走路有何不可吗？"

"自然并无不可。"刘劲升脸色一沉，"但王兄弟明目张胆地把他们带到买卖城来，未免有些过于目中无人了吧？"

"这不是目中无人。"于怀清淡淡地道，"是不得已而为之。"

刘劲升"哦"的一声："刘某想听听是怎么个不得已而为之。"

"我等这一路上来，可不只是跋山涉水、披星戴月，还有人要置我等于死地。"于怀清道，"他们的意图很明显，就是要叫我等永世不得翻身。此等手段，何其之毒，只怕是任何人也不会无动于衷，由人宰割。"

魏伯昌一直沉默着，此时终于忍不住开口了："你们在重庆时可是保证了，只拿行脚钱的。"

于怀清冷笑道："你们在重庆时不也说了要抱团取暖吗？"

"说到底，哪个也不是什么正人君子，何须在此丢人现眼互相指责呢？"李晓茹突然呵呵笑道，"此番北上的目的是对付俄国人，现在茶叶都神不知鬼不觉地运过来了，再抱团取一次暖，岂非皆大欢喜吗？"

刘劲升哈哈一笑道："李大小姐果然是天真地如此认为，还是将我等当作了天真的傻子？"

李晓茹道："刘大掌柜不想合作？"

刘劲升道："刘某跟你们的合作，在你们抵达买卖城之时便已结束。"

李晓茹冷笑道："那么接下来刘大掌柜是想将我等连人带货一起扣下了吗？"

"刘某又不是官场中人，何来这般权力。"刘劲升道，"不过刘某要提醒诸位一句，你们现在的身份可是朝廷重犯。"

李晓茹目光一扫，落在了熊挚臣身上。此人自他们进门至今，未曾说得一句话，肤色黝黑，腮帮子上带了抹高原红，神色间淡定得一如泥雕木塑的菩萨，一看便是极具城府之人。可是那些当官的越不发话，越叫人瘆得慌，而且从刘劲升的言语中也不难听出，如果今日他们不交出茶叶，那么这位大人便要公事公办，替朝廷抓捕要犯了。

于怀清则是眉头一动，心里咯噔了一下，他把头微微一偏，望向王炽。王炽与他交换了个眼神，明白了他眼中的担忧。

于怀清和王炽眼下最担心的倒不是会被熊挚臣逮捕，而是这件事背后所透露出来的，令他们为之心惊的信息。为什么刘劲升会知道他们在北京的事？眼下圆明园被烧，宫里、军队死的人成千上万，朝廷上下焦头烂额，这种时候恐怕谁也没心思为他们这几个人的逃狱而下发追缉令，即便是贴出了追缉令，也不可能这么快到达这座边远小镇。

那么这意味着什么呢？王炽把眼一抬，问道："刘大掌柜如何知道我等在北京犯了事？"

刘劲升冷哼了一声："说老实话，刘某佩服你的胆色，但作为一个合格的商人，他必须得明白有些生意能做，有些不能做。就比如说这次的茶叶生意，不是属于你的，你就不应该掺和进来。你以为托英国人把茶叶运进来，就能瞒天过海吗？就算是天王老子的货，过关卡时也得让人查验，这一查验不就什么都清楚了吗？而且还暴露了你在北京的事，现在你就像刘某桌前的这一口菜，刘某何时想把它吃了，就可以立马吃了它。"

魏伯昌道："王兄弟，这件事你做得确实过火了。依老夫之见，咱们好歹相识一场，你把货交了，该去哪儿去哪儿，不然的话，按现在这情形，你真得不了便宜去。"

王炽突地站了起来，恭身抱拳，行了一礼，道："在两位前辈面前，王四乃末学后进，吃了亏未必是坏事，至少长了记性。至于交货出来，毕竟涉及几万两银子，可否让在下考虑两天？"

"无妨。"刘劲升胸有成竹地微哂道，"给你三天如何？"

王炽拱手道："如此多谢刘大掌柜了！几位慢用，我等告辞。"

从酒店出来，王炽找了家客栈安顿下后，拿出银子打发了驼队，随即关了房门，朝大家看了一眼，道："他们在天津输了一场，做足了准备要在买卖城报复，只有三天时间，我们如何接招？"

于怀清神色凝重地道："这是他们事先给我们挖好的陷阱，没有退路的，不才想了一路，也没想出个办法来。"

大家听于怀清也束手无策，不由得都有些急了。孔孝纲道："拼拼不过人家，逃又逃不走，莫非真要死在买卖城不成？"

"逃不掉就往前冲。"李晓茹瞄了眼王炽，眼里却是不满之色。

席茂之看在眼里，情知她还在吃着许春花的干醋，故意卖关子，便道："现在大家都束手无策，望李大小姐不吝赐教。"

李晓茹故作不经意地把目光从王炽身上瞟过，道："有人不是在刑部大牢二进二出了吗，区区买卖城又有何难的？"

席茂之眼睛一亮："去找洋人！"

李晓茹道："买卖城是晋商的地盘，也就是他刘劲升的天下，且又跟官府穿了一条裤子，里里外外都是他的人，我们只有与洋人合作，才有机会反败为胜。"

于怀清道："计是好计，不知李大小姐打算怎么与洋人合作？"

李晓茹又把目光往王炽落去："王小贩子陪本大小姐走一趟英国办事处。"说话间，也不管王炽答不答应，把头一扭，径直往门外走。

王炽痛恨洋人，特别是亲眼在天津和北京目睹了洋人的暴行后，更觉厌恶。然国势积弱，人情淡薄，每被官员所害，都要靠洋人脱困，在这个不能以是非善恶去看待的大乱之世，若不能顺势而为，又能如何呢？想到此处，暗叹一声，跟了出去。没走两步，只听许春花叫道："主子，路上切要小心！"李晓茹的脚步在门边停了下来，回头冷冷地看了眼王炽，夺门而出。

及至外面，王炽小心翼翼在其身后跟着，也没敢说话。走出一段路，李晓茹突然回过头来，学着许春花的语气道："主子，你跟在奴婢后面成何体统，快到前面来，叫奴婢跟着你吧。"

王炽知道这位大小姐的脾气，连忙装出一副乖顺的样子，笑嘻嘻地道："李大小姐莫要说笑了，在你面前，王四只有给你提鞋的份儿！"

李晓茹见他这般模样，心里的气消了一半，哼的一声："王小贩子似乎懂事了不少！"

"在李大小姐面前，王四怎敢造次？"王炽笑道，"却不知咱们到了英国办事处，要如何行事？"

"诓他。"李晓茹狡黠地笑了一笑，"叫他们跟刘劲升打去。"

买卖城的街道不多，其中最繁华的是两条呈十字形贯穿全城的街道，南北向的叫北街，东西向的叫东街，英国办事处便设在靠近俄国国境的北街。

经过这两条街的十字路口时，李晓茹突然停下脚步，悄声道："后面有尾巴随着。"王炽正要回头，又听李晓茹道，"别回头，免得引起他们的注意。"

王炽不知她要做什么，但见她一副郑重其事的样子，只得由着她继续往前走。在临近英国办事处时，李晓茹又停了下来，在王炽耳边交代表了一番。王炽惊道："你要做什么？"

李晓茹哼的一声，道："打狗给主人看。"

王炽闻言，这才明白过来，会心一笑，走到英国办事处的门口，掏出那张巴夏礼的介绍信，跟两个英国士兵说了几句。

那两个士兵闻言，看了眼他们身后跟来的两人，便端着枪走了过去。那两人见状，转身就要走。李晓茹早有准备，娇喝一声："站住！"返身追了上去。追了几步见追不上，边追边回头朝两名英国士兵比画道："开枪，打他们！"

由于街上人多，英国士兵不敢乱开枪，只朝天放了两枪，饶是如此，还是把前面那两人吓得双腿一软，不敢再逃。李晓茹追上前去，冷笑道："有胆跟踪，怎么就没胆面对了呢？"话音未了，举手就是两个耳光子，落在那两人脸上。

那两人只觉脸上火辣辣作痛，无奈人家有端着枪的英国士兵护着，敢怒不敢言。李晓茹寒声道："本大小姐不管你们是哪个派来的，今日放你们条狗命，回去告诉你家主人，惹恼了本大小姐，定然叫他吃不了兜着走，滚！"两人闻言，撒腿就跑。

李晓茹转过身来，对两名英国士兵道："那只是两个小喽啰，教训一下便是，咱们回去找你们的办事大臣。"

到了办事处里面，两人见了那英国人后，只觉大为头疼。英国人叫阿尔瓦，金发碧眼的白种人，四十开外的样子，肤色白得像抹了粉，戴着副黑边眼镜，颇具绅士风范。估计是在买卖城待久了的缘故，阿尔瓦的中文非常不好，与他交流时恨不得把脚也用上做比画。

李晓茹见了此人，不觉想起重庆的那位英国人艾布特，也是一副温文尔雅的样子，面善心毒，城府颇深，因此再看到这种气质的人，她心里就有些反感，不觉皱了皱蛾眉，只是眼下生死一线，有求于人家，情知这种时候使不得性子，便强端着笑道："阿尔瓦先生，巴夏礼先生的介绍信您也看了，还有这运货单，之前那批茶叶就是我们托巴夏礼先生运过来的，我们跟巴夏礼先生是很好的朋友。"

"交情匪浅？"阿尔瓦从那运货单和介绍信上也看出来，这两人是巴夏礼的朋友，估计是有意示好，故意卖弄了一句成语，示意我是可以跟你们交流的。

王炽笑道："看来阿尔瓦先生的中文还是不错的！"

阿尔瓦得意地笑了一声，吞吞吐吐地用中文问道："两位找我是要提那批茶叶吗？"

李晓茹摇头道："这批茶叶怕是提不出去了。"

阿尔瓦眉头一皱："为什么？"

"有人跟你们作对。"李晓茹两只手握作拳状，轻轻一碰，比画着道，"晋商想跟你们作对，说这里是他们的天下，出境的茶叶一律要从他们那边经手，就算是英国人也不行。"

"真的？"阿尔瓦不可思议地瞪大了眼睛，"有这种事情？"

李晓茹道："您在这里还不了解晋商吗？我们刚进城，就被他们请了去，要我们三日之内交出茶叶，不然的话，定叫我们人货两空。"

阿尔瓦道："刚才在街上跟踪你们来的就是晋商的人吗？"

李晓茹点头道："对，就是他们的人。"

"他们不知道大势已去了吗？"阿尔瓦愤然道，"我们的军队已打到了北京，天津已经开放了商埠，不久，运往欧洲的茶叶，就可以直接从海上过去，没必要再经过买卖城了。"

"这就是垂死挣扎。"李晓茹虽然看不惯洋人嚣张跋扈的样子，但不得不违心地道，"他们想在买卖城败落之前，再狠狠地捞一笔。"

阿尔瓦问道："那么你想要怎么做？"

李晓茹故作沉吟，片晌后道："我想先运出去试试。"

阿尔瓦又问："要是真让他们劫去了呢？"

李晓茹颇有深意地看着他反问道："阿尔瓦先生能容忍他们无法无天吗？"

阿尔瓦没有立即回答，沉着眉头思索起来。他虽然不太熟悉中文，但这并不代表他就好糊弄，那批茶叶如果真让晋商劫了去，的确间接损了英国人的颜面，可毕竟没有实际的利益冲突，仅仅为了这面子问题，去跟当地的晋商大动干戈，合适吗？

李晓茹留意着他的脸色，走上两步，在其面前轻声道："大家都是朋友，既是让您担了风险，也当利益均享，这批茶叶的利益五五分成，如何？"

王炽闻言心头一震，心想这丫头片子好大的口气，两嘴一张，就把一半的利润拱手予人了！阿尔瓦却是眼睛一亮，笑道："李小姐客气了，看在巴夏礼先生的面子上，这事我也不能眼睁睁地看着不管。"

李晓茹与阿尔瓦握了握手，笑道："还有件事需要阿尔瓦先生代劳。"

阿尔瓦道："你说吧。"

李晓茹道："需要您介绍一个可靠的俄国商人，尽快把这批货抛出去。"

"没问题。"阿尔瓦道，"我与这一带的俄商都很熟，到时候我让我的士兵带你们过去。"

李晓茹道了谢，告辞出来，在一名英国士兵的带领下，去仓库提货。王炽道："李大小姐好大的口气啊，一出口就把一半的利润让了出去。"

"心疼了吗？"李晓茹回头道，"这种时候只能花钱消灾。"

"这个我理会得。"王炽笑道，"只怕李大小姐不只是想花钱消灾这么简单吧？"

李晓茹得意地笑了一声，道："你倒是说来听听。"

王炽道："你让英国人代找买家，可是要将俄国人也拉进来？"

"孺子可教也！"李晓茹两眼放着光，道，"他们挖了个坑让我们跳，我们也该挖一个叫他们跳，只要他们敢动这批茶叶，等于是得罪了英俄两国人，看他们怎么收拾。"

"好计！"王炽暗暗佩服李晓茹的智谋，心想我与刘劲升的对决开始了。

刘劲升看着面前两人脸上的掌印，只觉触目惊心，心头莫名地蹿起股怒火。

这是打狗给主人看，而且是借着英国人的势打的，着实是一次有力的回击。刘劲升眉头一沉，偏过头望向魏伯昌，道："魏大掌柜，你我之间过去虽有些怨隙，但如今是站在同一条阵线上的，你的得力助手死在了天津，这个仇你该不会不报吧？"

魏伯昌冷冷一笑，"刘大掌柜不必激我，你我今日之联盟，乃因有共同的利益驱使，该怎么做，我理会得。王四在买卖城孤立无援，他找英国人撑腰，是意料中的事，接下来就看我们敢不敢去动那批茶叶了。"

"我们出面去动，自然是不妥的。"刘劲升道，"叫官府去便是了。"

魏伯昌眼睛一亮，"刘大掌柜果然是高明人，假官府之手投石问路。不过熊挚臣也不是傻子，他会出面吗？"

"会的。"刘劲升微哂道，"朝廷重犯，流窜到买卖城，不抓就是他失职。"言落间，朝站在旁边的百里遥使了个眼色，百里遥会意，大步走了出去。

熊挚臣听百里遥说完后，脸上依然没有半点表情，淡定得好像浑然没听到对方所说的事。百里遥也没任何表情，但他浑身上下透着一股寒意，目不转睛地看着熊挚臣的反应。两人就这样沉默了片晌，熊挚臣终于开口了，声音有些嘶哑，喉咙里像卡了枚桃核一般："我知道了，你回去吧。"

看着百里遥离开，熊挚臣的脸皮似乎动了一下，喃喃地道："这帮狗东西，有食了争着抢，把最难啃的骨头抛给本官！"

熊挚臣嘴上骂着，心里却已决定去碰一碰那块硬骨头了。他十分清楚，晋商手眼通天，有麻雀飞过的地方，就有山西商人，如果对那帮私贩军火的逃犯不管不问，他早晚得回家种田去。

心念转动间，熊挚臣蓦地一声喝："去关卡例行检查！"

王炽从英国办事处提了货后，会合客栈里的于怀清等人，把从张家口运过来的那批茶叶也带了出来，一并送往由阿尔瓦介绍的俄商处。

这个俄商叫阿历克赛，据说是俄国最大的茶叶经销商之一，在北街临近俄国恰克图的地方设了个门面，收购茶叶转销欧洲。

眼下正是茶叶销售的旺季，东北两条街上人来人往，挤得迈不开步子。王炽的运货队由五名洋人开路，他们端着枪，神情肃穆，路上的行商哪个都不敢去得罪，这一路过去倒是畅行无阻。

北街正北方的大门就是俄国恰克图的门户，遥遥相对，不过百余米，双方在各自的门户内都设有关卡并驻军队，建有塔楼，过往商人、马车都必须经过严格的盘查，方可通行。

王炽等人到达这边时，只见关卡那头排起了长长的队伍，官兵正对货物一件一件进行检查。

于怀清见此情形，不由笑道："你选的倒是好地方！"

李晓茹笑靥如花，此处车水马龙、鱼龙混杂，最重要的是对面不远处就是俄国国境，那头的士兵都眼巴巴地盯着这头看，正是她理想的好去处。如果真在这个地方闹起来，那这事可真就闹大了。

这就是李晓茹想要的，说白了，此行她就是来闹事的，事情闹得越大，刘劲升的腿就会越软。

熊挚臣便在这时候出现了。本来王炽的货没有出境，不过是来交割货物罢了，不需要检查，但熊挚臣没有办法，他不得不来。然熊挚臣也不是任由人摆弄的二傻子，他不针对货，只对人。

"你可是王炽吗？"熊挚臣站到五名英国士兵的前面，向王炽沉声问道。

"正是在下！"王炽拱手道，"不知熊大人有何贵干？"

"有何贵干？"熊挚臣带有高原红的脸上一沉，"你从京城刑部大狱流窜至此，本官要按律带你回去！"

王炽不慌不忙地道："熊大人可有证据？"

熊挚臣沉声道："本官抓你自有抓你的道理！"

王炽冷笑道："如果大人只是道听途说，请恕在下难以从命。"

"你要抗捕吗？"

"此事关系到在下的自由和声誉，大人若没有证据，在下自然就敢抗捕！"

熊挚臣不再跟王炽理论，转首朝一名士卒耳语了两句，那士卒得令，转身跑了出去。不出一会儿，领来一位高大的俄国人，金发碧眼，满嘴黄须，脸庞粗糙，孔武有力。俄国人向熊挚臣行了个礼，"熊大人找我有什么事吗？"

熊挚臣道："他们是来交割货物的，你把货在此验收一下，没问题的话，银货两讫，把货拉走便是。"

这就是熊挚臣的狡猾之处，他知道这些货涉及洋人，于是就对人不对货，如此一来跟洋人就扯不上关系了。李晓茹岂容他如此将大事化小，小事化了，"且慢！"言语间，看了眼那高大的俄国人，又道，"这位可是阿历克赛先生？"

那俄国人道："是的。"

李晓茹道："这批货不能在这里交割。"

阿里克赛只是一个商人，他自然不想卷入清政府的事情中来，于是看向熊挚臣，摊摊手示意他们不交货，我也没办法。熊挚臣问道："为何不能在这里交割？"

李晓茹道："因为这是英国使臣巴夏礼先生的货。"

熊挚臣道："那又如何？"

李晓茹颇有些挑衅地看着他道："如果我说这些货里面，除了茶叶还有军火，你信吗？"

熊挚臣知道她是在挑衅，要逼他当场查验，如此一来在语言不通的情况下，很有可能跟英国人节外生枝。然而她已明确说了，这里面有军火，作为负责边境安全的朝廷命官，你查是不查？

李晓茹看着他铁青的脸，冷笑道："莫非熊大人只敢欺负自己人，连怀疑洋人的勇气都没有吗？"

围观的人越来越多，这条街本来就挤，经此一闹，几乎水泄不通。饶是熊挚臣以稳重著称，也不觉脸上燥热，只觉成百上千双眼睛往他身上射来，一时愣怔当场，不知如何是好。王炽瞅准时机，说道："熊大人要是不查，我等便是要走了！"

这时候的熊挚臣相当于让人架到了火上烤，查也不是，不查也不是。他暗握着拳头，强忍着怒气，蓦然喊了一声："撤！"悻悻然带兵就走。

熊挚臣的这个举动着实出乎李晓茹的意料，心想此人的忍耐力简直到了匪夷所思的地步！

"熊大人！"就在熊挚臣打算撤走的时候，背后突有人叫了他一声。熊挚臣回头一看，却是那山西会馆的大总管百里遥，不由得两眼一眯，暗吸了口凉气，心头瞬间升起一个疑问，他来此处做什么？

百里遥蜡黄的脸在漠北高原的风里，泛着丝苍白，更像是一个病入膏肓之人。只见他眼里的寒光一闪，又道："这些人私贩军火，自京城逃窜而来，又带了可疑之物进入买卖城，大人如何就放任他们明目张胆地胡作非为？"

百里遥的这番话不仅让熊挚臣大为吃惊，连李晓茹等人也是莫名其妙。所谓官商勾结，不过是因了共同利益，而且中国人讲交情，利益在交情就在，双方同进共退，患难与共。然百里遥此番话一出，相当于将熊挚臣推向李晓茹挖的火坑，完全违背了官商交情，是极其不合情理的。

熊挚臣怔了一下，寒声道："那么依你之见，该当如何？"

"查！"百里遥生硬地道，"这次若是不查，熊大人将失信于百姓，日后如何服众？"

熊挚臣本是可以全身而退的，现在被百里遥如此一说，再也无法置身事外了，他朝周围的群众看了一眼，把牙一咬，低沉地道："开箱验货！"

就在清兵上去查货的时候，突听得几声清脆的咔嚓声响，熊挚臣回头去看时，那五名英国士兵子弹上了膛，拿枪对准了他们。熊挚臣目光一转，只见李晓茹笑吟吟地站在英国士兵旁边，正一脸挑衅地看着他。

此事的微妙之处就在于，洋人听不懂中文，他们在对话的时候，旁边的洋人听得一头雾水，及至熊挚臣要动手验货，李晓茹就趁机跟英国士兵比画说，这些人要把货没收了。阿尔瓦跟李晓茹存在着利益关系，他维护英国人的面子是假，想捞些银子是真，英国士兵不明就里，他们只是奉命来保护李晓茹等人及这批货物安全的，见熊挚臣动手，就把子弹上了膛，随时准备开枪。

气氛一下子就紧张了起来，空气中充满了火药味。熊挚臣看着那黑乎乎的枪口，一股无名之火"噌"地蹿上心头。此时此刻，他的内心十分复杂，既有被愚弄的气愤，又有官威受到挑衅、尊严受挫的愤怒，刹那间他从朝廷命官，变成了一只于街头杂耍的猴子，在各方面势力的交织下，似乎只有街头的这些观众，最为真诚地在期待他下一步的表演。

他想跟英国士兵去解释，可又觉得这时候的解释也是可笑的。在中国人的观念里，"官"字下面两张嘴，代表的就是权威，凭着这两张嘴，黑白尚且都能颠倒，区区检查莫非还要看人脸色吗？更何况你要去解释的是不懂中文的洋人，在众目睽睽之下，那样手脚并用的解释方式，与耍猴也并无区别了。

一边是洋人的枪口，一边是成百上千双目光，熊挚臣的脸燥得若猪肝一般，大喊："给老子查！"这是失去理智的命令，却也是无可奈何的。

几乎与此同时，"砰"的一声响，一名英国士兵开了一枪，枪火从熊挚臣身边擦过去，吓得他周身一震，出了一身冷汗。

"熊大人，不管你信与不信，这些话在下都得跟您说。"王炽道，"京城那一桩所谓的私贩军火案，其实是朝中大员一场贼喊捉贼的把戏，当中的内幕在下虽然不知，但可以断定有人拿此事做文章，是要把你当枪靶子使。实话告诉你，这批货没有任何问题，我等也不是什么军火贩子，在下言尽于此，接下来怎么做，全凭大人定夺。"

"你说不是就不是了吗？"百里遥冷冷地道，"这是刑部定的案子，铁证如山，岂是你两嘴皮一张便能说得清的？"

王炽也冷笑道："那么按阁下的意思，今天这事该如何收场？"

百里遥道："一帮逃狱的重犯，还敢公然到买卖城来做生意，眼里还有王法吗？按我的意思，这些人和这批货都押回衙门去，听候发落。"

熊挚臣再次把目光投向百里遥，似要把他看透一般。若是换在平时，百里遥之言并无不妥，可在这特殊的时候，百里遥还一个劲儿地把他往死路上逼，显然是不合情理的。明知道不合情理，还要往火坑里跳，其痴傻程度便无异于畜生了。熊挚臣咧了咧嘴，一副似笑非笑的样子，道："此事疑点重重，且本官也未接到朝廷的追缉令，待本官查清楚了再说，走！"也不管众人如何看他，急急地就撤了出来。离开那里时，熊挚臣只觉如释重负，长长地舒了一口气。

这样的一个结果，虽没有如李晓茹想象的那样，把场面闹大，使得刘劲升和官府洋人结仇，但看着熊挚臣知难而退，也算是赢得了这场斗争的胜利，李晓茹暗舒了口气，向王炽微微一笑。

王炽出手了这两批茶后，依约将巴夏礼运过来的那批茶叶利润分了阿尔瓦一半。阿尔瓦什么也没做，净得五千两银子，喜得眉开眼笑。

趁着阿尔瓦高兴，王炽道："在下有一事请教，望阿尔瓦先生不吝赐教。"

阿尔瓦道："什么事？"

王炽问道："我等在北京的时候，曾遭清政府官员陷害，以私贩军火罪被关入大牢，此事您可有听说过？"

阿尔瓦连连摇头道："北京距这里那么远，这种事情我怎么会知道。"

王炽朝于怀清等人看了一眼，随即告辞出来。回到客栈后，王炽道："刘劲升在撒谎。"

席茂之道："可能那一桩军火案没有我们想象的那么简单。"

"难道他们也参与了？"王炽不可思议地看着众人，"那是一起官商勾结的军火走私案？"

"难说。"于怀清手捋青须，"如果他们真的参与了，应该马上就会有下一步的行动。"

李晓茹眼睛一转，道："刑部的通缉令很快就会出现在买卖城？"

"不错。"于怀清看了眼王炽，一脸的沉重，"如果真到那一步，我们在买卖城的处境会更加危险。"

"逃吗？"王炽咬了咬牙，冷笑道，"可我们总不能一辈子背着这黑锅东躲西藏吧？"

席茂之眉头一扬，道："席某以为，我们该是跟刘劲升那些人正面较量了，不打他一个漂亮的翻身仗，漫说回重庆，便是要堂堂正正地做人都难。"

孔孝纲大声道："大哥说得对，是到教训他们的时候了！"

王炽紧握拳头，在桌子上重重一按，道："那就在买卖城大干他一场！"

于怀清问道："你想怎么做？"

"先给他抛一个诱饵出去。"王炽看着于怀清道，"看他上不上钩。"

起风了。

买卖城距沙漠近，一旦起风，黄沙便容易扬过来。

这日早上，天色阴沉沉的，黄沙弥天，整个天地晦涩不明，温度也一下子降了下来。

临出门时，许春花拿了件外衣上来："主子，天冷，披件外套再出去。"

王炽依言穿上，眼睛不由自主地往李晓茹瞟去，见她并无不高兴的样子，这才略微放心。出了客栈，席茂之、孔孝纲兄弟负责去张家口收购茶叶，其余人则跟了王炽一起去熊挚臣府上，两路人分开后，各自匆匆出发了。

熊挚臣虽对王炽没什么好感，但对刘劲升亦十分失望，所谓的利益关系，原来是可以在需要的时候称兄道弟，在必要的时候把你推上死路的。当日百里遥一步步将他往火坑里推，若非是自己强行克制着，现在恐怕已然躺在灵堂里供人祭奠了。

当官讲一个"稳"字，若非步步为营，十顶乌纱帽也不够丢，熊挚臣觉得刘劲升那样的合作伙伴还是不要的好。因此再见到王炽时，他并没排斥，觉得此人虽非商界之名流，但胆子够大、有魄力，早晚有一天刘劲升会失去其市场。

王炽落座后，详细讲了他们在北京的遭遇，随后又道："在下怀疑那是一起官商勾结的军火案，而且刘劲升很可能参与了。"

熊挚臣目光呆滞地望着前方，仿似根本没听到王炽的话，过了会儿，方才说道："他参与了如何，没参与又当如何？"

王炽道："如果他参与了，不出十几天，朝廷追缉我等的文书定会到此，我等不能坐以待毙。"

熊挚臣慢慢地转过头，将目光落到王炽身上："这与本官何干？"

"乱世为人，恰似逆水行舟，没有人可独力抵挡那惊涛骇浪。"王炽道，"在下以为，大人需要选择一个阵营，站好队。"

熊挚臣嘴角一撇，从喉咙里发出"嗬"的一声低沉的笑："你的意思是，堂堂朝廷命官，需要你来庇护吗？"

"不是庇护，是依靠，彼此的依靠。"王炽微哂道，"大人试想，倘若在下跟晋商果真在买卖城斗得不可开交，您如何能置身事外？"

"年纪轻轻地把时局看得这般的透，倒也难得！"熊挚臣沙哑着声音，说了句像似赞美的话，"你要本官做什么？"

"抛一个诱饵出去。"王炽道，"看刘劲升上不上钩。"

"好计！"熊挚臣淡淡地说了一句后，叫了一名衙役进来，在其耳边说了几句。那衙役听令，跑了出去。熊挚臣回头看向王炽，道："现在就等鱼上钩了。"

"啪"的一声脆响，杯盏落在地上，水和碎瓷溅了一地。

刘劲升白皙的脸涨得通红，眼睛恶狠狠地瞪着百里遥，低吼着道："你把自己当什么人了？你尽可不把那些当官的放在眼里，可台面上须尊重他们，你不懂吗？王四的货如果连熊挚臣都动不了，我们更加不能去动，现在你去他查货的现场一逼，岂非是把他往外推吗？"

百里遥低着头，脸上依然是冷冰冰的毫无表情。

"你马上去趟熊挚臣府上。"刘劲升命令道，"去给他道个歉。"

百里遥霍地抬起头，眼里闪过一抹寒光，似有话想说，但终究没有说出来，转身正要往外走，突见一个衙役走进来，道："见过刘大掌柜，熊大人托小人来，说是内务府的人到了。"

百里遥止住了脚步。刘劲升眉头一沉，问道："是叫刘某过去吗？"

那衙役道："熊大人没说让您过去，只说北京那边情况有变，让您小心一点儿。"

刘劲升取出锭银子，打发了那衙役，朝百里遥道："看来你不用去了。"

百里遥回过身道："内务府的人怎么会出现在这里？"

"这也是令我不解之处。"刘劲升疑惑地道，"北京到底出了什么事，竟让内务府到买卖城来？"

百里遥道："内务府那帮人是吃人不吐骨头之辈，掌柜的须小心才是。"

刘劲升两眼精光暴射："是福不是祸，是祸躲不过，我正想找他们发通缉令逮捕王四呢，他们反倒是自行出现了，那就去会会吧，走！"

百里遥迟疑了一下，看了眼刘劲升出去的背影，举步跟了上去。

走进衙门的时候，刘劲升着实吃了一惊，他看了眼熊挚臣，熊挚臣一如既往地木然，似乎根本没见到眼前的人，连眼皮都未曾抬上一抬。刘劲升目光一转，再去看王炽等几人时，猛地心里一凉，他明白自己中计了。

"好心计！"刘劲升双眼一眯，冷笑道。

"天津事败，你败得不甘心，于是要在北京置我于死地，并且还想把天津的损失弥补回来，所以你生生把一桩触犯大清死律的买卖，玩成了公开处理非法军火的合法生意，然后再顺理成章地把我等送入了死牢，一石二鸟，刘大掌柜此计诚可谓天下一绝！"王炽慢慢地起身，一步一步往刘劲升靠近，"可临到头你却为何心急了呢，不过一个小小的诱饵竟是把你引了出来？"

"刘某看人，向来没走过眼，你的行为再次证明，刘某没有看走眼。知道魏大掌柜为何摒弃旧隙与我合作吗？他被我说服了，看到了你的存在对重庆商界是个巨大的威胁。可惜啊……"刘劲升叹息一声，"以为你此番必死，叵耐人算不如天算，北京事发，那英国使臣居然阴差阳错地跟你关在了一起，让你因祸得福，不但从刑部大狱逃了出来，还得到了英国人的一笔馈赠。"

"我早该想到是你在暗中作祟。"王炽冷冷地看着他道，"是我低估了你。"

刘劲升咧嘴一笑："这就是生意场，千百年来都是这一套玩法，只不过是小生意人玩商品，大生意人玩时局，如此而已。"

"多谢刘大掌柜教诲！"王炽道，"有刘大掌柜这句话，也不枉我在鬼门关走一遭。敢问刘大掌柜，接下来你要怎么玩？"

刘劲升诧异地道："莫非你还要再玩一次？"

王炽笑道："刘大掌柜让我九死一生，如果不让刘大掌柜尝一次那种滋味，我也心有不甘。"

"年轻人果然好魄力！"刘劲升哈哈一笑，"这一路上来，我们玩了大米，也玩了军火，那么在买卖城我们就玩茶叶，看看谁能把欧亚的茶叶市场填个饱和，让重庆的叶夫根尼死无葬身之地，且还能把对方玩死。"

"又是个一石二鸟之计！"王炽沉声道，"在下奉陪！"

第七章

彼德堂失火起疑云　北街头龙票有真假

黄沙一直扬了三天，直至第四日方才沙尽天霁，旭日从东方升起的那一刻，买卖城里的人都舒了口气，漫天扬沙的日子总算过去了！

就在天色放晴的这一日，一支商队的出现，令中外各商号都紧张了起来。

那是叶夫根尼从重庆运过来的茶砖，且数量十分大，足足有二十车。

买卖城本就是俄国人和晋商的主场，换在以前，俄国商队出现在此，并不为奇，可自从《天津条约》《北京条约》签了之后，这里的氛围就发生了微妙的变化。

虽说在条约里明确规定了天津开放商埠，可以水陆并运货物，但归根结底只是有利于北美以及紧邻中国的俄国，远在欧洲的英法等国家，依然要通过俄国才能运送中国的商品，这就让欧洲国家心里有些不舒服了。不管是广州之战、天津之战还是北京之战，都是我们作为主力在打，最终你俄国人一句"调停中外战争有功"，不费一兵一卒，就拿下了蒙古及东北地区的大片土地，打通了南下的通商渠道，便宜都让你们占了去，我们利从何来？

因此当俄国商队出现在买卖城的时候，英法两国的一些商人就开始蠢蠢欲动了，有眼红的、有不服气的，也有直接去自己国家的办事处商讨对策的。

当然，除了洋人之外，为此感到不安的还有晋商及京津帮。在那些不平等条约签订之前，晋商完全主导着买卖城的市场，而京津帮则是依靠从天津、北京、张家口到买卖城这条商贸线生存的商帮，他们在买卖城的势力虽然无法跟晋商相提并论，却也是牢牢地在此立了足的。天津开放为商埠后，俄国人可以水陆并运货物，国内的商人不但无权走水路，陆路的关税厘金还要比俄国人多出数倍甚至十倍以上。以晋商为例，他们从湖南、湖北的主要产茶区把茶叶收上来后，光是从汉口北上到张家口就要经过六十三个关卡，其成本之高本已令晋商的利润极其稀薄，如果再失去买卖城统治地位的话，也就意味着晋商跟京津帮的末日到了。

从这个角度来看，俄商拉着大宗茶砖的到来更像是一个信号，这个信号让所有相关商帮都感到不安。

当所有人都为此开始忙碌起来的时候，王炽却成了一个旁观者。这日早上，他跟于怀清两人坐在客栈的阳台上晒着太阳，旁边有许春花侍候着，给他们端茶送水，十分之惬意。

"于先生觉得现在的买卖城像是什么？"王炽微哂着转首朝于怀清问道。

"什么也不像，它就是它，买卖城。"于怀清认真地道，"这是一个巨大的商业圈，也是一个复杂的势利场，从而构成了绝无仅有的买卖城。有一句诗不知王兄弟听过没有？"

"哦？"王炽饶有兴致地道，"先生念来听听。"

"举世争驰势利场，君于冷处看人忙。"

"好诗！"

"我们不是君子，所以当人们争驰势利场之时，便是我等布局撒网之际了。"于怀清笑吟吟地道，"买卖城的风暴很快就会来临，接下来就看我们的局怎么个布法了。"

王炽道："在于先生的设想里，经此一战，欲达到一个怎样的效果？"

于怀清敛去了笑意，道："自然是要打一个漂亮的翻身仗，打得刘劲升、魏伯昌起不了身，让洋人也不敢瞧不起咱们！"

王炽"嗯"的一声，沉思许久，道："如此的话，那就要布一个大大的局！"

叶夫根尼在买卖城有一座仓库，名曰彼得堡。为防止运输商队作弊，凡到了买卖城的货物，都要经彼得堡过磅，确认无误后方才入库，再由仓库的理事销售出去。

彼得堡的理事叫伊万，一个非常普通的俄国人名，其人也是一个很普通的俄国老头儿，长得又矮又瘦，一副眼镜挂在高高的鼻梁上，看人时总习惯地把眼镜架往下按一按，使其挂在鼻端，然后微眯着双眼端详对方，给人以一种高深莫测之感。在伊万管理彼得堡的这些年，几乎从没出过什么事，深得叶夫根尼信任。

可这次却出事了，就在那二十车茶砖入库的当天晚上，彼得堡起了场大火，而且那火烧得十分诡异，单单就烧了那二十车茶砖，仓库里的其他货物安然无恙。

这是巧合吗？伊万把眼镜往鼻梁下压了一压，微眯着眼看着被烧成灰烬的茶叶，沉着脸没有说话，似乎在思考着什么。买卖城在俄国边境，俄商相当于此处的地头蛇，哪个敢在太岁头上动土？

熊挚臣被叫到彼得堡的时候，斜眼瞟了下那个高深莫测的老头儿，随后将眼皮一垂，好似要故意避开对方的注意一般，静静地站在一边，只用眼睛的余光留意着衙役勘查现场。

熊挚臣表面看上去波澜不惊，好似再大的事到了他这里都能化作浮云，实则内心也是波涛汹涌的，只是他轻易不敢开口。要知道买卖城虽小，却是各种势力盘根错节之所，得罪了哪一方都能叫你吃不了兜着走。就以此次的彼得堡失火案而言，晋商、京津帮、英法方面的人，都有作案嫌疑，可无论是哪一方面，势力都大得吓人，非他一个小小的地方官所能得罪的，即便是找到了线索，又能如何？退一万步讲，他也没必要给俄国人去出头，犯不着！

熊挚臣又偷偷地瞟了眼伊万，恰好伊万的目光亦朝他看来，他想要避开时，伊万却说话了："熊大人不想说两句吗？"

熊挚臣沙哑着声音道："这火起得诡异，目前本官也不好说什么。"

伊万的脸色动了一动，冷笑道："中国有一门功夫叫作太极，讲究运用阴阳之气，以达到最佳的效果，熊大人在此为官多年，太极的功夫已是到了炉火纯青之境了。"

熊挚臣当然听得出这是在挖苦，但他却是装作没听懂似的，未作理会，径往衙役喊了一声："可有查到了什么？"衙役自然是什么也没查到，均喊："不曾查到！"

熊挚臣朝伊万拱手道："先生，此案复杂，容本官再想想办法，告辞！"

言毕，便带着人离开了。

伊万眯着眼看着熊挚臣走远，朝旁边的人招了下手："你派人去查查晋商、京津帮和英法方面的动静。"

魏伯昌赶到刘劲升处的时候，他好像刚起床，正跟百里遥交代着是日的琐事，见魏伯昌走进来，起身笑道："魏大掌柜也让彼得堡的纵火案惊动了吗？"

"纵火案？"魏伯昌花白的眉头一挑，"看来刘大掌柜也认为是有人故意所为了？"

刘劲升淡淡一笑："魏大掌柜以为，这是哪方面的人所为？"

"买卖城的各股势力都有嫌疑。"魏伯昌道，"依老夫看，俄国人必不会善罢甘休。"

"就这些？"刘劲升奇怪地看着魏伯昌问道。

魏伯昌讶然道："莫非刘大掌柜看出了什么端倪吗？"

刘劲升"嘿嘿"一声怪笑："魏大掌柜，此地并无外人，就不需要装疯卖傻了吧？"

魏伯昌道："老夫愚昧，望刘大掌柜赐教。"

"所谓乱中取利，只有乱了方有机会下手。"刘劲升道，"这不是泄恨，也不是眼红，而是一起阴谋。"

魏伯昌眼里精光一闪："那么刘大掌柜认为，哪方面的人最想在这种时候乱中取利？"

"按正常的逻辑推理，这时候最想造势的应该是王四。"

刘劲升的话头一落，魏伯昌委实大吃了一惊。这倒不是说他跟王炽之间还存在什么情义，而是没想到王炽的地位在刘劲升的心中竟有如此之高。姑且抛开洋人不论，不管是晋商集团，还是京津帮，他们的实力都大大超过王炽数十倍，如果真是以正常的逻辑推理，再怎么说也轮不到王炽去干这件事。

可再仔细一想，王炽其人，年少气盛，胆大包天，有什么事是他干不出来的？他在重庆、天津的所作所为，不就让所有人都刮目相看了吗？

凝思间，只听刘劲升又道："不过王四虽胆大包天、恣意妄为，却还没有这么大的能量，去烧俄国人的仓库。"

魏伯昌沉着眉头想了想，道："刘大掌柜的意思是说，在这节骨眼儿上，他不敢跟俄国人树敌？"

"不错。"刘劲升道，"他在买卖城孤立无援，没必要再树新敌，给自己添堵。"

"确实如此。"魏伯昌点点头。

正值此时，突有人慌慌张张地走进来，朝刘劲升道："启禀大掌柜，王四那边出事了！"

刘劲升和魏伯昌脸色微微一变，"出了什么事？"

百里遥的神色间微微露出一抹惊诧之色，眼里的寒星一闪而没。

天色微亮，草原的尽头出现了一抹淡青色的光。

晨光熹微，客栈里的人还沉浸在梦乡里，一条人影悄无声息地出现王炽的客房外，轻轻地推了门进去，双脚踏入房里时，右手一翻，从背后拔出刀来，往床前走过去。

及至床畔，见王炽依然熟睡不醒，那人的脸上闪过一抹残酷的笑意，举刀便砍！

"啊……"刀头举至半空时，只听后面传来一声惊叫。那人周身大震，往后望去时，王炽亦被惊醒了，睁眼一看，忙不迭从床上跃起，喝道："杜将军，你要做什么？"

杜元珪回头看到一脸惊慌的许春花后，料想没什么危险，当下回头把刀扣在王炽的脖子上，道："王兄弟，对不住了！"手臂一震，便要动手。令杜元珪没想到的是，他认为没什么危险的许春花，护主心切，居然冲入房来，随手拿起一只花瓶就往他头上砸来。

杜元珪未曾提防，"啪"的一声，花瓶碎裂的同时，只觉后脑勺一阵剧痛，脑袋嗡嗡作响。

"主子快跑啊！"许春花一声大喊，以娇弱之躯死死地从后面抱住了杜元珪。

王炽吃惊地看了眼许春花，连忙从床上跳下来，往外跑了出去。

杜元珪一把闪开许春花，提了刀便追。刚到门外，李晓茹、于怀清两人闻声而来，见他一头的鲜血，面目狰狞，又见王炽往客栈外奔跑，便明白了是怎么回事。李晓茹大怒道："姓杜的，你想要做什么？"

杜元珪杀气腾腾地道："奉命行事，得罪了！"举步就往外追。李晓茹冷哼一声，娇躯一扭，抢步上去，拦在其面前，挥拳便打。可她的功夫岂是杜元珪的对手，一掌就被打出三尺开外。

许春花从客房内出来的时候，杜元珪早已追出客栈外，她望着王炽逃跑的方面，心急如焚，"主子不是他的敌手，怎么办？"

李晓茹也是急了，转首看向于怀清。于怀清连连叹道："一心只想着对付刘劲升，反倒是把身边的这个隐患忘了，该死该死！"

李晓茹道："快想想办法吧！"

席茂之、孔孝纲去了张家口未回，于怀清一介书生，遇到这种事哪有办法可想，跺了跺脚道："追上去看看！"

到了街上，只见王炽一直往北边跑，如果沿着这条街一直往前跑的话，就是俄国的国境了，李晓茹心想要是他真闯入了俄国，只怕就麻烦了，喊道："姓杜的，你要是再敢追，本大小姐叫你不得好死！"

杜元珪好似根本没听到，兀自闷头直追。王炽边回头看，边拼命地跑，眼看前面就是俄国人的地盘了，情急之下逃进了一个商铺里面。

这是俄国人的一个商铺，也就是王炽前次交易的地方，主人叫阿历克赛，因此也算是认识。情急之下，王炽也顾不了许多，一咬牙一使劲儿踹门进去，进了里面，见阿历克赛闻风而来，便道："阿历克赛先……生，有人要杀我，救我一救！"

阿历克赛毕竟只是个商人，一则没搞懂到底是谁在追杀他，二则这里鱼龙混杂，各种势力盘结，生意人以和为贵，最好是谁也不得罪，因此为难地摊摊手道："你要我怎么帮你？"

说话间，听到脚步声已到了店铺外，王炽顾不上他同不同意，一把推开阿历克赛，往店铺后面跑。阿历克赛大叫一声，也跟着往后面去了。

铺子后面是座小院落，从此处的后门出去，跃过一道木栅栏，就算是进入俄国国境了。阿历克赛眼见他开了后门往那头跑出去，急叫道："去不得啊！"王炽只顾逃命，哪里管得了去得去不得，沿着国境线一路狂奔。

那头的俄兵见状，顿时警惕起来，纷纷端起枪瞄准。

王炽天生就有临危不乱的本事，见几十杆枪都往自己身上瞄着，随时都有可能开枪，故意慢了两步，待阿历克赛追上来时，抓了他的手，拉着他边继续往前跑，边往前招手，意思是说我是俄国友人，不要开枪。

阿历克赛经常在边境出入，俄兵自然是认识他的，见王炽与其同道而来，虽还端着枪不曾放下去，但脸色却缓和了不少。

跑入俄国境内后，王炽停了下来，回首往后看时，见杜元珪没敢追过来，这才松了口气，朝阿历克赛道："阿历克赛先生，多谢救了我一命！"边说边连连拜谢。

阿历克赛无端被卷入是非，又气又怒："这到底是怎么回事？"

王炽知道他在担心什么，道："你放心，这只是私仇，并非生意场上的恩怨。不过，在下暂时回不去了，须在俄国躲上几天，一会儿入境时，还望先生跟你们的士兵打个招呼，就说在下是奉先生之意，来俄国处理一些生意上的事。"

阿历克赛一来跟他不熟，二来天生胆小，不想惹是非上身，断然道："不行！"

王炽道："都到这里了，先生若不说是为生意事，怎么跟士兵解释？"

阿历克赛望了眼不远处的俄兵，黄色的眉毛动了一动，一脸的愁容。王炽又道："只要让在下过了这一关，绝不敢忘了先生大恩，日后若有生意，定当先跟先生合作。"

阿历克赛怕与他在这里磨叽久了，引士兵怀疑，只得换一副脸，笑吟吟地走上去跟士兵交流。因他们之间说的是俄语，王炽也没听懂，好在没过多久，阿历克赛过来说，跟那边已经说好了。

王炽大喜，谢过阿历克赛后，径直去了俄国。

另一头的杜元珪眼睁睁地看着他进入俄国，大叹一声，掉头走了回去。到街上时，遇上赶过来的李晓茹等人，也不打招呼，收了刀，径自往前。

"杜将军！"杜元珪正自走着，迎面来了一人，将他叫住，"杜将军请跟小的走一趟吧！"

刘劲升、魏伯昌两人并不知道杜元珪此行所负的使命，听了下人禀报后，面面相觑，均想他杀王炽做什么？当下差人去跟踪杜元珪，伺机把他请过来。

及至杜元珪走将进来，刘劲升连忙上前参见，然后请其落座，亲自奉上香茗，这才问道："杜将军因何要杀那王四？"

杜元珪浓眉一扬，道："在你们出行之前，骆总督把我和唐将军叫了过去，要我随王四北上，若是此行事成则罢，要是不成，便要我杀了王四，给俄国人一个交代。"

刘劲升闻言，不由得朝魏伯昌看了一眼，旋即笑道："骆总督不愧是骆总督，谋虑之深远，叫我等佩服！"

魏伯昌问道："杜将军认为王四事败了吗？"

"莫非不是吗？"杜元珪道，"彼得堡那批茶叶被烧，叶夫根尼很有可能亲自来买卖城，一旦他到了这里，你们这次明修栈道，暗度陈仓之计必然败露，出了事总得有人顶罪，先杀了他，到时候洋人那边好说话。"

"杜将军所虑极是，此事涉及朝廷安危，容不得马虎。"魏伯昌道，"只是他现在逃入了俄国境内，杜将军有何打算？"

杜元珪道："去俄国抓人，定是不切实际的。先看看叶夫根尼何时会来买卖城，再作计较吧……或者看看你们有没有机会去俄国做生意，到时候顺便打探一下消息？"

刘劲升道："杜将军知道我们跟王四水火不容，若是真有此等机会，定当助将军一臂之力。"

杜元珪称谢，在刘劲升处暂时住了下来。又过了五日，去了俄国的王炽没有任何消息，彼得堡的失火案也没有什么进展，买卖城似乎平静了下来，静得让人有种风波已然过去的错觉。然而这样的平静又让人极不舒服，谁都知道一场更大的风暴即将来临，眼下的平静只是暂时的。

第六日，由席茂之、孔孝纲率领的商队风尘仆仆地进了买卖城，一如叶夫根尼的商队抵达此地一样，本属正常，可席茂之偏在彼得堡失火、王炽逃走之后赶到，就不免引人注目了。对伊万而言，茶叶被烧了，无法跟叶夫根尼交代，这个缺口总得想个办法去填补，而对杜元珪来说，这便是逼王炽现身的一个良机。

"两位大掌柜敢不敢把那批茶叶吞了？"杜元珪看着刘魏两人道。

魏伯昌道："吞了那批茶叶，让王四手底下那些人彻底滚出买卖城吗？"

杜元珪摇头道："王四视财如命，把他的那批茶叶吞了，必能逼他出来。只要他敢现身，我就取他性命。"

旁边的百里遥听闻，眼里寒光一闪。刘劲升沉吟了片晌，道："倒不是他视财如命，而是年少气盛，敢于铤而走险，确实可以利用一下，叫他有来无回。"

杜元珪霍地起身，沉声道："刘大掌柜同意如此做了吗？"

刘劲升道："此人不除，刘某寝食难安，只要将军能取了他性命，刘某自当全力配合！"

伊万走到衙门前，伸出手指压了压架在鼻梁上的眼镜，眯着眼往里看了看。衙役都认识他，迎上去道："伊万先生来了，小的这就给你去通禀。"

伊万点点头"唔"的一声，站在门口等。须臾，衙役出来道："熊大人已经在里面恭候，伊万先生请！"伊万道了声谢，摇晃着瘦小的身子往里走。

熊挚臣看着他走将进来，不惊亦不喜，只沙哑着嗓子淡淡地道："伊万先生，未曾迎之于门，恕罪。"

伊万沉着那张干巴巴的脸，抬手扶了扶眼镜，道："我们之间，就不要来这一套虚情假意的东西了，我实话与你说，今天过来，是要跟你拿一样东西的。"

熊挚臣把目光落在他身上，"龙票？"

伊万略有些吃惊地看了他一眼，嘴角一弯，似笑非笑地道："熊大人洞若观火，我的这些心思尽是让你看透了。"

熊挚臣收回目光，略显呆滞地望着一处角落，道："没有。"

"没有？"伊万冷冷一笑，"老伙计这是在故意为难我吗？你可要想清楚，当真把我惹急了，在买卖城闹了起来，老伙计你也就不得安生了。"

熊挚臣"嘿"的一声，也不知是在笑还是冷哼："龙票是理藩院发的[1]，岂是你想要便要？"

伊万翻了个白眼，"熊大人，明人面前不说暗话，请说你的条件吧。"

---

[1] 理藩院是清朝管理西藏、蒙古等少数民族地区的最高机构，同时负责对俄国的外交事务。中国商人与俄国交易时，实行信票制，即龙票，相当于贸易许可证。

熊挚臣道："先说说你要害哪个？"

伊万沉默了。他查不到纵火犯，也知道熊挚臣不会帮他真正地查案，于是来向熊挚臣要一张空白龙票，当作在现场拾到的，如此一来，在空白龙票上填谁的名字，谁就活该倒血霉，有口莫辩。但在买卖城凡是敢纵火行凶的，必有背景，哪个都不好惹，因此当熊挚臣问他要害哪个时，他一时也没想好合适的人选，思量了起来。

熊挚臣"嘿"的一声："有的时候替罪羊也是不易找的，身份低了，没那么多银子给你填那窟窿；身份高了，你惹不起，我劝你还是另想办法吧。"

伊万似乎不甘心，却又实在想不到合适的人，正值左右为难之时，一个人的出现，让事情有了转机。

那人正是于怀清。他在这时候出现，虽令熊挚臣猜测不出其来意，但似乎并没心情见他，对那衙役道："你去与他说，本官今日有要事，改日再来。"

伊万眼珠一转，道："让他进来，听他说说也无妨。"

熊挚臣带着些许的嘲笑之意道："不过是个行脚商人，恐怕还没有资格给你当替罪羊。"

"我听说他们拉了十几车茶叶来。"伊万扶了扶眼镜架子，盯着熊挚臣道。

熊挚臣同样也看着他，"嘿"的一声冷笑："你要吞了那批货？"

伊万道："先不忙着下定论，看他说些什么，再作计较。"

熊挚臣把目光从他身上移开，朝衙役喊道："让他进来吧！"

衙役回身去了。不消多时，于怀清大步而入，见了礼后，回头时看到伊万坐在一边，便又淡淡一笑，拱手道："这位可是伊万先生？"

伊万微眯着眼看了他一下："你认识我？"

于怀清道："伊万先生在买卖城是数一数二的人物，不才岂能不识？"

熊挚臣道："本官与伊万先生有要事商议，你有什么事就快些说吧。"

于怀清却是顾左右而言他，道："两位可是在商议那起纵火案？"

熊挚臣皱了皱眉，有些不耐烦，伊万却是来了兴趣："原来你也在留意此案！"

于怀清道："买卖城就那么点大，有些消息想不听都难。不过不才以为，

114

越小的地方事情越是难办，想要把此案大白于天下，十分不易。请恕不才说句冒失的话，两位在此商议怕是议不出结果来。"

伊万点头道："这种大实话我爱听，那么你可有两全其美的方法？"

"有。"于怀清先望了熊挚臣一眼，见其依然是一副漠不关心的样子，把目光移到伊万身上，"眼下正好有一个机会，可解伊万先生之难处。"

"哦？"伊万皱巴巴的脸皮不由得绽放开来，眼里精光灼灼，"快点说来听听！"

于怀清道："那起纵火案做得非常干净，找不到任何线索，晋商、京津帮、英法等国的商人似乎都有嫌疑，却又不知道到底是谁干的，这就是伊万先生犯难之处，可是？"

伊万点头。于怀清又道："其实要理清此案不难，把那些嫌疑之人逐个排除即可。"

伊万完全被勾起了兴趣，急问道："怎么排除？"

于怀清微微一笑，眼里闪过一抹狡黠之光："眼下我们正好有一批茶叶到了买卖城，如若不才所料不差的话，定会有人打它的主意。"

熊挚臣突然"哼"的一声："你未免高看了自己，买卖城每日车来车往，你那区区十几车货，哪个会打它的主意！"

"熊大人不信吗？"于怀清斩钉截铁地道，"不才敢担保，定会有人出手。"

伊万似乎一时未曾会意过来，问道："就算有人打你那批货的主意，那又如何呢？"

于怀清冷冷一笑，反问道："你说呢？"

伊万抬手扶着眼镜架子，往鼻梁下轻轻一按，眯着眼盯了于怀清良久，从他的眼神中看出了些玄机，暧昧地一笑："依你之见，谁最有可能先动手？"

于怀清在堂前走了两步，似在思索。伊万的眼睛随着他转动着。熊挚臣的脸上虽说还是没什么表情，但眼神之中似乎带着抹嘲笑，露着副我看你还要怎么吹牛的姿态。

"晋商。"于怀清吐出那两字后，进一步说出了一个人的名字，"刘劲升。"

熊挚臣终于坐不住了，一拍椅子的扶手，沉声道："你最好把眼睛睁大了看清楚，是在什么人面前说话。"

于怀清好整以暇地道："不才自然知道。"

熊挚臣道："那么如果没人向你下手，或者说下手之人不是刘劲升，又当如何？"

伊万把头转向于怀清，一副好戏要上演的兴奋之态。于怀清却是波澜不惊地道："不才以这颗项上人头担保！"

熊挚臣不可思议地看着他："当真？"

伊万本是存着一副看戏的心态，听他说要以人头担保，脸色不由得凝重了起来："这事如果真让你说中了，自然是好的，要是没按你说的发展，却也没关系，可另想办法，没必要为一句话赌上颗人头。"

熊挚臣敢情从未见过如此狂妄的书生，注视了他许久，见他始终一副成竹于胸的样子，好似想到了什么，突问道："你便是为此事而来的吧？"

于怀清故作高深地笑了一声，道："不才是否为此事而来，并不重要，重要的是刘劲升要动不才的货，而伊万先生恰好需要找一个人负责纵火案，到时候你们拿刘劲升抵罪，而不才则免去了危险，皆大欢喜。"

伊万站起身，伸出右手去与于怀清握了握，道："这事就这么定了！"

当天薄暮时分，由于怀清、李晓茹领头，在席茂之、孔孝纲的押送下，拉着十几车茶叶去阿历克赛处交货。未到地头，却让一伙人拦住了去路，领头的正是百里遥和杜元珪两人。

李晓茹见到杜元珪，一来是为了配合于怀清之计演一场戏，二来是王炽去了俄国后杳无音信，心里正恨着他，破口大骂道："姓杜的，这一路上来我们待你不薄，便是养一条狗，这几个月来也养熟了，你却不顾情分，翻脸就动手，今天你要是不把王四找回来，本大小姐跟你没完！"

杜元珪只瞟了她一眼，未作理会，朝于怀清道："这批货本将军扣下了，在王四现身之前，暂由山西会馆保管。"

孔孝纲撸了撸袖子，提刀就上。李晓茹见状，也要跟着孔孝纲上去打架。于怀清将他们拦了下来，冷笑道："你是朝廷命官，小民不敢与之为敌。要货可以，但这批货既然由山西会馆暂且保管，必须得让刘劲升出面，不然的话，休怪我等不给杜将军面子。"

杜元珪迟疑了一下，转首朝百里遥道："差人去把刘大掌柜请来吧。"百

116

里遥回头吩咐一人，去叫刘劲升。

没过多久，刘劲升疾步而来，朝于怀清等人笑了一笑，道："诸位，杜将军有军令在身，不得已而为之，万望海涵。既然这批货由刘某暂时保管，那么刘某便要得罪了！"

话音甫落，霍地传来一阵杂沓的脚步声，刘劲升以为是有埋伏，暗吃了一惊，定睛看时，却见一大队官兵赶将上来，带头的正是熊挚臣，在他的旁边还跟了个瘦小的洋人，却是俄商伊万。

这两人联袂出现，让刘劲升诧异不已，因不知所为何来，当下迎将上去，拱手道："刘某见过熊大人。"

熊挚臣面无表情地道："刘大掌柜，你的野心可不小啊！"

刘劲升听得莫名其妙："熊大人此言何意？"

"你们生意人讲的是诚信经营，公平竞争，可你的所作所为委实叫本官吃惊得紧哪！"熊挚臣道，"为了维护晋商在买卖城的霸主地位，火烧彼得堡，还欲在光天化日之下抢人货物，你如此做法，令本官情何以堪？"

刘劲升听了这话，心头倏地一沉。他纵横商场几十年，什么样的场面没见过，马上就反应过来，这是中了人家圈套了。可问题是哪个设的圈套，让他来钻呢？他把目光从于怀清及伊万身上扫将过去，然后把近日来买卖城发生的事迅速地理了一遍，只觉越想越是迷茫。从彼得堡失火、王炽被追杀出逃，再到今日此事，不像是有什么关联，莫非眼前之局只是个巧合吗？

刘劲升眉头一动，冷笑道："熊大人有什么证据，说是刘某烧了彼得堡？"

熊挚臣从袖口取出张龙票，在刘劲升面前抖了一抖，"这是在案发现场捡到的，你自己看看。"

刘劲升凑过去凝目一看，忍不住倒吸了口凉气，那龙票上面分明写着"重庆山西会馆，刘劲升"等字样，上面盖有理藩院的大印，决计不会有错！

刘劲升白皙的脸像是让人打了一巴掌一样难看，低声吩咐百里遥道："马上回去找一下龙票在没在。"他不相信自己的龙票会出现在彼得堡。

百里遥不敢怠慢，飞一样地跑了出去。杜元珪看着他跑远，走上几步，在刘劲升身边道："刘大掌柜，兹事体大，我跟着百里遥一同去看看。"

刘劲升看了他一眼，点头同意了。杜元珪临行前朝于怀清瞥了一眼，随即发足跑去。

百里遥看似一副病入膏肓的样子，跑起来却是相当快，而且他像是有意不让杜元珪追上，拼了全力往前跑。杜元珪虽是武将出身，力气大，较之百里遥还是慢了一拍，等他到门口时，百里遥已然阴着脸从里面出来了。

杜元珪问道："龙票可还在？"

百里遥目光一转，眼里闪着寒芒："怎么杜将军比我还要紧张？"

杜元珪道："我要杀了王四复命，这张龙票关系到我成事与否，岂有不紧张之理？"

百里遥边往外走，边冷冷地说道："龙票没了。"

杜元珪身子一震，望着他离去的背影，愣怔了良久，方才跟了上去。

刘劲升听了百里遥的回复后，忍不住打了个寒战。这很显然是一个精心谋划的圈套，其可怕之处在于，放在自家的东西，居然神不知鬼不觉地到了人家手里，是出了内贼，还是让高手盗了去的？

刘劲升看了眼百里遥，似想说什么，熊挚臣却抢先开口道："刘大掌柜，咱们好歹相识一场，就不要在街上站着叫人看笑话了，不妨去了衙门再说话。"

刘劲升看向熊挚臣，觉得此人平时虽不阴不阳的，没点人情味，实际上为人精明得紧，听其说话的语气，似还有商量的余地，便道："事到如今，听凭大人吩咐便是。"

熊挚臣喝了声"走"，带着刘劲升去了衙门。李晓茹不失时机地朝刘劲升做了个鬼脸，意思是你偷鸡不成蚀把米，活该。刘劲升因一时没想清楚这里面的玄机，没去理会，跟着熊挚臣去了。

到了衙门关起门来说话时，熊挚臣果然没有为难他，跟伊万协商私了。伊万不过是想填补那些茶砖的损失，好向叶夫根尼交代罢了，最终以刘劲升赔偿两万两银子达成协议，由熊挚臣作为见证人，当场写了协议书，三日之内把银子付清。

伊万走后，刘劲升恭恭敬敬地朝熊挚臣鞠了一躬："多谢大人！"

熊挚臣瞟了他一眼，没有说话，挥挥手示意让他退下。

刘劲升虽是满肚子的疑惑，却也没有发问，走了出来。不是他不想问，而是不敢问，况且他现在对此事毫无头绪，万一问错了，把熊挚臣激怒了呢？

熊挚臣其人表面上喜怒不形于色，冷淡得不近人情，实际上他是在和稀泥，哪头也不得罪，但也不过于亲近哪边，在这尔虞我诈的乱世之中，对于一个没有野心的人而言，这或许是明哲保身的最好方法。然而这次却不一样，熊挚臣完全可以借此事将他置于死地，让他彻底在买卖城消失。他没有如此做，说明还是有良心的，不想借洋人的刀杀自己的同胞。因此那一鞠躬他是发自内心的，并未有丝毫做作。

回到住处后，刘劲升的内心开始翻腾起来，想不明白收藏得好好的龙票怎么会出现在彼得堡？思索了半晌，觉得龙票不是大物件，轻易难以发现，唯一的可能性就是身边出了内鬼。

是时天色已完全黑了下来，塞外跟中原不同，早晚温差很大，夜风袭来时，刘劲升忍不住打了个寒噤。他揉了揉昏沉沉的脑袋，起身想去休息，突地，一阵轻微的衣袂迎风之声响起，随即笃的一声响，寒光一闪而过，一把匕首插在了柱子上。

刘劲升跑出门去看时，门外灯光晦暗，树影婆娑，那投匕之人早已没了踪影。当下回身去看，只见那匕首上带了张纸条，取下来一看，上面粗糙地画了条龙，除此之外，却没看到一个字。

刘劲升眉头一皱，心想这是什么意思？转念一想，莫非……他倒吸了口凉气，身子微微一颤。

如果说这张白纸上所画的龙，是指空白龙票之意的话，那么对方应该是想告诉他，今天熊挚臣出示的那张龙票，根本不是在案发现场捡到的，而是事后填了他名讳……

刘劲升被自己的想法吓到了，脸色发白，鼻息亦急促了起来。看来熊挚臣直接参与了此事，从他的性格推断，应是被逼迫的，而相逼之人定是伊万无疑。然而这起看似普通的栽赃嫁祸案，却让他越想越是震惊，那投匕首的是何许人？既然龙票是后来填上去的，那么他自己的那张龙票应该没丢才是，却为何也没了呢？今天在大街上，当他要带走王四的货时，熊挚臣的突然出现，到底是巧合还是刻意安排？如果说不是巧合，那么……

彼得堡失火，王炽被追杀，熊挚臣、伊万的突然出现，百里遥回来查看龙票是否丢失时，杜元珪也跟了过来……一桩桩事情在心头泛起，难道这是王炽布下的局吗？

刘劲升低头看了眼手里的那张纸，只觉冷汗直冒，暗地里把牙一咬，不管付出多大的代价，一定要让那内鬼现形。

次日一早，于怀清吩咐席茂之、孔孝纲两兄弟再去订货，交代完毕，将他们送出门后，把李晓茹叫出客栈，说有紧要之事要她去帮忙。

李晓茹边跟着他走，边问道："到底是什么事？"于怀清只说到了就知道了，便不再言语。李晓茹见他一脸的慎重，也就没再多问，只管跟着走。

到了阿历克赛的铺子外时，李晓茹似已预感到了什么，蛾眉一动，面现紧张之色。到了里面，阿历克赛将他们带到一间屋子。这屋子前后不着院，光线照不进来，昏黄的灯光下，只见在一处墙角下坐了一人，长得浓眉大眼、虎头虎脑的，虽说光线昏暗，没办法看清楚他的面目，但李晓茹还是一眼就认出了他来，惊叫道："你个死小贩子，来了买卖城怎么也不送个信，报个平安，却在这里故作神秘，叫人家好不担心！"

此番话在惊喜之下脱口而出，说完之后，看了旁边的于怀清、阿历克赛两人一眼，见两人神色暧昧，一副似笑非笑的样子，方才觉得适才表现得过于激动了，不由得俏脸绯红。

王炽起身走到她面前，道："在下鲁莽，叫大小姐担心了，实在该死！"

李晓茹羞得跺了跺脚，冷哼道："鬼才担心你，只是看你没死，有些意外罢了。春花才是真正担心你的，这几日来茶饭不思，要是她得知了这消息，定会高兴。"

王炽郑重地道："我在这里出现的事，还说不得，包括春花也不能让她知道。"

李晓茹讶然道："为什么？"

"为免不必要的麻烦。"王炽请众人坐下，随后又朝李晓茹道，"今日叫你来，是想请你随在下去俄国做一笔大买卖。"

"你是越挫越勇啊，人家把你追杀到俄国，你就把生意做到了俄国！"李晓茹嘴上揶揄着，眉眼间却满是兴奋，"是什么大买卖？"

王炽道："大小姐还记得善水居吗？"

"自然记得。"李晓茹蛾眉一扬，"刻骨铭心！"

"善水居之败是败在这混乱的世道、黑暗的官场，其营销手段是成功的。"王炽道，"在下想用善水居的营销手段，到俄国去卖茶叶，试想连中国人都相信养生茶一说，洋人听了，岂有不趋之若鹜之理！"

李晓茹闻言，不由娇笑出声："这主意好！"

阿历克赛也笑道："当时我听了王先生的主意后，也十分兴奋，西方的工业革命兴起后，到处都乌烟瘴气，喝茶就是为了养生，现在你把养生的理念融合到茶里面，我相信西方的老百姓一定会非常乐于接受。"

"我们没有龙票，到时就从阿历克赛先生处走货，进入俄国。"王炽道，"阿历克赛从我们这里净抽两成红利。"

李晓茹跟着其父在生意场摸爬滚打多年，经验丰富，高兴归高兴，却也没乐昏了头脑，眉头一沉，道："你在买卖城如此大张旗鼓地来往运输茶叶，不怕引起各方面的注意吗？"

王炽道："无妨，买卖城由于先生坐镇，出不了事。"

李晓茹看了眼于怀清，见其一副讳莫如深的样子，情知他们俩定然有事瞒着自己，当下也不说破，跟着王炽从阿历克赛的后院出来，进入俄国境内后，前后望了望，见没什么人，突地一把抓起王炽的前胸衣襟，蛾眉一竖，娇斥道："快些老实交代，你到底瞒了我什么，不然的话，本大小姐就让你命丧异国他乡！"

王炽连忙求饶："大小姐且莫动粗，在下也是不得已而为之。"

李晓茹嗔道："你与于怀清暗中互通消息，却丝毫没让我知道，莫非本大小姐如此不值得你信任吗？"

"非也！"王炽道，"此事须秘密进行，知道的人越少越好，并非是信不过大小姐！"

李晓茹明白这个事理，可心里却依然难以接受，一把推开王炽，嗔道："本大小姐现在很不高兴！"

王炽被推得踉跄了几步，觍着脸笑道："在下如何做，才能让大小姐高兴起来？"

李晓茹瞟了他一眼，见他一副死皮赖脸的样子，心里暗觉好笑："在俄国这段时间，你要像春花侍候你一样，侍候本大小姐，哪天本大小姐心情好时，自然留你一条小命。"

王炽没想到她心里的梗在这里，只得应承道："听凭大小姐吩咐！"

于怀清从阿历克赛处出来后，又马不停蹄地去了英国办事处见了阿尔瓦，说近期有大宗的茶叶要运出去，望阿尔瓦多加照料。说了许多好听的话后，又承诺分他一成红利。

阿尔瓦见王炽这帮人很识趣，又是巴夏礼的朋友，自然乐得接受，说要是有什么不方便，只管来找他就是。

于怀清辞别阿尔瓦后，又匆匆赶去彼得堡。他对那个又瘦又小的俄国佬并无好感，然假借空白龙票，设计陷害刘劲升一事，他们合作得很是成功，因此装出一副高兴的样子，一见面就与伊万亲切地握了手。

伊万很欣赏他的智慧，热情地牵了他的手，引其到椅子前坐下，然后命人泡了咖啡，道："这东西原产于非洲，十六世纪传入欧洲，与中国的茶一样，很受欢迎，你不妨尝尝。"

于怀清没喝过这东西，却也不拒绝，浅尝了一口，只觉入口苦涩，且伴有一股浓烈的异味，不觉皱了皱眉头。伊万问道："不好喝吗？"

于怀清笑道："这世上为人推崇之饮品，其味无不怪异，多喝几口不才应也能适应。"

伊万不觉莞尔一笑："于先生对事物总有独特的见解，令我钦佩。前两日于先生帮我挽回损失，还没来得及当面致谢，先生如果真想喝这咖啡，一会儿我准备一瓶让你捎去。"

于怀清微微一笑，拱手相谢，算是接受了，隔了会儿，说道："不才今日此行，想与伊万先生谈一笔买卖，不知可有兴趣？"

伊万黄眉一蹙，道："不瞒先生，我受叶夫根尼所雇，在此打理仓库，如果私下里做生意，是有违协议的。"

"无妨。"于怀清道，"这笔买卖不需伊万先生出面，只管坐享其成便可。"

这世上没人不爱财，伊万两眼一亮："先生说来听听。"

于怀清沉吟了下，组织好说辞后道："不久之后，我们有大宗茶叶抵达买卖城，并且要运送出境。伊万先生知道的，我们刚到买卖城，人生地不熟，且根基未稳，一个不慎，便有人货两空之虞，所以想倚重伊万先生，有什么麻烦时，望伊万先生能出面调解一下。当然，不管在这过程中，有没有麻烦到先生，我们都会给先生抽一成红利。"

伊万脸色一动，显然有些动心。但他毕竟是老江湖了，疑惑地问道："于先生要是想找靠山，该找熊大人才是，为什么要找我？"

于怀清微哂道："伊万先生自谦了，熊大人虽然是官，但他夹在各方势力之间，其实并不好受。而您却不一样了，虽无官职，却有威信，在买卖城哪个敢不卖您的面子呢？"

人人都喜欢听好话，此话一落，伊万便笑纳了。于怀清瞟了他一眼，见其接受，心想此计已成一半了。

又跟伊万品论了下咖啡，两人正自说得欢，突听有人来报说，刘劲升带着百里遥、杜元珪来访。于怀清闻言，眼里寒光一闪，心说终是把你等来了！思忖间瞟了眼伊万，笑道："敢情刘大掌柜是送银子来了！"

伊万扶了下眼镜，道："让他们进来！"

不多时，刘劲升带着百里遥、杜元珪大步入内，双方见了礼后，刘劲升看到里面还坐着于怀清，不由得一愣，讶然道："原来你也在，真是巧了！"

于怀清兀自坐着，冷冷地道："真是人生何处不相逢啊！"

伊万干咳一声，道："刘大掌柜可是依约来兑现银子的？"

刘劲升取了两张银票出来，道："这是两万两银子，请您验收。"

伊万接了过来，确认票额无误，便也取出那张协议，当面撕了，道："你我之间两清了，刘大掌柜若没事的话就请便吧，我跟于先生还有事商量。"

刘劲升看了眼于怀清，心头疑云顿生，心想莫非他们之间果然有什么联系？

于怀清瞟了他一眼，似乎猜透了他的心思，说道："刘大掌柜莫要多虑，不才与伊万先生不过是些生意上的事罢了。”

刘劲升本就疑心，听他说跟伊万谈的是生意上的事，越发怀疑那空白龙票之事跟王炽有撇不清的干系，便冷笑一声，道：“伊万先生，刘某此行，除了还银子外，还真有一事要与您说道。”说话间，取出那张画了龙的白纸，走上去放到桌子上。

伊万抬手按了按眼镜，眯着眼看了会儿，诧异道：“这是什么东西？”

“这是有人送过来提醒刘某的。”刘劲升沉声道，“它的意思是说，伊万先生当日出示的那张龙票不是刘某的，甚至可能是用空白龙票填上去的。”

伊万脸色一沉：“这么说来，你的龙票没丢？”

刘劲升阴沉着脸，生涩地道：“丢了！”

伊万不由冷笑道：“既然丢了，你有什么证据说当日我手上的那张是空白龙票？”

刘劲升眉毛一蹙，道：“刘某此行，并非要跟先生辩个是非黑白，只是府中出了家贼，来跟先生讨个商量。”说这话时，眼睛故意往百里遥和杜元珪看了一眼。这个细微的动作落入于怀清的眼里时，不由得暗自一惊。

伊万眼睛一眯：“此话怎讲？”

刘劲升道：“熊大人和先生到街上去阻截刘某时，如果手里拿的是空白龙票，那么在彼得堡失火的时候，刘某手里的龙票还没有丢，不然的话您何须拿空白龙票说事呢？”

伊万眉头一沉，眼神不由自主地朝于怀清瞟了一下。事实上他至今也没想明白这中间的玄机，拿空白龙票去勒索，以填补失火的损失，乃无奈之举，甚至到了熊挚臣处，他也没想好要向谁开刀。

问题的关键就在此处，按正常的逻辑推断，于怀清无法控制刘劲升手里龙票的去向，最有可能做手脚的是百里遥、杜元珪两人，难不成这两人里的其中一人，和于怀清有合作？

伊万用手扶了扶眼镜，道：“这是贵府的家事，不知你要跟我讨个什么商量？”

刘劲升阴恻恻地笑道：“您觉得哪个是家贼？”

伊万目光往百里遥、杜元珪身上落去，故装糊涂地道：“你是指他们两个？”

话音刚落，但听杜元珪"哼"的一声："原来刘大掌柜叫我俩过来，是为捉贼啊，你可要想清楚此举的后果！"

刘劲升固然怕官，特别是那种软硬不吃的官，可如今他钻入了人家设计的圈套里，生死一线，却也顾不得许多了，说道："杜将军且莫作怒，刘某也是被逼无奈，乞望谅解。"

伊万在官商两界混迹多年，老奸巨猾，"嘿嘿"一笑，道："于先生神机妙算，往往能料机于先，不妨请他说说。"话头轻轻一抛，把难题丢给了于怀清。

事到如今，于怀清自然难以再作壁上观，起身道："若以不才之好恶而论，自然希望这家贼是杜将军，我王兄弟逃窜至俄国，下落不明，杜将军倘若一直留在买卖城，端是叫不才寝食难安。然平心而论，却不该是他。"

刘劲升似笑非笑地看着他道："为何？"

于怀清手捋青须，慢悠悠地道："一则他是朝廷命官，身份显赫，且又是受骆总督之令而来，无暇顾及其他；二则他跟刘大掌柜您无冤无仇，如何会做这等事？"

百里遥沉声道："阁下的意思，那家贼便是我了？"

于怀清笑而不语。刘劲升道："于先生之言，似乎极是有理，可仔细推敲，也有瑕疵，他受骆总督之令不假，可眼下毕竟没到非要杀王四的地步，万一这是故意演给人看的一出戏呢？"

"哦？"于怀清目光炯炯地看着他道，"刘大掌柜言下之意是说，这出戏是故意演给你看的？"

刘劲升道："莫非不是吗？"

于怀清摇头失笑道："刘大掌柜想象力之丰富，委实令不才佩服！就算真如你所想的那般，那么敢问刘大掌柜，此举动机何在？莫非为了让你破那两万两银子之财，便设计如此一出大戏吗？"

刘劲升一怔，心想是啊，王炽逃窜在外，致使其团队群龙无首，若果真只是让我赔些银子去，的确说不通！他疑惑地看了眼于怀清，拱手道："多谢赐教，不过无论此事是否与你有关，你我之间的较量才刚刚开始，咱们后会有期，告辞！"

于怀清两手一抬，笑吟吟地还了一礼，拱手与之送别。

待他们走后，伊万回过头来，眯着眼问道："于先生，龙票之事的确蹊跷，可也是在你的计划之内？"

于怀清哈哈一笑，"伊万先生果然相信不才能神机妙算吗？"

于怀清那虚虚实实的一番话把刘劲升说蒙了，他一方面怀疑杜元珏可能是内鬼，另一方面却又觉得难以成立。回到落脚处后，想了半天，依然百思不得其解。

正自犯愁间，魏伯昌疾步走了进来，见他一副愁眉苦脸的样子，便明白了是为什么事，道："刘大掌柜，老夫以为，能用银子解决的事情，就不是什么大事，只当是破财免灾了，接下来我等该全神贯注地应付跟王四的赌约才是。在北京时未能置其于死地，买卖城这一战，双方都是憋着恨的，须时时留心哪。"

刘劲升一怔，道："魏大掌柜所言甚是，刘某这几日确实疏忽了！"

魏伯昌道："我们从重庆过来的货到了，为免引起叶夫根尼的注意，都是马帮从山路驮来的，因此延误了些时日。"

刘劲升微作沉吟，道："这批货我想直接运入俄国去，你觉得如何？"

魏伯昌一惊："你是要去查王四的下落？"

"那小子就像野草一般，撒哪儿长哪儿，即便只给他一条隙，也能折腾出一片天地来。"刘劲升道，"不可不防啊！"

魏伯昌点头称是。刘劲升又道："此次就辛苦魏大掌柜走一趟，如何？"

魏伯昌情知他受龙票一事困扰，急欲查个水落石出，便爽快地答应下来，道："你放心吧，恰克图不大，老夫定能找他出来。"

次日，刘劲升帮着魏伯昌清点了货，装载上车后，朝魏伯昌道："魏大掌柜，刘某想跟你借两个人。"

魏伯昌道："哪两人？"

"越不起眼越好。"刘劲升冷笑道，"趁着你此番出境，刘某想看看百里遥、杜元珏两人究竟哪个是内鬼。"

魏伯昌眼里精光一闪："你随便挑吧，保重！"

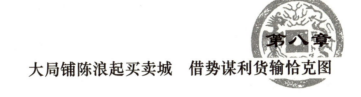

第八章

大局铺陈浪起买卖城　借势谋利货输恰克图

　　恰克图与买卖城相隔不过百余米，然一城之隔，却是两种风情。

　　中国人的建筑讲究对称，颜色和装饰风格推崇和谐，不管是古代还是近代，在我们的每个建筑里，基本都有一个主题，此主题便固定了建筑的特色和风格。而恰克图则刚好相反，它是不对称的，不管是室外还是室内，频繁地利用形态方向不规则的涡形和曲线，而后用较为抢眼的色彩，造成视觉上的突兀之感，甚至在一幢建筑物上都找不出相同的窗户。

　　魏伯昌已非第一次进入恰克图，但他依然被眼前的景物所吸引，并且发出这样的感叹：一个民族的个性往往会淋漓尽致地体现在建筑上，它的自由奔放、不拘一格，十分鲜明地从这些建筑上表现了出来！

　　魏伯昌痛恨洋人的侵略，他们用野蛮的方式霸占了自己的国家，每个国人都会有切齿之痛。可他们与众不同的个性，或者说优点，却不得不去承认。

　　魏伯昌在恰克图交割了货物之后，又在这里待了两天，他相信王炽不会走远，定然还待在这座城池里面。

　　第三日早上，魏伯昌接到底下人的禀报，说是在一条大街的角落处发现了王炽。

　　魏伯昌吃惊地道："在街上？"

　　在底下人的带路下，果然在街道角落处找到了王炽，见到他时，眼前的情景让魏伯昌吃惊不已。

只见王炽蜷缩在角落，脸上沾满了污垢，仿似多日未曾吃过饱饭，眼神无光、神态恹然，完全是一副落魄的乞丐状！

魏伯昌虽在商界浸淫了一辈子，也经历了得力助手桂老西之死以及天津败北的惨痛，但他行事却不像刘劲升那般的心狠手辣，看到王炽这副模样时，油然动了恻隐之心，走到他面前，蹲下身去，微微一叹，道："王兄弟，老夫委实没有想到，你在俄国竟落魄至斯！"

王炽没有动，只抬起眼淡淡地看了他一眼，表情木然，内心却翻腾了起来。在重庆的时候，他们是最好的合作伙伴，因为利益之争，陡然站到了彼此的对立面，即便此时身在异国他乡，依然不敢以真面目示人，要相对着演戏！

"异乡落魄，最是无颜见故人。"王炽喟叹道，"你走吧，只当不曾相遇。"

"起来，王兄弟。"魏伯昌伸手去拉他，"老夫请你吃饭去。"

"可怜我吗？"王炽肩膀一甩，甩脱了他的手，"魏大掌柜，恕王四放肆说一句实话，你我在此相见，不是巧遇吧？"

魏伯昌轻叹着道："不错，老夫是特意来查探你在俄国的处境的。不过现在老夫并无丝毫嘲笑或可怜你的意思，是诚心想要与你一同吃餐饭。"

"多谢了！"王炽淡淡地看了他一眼，"我们都回不去了，岂还能如以前那样把酒言欢？"

魏伯昌垂下眼皮，站了起来，人还是原来的人，只是心变了，再相见已为陌生，谈何把酒言欢？思忖间，吩咐手下去买些吃的东西来，然后转身道："王兄弟，既如此的话，老夫告辞了，好生保重！"

王炽挪挪屁股，撇过头去，不再去看他。魏伯昌叹息着摇了摇头，他明白王炽是好强之人，最不想在这种时候有熟人看到其窘迫之状，便回身离开。这时候，突有一个路人走过，目光一瞟街旁的王炽，从钱袋子里取出一枚卢布，"叮"的一声，扔在他的面前。

王炽抬头看了眼那路人，不由得苦笑出声，那人走得很快，王炽并没看清楚其面目，然从走路的样子及背影，还是一眼就辨认了出来，她分明是李晓茹乔装的。心想这小妮子扮作俄国人来此恶作剧，倒是应景得很！

魏伯昌自然想不到那人是李晓茹乔装的，为了不叫王炽尴尬，连忙转身就走。

是日下午，魏伯昌回了买卖城后，将在恰克图所见与刘劲升说了。

刘劲升听完之后，眉头一挑，似在思索着什么。魏伯昌以为他听了此消息后，会因除去一个强劲的对手而额手称庆，却没想到会是这一副嘴脸，不由得诧异地看着他。

刘劲升想了一会儿，转首朝魏伯昌看过去，眼里闪过一抹寒光："你怕是被骗了！"

魏伯昌吃了一惊，"什么？"

刘劲升道："你运货去恰克图能遇上他，于怀清最近也在往恰克图运货，难道就找不到吗？"

魏伯昌这才省悟过来，脸色一变："他如此做用意何在，迷惑老夫吗？"

"这是一个精巧的局。"刘劲升咬着牙"嘿嘿"一阵怪笑，"彼德堂失火、王炽被杜元珪追杀，甚至空白龙票事件，都是这个局里面的环节，此局一环套一环，在打击迷惑我们的同时，他则秘密潜入俄国，开展贸易渠道。"

"一石二鸟，好计啊！"魏伯昌倒吸了口凉气。

"恐怕没这么简单。"刘劲升蹙着眉道，"恰克图街头偶遇，显然是王四刻意设计的，他为何要故意让你遇上，难道就不怕你我起疑吗？还有，我在伊万处遇上于怀清时，他也故意透露说，跟伊万谈的是生意上的事，这断然不可能是巧合。"

魏伯昌点头道："也就是说这个局发展到现在，可能只是个开始，我们眼前所看到的，也不一定都是真的！"

刘劲升冷笑道："他可能是要故意激怒或诱导我们。"

魏伯昌坐不住了，起身道："他到底要干什么？"

"我们都小看王炽了，这些天你我两个老家伙在他布下的局里上蹿下跳，居然还毫不知情，嘿嘿！"刘劲升沉声道，"我们得还击了，不然会一直被他牵着鼻子走。"

魏伯昌道："去北京拿刑部的通缉令吗？"

"不！该是让协助王四的人付出些代价了！"刘劲升脸色一寒，喝令百里遥来见。不消多时，百里遥疾步赶来。刘劲升道："去把杜元珪给我抓来。"

魏伯昌大吃一惊，"你要动他？"

"刘某不光要动他，还要动熊挚臣！"

百里遥看了眼寒气袭人的刘劲升，低头道："今天并未见过杜元珪。"

刘劲升闻言，瞥了眼百里遥，目光如刀："你不知道看住他吗，还是故意要放他走的？"

百里遥大惊，"属下不敢！"

"不敢？"刘劲升道，"当日你发现龙票不见时，莫非就没怀疑过他？"

百里遥也不辩解，低头不语。魏伯昌道："杜元珪的出走，说明他就是王四安排的棋子，事已至此，责怪百里遥亦无济于事了。"

"我责备他，并不是说要他补偿什么，而是质问他，对我是否还忠心！"刘劲升瞪着百里遥沉声道："你行事向来滴水不漏，怎么此番就没了防范之心？"

刘劲升的言语仿如一记重拳击中百里遥的内心，他动了动眉头，道："是他的身份让我放松了警惕。"

"罢了，罢了！"刘劲升虽对他极度不满，但毕竟是多年的老伙计，再者眼下掉入对方的圈套之中，亦无心再去追责，只得叹息一声，转首朝魏伯昌道："我们一起去见见熊挚臣吧。"

魏伯昌看了他一眼，情知民与官斗非同小可，但到了这一步，不下狠手，似也难以反败为胜了，当下便点头答应下来。

有人说前朝的官不好做，特别是明朝晚期，党派林立，东林党、齐党、楚党、宣党、阉党等各党派以地域为单位，相互弹劾、倾轧，不只皇帝束手无策，连官员亦是人人自危，不知哪天头顶上的乌纱便丢了。

可熊挚臣觉得当朝的官比之前朝更难，那时候再乱，乱的只是内部，现在是内外都乱得一团糟，当官者恍如迷路的孩子，看着上级、商人、洋人轮番在面前晃，却无从依靠，更不知道该往哪条路上走，于是大家都随波逐流，走到哪里算哪里。

熊挚臣的淡漠是被世事逼出来的，像没有安全感的女人一样，感觉这世上无一个可以依靠的男人，无从选择，于是只得装出一副高高在上、不可亲近的样子，企图以这样一副外壳来保护自己。可悲的是，到了最后却发现，自己成了别人一颗可利用的棋子，招之即来，挥之即去！

刘劲升、魏伯昌走进来的时候，熊挚臣便已经猜到他们此行的目的。他暗自一叹，世路风波险，该来的总归是要来的。

刘劲升装模作样地行过礼后，说道："今日此行，刘某与魏大掌柜有一事须请熊大人帮忙，望大人成全。"

熊挚臣也只能装模作样地问道："何事？"

刘劲升道："大人拿空白龙票诓了刘某，莫非不想将此事说清楚吗？"

熊挚臣"呵"的一声，像是冷笑："记得当日你还在谢本官未曾拿你法办，今日何以改了初心，要本官给你一个交代了？"

刘劲升道："因为刘某已然查实，那张龙票并没有丢。"

"找着了？"熊挚臣眉头轻轻一动，目光往他身上扫过去。

"大人不信吗？"刘劲升目光一转，亦往他逼视过去。

熊挚臣眼睑一垂，避开了他的目光。这里面有个玄机，如若熊挚臣继续装傻，那么就要为自己的傻付出代价，如若怀疑他找着了龙票，也就意味着你知道这里面的事，承认参与了此事，那么你就更该为此付出代价。

熊挚臣只觉眼前横了把刀，寒光袭人："你俩在本官面前莫要耍心机了，说此行的目的吧。"

魏伯昌干咳一声，拱手道："望大人立即逮捕王四及其一干同党。同时，也望大人跟他们撇清关系，独善其身哪。"

熊挚臣的脸色越来越难看，眼里开始充血："你们真以为权力如刀，借着这把刀，想杀谁便杀谁吗？"

刘劲升冷笑道："问题是大人已经亮出了这把刀，且在刘某身上砍了一刀，莫非大人还想再收回去吗？"

熊挚臣两手紧握着椅背，沉声道："你在威胁本官？"

"不。"刘劲升道，"我们只是在提醒大人，不要站错队。"

"若是本官哪个队都不想站呢？"

"刘某已经说了，这把刀一旦亮出，你就没有选择了。"刘劲升道，"刘某给大人两天时间，如若大人不做选择，那么只能让理藩院来传唤大人了，要是滥用职权，野蛮干涉市场，参与恶性竞争的罪名成立，您手里的这把刀就该易手了。"

刘劲升说完与魏伯昌一道走了出去。熊挚臣怔怔地待了许久，突地一扬手，挥落了桌上的杯盏。下人听到声响，急忙进来查看，熊挚臣像一头被激怒的雄狮，吼道："滚！"下人吓得脸色大变，忙不迭转身跑出去。

自王炽消失后，许春花像丢了魂似的日夜牵肠挂肚，只要于怀清一进来，便赶上去问王炽的下落。这倒并不是说她与王炽的感情有多深厚，事实上他们之间相处时日不多，并无情义可言，然许春花是从一而终之人，这种思想已流在了她的骨血里，只要她认定了他是主子，便会一辈子忠心不二。

是时，正是午后，客栈阳台上的许春花一双妙目目不转睛地盯着远处。忽然，有两人小跑着进入客栈的大门。

许春花见了那两人，又惊又喜，惊的是于怀清居然带着追杀王炽的杜元珪回来了，喜的是那煞星一出现，说不定就会有王炽的消息，娇躯一扭，返身入内，未待于怀清开口，便朝杜元珪厉声道："我家主子何在？"

杜元珪见她柳眉倒竖，一脸怒意，不由苦笑着朝于怀清道："你看你给我安排的好差事，现在大家都把我当作了仇人！"

于怀清哈哈一笑，道："许姑娘莫怒，王兄弟好得紧，过些时日就可回来！"

许春花瞪大了眼睛，疑惑地道："当真吗？"

"假不了！"于怀清道，"去给我俩倒壶凉茶，一会儿还要出去一趟。"

许春花听得王炽没事，眉开眼笑，应了一声，翩然而去。待许春花走后，于怀清正色道："现在刘劲升已知道了空白龙票的事，以他的性格，定然会去找熊挚臣麻烦，我们这个局至此算是正式铺开了，这段时间委屈了杜将军。"

"不妨事！"杜元珪淡淡一笑，道，"今天上午刘劲升已经去了熊挚臣处。"

于怀清眉头一沉，道："上午你已经离开刘劲升处，如何这么快便知道了他的动向？"

杜元珪从怀里取出张纸条，递了过去。于怀清展开一看，只见上面写着"刘逼熊逮捕王炽"等字，不由抬头问道："这纸条从何而来？"

杜元珪道："就是刚才你我在街上碰头之前，一个孩童送来的，说是有一位叔叔叫他送此物来。"

于怀清抬手捋着清须，沉思片刻，道："你觉得是何人在暗处帮我们？"

此时，许春花端了凉茶上来，分别给两人倒了一杯，杜元珪一口喝下，咂巴了两下嘴，道："有可能是百里遥。"

于怀清又问道："为何是他？"

杜元珪道："当日为免事情败露，我随他去查看龙票，本是要将其制服的，因慢了一步，我到门口时，他已然返身出来了，说是没看到龙票。"

"你是说刘劲升的龙票是他拿了？"

杜元珪点头道："应该是他拿的。"

于怀清眉头一蹙："莫非他想要取代刘劲升的位置？"

"这个尚难确定。"杜元珪道，"不过可以肯定的是，此人目前对我们没有威胁。"

两人又喝了些水，见天色已过午，于怀清起身道："熊挚臣已被逼到了墙角，无路可退，杜将军且在此休息，不才去会一会他。"跟杜元珪作别后，从客栈出来，径直去了衙门。

诚如于怀清所言，熊挚臣已被逼到了墙角，像一只困兽环视着周围的环境，试图突围。

所谓狗急了跳墙，人与兽一样都具有兽性，此时的熊挚臣人神交织，各种念头不停地在脑子里来回晃动，善恶只在一念之间。

于怀清的到来，似乎让熊挚臣看到了一线希望，错乱的眼神中露出一抹光亮。

于怀清瞟了眼熊挚臣，微哂道："熊大人气色不太好，莫非遇上了不顺心的事？"

熊挚臣虽急着他指点迷津，却因此人高深莫测，且又不明他的来意，便模棱两可地道："于先生神机妙算，能料先机预知祸福，不妨猜猜本官究竟遇到什么麻烦了吧。"

于怀清哈哈笑道："大人真把不才当作神仙了吗？"

熊挚臣依然装作一副淡漠的样子，道："你若不是神仙，那便是控局者。"

于怀清两眉一挑，道："敢问大人，何为控局？"

熊挚臣从喉咙底下发出"嗬"的一声怪响，一副似笑非笑的模样，"莫非不是设下阴谋，害人利己吗？"

"非也！"于怀清摇摇头道，"所谓控局，便是放风筝那人，顺势而为，借势谋局，从而翻云覆雨。然祸兮福之所倚，福兮祸之所伏，福兮祸兮，便要看如何谋势。便如大人眼下之处境，缘起龙票一事，想那刘劲升乃睚眦必报之辈，岂能不报那一箭之仇？"

熊挚臣眼中精芒一闪："那么按先生之见，本官当如何顺势而为？"

"以彼之道，还施彼身。"

熊挚臣低头凝思一会儿，道："刘劲升曾借内务府之名，将你等设计入狱，莫非你要还他一个牢狱之灾？"

于怀清从桌上捏了只茶杯在手，边把玩着边道："熊大人，有些事可明说，有些事不可说。"

熊挚臣点头道："你要本官如何做？"

"大人手中有权，莫非是忘了用吗？"于怀清喝了口茶，微哂道，"发动京津帮，给他们提供便利，同时给晋商制造麻烦，使他们的业务增长变缓，此消彼长，晋商必慌。"

熊挚臣闻言，心胸为之开阔起来，暗说是啊，都言权力是把双刃剑，刘劲升可用它来威胁于我，我怎么就不能去威胁他呢！思忖间，抬眼朝于怀清道："如此看来，你我之利益，从今之后便是捆绑在一起了？"

于怀清不失时机地躬身拱手道："多承大人照料，不才感激不尽！"

这一番谈话，虽说牵涉到双方共同的利益和安危，但至少从眼下的局面来看，是于怀清解救了熊挚臣于危难，然他却谦逊地躬身相谢，令熊挚臣对其顿生好感，不管如何，与这种人合作，比之刘劲升强了许多。

熊挚臣起身，破天荒地拱了拱手，算作回礼。

两天之后，刘劲升给熊挚臣的限期到了，然而这一天，各种消息纷至沓来，让刘劲升的神经顿时紧绷了起来，意识到一股强大的危机已然降临。

先是席茂之、孔孝纲押运的货进了买卖城，而后是京津帮的各个商号像打了鸡血一般，入货出货，一派热火朝天之景象，再是晋商的几批茶砖被官府查出有问题，被扣押了……

傻子也能看得出来，这一系列的事情绝非偶然，而是王炽跟熊挚臣联手运作的结果。

进而刘劲升又震惊地发现，他不只是在王炽布的局里上蹿下跳，而且还被孤立了起来！

刘劲升恼羞成怒地抓起旁边的茶杯，咬牙切齿地掷在地上，看着四散飞溅的白瓷碎末，他的眼神慌乱地跟着碎片一起移动。该怎么办？果真与熊挚臣玉石俱焚吗？

刘劲升咬着牙困兽一般地喘着粗气，正要往外走，见手底下的一人急匆匆地跑进来，便问道："何事慌张？"

那人禀报道："百里遥和官兵起了冲突，跟他们打了起来，现在被押到衙门去了！"

"熊挚臣！"刘劲升怒吼一声，所谓宁为玉碎，不为瓦全，他突然间下了决心，要与熊挚臣、王炽拼个你死我活！

走出门，走到街头时，一股热浪扑面而来，令刘劲升的呼吸为之困难。却在此时，一道更加激烈的浪潮把刘劲升击打得脑袋嗡嗡作响，只见北街的街头涌来一大批人，他们举着横幅，喊着震天响的口号，由北往南而来。

声浪一波一波传来。"抵制晋商，还原市场良性竞争！""把不法晋商赶出买卖城！""严厉打击往茶叶里掺鸦片的不法行径！"

这些喊着口号的人从刘劲升的面前经过，浩浩荡荡而去，烈日下的刘劲升只觉浑身阵阵发寒。

茶叶里掺鸦片？百里遥失去理智，跟官兵大打出手便是为了此事？

刘劲升倒吸了口凉气，身子倏地在太阳底下晃了一晃。多么熟悉的手段，以彼之道，还之彼身，这一招果然厉害！

愣怔间，突觉背后有人拍了他一下，他猛地回头，见是个中年汉子，神情肃穆，沉声道："陶会长叫你速去见他。"

刘劲升打了个寒战。他跟王炽之间的对决，终于蔓延到了整座买卖城，演变成了一场轰轰烈烈的抵制晋商的运动，他终归还是棋差一着，被推到了风口浪尖。

买卖城的晋商总会是晋商在此设立的一个总理事机构，协调和处理晋商相关事宜，有权处置不按规则行事的所有山西商人。

晋商从明至清，纵横天下五百年，以诚信和团结为商帮之本，天下晋商为一家，无论走到哪里，但要商帮中人有困难，皆不遗余力，出手相助。同理，要是出了忤逆不法之徒，亦会受到惩罚。因此在每个贸易重城，都设有会所或总理事会，由年长且有威望者担任会长，管理当地晋商。

一般情况下会长不会轻易出面干涉生意，也不会去左右商人之行为，除非有人的举止超出了正常的范畴，或引起了众怒。

刘劲升在晋商总会的大门口站了会儿，然后抬头看向那块巨大的烫金的"晋商总会"匾额，仿如一位虔诚的佛教徒，见到了神圣的佛祖像一般，脸上的戾气逐渐淡去，然后深吸了口气，起脚拾阶而上。

入了总会的大堂，尚未见到人，便见一只茶杯飞来，刘劲升大吃一惊，下意识地把头一偏，躲了开去，"啪"的一声响，杯子在他的身后碎裂。

"你还知道你是谁吗？"

刘劲升站在门槛边上，诚惶诚恐地答道："晋商刘劲升！"

"你还知道你是晋商，还记得是个商人啊？"里面那苍老的声音，带着浓浓的怒意，"那你如何就忘了商人之本分？"

刘劲升低着头，不敢答话。

"进来！"

刘劲升微低着头，疾步入内，微抬目光，看里面的情形。只见大堂之上，一位须发皆白的老者正气呼呼地来回踱步，清癯的脸因生气而显得异常苍白，使其脸上的老年斑越发明显，近乎夸张地展示着岁月在他身上留下的印迹。他见到刘劲升进来，眼睛一瞪，混浊的眼里射出一道逼人的寒光："你且给我说说，何为商人？"

此人便是买卖城晋商总会的总理事陶松年，是晋商的元老。刘劲升不敢怠慢，忙答道："管子曰：'处工者就官府，处商者就市井，处农者就田野是也。'"

"商者就市井易货而已。"陶松处厉声道，"你呢？上联系于官府，下勾结于乱民义军，从重庆至北京，这一路上你都干了什么？你把商帮的经商之道都忘了吗？"

"劲升不敢！"

陶松年见他始终一副谦卑之态，怨气似乎消解了些，叹了口气，问道："老朽知道买卖城如今之局面，是有人故意下套害你，可今日之果，往日之因也，下一步你打算怎么做？"

刘劲升抬头看了他一眼，见其一副严厉之色，话到嘴边又收了回去。陶松年低喝道："说！"

"兵来将挡，水来土掩。"刘劲升尽量地把自己的意图说得婉转一些，"他们如何给我的，我便如何还回去。"

陶松年闻言，气得白须都翘了起来，顺手抓起桌上的一只杯子，就要往刘劲升身上砸。刘劲升见状，作势要躲，却发现对方根本没有真砸过来，不由得脸上一热。想自己好歹也到了花甲之年，在天干地支转了一个轮回，在陶松年面前却俨然似一个无知的孩童。

陶松年痛叹一声，"处商者就市井，到了这种时候，难道你不该想想你的生意吗？如此一闹，在买卖城的晋商货物势必大量积压，你不为自己留退路，也该为同行的处境考虑考虑了。"

刘劲升忙道："劲升恭听陶公教诲！"

陶松年放下手里的杯子，道："今日你哪儿都不许去，就待在这里。老朽会联络官府、洋人及其相关商人，在此召开一个协商会，希望他们能摒弃前嫌，恢复商场秩序，让彼此的生意回到良性竞争之道上来。"

刘劲升老老实实地应承道："劲升谨遵陶公之言。"事实上他心里明白，这个所谓的协商会绝不仅仅是协商如此简单。

于怀清是在当天下午未时，接到晋商总会邀请函的。看着这份突如其来的邀请函，他禁不住犹豫起来。

以常理来讲，他们未曾开帮立户，并无商号，无名无分之辈，是没有资格参加此等规格之会议的。从这个角度来看，此邀请函来得蹊跷，凶吉难测。

孔孝纲瞟了眼那红色的函，一把抓在手里就要把它撕了："我们与他水火不容，开他个鸟会！"

席茂之见状，忙不迭夺将过来，呵斥道："你懂什么，你以为这只是一个简单的会议吗？如若不去参加，得罪的不只是晋商，其他各帮派的商会，也会对我等另眼相看，到了那时，我们如何在买卖城立足？"

于怀清点头道："席大哥所言极是，这也是让不才为难之处。"

孔孝纲道："那就去找王兄弟商量一下，看他怎么说。"

于怀清道："兹事体大，是该找他合计一下。你们现在就送货去彼得堡，吸引他们的注意，我悄悄去一趟恰克图。"

席、孔两人应好，跟着于怀清走出客栈。

于怀清怀着满腹的忧虑，在当天傍晚时分进入恰克图。但当他看到他们在俄国的商铺时，脸上油然露出了欣慰的笑容。

王炽利用李晓茹在重庆经营善水居的经验，在俄国开了这家茶庄，主打养生。洋人对中国的茶叶本身就有一种崇敬之意，现听到这家的茶叶还具有强身健体之功效，纷纷订购，业务量与日俱增。

因有了前车之鉴，为防同行打压，王炽想了两条计策应对，一是雇用俄国本地人当伙计，在前台打理；二是在进货渠道上，分成明暗两条线，明线即彼得堡的伊万，故意把消息透露出去，要与伊万合作，以吸引刘劲升等人的注意；暗线是伪装成京津帮的驼队，将货运送过来，秘密通过阿历克赛，输入恰克图。通过这些策略，才得以在神不知鬼不觉的情况下，在异国他乡把生意做得风生水起。

于怀清走入店铺，跟伙计打了个招呼，便到后屋去找王炽。

王炽和李晓茹正忙着算账，见于怀清到来，又惊又喜，连忙上来招呼。

于怀清笑道："你俩把日子过到一处，端是和谐得紧啊！"

李晓茹俏脸绯红："你个穷酸，却吐不出些好字来！"

王炽情知他突然出现，定有要事，便问道："可是出了什么事？"

于怀清道："运输渠道上没出什么差错，明暗两条线都顺利得很。只是我们的动作，惊动了晋商总会的陶松年。"说话间，把那张邀请函拿了出来。

李晓茹好奇地问道："你们在买卖城搞了什么大动作？"

于怀清道："刘劲升成了众矢之的。"

李晓茹把目光移向王炽，又问道："这都是在你们的计划之中吗？"

王炽点了点头。李晓茹陡然嗔道："王小贩子，你到底还有多少事瞒着我？"

王炽正色道："这是我与于先生策划的一个局，非一两句话能说得清楚，日后再与你细说吧。眼下陶松年的这份邀请函，无异于挑战书，此人不愧是晋商之元老，老谋深算，果然厉害！"

于怀清问道："王兄弟有何想法？"

"陶松年是要在众目睽睽之下，让我们无所遁形。"王炽皱着浓眉道，"这场较量已到了你死我活的地步，索性就跟他们正面对碰一次！"

于怀清道："我们跟晋商早晚会有一次面对面的较量，不过眼下来看，不才以为时机尚未成熟。"

"不错。"王炽道，"所以我们要提前收局了。"

于怀清抬手捏着青须，思量了会儿，道："提前收局的话，怕是难以达到预计的效果。"

"瞅准时机，适时出手，应有奇效。"王炽浓眉一扬，道，"赴会前先跟熊大人会一面，他如今已被刘劲升逼到了绝路上，会全力配合我们的。"

"好的。"于怀清起身道，"不才告辞！"

王炽起身相送，到了前台店铺时，道："在下不便现身，买卖城的事就多劳先生了。"于怀清拱手辞别。

回到里屋时，李晓茹的眼睛紧盯着王炽，神情肃然。王炽知道她在生什么气，只好赔着笑道："李大小姐莫恼，很快就收局，到时候你便一目了然了。"

李晓茹把手里的账本一丢，冷哼道："敢在本大小姐面前摆谱，一棍子打不出一个闷屁来，好，以后要是让人算计了，别来找本大小姐想办法！"言落间，转身入卧房去了。

王炽看着她负气而去的背影，不由得摇头苦笑。

入夜时分，晋商总会的大堂里灯火通明，左右两排的座椅上，几乎集结了买卖城政商两界有头有脸的人物，其中还包括了英国办事处的阿尔瓦，俄国商人阿历克赛、伊万等洋人，这些要人的在列，使此次的会议氛围一下子凝重了起来，敏感者甚至闻到了一股淡淡的火药味。

不知是有意还是无意，于怀清被安排在了末位，几乎紧靠着门框。如此安排，固然有中国传统习惯以等级排座次的因素，但此次会议的主题明明是王炽与刘劲升的纷争，却把王炽的人排在了最末位，似乎也传达出了这样一种信息：你们的挑战是不自量力的，我们根本没将你放在眼里。

陶松年坐在正堂上首，在灯火的照耀下，他如雪般的须发根根如银，目光炯炯有神，扫了众人一眼，起身拱手道："各位于百忙之中抽空赴约，陶某人在此代表天下晋商，谢过大家了！"言语间，微微一弯腰，朝众人行了一礼。

因其德高望重，众人见状，纷纷起身还礼。陶松年摆了下手，示意大家坐下，而后又道："今晚请大家来，老朽首先想给大家赔个不是，我商帮的刘劲升处事不当，引起大家之愤怨，以至造成集体抵制晋商的局面，这是刘劲升的不是，也是老朽的管理不当，望大家卖老朽个薄面，从今往后，摒弃旧嫌，和气经营，可好？"

陶松年说这番话的时候，虽说语气并不和善，甚至有点像长辈命令晚辈做事一般，但是措辞上却是极尽卑躬，言落，众人都点头称好，反正陶松年说话时，也没指名道姓要让哪个退让，乐得做个顺水人情，均说都是中国人，在边塞做生意，是要和气生财。

陶松年目光流转，自然看得出来这帮人都是在随口敷衍，当下转首朝熊挚臣一拱手，道："熊大人，您是买卖城的父母官，为维护这里的治安和秩序，这些年来可谓殚精竭虑，老朽在此谢过了！"

熊挚臣眼皮一抬，明白他接下来要挨个提要求了，起身拱手回了个礼，并未发言。

陶松年示意其落座，说道："百里遥殴打衙差一事，错在我方，大人开个价，不管多少，我方认罚，也好给刘劲升长点记性。"

殴打官差，无论在哪朝哪代都是大罪，一旦下了大狱，不死也得脱层皮才能出来，陶松年竟当着这么多人的面，公然要熊挚臣开价买罪，委实出乎大家的意料，纷纷把目光朝熊挚臣落去。

熊挚臣依旧是一副波澜不惊的样子，云淡风轻。在陶松年话落后，他一度未曾接话，使得大堂之内落针可闻，静得能听见彼此的呼吸之声，氛围一下子就紧张了起来。

陶松年的神色有些尴尬，看着熊挚臣的脸色，一时难以下台。过了少许时候，熊挚臣把眼一抬，眼里露出一抹电闪般的精光，嘶哑着声音道："陶公以为，衙门的脸让人打了，能用银子私了？"

陶松年抚着银须，故作镇定地微哂道："熊大人要如何了结此事？"

熊挚臣道："本官不贪，不需要那些黄白之物，要刘劲升带着他手底下所有的人去衙门口请罪。"

"好！"陶松年用眼睛的余光看了下刘劲升，笑道，"此事老朽做主，替他答应了！不过老朽也有一事相托大人，茶叶掺杂鸦片一案，牵涉晋商百年声誉，望大人务必还我等一个清白。"

熊挚臣脸皮微微一动，一副想冷笑的样子："来此之前本官了解过了，那批货自入城之后，你们处处设防，看守严密，等闲人怕是很难做得了手脚。"

陶松年故作惊讶地道："大人以为是何人掺进去的？"

听到这里，与会之人心里都如明镜，这个所谓的协商会，是个实打实的追责会，陶松年是要借此机会，帮刘劲升翻身。众人不由得又将目光聚焦在熊挚臣身上。

熊挚臣浑然无视众人的目光，反问道："陶公认为呢？"

熊挚臣和陶松年这番莫名其妙的对话，令在座之人感到讳莫如深的同时，亦嗅到了一股火药味。而且从他们俩的谈话中，隐约能够听出那做手脚之人已经被查了出来，但是熊挚臣和陶松年所查到的可能并非同一人。

这样的事情无论在商界还是官场，可谓是司空见惯，为了各自的利益，两股势力暗中较量，不足为奇，但不免使人恐慌。所谓城门失火，殃及池鱼，在座之人谁也无法预计，同是置身在这摊浑水里，他们的较量会否波及自己？

此时的于怀清同熊挚臣一样，几乎是目不斜视，好似眼前所发生的与自己无干。陶松年把目光从熊挚臣身上离开，慢慢地落到于怀清的身上，沉声道："这位想必就是于怀清吧？"

于怀清闻言，连忙起身拱手行礼："晚生于怀清，见过陶公！"

"后生可畏啊！"陶松年道，"老朽听说你学识过人，能洞察先机，不知是真是假？"

于怀清微微一笑："断然是谬误之说。"

陶松年眼中寒光一闪，道："老朽听说，你在跟刘劲升比斗，要与他决一胜负，哈哈！年少气盛，难免争强好斗，老朽深为理解，却不知你何来如此大的自信？"

于怀清依然笑意盈然，道："陶公错了，此非自信也。"

陶松年讶然道："那是什么？"

"是反抗。"于怀清道，"陶公今晚请不才赴会，想来对我等之前的遭遇有所了解，从重庆到北京，都有人想置我等于死地，要想翻身，唯有拼死一搏，绝地反击。"

陶松年紧逼着问道："老朽是否可以如此理解，眼下的事端都是你与刘劲升明争暗斗的结果？"

于怀清一怔，心想该来的终归还是来了，道："陶公言重了，不才等人，不过是几个行商罢了，何来如此大的能耐？"

陶松年见他避重就轻，轻描淡写地把诸般问题撇了开去，眼中露出赏识之意，再次逼问道："你们在重庆的时候，也曾因茶叶掺鸦片一案被打入大牢，如今一模一样的手法在买卖城重现，你说这是不是报复？"

于怀清闻言，暗吃了一惊。此话的分量极重，一个不慎，就会在众目睽睽之下被扣实罪名，他们在买卖城的这一战也就彻底输了。他迅速地扫了眼在座之人，强镇心神，答道："欲加之罪，何患无辞，陶公若是想凭此臆测，落实不才之罪，不才人微言轻，也只有乖乖认罪的份儿了。"

"好一张利嘴啊！"陶松年冷冷一笑，"若是老朽拿出证据来了呢？"

于怀清慢慢地转过身去，眼睛一抬，正面跟陶松年对视着，面带菜色的脸上无比沉重，道："不才敬您是前辈，称您一声陶公，可您如何能信口雌黄，随意捏造是非呢？"

"是吗？"陶松年的脸上掠过一抹冷笑，说道，"那么你认为这只是巧合吗？"

于怀清蓦地仰首一声大笑："陶公你且想想，在重庆时我等因此事被冤入狱，如果用这等手段报复，岂非此地无银三百两吗？不才再笨，也不会笨到设个圈套把自个儿送上绝路吧？"

于怀清的话是极具说服力的，但商场如战场，虚虚实实，奇正交错，作为商场老手自然不会为此所动，因此在座之人均没什么反应，静等着事态的发展。

刘劲升蓦地沉声喝道："带证人！"喝声落时，特意朝熊挚臣叮嘱了一句，"熊大人，待会儿您可莫要包庇他了！"

熊挚臣沉着脸没有作声，眼神木然地望着前方。实际上他此时的内心是波涛汹涌的，因为他意识到这场斗争的决战已然提前来临了，接下来发生的事，不光决定着输赢，也能决定自己的命运。

思忖间，熊挚臣把目光落向门口，他要看看那所谓的证人究竟是谁。

第九章
奴婢忠心护主反害主　晋商失义设局却入局

　　这一日傍晚时分，于怀清离开客栈后，席茂之、孔孝纲和杜元珪也随后去盘点货物了，客栈内独留许春花一人。

　　作为王炽的奴婢，许春花已然习惯了他们进进出出地忙碌，打算收拾一番，就回房去睡觉。却在这时，有人走进来，问她是不是许春花。

　　许春花回头看了一眼那人，见是个四五十岁的中年汉子，从其装束和长相来看，应是买卖城本地人，便答道："我正是许春花。"

　　"总算是找到许姑娘了！"那汉子急道，"你家主子及其相关人等，因在晋商茶叶里掺鸦片，如数被抓了。"

　　许春花闻言，花容失色，急忙放下手里的东西，道："他们刚出去不久的，如何就全部被抓了起来？"

　　那汉子道："这个我就不知道了。我看你也是异乡人，又是一个小姑娘，就特来告知你一声，趁着他们还没来这里，快点逃吧。"

　　许春花未经世事，一听王炽等人如数被抓，芳心大乱，然慌归慌，无论如何她也是不愿独自偷生的，道："主子遇难，我岂能苟且偷安，即便是死我也要跟他死在一处！大哥可知他们被关在何处？"

　　"这种时候就算知道他们关在哪里，也是进不去的。"那汉子道，"不过你若是执意想救你的主子，我倒是有一个法子，或可一试。"

　　许春花天真无邪，对那人的话丝毫未起疑心，听他说能救她的主子，又惊又喜，忙道："望大哥赐教，许春花感激不尽！"

那汉子道："此计凶险，或要牺牲你自己，你可还愿否？"

许春花想也没想，道："但要能救出主子，许春花死而无憾！"

那汉子道："你现在就去晋商总会，说茶叶里的鸦片是你做的手脚，与你主子无关，如此一来，他们便不能拿你的主子怎样了。"

许春花贝齿一咬，慨然道："多谢大哥成全，就如此做！"

当许春花那娇弱的身影出现在大堂的时候，所有人都为之一惊，这涉世未深的小姑娘莫非就是证人？

于怀清身子倏地一震，清瘦的脸白得吓人，他和王炽把这个局里面的细节算了又算，然机关算尽，却没想到他们会利用许春花来破局。

熊挚臣的脸色同样也不好看，这一场较量他完全站在了王炽的这一边，即便是不能给刘劲升等人以沉重的打击，他也希望给他们些颜色看看，教他们知道他不是纸糊的老虎。他在夹缝中待得太久了，亟须站出来证明自己，可如果此战失利，那么他今后的处境就更加危险了。

"你可认得她？"刘劲升冷笑着瞥了眼于怀清，脸上挂了种反败为胜的快感，转首朝许春花道，"许姑娘，你把事情的经过说一遍吧。"

许春花估计是未曾面对过这样的大场面，明显有些慌神，她恐慌地望了眼于怀清，然后又在大堂内扫了一眼，这才战战兢兢地道："是我……一时糊涂，在你们的茶叶里掺了鸦片……我只是想帮主子，若是你们要责怪，就怪在我一人头上，放了我的主子吧！"她起先还有些结巴，说到主子时，眼里已涌出泪来。

于怀清闻罢，蓦地一声痛叹。所谓事不关己，关己则乱，春花啊，你救主心切，方寸大乱，中了人家的计了！

刘劲升问道："你一个小姑娘，如何能想出这等歹毒之计，可是有人指使？"

许春花连忙摇头道："没有，完全是我自己的主意！"

"没人指使吗？"刘劲升眼里寒光一闪，"那我且问你，你的鸦片从何而来，又是如何知晓我们的货放在何处？"

许春花本来就慌，且因其心性单纯，哪里能回答这些问题？一时支支吾吾地说不上话来，急得泪水扑簌簌而下。

"答不来是吗？"刘劲升扫了眼许春花旁边那人，又道，"且带她下去。"

于怀清看着许春花，正不知如何是好时，大堂外突地传来一声暴喝："谁敢动她，爷爷劈了他！"

话音甫落，一道人影风一样地卷将进来，大堂中寒光一闪，一道刀光挟着万钧之势向陶松年奔袭过去："你个为老不尊的老匹夫，倚老卖老，仗势欺人，爷爷剁了你！"

众人大惊，纷纷起身躲避。与此同时，大堂内蹿出十来个大汉，往那人涌了上去。

"住手！"于怀清铁青着脸大喝道。

"三弟住手！"就在于怀清出声喝阻时，门外又奔来一人，正是席茂之。

叮叮叮几声大响，孔孝纲的刀与那十几人兵器碰在一起，金铁狂鸣。

"都把兵器收起来！"陶松年虽然吃惊，但毕竟是经历过大风大浪之辈，未露丝毫恐慌之色，"把这里当作舞刀弄枪之所了吗？"

于怀清冷哼道："孔兄弟，这是商场不是江湖，商场的刀杀人不见血，把你的刀收了吧。"

孔孝纲扫了眼周围的那些人，见他们渐渐退开，当下也收了刀，转身朝许春花道："春花，你被他们骗了！"

许春花见他们陡然出现，又惊又喜，含着泪道："主子呢？"

孔孝纲大声道："放心吧，王兄弟很快就会回来！"

席茂之一步一步走到大堂中央，扫了眼两边的人，目光如电。他体形魁梧，紫檀色的脸下一部胡须迎风而动，威严自生，沉声道："诸位都是商界精英，朝廷命官，是有身份的体面人，举手投足该符合身份才是，诓骗一个不谙世事的小姑娘，利用她的单纯和无知威胁对手，就不怕为人所不齿吗？"

这话看似说给大家听的，实则针对的是陶、刘等人。刘劲升自然听得出来，转首朝席茂之道："她都已承认了，人证物证俱在，莫非你还想否认了不成？"

魏伯昌走出两步，说道："凭区区一个小姑娘自然做不出那等事，这件事乃背后有人指使，已无须辩驳，老夫以为，真正龌龊之辈该是你们吧！"

"是吗？"席茂之眼里精光一闪，冷冷一笑，霍地走出门去，再回来时右手牵了一人，往大堂内一扔，道："睁大了眼睛好好看看，此人是谁！"

刘劲升、魏伯昌两人定睛一看，脸色顿时就变了，那人正是前去引诱许春花的汉子。

孔孝纲手一扬，刀锋呼的一声，落在那汉子的头顶，厉喝道："爷爷只会给你一次机会，若有半句虚言，就送你去见阎王！"

那汉子是本地人，按照刘劲升的想法，差一个外人去做这件事，会更隐秘一些。谁想聪明反被聪明误，利用不相干之人虽然隐秘，但危险系数却也大得多，经人一逼，立马就会和盘托出。

那人只觉得头顶寒气逼人，吓得魂不附体，如实交代了诱骗许春花的经过，且还把刘劲升赏的十两银子拿了出来。陶松年见状，白眉一皱，恨不得寻个地缝钻进去。

孔孝纲哈哈一笑，收了钢刀，道："看你还算老实，滚吧！"

席茂之朝众人一拱手，道："请诸位就座，接下来还有好戏让大家欣赏。"

看着众人重又落座，陶松年的脸色越来越阴沉。刘劲升看了眼魏伯昌，禁不住心头狂跳，眼里明显地露出不安之色。魏伯昌也不知道席茂之还会出什么招数，只觉这一次的交手，他们已完全处于被动，毫无还手之力。

席茂之静静地看着大伙儿入座，回首朝外面喊了一声："杜将军，把人带进来吧！"

话音落时，只见杜元珪一手持刀，一手提着百里遥走入堂内来。

百里遥的出现，对陶松年、刘劲升等人而言，其震惊程度不亚于于怀清见到许春花，几乎不可能出现的人，在对方的安排下偏偏现身出来！

刘劲升的目光像刀一样散发着寒光，往熊挚臣的身上一落，"熊大人，衙门大牢莫非是对外开放的吗，牢里的人想进就进，想出就出？"

熊挚臣的左手蓦地在旁边的茶几上重重一拍，"啪"一声响，震得上面的杯盏叮当直响。只见他站起身，面对杜元珪咆哮道："谁借你的胆子，敢去牢里提人！"

"熊大人……"杜元珪刚要解释，却又被熊挚臣喝断了，"你们这些商人，表面上一口一个熊大人，暗地里将本官视作狗熊了吧，可有谁将本官放在眼里？"

熊挚臣淡漠的脸此时万分激动，似乎要将多年来的委屈，趁着这个机会一下子发泄出来，抬起手指着周围的那些商人，红着脸道："此人殴打衙役，挑衅官府之威，为本官亲自下令所抓，如果你们还将我当作朝廷命官、是买卖城一方之父母，就把这人给我送回大狱去，要不然的话，别怪我翻脸不认人！"

在座的大部分都是长驻买卖城之人，他们平时所看到的熊挚臣，是遇上任何事都一副事不关己的冷漠之态，鲜有见过这般大发雷霆的脸色，一时间大堂内落针可闻，谁也没敢出声。刘劲升等人则换了一副态度，等着看席茂之如何收场。

谁知于怀清四两拨千斤地淡淡一笑："熊大人，此事涉及茶叶掺鸦片一案，事急从权，望您见谅。如您一定要追责，待破了此案后，要杀要剐，不才悉听尊便，如何？"

"你说什么？"熊挚臣目光一转，"你能当场破了此案？"

于怀清道："席大哥的性子不才是了解的，若无十全之把握，不会做这等冒险之事。"

此话一落，全场顿时躁动起来。

"若是破不了此案，本官拿你法办！"熊挚臣悻然拂袖，转身入座。

席茂之朝百里遥道："百里遥，洗清你不白之冤的时候到了，说吧。"

百里遥抬起头，往刘劲升看将过去，目光依然若鹰隼一般，冷峻而孤傲，但刘劲升能从他的眼里读出一丝歉意以及些微的内疚，不由得心头暗暗一震，他到底背着我做了什么？

只见百里遥转向熊挚臣道："熊大人，有件事您错了，当时我没想要殴打衙役。"

"哦？"熊挚臣奇怪地道，"你没想要打衙役，那要打的是哪个？"

百里遥道："我想要打的是那帮吃里扒外的东西。"

熊挚臣眼里精光一闪："你气冲冲地上去，要打的是你们自己的人？"

"不错。"百里遥点头道，"只是衙役一看我要动手，以为我要向他们发难，不由分说便棍棒相加，我不得已之下才动手自保。"

刘劲升惊得起身站起："当时到底发生了什么事？"

百里遥转首朝刘劲升道："往茶叶里掺鸦片的是魏伯昌的人！"

此话一落，大堂之内顿时就如炸开了锅，大家禁不住交头接耳地议论起来。

"你说什么？"魏伯昌脸色苍白地看着百里遥，心里升起一股寒意，他虽还没理清楚这里面的头绪，但已然意识到，自己让人设计了！

陶松年忍不住问道："你是如何知道的？"

百里遥道："龙票一事弄得我们焦头烂额，因此刘大掌柜把运输货物的事交给了魏伯昌负责。其实我对魏伯昌是不太信任的，在重庆时山西会馆跟祥和号就是死对头，后来不过是因了共同的利益，才走到一条道上，既非同心，何以同德？"

魏伯昌慌了，他不可思议地看着百里遥，心想我与你有何仇何怨，要这般地往我身上泼脏水？

只听百里遥继续道："这些时日我一直在暗中留意他们的举动。当日的那批货抵达仓库时，我看祥和号的几人神色有些异常，就躲在货仓的角落观察他们的动静，果然，在装货时，他们往货里塞东西。"

刘劲升禁不住问道："莫非他们塞的就是鸦片？"

百里遥道："当时我没想到他们会做这等事情，只是觉得有些不太对劲儿，就等装完货后，悄悄地跟了上去。到了关卡时，衙役例行检查，不多时，他们便跟衙役吵了起来。我怕被他们察觉，只敢远远地跟着，由于距离较远，未曾听见究竟在吵些什么。不一会儿，衙役估计是被惹恼了，招呼几人来就要卸货。那毕竟是我们山西会馆的货，既然让我撞见了，岂能不管不问？于是我大喊一声住手，冲了上去。官差识得我是刘大掌柜的人，见我冲过去，以为是要动手，就取出兵器不由分说与我打了起来。直到牢里我才知道，我们的货里被掺了鸦片。"

"你在胡说什么！"魏伯昌瞪大了眼睛，清瘦的脸满是惊讶和恐慌。如果这个罪名被落实，他一生的清誉就彻底地毁了，而祥和号或也将随着他一起坠入万劫不复之地，"我为什么要这么做？"

"为什么？"百里遥冷哼一声，道，"在背后下黑手的事你是第一次干吗？"

刘劲升霍地回头，看向魏伯昌，看到了他的恐惧和惊慌，看着这个老同行、老对手，刘劲升一时难以接受他会在这种时候下黑手，可却又不得不信，商业之争不亚于战争，为了利益有什么事干不出来？

"来人！"熊挚臣黑着脸一声暴喝，"将魏伯昌抓起来，关押候审！"

话音落时，两个衙役从门外扑入，把魏伯昌架起来就走。

孔孝纲站在大堂的中央，在看到魏伯昌被架走时，回头看了下不远处的席茂之，似乎是在请示什么。席茂之避开他的目光，望向别处，微微地点了下头。孔孝纲得到授意，倏的一声大喝："无耻之辈，留他何用！"寒光乍起，一闪而没，还没待那两个衙役回神，便看到眼前一道鲜血飞溅，同时觉得他们手里的人身子一矮，往下倒去。

"住手！"于怀清想要喝阻时，却已晚了。他看着溅了一身血的孔孝纲，脸上满是责备之意，手刃仇人，快意恩仇，痛快是痛快了，可与祥和号的梁子却是结下了！

孔孝纲、席茂之两兄弟瞥了眼倒在地上的魏伯昌，几乎同时仰首闭目，心中默念：俞兄弟，我们为你报仇了！

这一番突生的变故，让大堂内的其他人皆是惊惧不已，再定睛去看时，魏伯昌已然倒在血泊中，与世长辞了。

那两个衙役看着自己身下的尸首，呆若木鸡，不知所措。熊挚臣走上前来，瞟了眼孔、席两人，道："把他们两人带回去！"

熊挚臣带人走后，于怀清看了眼杜元珪，杜元珪会意，疾步走上去，把许春花拉了回来。于怀清朝着陶松年一拱手，亦扬长而去。其余众人浑然没想到，一次好好的协商会竟以血溅大堂收场，纷纷起身告辞。

看着众人走尽，精心策划的一次会议，成了人家的主场，陶松年的脸上禁不住掠上一抹落寞之色，遥想当年，他也曾叱咤商界，为人所敬畏，今已风光不再，非那些年轻人之敌手了。他朝刘劲升看了一眼，道："你在买卖城已被孤立，当务之急需办好两件事：一是重拾晋商之声誉，且不管那鸦片是谁指使掺进去的，也别去管是出于什么目的，都别再去追究了，要尽快让这件事平息下来，把你手里的货抛出去；二是尽快差人去趟京城，找到刑部的人，让他们发一张通缉令过来，逮捕于怀清等人，若是下手慢了的话，魏伯昌就是你的下场。"

刘劲升恭身应是："我与他们的较量既已到了明面上，非生即死，定当全力以赴，不负陶公所望！"

陶松年示意其下去，与此同时，眼睛有意无意地看了眼百里遥。这个细微的动作，并没逃过刘劲升的眼睛，但他没有说话，默默地转身退下。

次日一早，刘劲升完全遵照陶松年所言，不再追究此事，为快速平息风波，他下令将那批掺了鸦片的茶叶公开焚烧，并宣布跟祥和号断绝来往，不再有业务上的联系。

当从那些恩仇中脱身出来的时候，刘劲升突然觉得无比轻松，思维亦开始冷静起来。焚烧了茶叶，又立马着手做了两件事，一是差人去北京找刑部的人，企图借朝廷之力，在短时间内将王炽等人一网打尽。又叫来百里遥，让他去收购祥和号在买卖城的仓库。

冷静下来的刘劲升是极其可怕的，百里遥接到这命令时，瞳孔开始收缩，不由得迟疑了一下。魏伯昌刚死，祥和号上下正在气头上，这时候去动他们的产业，何异于送死？

刘劲升冷冷地道："你是不愿去吗？"

百里遥低下头："如若掌柜叫我去死，我也不得不从。"

刘劲升冷笑道："你是刘某的左膀右臂，刘某如何会让你去死？"

百里遥不答反问："我明明看到了魏伯昌陷害你，将他揭发出来，有错吗？"

刘劲升两眼一眯，射出道精光来，"这就是你当众揭穿魏伯昌的理由吗？"

百里遥一声叹息："看来大掌柜果然已不再信我！"

"我信你！"刘劲升看着百里遥，加大了声音，颇有些激动地道，"知道昨晚我为何不曾质问你吗？因为我的内心也在挣扎，我不敢去相信多年的伙计，竟伙同他人来害我！"

百里遥眼里寒光一闪，"嘿嘿"一声怪笑："敢问大掌柜，我害了你何处？"

"我本想利用许春花，将王四置于死地，可你却当众打了我的脸，让所有人看了笑话！"刘劲升厉喝道，"而且如此一来，晋商名誉扫地，今后我们的货还如何销得出去？"

百里遥沉默了会儿，沉声道："我承认我有私心，想利用席茂之脱离囚牢。可我当时在牢里，并不知道你的计划，更不知道昨晚晋商总会里发生了什么，若是大掌柜以此为理由杀了我，我无话可说。但是有两件事，我必须向您说清楚。"

刘劲升眉头一挑："什么事？"

百里遥道："其一，昨晚于怀清和熊挚臣是在演戏给你们看，他们在赴会之前，就已经拿到了我的口供，你们拿许春花去诬陷王四，是有欠考虑的；其二，就算我不出现在会场，晋商同样会名誉扫地，这件事的玄妙之处就在于，他们利用了我和你未曾沟通的空子，打了我们一个措手不及。"

刘劲升红着眼看了他许久，突地吐出一口气："不管如何，祥和号的地盘必须尽快拿下来，不能让它落入他人的手里。"

百里遥没再说话，躬身退将出来。在离开房间的时候，他只觉脊背发凉，仿佛后面有一把刀正朝他袭来！

显然，刘劲升还是在怀疑他，或者说憎恨他没将魏伯昌掺鸦片一事在私下里解决，而是在众目睽睽之下捅了出去，使其难以收场。现在叫他去做这件事，是在试探他的忠心，也想通过此事要看看他到底是向着哪一边的。

百里遥阴沉着脸大步走出来，至大门口时，抬头深吸了口气，生死考验的时刻到了！

百里遥的脑子迅速地转动着，思量脱身之法。如果去了，唯死而已，若是不去，刘劲升就会趁机发难，更不能去找人商量，此时他无论出现在谁的府上，刘劲升都会立马扑上来，当场将他擒获。那么他该怎么办？

于怀清走入牢房的时候，发现这里的监狱环境比刑部要好得多，至少没那么潮湿，也没那股令人窒息的难闻气味。可是当他看到席茂之、孔孝纲两人蹲在牢里时，依然不免泛起一股心酸，从重庆、北京到买卖城，都要让他们经历一次牢狱之灾，为了在这世上争得一席之地，亦为了他们共同的理想，这一路而来，委实遭了太多的罪！

于怀清正要拱手见礼时，席茂之、孔孝纲突地跪倒在地，大声道："于先生，我等兄弟错了！"

于怀清吃了一惊，忙走到门边道："快些起来！"

孔孝纲道："人是我杀的，于先生若是要骂，就骂我吧！"

"俞二哥命送西堂，不才何尝不是耿耿于怀哪！"于怀清叹息一声，道，

"刘劲升估计还想去刑部拿通缉令，置我们于死地，他们那是死有余辜。两位快些起来，莫要折煞不才了！"

起身后，席茂之道："魏伯昌死后，局面会更加凶险，先生可想过要如何应对？"

"无妨！"于怀清看着兄弟俩笑了一声，"那么多困难都挺过来了，何妨再多这一道坎！你们就在这里安心待着，不才去找熊大人。"

席、孔两兄弟称好，于怀清拱手辞行出来，急匆匆地去找了熊挚臣。

熊挚臣端坐在椅子上，木无表情的脸怔怔地看着于怀清，嘶哑着声音道："你利用百里遥成功离间了刘、魏，他们必然怀疑百里遥，以刘劲升的处世方式，怕是也会利用他逼你我现身。"

"刘劲升行事心狠手辣，为达目的不择手段，不才早有防备。"于怀清道，"不才今日此行，就是来让大人吃颗定心丸，我们已打算收局，刘劲升没有反击的机会了。"

熊挚臣眼睛一亮："于先生如此有把握？"

于怀清捏须一晒，点了点头。熊挚臣又道："如果他去了京城拿通缉令呢？"

于怀清道："有句话叫自作孽不可活，他们自己挖的坑，就让他们自己去跳，这一回不才要跟他们来个了断！"

"于先生既如此说，本官也就放心了。"熊挚臣嘴角一撇，像是在笑，"那么接下来你要本官做什么？"

"演一场戏！"

"哦？"熊挚臣发觉自己对这个书生越来越感兴趣了，"舞台在何处？"

"祥和号仓库。"

百里遥站在街头，木然地看着街上人来人往，脑子里一片空白。

他并非什么良善好欺之辈，在生与死的抉择面前，更不会为保护他人而做出牺牲，他是在想，此时去哪个地方，既能不让刘劲升怀疑，又能让自己脱身。

快到晌午了，太阳晒在身上让人十分不适，百里遥抬手抹了把额头上的汗水，蓦然眼里精光一闪，举步往前走了出去。

他要去熊挚臣处，刘劲升虽急着想揭穿他的身份，将其一举拿下，总不能连朝廷命官一起抓了吧？

正自行走时，突听有人唤他，转首一看，却是街头一个算命的，当下没去理会，兀自往前走。刚走两步，又听那算命人高声念道："三千里戈壁，无处埋恨骨，江山多娇，争奈壮志未酬，空留恨。"

百里遥闻言，霍地停下脚步，回头再次向那算命人看去，眼中寒光一闪，上前两步，站在算命人面前。

那算命人微晒道："请先取一枚钱币，以作酬。"

百里遥依言摸出一枚钱币，手一抬落在桌上，钱币滴溜溜一转，停于背面，显示着"当十"两字。

咸丰朝的钱币正面是"咸丰元宝"字样，反面则以"当十""当百"标记面额，百里遥的这枚钱币以反面示人，并不奇怪，可那算命人却故作神秘地道："阁下正处于十字路口，何去何从，委难选择。"

百里遥眼睛一眯，鹰隼般的眼更显孤冷："先生赐教。"

那算命人笑道："答案已在此钱币之上。"

百里遥目光一转，又落在钱币上。算命人又道："钱币为反，便是你要走的路。"

钱币为反，便是币钱，莫非意为必须往前之意吗？百里遥道："先生也说了，在下正处十字路口，那么究竟是要前往何处呢？"

"原是要去往何处，便去何处。"

百里遥一怔，拱手称谢，转身往祥和号仓库方向而去。

祥和号仓库里人声鼎沸，吵吵嚷嚷，仓库前偌大的广场上熙熙攘攘地挤满了人，有洋人、官差及祥和号的伙计等，而在仓库的大门外，则站满了围观的群众。看到这幅场景，百里遥的嘴角露出了一抹笑意，更加确信那算命人是有人刻意安排的。

在外面听了会儿，原来是一家叫莱克的俄国公司，趁火打劫，要收购祥和号的这块地盘，祥和号群龙无首，一时乱作一锅粥，说什么的都有，就是没人能站出来拍板。

熊挚臣出现后，说要给他们拿主意，可祥和号的伙计见到熊挚臣的边上还站着于怀清时，顿时怒从心起，操起家伙就要动手。

百里遥到的时候，正好遇上祥和号的人跟官差对峙着，要冲上去让于怀清偿命。他挤开围观的人群，快步走了进去。

"诸位先不要乱，且听不才一言！"于怀清高声道，"魏大掌柜之死，不才固然难逃罪责，可归根结底此事是何人挑起来的？"

于怀清故意把话头一顿，霍地手一伸，指向不远处站着的百里遥："是他！是祥和号和山西会馆的利益之争，导致了魏大掌柜之死，不才的兄弟只不过是一时冲动，充当了他人的刽子手！"

祥和号的伙计毕竟没有参与当天的会议，不明就里，再者在事发当天，他们确没有往茶叶里掺杂什么鸦片，那百里遥胡编乱造，诬陷魏伯昌，说不定茶叶里的鸦片就是他做的手脚，一时气怒交织，大喊着冲向百里遥。

百里遥见状，着实吃惊不小，在祥和号的伙计冲过来的当儿，他迅速地瞟了眼于怀清。是时，他如沐春风一般，连眼角都含着笑意。百里遥瞬间便明白了过来，当下把牙一咬，决定挨这一顿打。

棍棒拳脚相加，雨点般地往百里遥身上落去。百里遥大叫着、咒骂着，抱着头东躲西藏，想要逃出去却怎么也冲不出重围。

"住手！"熊挚臣大叫着让衙役上去解围，"再不住手，本官把你们统统都抓了！"

衙役介入后，百里遥这才从人群中逃窜出来，往仓库大门方向落荒而逃。

熊挚臣朝于怀清瞟了一眼，只见于怀清会意一笑，转身朝祥和号的人道："哪个是仓库管事的？"

话音落时，人群里出来一人，道："我就是。"

于怀清道："魏大掌柜之死，不才也是十分之痛心，请你相信，不才此行绝非是来看你们的笑话，而是来帮你们解决问题的。"

熊挚臣在一旁道："在来的路上，本官和于先生商量了一下，眼下你们群龙无首，无人主事，又与鸦片一案有染，即便你们是清白的，在业务上也会大受影响，徒守着这块地盘，也无多大意义。本官和于先生的意思是，趁着还能卖几个子儿，尽快出手罢了，总比血本无归的好。"

那仓库主事也明白这个道理，业务上开展不了，又要给底下的人吃饭、发工钱，硬撑着终非长久之计，当下皱了皱眉，道："可是……"

"本官知道你的难处。"熊挚臣道，"你们的少掌柜来了，本官替你们解释便是了。"

那仓库主事闻言，躬身称谢，转身跟俄国人商谈去了。

于怀清嘘了口气，回身拱手道："多谢大人！"

看着百里遥青一块紫一块的样子，刘劲升不禁怀疑自己的判断，他真的还对我忠心，揭露魏伯昌掺鸦片一事，真的是让别人钻了空子？可转念一想，这事又透着古怪，此番山西会馆跟祥和号联手，目的就是为了排除异己，且在天津的时候，桂老西又因此而死，魏伯昌会在这个节骨眼儿上对我下黑手吗？可这事若说是王炽所为，似也说不通，祥和号的伙计岂会听命于他，来害自己的掌柜？

思忖间，忍不住又看了眼百里遥。百里遥瘫坐在椅子上，虽说浑身发疼，但刘劲升的神色却尽落在其眼里，当下咬着牙忍痛让自己坐正一些，道："大掌柜可是在想，魏伯昌有什么理由在这时候对您下手？"

刘劲升眼中的寒光一闪："你倒是说说这是为何？"

百里遥冷冷一笑："那么大掌柜可有想过，我有什么理由背叛于您呢？"

刘劲升蓦地一怔，心想是啊，自己尚且不信魏伯昌会下黑手，何以要怀疑贴身助手之不忠呢？思及此，他不禁问道："除非你让我相信，这一切都是王四布下的局。"

百里遥眉头一扬，道："这一切当然是王四布的局，这个局的名字叫作，以彼之道，还之彼身。"

刘劲升暗吃一惊："此话怎讲？"

百里遥道："大掌柜也看出来了，茶叶掺鸦片是照搬了我们在重庆的手段，难道你不觉得魏伯昌之死，也似曾相识吗？"

刘劲升惊道："北京的军火案？"

"不错！"百里遥道，"俞献建死于西堂，然后再用军火作为引线，将他们引入绝境。如今魏伯昌一死，你势必怀疑于我，接下来他们就会利用我，一步一步将您引上死路。"

听完这一番话,刘劲升将近日来所发生的事,细细地想了一遍,越想越是吃惊,瞪着眼问道:"可是在茶叶里掺鸦片之事,他是如何做到的?"

百里遥冷哼一声:"他能去彼得堡放火,为何不能在祥和号做手脚?"

刘劲升闻言,又吃了一惊:"那么王四逃向俄国后,迟迟未见他现身,却是为何?"

"这或许是此局中最大一个包袱。"百里遥沉声道,"所谓图穷匕见,当此包袱抖开来时,便是对您下手的时候了。"

刘劲升不可思议地看着百里遥,有些不敢相信身在俄国的王炽会给他带来多大的威胁,但是此局诡异莫测,却又不得不信。"你觉得他下一步会怎么做?"

"恕我愚昧,尚难猜透。"百里遥道,"大掌柜若是还信得过我的话,不妨听我一言。"

"说吧。"

"以不变应万变。"百里遥道,"在接下来的几天,任他出什么招,您只当视若无睹,专等北京的通缉令到来,将他们一网打尽。"

刘劲升闻言,脸上不由露出一抹笑意,叫来两个下人,把百里遥搀扶下去,叫他好生休息。百里遥被人扶着走出去时,暗暗地长舒了口气。

转瞬十日,这十日来买卖城并无发生什么事情,波澜不惊。

然而十日来,刘劲升的内心却是波涛汹涌的,每一天都过得不平静。京津帮和王炽的货源源不断地涌入,晋商的货因为发生掺鸦片事件,加之利用一个小姑娘捏造事实的劣迹,鲜有人问津,每日损失的银子均以万计。

茶叶销售的旺季即将过去,如果再不能解决当下之困境,今年的茶叶生意将一败涂地。

今日的天色阴沉沉的,乌云低垂,估计傍晚时分便要下雨了,然雨前的空气却是沉闷得紧,使人透不过气来。刘劲升心头本就烦闷,再加上天气的因素,越发地坐立不安。

在走廊里转了几圈,又走到室内,叫下人泡来一壶茶,并使人去把百里遥叫了过来。

须臾，百里遥一瘸一拐地走进来。刘劲升挤出一抹笑意，让其在自己的对面坐下："这鬼天气让人烦闷，我们来喝几杯茶消消胸中之浊气。"

百里遥瞥了他一眼，"大掌柜的心有郁结？"

刘劲升浅呷了口茶，叹息一声："货物源源不断地运进来，却没销售出去，仓库只进不出，积压的货越来越多，岂能不烦？"

百里遥端起杯子，也喝了一口，转首望了眼外面的天色："这些天来，买卖城倒是显得平静，可这平静的下面，不免暗涛激流，这时候拼的就是耐性。"

刘劲升苦笑一声，"这几天，我也想了一下，待刑部的通缉令到了之后，固然能将王四踢出买卖城，可这无关生意，到时候我们的货还是会滞销。"

百里遥道："生意上的事，大掌柜是行家，莫非果真没法子了吗？"

刘劲升道："这段日子我的心确实有些乱，对眼下的局势反不如你看得清楚，你若有主意，不妨说来听听。"

"生意无非是行情好时，低进高出，行情欠佳时，低进低出罢了。做生意如战争，胜败属常事，少赚多赚无须过于在意，挺过眼下的难关才是最要紧的。"百里遥道，"大掌柜何不低价抛售出去？"

刘劲升替彼此的杯子里都倒满了茶，然后道："打价格战是生意上的常用手段，我何尝不知？只是京津帮、王四等方面的货，近期都大量涌入买卖城，量多价低，我们的货毫无优势。"

百里遥沉吟了会儿，道："莱克公司最近收了祥和号的地盘，又在附近圈了几块地，用于扩建仓库，想来需求量定是少不了，大掌柜不妨找他们谈谈。"

"莱克公司的动作确实不小。"刘劲升皱了皱眉头，"只是此前并未听说过这个公司，刘某心里觉得有些不踏实。"

"俄国的公司恰如咱们的商号，多得紧。"百里遥道，"只要他能接受我们的货，公司的性质并不重要。"

刘劲升将茶一口饮尽，然后吐出一口气，道："此话倒是在理，明日我跑一趟莱克公司看看！"

几乎与此同时，于怀清提了两坛酒，正在牢里跟席茂之、孔孝纲对饮。

席茂之笑道："此次的计谋端是周密得紧啊，竟是连我们都被骗了！"

"可不是嘛！"孔孝纲颇有些不满地瞟了眼于怀清，"当得知王兄弟被杜将军追杀逃去了俄国的消息时，真是急煞兄弟了。大家都是出生入死过来的，何须欺瞒！"

于怀清敬了两人一杯，算作赔罪，道："知道的人越少，预设的细节才会越加真实，李大小姐估计到现在还恨着王兄弟哪。"

孔孝纲哈哈笑道："他俩都在俄国，王兄弟岂非遭罪得很！"

席茂之也笑了一声，问道："刘劲升的龙票究竟是何人拿的？"

于怀清拂须道："杜将军没拿，那定然是百里遥拿了。"

席茂之道："那真是一着险棋！"

"的确是着险棋。"于怀清道，"按照计划，杜将军本是要把百里遥除了，以绝后患，不知道是他觉察到了危险，还是本就有反叛之意，竟做出了那般出人预料的举动，不才也是未曾想到。"

孔孝纲道："这一次的苦肉计会成吗？"

"应无问题。"于怀清道，"刘劲升做事虽心狠手辣，但人终归是有感情的，一则他不愿意去相信百里遥会背叛，二则此计天衣无缝，他即便是有所怀疑，也找不出破绽。"

席茂之道："那么接下来……"

"接下来你们很快就能出去了。"于怀清打断了他的话头，道，"然后我们就离开买卖城。"

席茂之见他不愿往下说，便也只得住嘴。孔孝纲讶然道："为何要离开？"

于怀清眉头一沉，道："洋人入侵，已成定局，他们会在国内直接收购或生产商品，买卖城的功能会日渐削弱，早回重庆，早做打算，才是长久之计。"

席茂之闻言，深以为然，道："回重庆也好。"

刘劲升出了门后，并没直接去莱克公司，而是转首去了晋商总会。

陶松年对他的到来，似乎并没感到意外，深沉地看了他一眼后，道："你是心里没底吗？"

刘劲升点点头。陶松年又道："是不信百里遥，还是对自己没信心？"

"只怕是都有。"刘劲升道，"我不太相信王四有如此大的能耐，却又感到时时落在他所布的局里，忐忑不安。对百里遥的感觉也是如此，我不信他会背叛，却又觉得处处可疑，甚至怀疑他指引我去莱克公司谈业务，都是一个圈套。"

"你的怀疑是对的，在这种情况下不能相信任何人。"

刘劲升眼睛一亮："陶公也如此认为吗？"

陶松年白眉一挑，道："莱克公司收购祥和号仓库当日，于怀清为何会出现在现场？如果只是为了调节，熊挚臣足矣，他现身仓库岂非多此一举吗？"

刘劲升暗自一震，瞪大了眼道："陶公以为，收购祥和号也是他们演的一场戏？"

"你的这个对手的确可怕，虚虚实实、真真假假，令人难以揣度。"陶松年道，"不过老夫总觉于怀清一干人，与莱克公司有千丝万缕的牵扯，为保万无一失，老夫劝你暂时不要与莱克公司接触，等刑部的通缉令到了，再相机行事。"

刘劲升沉思片晌，道："可莱克公司若是与他们无关呢，我的货一日日积压着，损失可就大了。"

"糊涂！"陶松年加重了语气道，"命重要还是银子重要？"

刘劲升连忙恭敬地称是，然其表面上虽听取了陶松年的意见，心里却有些不以为然。他一方面不相信王炽有如此大的能耐，可以指挥俄国人的公司；另一方面相信自己在生意上的直觉，低价抛货莫非还能出什么问题不成？当然，为了顾及陶松年的颜面，他不得不虚与委蛇，拖延几日，再作计较。

可这不等还罢了，一等之下刘劲升越发觉得不安。三五日过后，莱克公司果然如预期的那样，开始大量收购茶叶，京津帮及其他一些各地的商人，纷纷运货过去。而刘劲升手握几万斤茶叶，因了瞻前顾后，迟迟未曾出手，全部积压在仓库里，一时心急如焚，心想若是再不行动，待莱克公司饱和了，我的货还能卖给谁去？

这一日，刘劲升抛开顾虑，大步走出门去与莱克公司接洽。

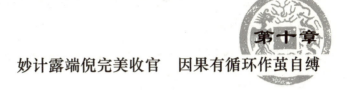

第十章

妙计露端倪完美收官　因果有循环作茧自缚

　　许春花平时脾气很好，一副恭顺的样子，极少使性子发脾气。但是这一次她是真的恼怒了，于怀清刚进门，她就倒竖着柳眉，劈头盖脸地问道："这么久了主子未见踪影，他是不是出事了？"

　　于怀清看着她那气汹汹的样子，失笑道："王兄弟若出事了，不才岂还能如此轻松？"

　　"你没良心！"许春花嗔道，"要没出事，怎的也没个音信？"

　　于怀清推着她在椅子上坐下，让其消消气："他只是去俄国办一件重要的事，现在还不方便透露，过些时候他定然会好好地回来！"

　　"这话你已说过很多次了！"许春花呼地站起来，嗔道，"除非你答应我一件事，我才相信！"

　　于怀清无奈，只得道："且说来听听。"

　　许春花转身提了只篮子出来，道："这是我做的几样点心，你带去给主子，并要他亲笔写封信回来，你可做到？"

　　于怀清道："春花姑娘吩咐的，不才赴汤蹈火，在所不辞！"

　　许春花见他答应得爽快，心里这才好受了些，哼了一声，转身走了出去。

　　于怀清倒了杯水，边喝水边沉思了会儿，便提了那篮点心，走出门来，通过阿历克赛处，径往俄国。边境的俄国士兵对他也有几分相熟了，只检查了下篮子，即放行。

于怀清见到王炽时，将篮子放下，道："王兄弟，我们要收局了。"

王炽蹙着眉点点头："我理会得，刘劲升那边有何反应？"

于怀清道："那老狐狸狡猾得紧，先是去了一趟陶松年处，迟疑了几天，这才去跟莱克公司接洽。"

王炽道："那是个可怕的对手，收局时还须万分小心，不可叫他察觉到什么才是。"

说话间，李晓茹已经把篮子里的点心拿了出来吃，边吃边称赞道："这是哪儿来的，买卖城还有如此可口的点心卖吗？"

于怀清看了眼王炽。王炽与他对望了一眼，似乎已然明白了，尴尬地笑了一下。李晓茹何等机灵，从他们的神色里读出了信息，脸色一沉，朝于怀清质问道："这是春花做的吧？"

于怀清只好老老实实地回答道："是的。"

李晓茹咽下嘴里的点心，似也在咽心头的那口气，然后故作轻松地道："奴婢给主子做点心吃，本属平常，可你俩的脸色却有些不大对劲儿，还有何事？"

于怀清又朝王炽看了一眼，道："春花这些天委实担心得很，说要你写封亲笔信给她，她才好放心。"

"见字如面嘛！"李晓茹酸溜溜地道，"那还不快写啊，莫让佳人空伤怀！"

王炽轻叹一声，这些日子难为春花了！他和于怀清策划了这个局，随着事态的发展，后来大家陆续都参与了进来，唯有春花不知情，却最是难熬。当下起身走到桌前，提笔写了封信，交给于怀清带回去。

李晓茹的眼睛滴溜溜地跟着那封信转，却又不好意思说让她看一眼，一脸的恼怒。于怀清看在眼里，叹息一声，起身道："王兄弟，不才告辞了，此间凶险重重，切要保重身体啊！"这一语双关之词，王炽自然听得出来，苦笑一声，送他出去。李晓茹也是听出来了，俏脸一热，道："你这穷酸，越发的贫嘴了！"只听得门外传来于怀清一声大笑。

及至王炽回来，李晓茹没好气地道："你是打算要跟春花过一辈子吗？"

王炽故意激她道："这是自然的，莫非还能把她赶走不成？"

李晓茹本是想听几句贴心的话，被他如此一激，又羞又恼，转身走出门去。

莱克公司在买卖城的负责人叫斯蒂夫，是个二十开外的年轻人，穿一袭淡黄色的西装，白色衬衣上系了个黑色的领结，幽蓝的眼睛嵌在白皙的脸上，十分的惹眼。他把刘劲升领到桌前坐下，然后十分客气地用中文说道："刘大掌柜之名，我如雷贯耳，今日得见，万分荣幸！"

斯蒂夫的态度让刘劲升很是意外，谦逊之余还对他十分恭敬，当下哈哈一笑，道："斯蒂夫先生年轻有为，令吾辈汗颜哪！"

斯蒂夫谦和地笑了笑道："刘大掌柜有何贵干，不妨直说吧。"

刘劲升轻咳了一声，道："斯蒂夫先生定然知道，晋商在买卖城的主要业务就是茶叶，刘某做茶叶生意多年，也算得上是这方面的半个行家了，今有大量上好的茶砖，不知先生可有兴趣？"

"我们公司正在大量收购茶叶，兴趣自然是有的，只是……"斯蒂夫瞟了刘劲升一眼，摊摊手做了个无奈的表情，"贵商号最近出了不少问题，我一旦接手你的货，万一出了岔子，损失的可不只是银子，还有公司的声誉。"

"刘某很是理解您的担忧，但希望也请您理解，那些问题并非我们有意为之，而是有人在搞鬼。"刘劲升诚恳地道，"想必生意场上的那些事您也见得多了，肯定知道同行恶意竞争、相互诋毁之事。"

斯蒂夫淡淡一笑："我当然理解您的苦衷，甚至相信您是为人所害，可您能保证类似的事情不会再发生吗？"

刘劲升闻言，一时语塞，心想买卖城这地方鱼龙混杂，谁敢担保不会出事？

正值刘劲升不知道该如何答话时，门口人影一闪，走进来一人，大声道："再傻的人也不会去犯同样的错误，在下以性命担保，绝对不会再出现茶叶里掺鸦片之事，若是真出现了，您只管来取在下的这颗项上人头！"

斯蒂夫吃惊地看了眼来人，问刘劲升道："他是谁？"

刘劲升也相当吃惊，门边上站的是百里遥，他伤势尚未痊愈，脸上依然可以看到瘀青，但他的神色却是坚毅无比，那鹰隼似的眼里未见寒光，却有一股视死如归的慨然之气。这让刘劲升心头油然升起股暖意，他们之间有过敌视、有过怀疑，可是在紧要关头他还是会如往常一样挺身而出，患难与共，老伙计毕竟是老伙计！

刘劲升转首朝斯蒂夫道："他是山西会馆的总管百里遥。"

斯蒂夫笑道："刘大掌柜有如此忠诚的手下，令人羡慕！不过这毕竟是生意，不是战场，没必要把性命押在上面。"

刘劲升道："他只是着急了些，望您莫怪。不过我等与您合作之诚心，可见一斑。"

斯蒂夫低首沉思了会儿，道："我就卖百里遥一个面子，收购你们的货，但有一个条件。"

刘劲升见有了转机，心下一喜，道："您只管说。"

斯蒂夫道："您的每一批货我只支付两成的货款，待全部收讫之后，查验无误，再结余款。"

刘劲升暗吃了一惊："斯蒂夫先生，刘某有上万斤的茶叶，若只付两成货款的话，刘某家小业薄，怕是会周转不了。"

"我如此做非是刻意刁难，只是为了保证公司的利益。"斯蒂夫道，"至于您资金如何周转，那就是您自己的事了。"

刘劲升见他一副不可退让的姿态，把牙一咬，道："也罢，依您所言！"

斯蒂夫起身握手："预祝我们合作愉快！"

刘劲升告辞出来后，转首往跟在旁边的百里遥道："这次的买卖得以谈成，全仗你挺身而出为我担保，多谢了！"

百里遥道："陷入如今这般局面，我有不可推卸的责任，今日之事，大掌柜不必挂心。"

刘劲升笑道："待这批货处理完后，我们找个地方好好喝一杯！"

百里遥称谢，道："今日您出去后，我收到了一个消息，这段日子以来，王四有一明一暗两条渠道在运货。"

刘劲升闻言，笑容立时便没了："另一条是什么渠道，如何发现的？"

百里遥道："自从知道彼得堡失火，杜元珪追杀王炽是他们设下的计谋后，我便怀疑王四不只是想让杜元珪做内应这么简单，于是我就开始留意他们每天的活动。现在看来，伊万那条线应是他们打的幌子，吸引我们注意的，另一条线他们伪装成了京津帮的驼队，通过阿历克赛的商铺，运往俄国。"

刘劲升倒吸了口凉气，道："也就是说，这明暗两条线在彼得堡失火之后，便开始运作了？"

"应是如此。"

刘劲升沉思了会儿，又道："他假装让杜元珪追杀，进入俄国，是一石二鸟之计，而且他还一边打压我们，一边暗暗地在俄国打开局面……好小子，这般谋略，当今天下，只怕是绝无仅有了！"

百里遥没想到他对王炽的评价如此之高，不由得讶然道："大掌柜何以如此夸他？"

刘劲升转过头去看百里遥，脸上尽是失意之色，道："面对如此对手，委实令我胆战心惊，看来我真是老了，在这一场赌斗中，我常常顾此失彼，方有今日之局面。"

百里遥眼里寒光一闪："大掌柜也不必灰心，管他有多少能耐，刑部的通缉令一到，照样难逃一死。"

刘劲升未曾接话，又是沉着眉想了一想，而后喃喃地道："他既有如此谋略，岂能没料到我会利用刑部的通缉令？"

百里遥脸色一动，却是没有说话。

是日晚上，许春花因看到王炽的亲笔信后，很是高兴，特意让客栈伙计多准备了两个菜，与于怀清、杜元珪两人一起有说有笑地吃着。

于怀清夹了片烤羊肉，嚼了两口，咂咂嘴道："今晚的菜颇合不才之胃口，莫非这是春花有意犒劳不才的吗？"

许春花笑道："你带了主子的亲笔信来，便是说明不曾诓我，这才犒劳你的！"

于怀清摇头苦笑道："借不才个胆子，也不敢诓春花姑娘！"

正说笑间，突见一个洋人匆匆忙忙地走了进来。于怀清知道他是阿历克赛的伙计，见他神色不对劲儿，问道："出什么事了？"

那洋人道："王四托人传消息来，说李大小姐不见了！"

于怀清脸色一沉，转首望了眼外面的天，天上繁星点点，月色当空，已过戌时，若说她今日是吃醋负气出走，这时候也该回去了，莫非让人给抓了去？

想到此处，于怀清心头大惊，在此收局之时，若是对方以李晓茹的性命来威胁，就大大不妙了！当下朝那洋人问道："王兄弟可有何吩咐？"

那洋人道："他让你去打探一下，看看是否是刘劲升所为。"

于怀清低头看了眼杜元珪，杜元珪放下饭碗，起身道："我这就去！"

于怀清道："切记要在暗中查探，不可让刘劲升察觉。"杜元珪道声理会得，大步走了出去。

许春花失色道："李大小姐会不会有危险？"于怀清看了她一眼，却是未曾说话。

约一个时辰后，杜元珪去而复回，朝着于怀清摇了摇头。一旁的许春花看得莫名其妙："李大小姐究竟是被抓了还是没被抓？"

于怀清让她不要担心，打发她去收拾桌子了后，对杜元珪道："此事若不是刘劲升所为，就越发棘手了。"

"在这节骨眼儿上，如果找不出李大小姐，确实棘手。"杜元珪眉头一扬，道，"不过对方抓了李大小姐，终归是有其目的，不如以静制动，等着对方出题吧。"

"也只有如此了。"于怀清叹息一声，道，"杜将军，须辛苦你去一趟俄国，保护王兄弟，以防不测。"

杜元珪称是，道："我今晚就赶过去。"辞别于怀清后，便连夜去了俄国。

一夜未眠的王炽眼里布满了红丝，晨曦落在他的脸上，苍白的脸满是懊恼。从天津到买卖城，李晓茹跟着他吃了许多苦，受了许多的罪，还曾在他最困难的时候拿出银子来救济，在俄国的生意她更是忙里忙外、日夜操劳，她虽然脾气不好，爱嫉妒吃醋，可这一切皆是因为她对眼前的男人缺少安全感，如果你不气她，不拿话激她，她岂能让人劫了去？

王炽越想越是懊恼，突地一拍桌子："是我害的她！"

杜元珪转首看去，只见他眼里有泪光闪动，不由得暗自一震，忙劝慰道：

"他们劫了李大小姐，无非是觊觎你的生意罢了，咱们到时见招拆招，定能救她出来。"

王炽道："可要是对方的野心不止如此呢？"

杜元珪一愣，想起了在北京所遇之事，禁不住眉头一皱，脸色亦沉重起来。

过不多时，前门店铺的洋伙计送来一张纸条，说是有人扔进来的。王炽忙问道："人呢？"那伙计说那人扔了纸条就走，动作很快，不曾见到人。王炽连忙展开纸看，只见上面写道：今夜亥时，只身带五万两银子去斯洛博达，若违约，李晓茹命休矣。

杜元珪蹙着眉头道："看来是中国人所为。"

王炽点了点头，洋人鲜有用天干地支记时日的，既以亥时相约，应是国人所为。看过这张纸条后，王炽的心里仿佛落下了块石头，如果对方只是要银子，那么此事就简单多了。当下叫来账房伙计，让他去备下五万两银子。

杜元珪道："晚上我陪你一道去吧。"

王炽摇头道："当下是我们收局的关键时候，未免惹怒了对方节外生枝，还是依他所言，由我一人前去为好。"

杜元珪道："可万一此事没这么简单呢？"

王炽毅然道："倘若真出了意外，那也是命，是我欠李大小姐的，我认了！"

刘劲升亲自在仓库督促一批货出仓，累得满头大汗，边拿毛巾擦汗边从仓库里面走出来，刚到门口，见百里遥迎面而来，便驻足问道："何事？"

百里遥眼里闪过一抹寒星，道："李晓茹让人劫持了。"

刘劲升愣了一下，随即哈哈笑道："何人所为？"

百里遥道："目前还不知道是哪方面的人做的，但于怀清已急得团团乱转，估计王四更急。"

"这是好事啊，如此一来，王四明暗两条运输线都会受影响，我们可趁此机会，加快发货速度，占领俄国市场。"刘劲升脸上发着红光，想了一想，又道，"动用一切手段查清楚是谁劫持了李晓茹，一有情况速来知会与我。"

百里遥称是，返身而去。刘劲升用毛巾抹了把脸上的汗，回身又进了仓库，催促工人装货。

与莱克公司的合作，刘劲升原是有顾忌的，毕竟涉及那么多的款项，万一有个闪失，后果不堪设想。但当听到李晓茹被劫一事时，刘劲升抛却了顾虑，决心放手搏一把，将失去的市场夺回来。

及至当日晚间，刘劲升从仓库里运出了万余斤的茶砖，虽说只收得两成的货款，但他觉得，只要能给王炽造成压力，这一切都是值得的。从仓库出来时，夕阳西下，晚霞在买卖城的房顶涂抹了一层金色，很是壮丽。

刘劲升长长地舒了一口气，然后悠然地走将出来，至街上时，碰到百里遥走过来，便急问道："可有了眉目？"

"查到了。"百里遥的脸上也颇是兴奋，低声道，"是莱克公司所为。"

"哦？"刘劲升的眼前马上便浮现出了那油头粉面、穿着西装打着领结的斯蒂夫，讶异地道，"是生意上的过节吗？"

百里遥道："据我猜测，该是王四对莱克公司形成了一定的威胁。"

刘劲升道："看来我们跟莱克公司是同道中人。"

百里遥点头道："不错，从现在的情况来看，可以跟他们加强合作。"

刘劲升高兴地拍了拍百里遥的肩膀，"忙了一天了，随我一同用膳去！"

于怀清此时也正同许春花一同用晚膳，突见一个洋人走了进来，因见他面生，便起身问是何事。

那洋人说是莱克公司的员工，受斯蒂夫之命前来传一句话，李晓茹被劫是他们公司所为。

于怀清闻言，惊讶地看他道："是你们？"

那洋人认真地点了点头，然后慎重地走到于怀清身边，低声耳语了两句。于怀清越听越是吃惊，打发了那洋人走后，便放下碗筷道："春花，不才须出去一趟，你先吃着，无须等我了。"言落间，也未等许春花说话，疾步走出客栈。

于怀清赶到俄国王炽的店铺时，王炽刚好吃完晚膳，正准备着去斯洛博达赴约，见于怀清跑得一头大汗，便知是有急事，问道："何事让先生如此着急？"

于怀清道："劫持李大小姐的是莱克公司！"

王炽闻言，不可思议地看着他道："是他们？这是为何？"旋即似明白了些什么，又道，"你是说……"

于怀清会意地点点头，"今晚之约，不才建议不去。"

王炽思量了会儿，抬头道："这场戏得演下去，为了李大小姐，也为了我们这个局能顺利收官。"

于怀清皱了皱眉头，似有些不理解，目光一抬，看向王炽，四目相对时，似又在他的眼睛里读出了什么，便点头同意了。

是晚亥时，王炽带了五万两银票，只身去了斯洛博达。

斯洛博达是恰克图最大的交易市场，从中国流入的货物都会在此集中，然后再分批次销往各地。

这是一处红色的建筑，墙砖瓦片都采用鲜艳的红色，看上去让人产生一股暖意，特别是对生意人来讲，这是一块福地。

王炽经常来此，并不陌生，进入大门后，里面便是一个呈正方形的大型市场，场内的空间被分割为一个个方格子，是为销售或批发货物的商铺。不过此时商铺里面已然没人了，只五个守卫看护着。王炽进去的时候，他们只看了他一眼，并未阻拦，也不曾出来问话。

王炽朝他们笑了一笑，算是打了招呼，继又往里走。他边走边打量着里面的情景，忽然，只听得有一个声音传来："银子带来了吗？"

王炽停下脚步，伸手从怀里取出五张大额的银票，往前扬了一扬，"五万两银子，一钱不少！"说话间，眼睛不断地在各个角度扫视，试图找出对方的藏匿之所，只惜此地甚大，有上百间商铺，加之里面没有灯光，看不到对方究竟藏在何处。

这时，只听那人冷笑一声，"把银票放到左首第十间商铺的桌上，然后退回原处。"王炽依言走到第十间铺子前，把银票放好，又小心翼翼地退了回来。

"很好，没想到你倒是听话得紧！"

王炽拱手道："在下只为救李大小姐，阁下现已见到银票了，请放人吧。"

"李大小姐不在此地。"那人道，"而且这五万两银子也不过是试试你的诚心罢了。"

王炽浓眉一扬，"阁下此话何意？"

"你觉得李大小姐只值五万两吗？"

王炽道："人的生命自然不能以银子衡量，只是阁下已经拿到了银子，如此刁难，莫非想出尔反尔不成？"

"我说了，这五万两只是试一下你的诚意。"那人阴恻恻地笑道，"我还要五万两。"

王炽怒道："阁下不要欺人太甚！"

"是吗？"那人冷笑道，"那你明天就来收尸吧！"

王炽吃了一惊，忍着怒气道："在下只是一介小商贩，哪来这许多银子，望阁下通融则个。"

"你以为这是在菜市场买菜吗？"那人沉声道，"你是没银子，可你有茶砖，尽快卖出去不就有银子了吗？我给你三天时间，三天后若没见到银子，我就杀人。"

王炽道："希望这是阁下最后一次跟我讨价还价。"

那人笑了一声，道："放心，这是最后一次！"

王炽愤怒地甩了甩袖子，转身出来。及至店铺里时，见杜元珪正在等他回来，当下把斯洛博达发生的事说了一遍。

杜元珪听完，急道："王兄弟，依我之见……"

未待他说完，王炽摇着手阻止了他，"就依他所言，三天内再筹五万两过去。"杜元珪苦笑着摇头。

次日午时，刘劲升安排了一桌宴席，专请莱克公司的斯蒂夫，并将他请到上位，亲自斟酒，笑道："这是买卖城最好的马奶酒，斯蒂夫先生尝尝！"一副献媚之态。

斯蒂夫端起杯子，浅尝一口，微哂道："不瞒刘大掌柜，我平时极少喝酒，因此这酒是好是坏，端是尝不出来。"

刘劲升笑道："无妨无妨，快来尝尝菜！"

斯蒂夫却没动筷子，抬头朝刘劲升道："中国人喜欢在酒桌上谈生意，刘大掌柜今日请我来，不知所为何事？"

刘劲升道："斯蒂夫先生对中国文化真是知之颇深，既如此，刘某就不绕弯子了，敢问先生，那李晓茹可是你抓的？"

斯蒂夫闻言，蓝色的眼里射出一抹精光，似笑非笑地看着刘劲升道："刘大掌柜对这事也感兴趣吗？"

刘劲升道："不瞒先生，刘某与那王四可谓是宿敌，曾有过数次交锋，如若那李晓茹被劫真是先生所为，那么我们便是同道中人。"

斯蒂夫未置可否，反问道："是同道中人又将如何？"

刘劲升道："我等便可以加强合作。"

"不不不！"斯蒂夫摇头道，"刘大掌柜要知道，我们公司虽在大量收购茶叶，可毕竟不是无底洞，是会饱和的。为了收你的这些货，我已经拒绝很多客户了。"

"刘某时刻感念先生之情，不敢或忘。不过刘某以为，既然合作了，何不继续深入合作？"刘劲升朝斯蒂夫方向挪了挪屁股，靠近他一些，故作亲密地道，"先生您想啊，您抓那李晓茹为何？而刘某呢，对那王四的性格了如指掌，如果咱们果真强强联手，那王四必死无疑。"

斯蒂夫似乎有些心动，叹了一声，道："我与他无非是商业竞争，只是那小子太过霸道，公然在俄国与我争抢市场。"

"这就是了！"刘劲升一拍桌子，"刘某也是因了他太过于霸道，这才要与他一决高下。"

斯蒂夫想了一想，问道："你手里到底还有多少货？"

刘劲升道："尚有两万余斤。"

斯蒂夫暗吸了口气，"你如何囤了如此多的货？"

"是为对付王四而准备的。"刘劲升笑道，"先生若是收了刘某的这些货，刘某定助先生一臂之力，让王四在俄国和买卖城消失，如何？"

斯蒂夫迟疑了一下，"还是按照老规矩，按两成的货款结算吗？"

刘劲升暗自咬了咬牙，点头道："还是按老规矩！"说话间，端起酒杯，又道，"来，干了此杯，祝我们合作愉快！"双方一饮而尽。

这时候，百里遥急匆匆地跑了进来，神色间有些慌张。刘劲升见状，眉头一沉，正要问话，又见门口处人影一闪，一个高大的身影闯将进来，大声道："刘大掌柜好兴致啊！"

刘劲升定睛一看，顿时脸色大变。眼前此人，金发蓝眼，高额大鼻，一嘴的黄胡子，正是俄国驻重庆领事叶夫根尼！

"我说如何不对劲儿呢，信息一个个传来说是今年市场饱和，价格低迷，原来是你们在搞鬼！"叶夫根尼瞪着刘劲升，一副要把他吃了的样子，"好计策啊，在重庆失去了市场份额，却跑到买卖城来，堵我的源头！"

刘劲升吃惊之余，望了眼百里遥，意思是说他怎么突然跑到买卖城来了？百里遥眼里不免也有些慌乱，道："祥和号的少掌柜魏元、魏坤也到了。"言下之意是说，正是祥和号的人把他引过来的。

刘劲升闻言，这才明白过来。魏伯昌被杀的消息传到重庆后，其子自然愤怒，特别是魏伯昌那夫人，天生的大嘴巴，定然是哭天抢地地哭闹，整个重庆的人都能听到她的哭声，况叶夫根尼乎？

不过从眼下的形势来看，叶夫根尼失去俄国市场几乎已成定局，祥和号的少掌柜赶过来，除了给其父收尸外，似乎也不能挽救他们在买卖城的地位。但是，如果能把他们的愤怒转嫁到王炽身上，再加上莱克公司的力量，他王炽还能在俄国继续待下去吗？

想到此处，刘劲升笑了，向叶夫根尼行了个礼，道："叶夫根尼先生别来无恙？"

叶夫根夫气呼呼地坐下，然后娴熟地取出根雪茄点燃了，吐出一股烟雾后，目光一抬，微眯着眼朝刘劲升道："刘大掌柜，想来你也是重庆数一数二的大生意人，怎么行事这般的无知？你可曾想过，断了我的财路，把我惹恼了，今后到了重庆你可还能安生？还有，我必须告诉你的是，这一局的较量还没有结束，谁能笑到最后还是未定之数，你如此大张旗鼓地与我作对，就不怕再也回不去重庆了吗？"

刘劲升讪笑道："叶夫根尼先生所言极是，不瞒您说，刘某也是上了王四的大当了，这不正在跟俄国莱克公司的斯蒂夫先生讨论如何对应王四之事嘛！"

他说话时，故意在"俄国莱克公司的斯蒂夫"等字眼儿上加重了语气。

不想叶夫根尼叼着雪茄，不屑地看了眼斯蒂夫："斯蒂夫先生，敢问在贵公司所任何职？"

斯蒂夫似乎并没将他那傲慢的态度放在眼里，悠然一笑："公司总理事。"

叶夫根尼问道："你知道我是做什么的吗？"

斯蒂夫道："略知一二，据说是借领事之职，谋己之利，做了不少大生意。"

"看来你中文学得很是不错！"叶夫根尼吸了口雪茄，突然朝门口喊道，"进来！"

话音甫落，只见鼻梁上架着副眼镜的伊万战战兢兢地走了进来，许是紧张的缘故，消瘦的脸很是苍白，走进来后，习惯性地用手扶了扶眼镜，然后迅速地往叶夫根尼瞄了一眼，那神情好似老鼠见了猫一般，十分胆怯。

"暗地里跟王四合作，从中分红利，是我亏待你了吗？要不是你这般年纪了，今日我非打断了你的手不可！"叶夫根尼用夹着雪茄的手指着伊万恶狠狠地道，"现在给你一个将功赎罪的机会，把你查到的说出来吧！"

伊万应了几声好："按照您的指示，我亲自去俄国查了，在俄国没有查到莱克这家公司的注册记录。"

刘劲升闻言，脸色顿时就变了，他与莱克公司的合作，涉及几十万两银子，如果对方真是个空壳公司，那他的银子岂非要打水漂了吗？思忖间，眼睛忍不住往斯蒂夫瞟了过去。

斯蒂夫依然是一副漫不经心的样子，笑道："叶夫根尼先生身居高位，目光远大，所见所闻都是大事件、大人物，如我等无名小卒，就不免难入法眼了。"

叶夫根尼粗鲁地把雪茄丢在地上，"这话是什么意思？"

斯蒂夫好整以暇地道："我从没说过莱克公司是一家公司，如果您往低处查，就能查到其实这是家商号。"

"这是个误会！"刘劲升暗松了口气，笑道，"诚如叶夫根尼所言，这一局之胜负尚是未定之数，我们不妨精诚合作，给王四来一个了断，如何？"

叶夫根尼冷笑道："没有利益，哪来的合作？"

刘劲升道："王四出局后，俄国的市场还是您的，刘某定不争夺。"

叶夫根尼看了他一眼："你先是断了我的财路，却又来与我合作，要我如何再信你？"

刘劲升道："在生意场上，利益便是最大的信任。"

"好！"叶夫根尼霍然起身，"我就再相信你一次！"言落间，起身朝门外走去，伊万也连忙转身跟着走出去。

叶夫根尼的脾气本来就大，得知那些中国商人在自己的源头做手脚时，简直火冒三丈，从酒店出来后，回到彼得堡，就把伊万辞退了，像赶狗一样连踢带骂把他赶了出去，并且在当天下午，进入俄国，动用他的关系，彻查王炽的去向。可是王炽并没公开露面，连商铺都是拿俄国人的名字登记的，根本无从查起，半天下来，连王炽的踪影都没见着。

这个结果令叶夫根尼十分意外。毫无疑问，王炽定然隐藏在恰克图，而且已经建立起了关系网以及隐秘的贸易渠道。当务之急，要么是揪出王炽，要么掐断其贸易渠道，方能给他造成打击。叶夫根尼想了会儿，做了一个决断，我既然一时无法找到你，那么就先掐断你的渠道，让你自己跳出来。

心念电转间，他把怀疑对象落在了阿历克赛和斯蒂夫身上，他们两人一个是王炽销货的入口渠道，另一个虽表面上看起来跟王炽无关，但冒充公司大肆收货，形迹甚是可疑。主意打定，就连夜去了阿历克赛处。

阿历克赛老实敦厚，胆子也不大，可到底是商场老将了，看到叶夫根尼脸色阴沉地走进来，便知其来意，将他请入客厅后，又是奉茶又是敬烟，假惺惺地客套了一番。

叶夫根尼瞄了他一眼，沉声道："听说你在给王四走货，可有这事？"

阿历克赛老老实实地应承道："是的，先生。"

"他是中国人，你为什么要帮他？"

阿历克赛道："先生，这是生意，无关国籍。"

叶夫根尼眼里精芒一闪，脸上涌出股怒意："那王四没有茶引，也没有龙票，他是在利用你的身份出口茶叶，你敢说这仅仅是生意吗？"

"这就是生意。"阿历克赛认真地道，"生意人讲利益，何为利益？那便是相互利用。而对俄国百姓来讲，反正他们喝的茶都是从中国进口，至于从哪个生意人手上所买，并不关他们的事，因此，我的行为更无损国家。先生气冲冲跑来质问，只怕是损害了您的利益，可是？如果真是这样，我在此只能表示抱歉，这是商场的规则，即便您是政府官员，也无权干涉。"

叶夫根尼没想到这个看起来老实巴交的人，说话居然滴水不漏，抓不到其任何把柄，便忍着怒意问道："你可知道王四的货从你这里经手后，销往哪里去了？"

"不知道。"

叶夫根尼眉头一沉："货是从你这里走的，走向何处去了，你怎会不知？"

阿历克赛道："从我这里经手的货，一律都在斯洛博达中转，最终会去向何处，我的确不知。"

叶夫根尼霍地起身，愤怒地走了出去。如果那是个中国商人，他完全可以要求官府把他的商铺封了，或者干脆抓人。可那是俄国人，他反而一点儿办法也没有。不过，此行虽没在阿历克赛处问出些什么，可还是看出了些端倪。阿历克赛行事说话缜密，然为人却保守，不像是那种有胆略的大生意人，也许王炽真的仅仅是利用他的渠道走货，并非真正的合作者。换句话说，可能伊万、阿历克赛都只是诱饵，其真正的合作者实际上同王炽本人一样，是藏在暗处的。

如果说在重庆的时候，叶夫根尼仅仅是看到了王炽的勇，那么在买卖城他则看到了王炽的谋，此时他意识到，那个王炽要比刘劲升之辈可怕百倍！

叶夫根尼、魏元、魏坤等人的到来，使买卖城的氛围陡然紧张起来，一如此时的夜色，虽星光耀辉，却也十分迷离，谁也猜不透明天会是什么样子，自然也无法看清楚这一场暗流汹涌的争斗，哪个才是最后的赢家。

刘劲升的心里非常清楚，叶夫根尼表面上答应了再相信他一次，实际上是两条心，根本不可能走到一块儿去。那么如今的局面便从他与王炽的对立，变成了三方竞争，形势更加扑朔迷离。他现在急需考量的是，那个所谓的莱克公司，值不值得信赖，需不需要继续合作？思忖间，他把目光往百里遥身上瞟了一眼，似乎是在征询他的意见。

百里遥目光一闪，似乎有话要说，终是忍了回去。刘劲升直接道："我想听听你的意见。"

"依我看，莱克公司不太可信。"百里遥道，"他是公司也好，商号也罢，与我等无关，可他取这么一个商号名称混淆视听，用意何在？"

刘劲升点头道："这正是我所担忧的。那么你的意思是中止跟他的合作吗？"

百里遥道："现在中止合作，只怕是晚了，一则我们有几十万两银子压在那里，二则万一斯蒂夫是一个正规的商人呢？眼下我们的声誉本就不佳，正是需要诚信交易的时候，如此出尔反尔，日后就越发的举步维艰了。"

刘劲升蹙着眉道："你的意思是赌一把？"

话犹未了，突有人来报说，莱克公司的斯蒂夫求见。刘劲升吃惊地道："他这时候来见我却是何意？"

百里遥道："只怕是叶夫根尼给他制造了压力，他也急需找一个可以帮衬的合作伙伴。"

刘劲升失笑道："中午我还在求他，这会儿他倒反过来求我了，这局势真是越来越有趣了！"

"不妨先看看他的诚意。"百里遥眼里闪着狡黠的光，"如果他有足够的诚意，我们的利益应与他是一致的。"

刘劲升称是，便请了斯蒂夫进来，本想客套几句，却见其脸色阴郁，似乎是带着火气来的，不由问道："何人得罪了先生？"

斯蒂夫直截了当地道："明日你们交货后，我多付一成货款。"

刘劲升心下一喜，表面上却装出一副茫然的样子，道："莫非是叶夫根尼向您施加了压力？"

"那狗东西，仗着自己是官方人员，以权谋私，欺人太甚！"斯蒂夫骂了一句，道，"他怀疑我来路不正，要清查我的物流，嘿嘿！这些老把戏岂能瞒得了我，不过是想打压对手，提升他自身的竞争力罢了。今晚我来找你，并拿出多付一成货款的诚意，就是想与你精诚合作，加快发货速度，不给那狗东西翻身的余地！"

加快发货速度，饱和俄国的茶叶市场，既打压了叶夫根尼，也打压了王炽，完全符合刘劲升的根本利益，他当即便答应了下来。请了斯蒂夫入座，让人献上茶后，刘劲升又试探性地问道："那李晓茹您打算如何处置？"

斯蒂夫冷笑道："你很快就会看到结果！"

看着斯蒂夫怒气冲冲的样子，刘劲升笑了。他觉得不管莱克公司属什么性质，只要斯蒂夫是跟王炽站在对立面的，那么就是他最值得信赖的合作伙伴。而且从眼下的局面来看，自叶夫根尼、魏伯昌的两个儿子进入买卖城后，表面虽乱，但若理清了这里面的关系，还是在朝着于他有利的方向发展的。

王炽在俄国坐大，对叶夫根尼形成了较大的威胁，魏伯昌为孔孝纲所杀，杀父之仇，不共戴天，其子必找王炽麻烦，而斯蒂夫又抓了李晓茹，要与王炽分庭抗礼……这些事情无一例外地都指向王炽，不出几日，这些力量将形成一股巨大的冲击力，将王炽摧毁！

斯蒂夫瞟了眼刘劲升，似乎有些厌恶他的这张嘴脸，眉头微微一蹙，告辞出来。

回到莱克公司后，刚刚进门，便见账房来报说，刚刚收到了王炽送来的五万两银票。斯蒂夫闻言，年轻的脸上露出诧异之色，"他果然送来了？"

账房称是，并把银票送到其面前。斯蒂夫低头瞟了一眼，"嘿嘿"怪笑道："穷尽囊中十万银，只为还她一日情，没想到他果然痴情得很！"

那账房也是笑了一声，道："接下来该怎么办？"

斯蒂夫未及说话，见有手下人进来说，祥和号少掌柜魏元求见。

"他到底还是来了！"斯蒂夫嘴角一撇，笑了一声，朝那账房道，"你先下去看看那李晓茹，须把她照看好了。"

账房应是，转身退下。不出多时，魏元大步入内，见到斯蒂夫时，口称先生，拱手见礼。斯蒂夫看了他一眼，此人已过不惑之年，身上自带有一副沉稳之态，虽说其父刚故，眉宇间难免露出伤感，但举手投足不失分寸，颇为老练。

与这样的人相处，斯蒂夫自是不敢怠慢，用中国式的礼仪拱手为礼，"魏大掌柜的事情，我深表遗憾，望少掌柜节哀顺变。"

魏元称了谢，说道："在下听说先生在大规模收购新茶，并劫持了李晓茹，要与王炽分庭抗礼，因而认为先生与在下是同道中人，方有此行。"

斯蒂夫似乎早料到了他的来意，因此并不惊讶，道："说到底我与王炽，只是商业上的竞争，并无深仇大恨，阁下要报仇，完全可以通过官府解决。"

"先生莫非不觉得熊挚臣与那王炽沆瀣一气吗？"魏元冷笑道，"无论是假龙票一事，还是茶叶掺鸦片一案，都是他们联手所为，奈何家父不幸，成了他们那场战争中的牺牲品。"

听完这一番话，斯蒂夫不由得对他另眼相看："魏少掌柜初到买卖城，对眼下的局势却是洞若观火，令我佩服！不知少掌柜要如何与我合作？"

"在下愿出五万两银子，让王炽交出孔孝纲。"魏元道，"这对您来说，不过举手之劳罢了。"

斯蒂夫笑着点头道："让王炽去选择要佳人还是兄弟，倒是好玩得很！不过我要先见到银子，至于此事最终是成是败，则与我无关。"

"这是自然。"魏元从怀中摸出五万两银票，递到斯蒂夫手里，拱手道，"拜托先生了！"

斯蒂夫毫不客气地收了下来："愿我们都如愿以偿！"

送走魏元，账房又走了进来，在斯蒂夫身边小声地说了两句。斯蒂夫闻言，皱了皱眉，"她到底想要做什么？"

账房摇头叹息一声："这事我们怕是做不了主。"

斯蒂夫点点头，转身走出门去，坐上一辆马车，往北街疾驶而去。进入俄国境内后，在一家店铺前停了下来。斯蒂夫下了车，前后望了望，见无异状，这才低头走了进去。

此店铺正是王炽与李晓茹在俄国经营的商号。斯蒂夫进去时，王炽正坐在桌前冥想着什么，见他进来，并不惊讶，只淡淡地说了一句："你来了！"

斯蒂夫坐到桌前的椅子上，年轻的脸因着急而显得有些红润："王先生，那位李大小姐我侍候不了，您还是想办法把她弄回来吧。"

王炽淡淡一笑："为何？"

斯蒂夫道："眼下叶夫根尼、刘劲升、魏元等都要将你置于死地，当此紧要关头，您怎么能由着她胡闹？"

王炽调整了下坐姿，问道："她又出了什么花招？"

斯蒂夫苦笑一声，学着李晓茹的语气道："死不了的王小贩子，有了些银子便了不起了吗，区区十万两银子就能消了本大小姐的怨气了吗？哼，想得美，须再叫他吃吃苦才是！"

王炽看着他模仿李晓茹的腔调，不觉失笑出声："就依了她。"

斯蒂夫惊讶地看着王炽，讶然道："恕我不能理解你们中国人的恋爱方式，莫非浪漫便是由着对方任性胡为吗？"

"一则是我欠了她的，陪着她闹或能减轻我心里的负疚；二则她此举也算是误打误撞，吸引了对手的注意力，让你更好地隐藏在了买卖城。"王炽看着他道，"明晚我们就收局，于先生那边已经准备就绪，剩下的事由你来安排。"

斯蒂夫闻言，神色陡然间紧张了起来，"为何突然收局了？"

"时机到了！"王炽沉声道，"叶夫根尼最近对你查得紧，再拖下去恐会生变。"

斯蒂夫沉吟片晌，起身道："那么我这就去准备了。"

"答应你的事情，我会履行的。"王炽突然道，"你放心，了结此事后，我会离开买卖城。"

斯蒂夫会意地一笑，转身走出门去。

起风了。

风里扬着沙，这时候若是往北走，逆风而行，须眯起眼睛，不然眼里很容易进去沙子。山西会馆的工人正顶着风沙，把仓库里的最后一批茶叶运出去，十余辆车在街上排成了长长的队伍，由刘劲升亲自押车，百里遥负责指挥车队，徐徐往莱克公司而去。

作为山西会馆的大掌柜，刘劲升极少干押车这种事，今日亲力亲为倒也并非是这批货有多么重要，乃因这是最后一批货，待这批货交到莱克公司后，他手里的三万五千斤茶叶便全部出手了，一旦对方验收无误，就可以结清余款。想到这些，刘劲升不觉有些兴奋。

车子抵达莱克公司后，由对方的工人一一过磅，陆续运抵仓库。刘劲升叮嘱百里遥负责入库的事情后，便转身来找斯蒂夫。

斯蒂夫带着一脸的笑意迎将过来，道："恭喜刘大掌柜最后一批货交割！"

刘劲升也笑道："承蒙斯蒂夫先生照顾，免除了刘某的后顾之忧！"

双方寒暄两句，入座后，斯蒂夫正色道："刘大掌柜今日可有空闲？"

刘劲升问道："若是先生有事吩咐，刘某再忙也要尽绵薄之力。"

"不不不！"斯蒂夫摇头道，"刘大掌柜今日若是有空，我想请你看一场好戏。"

"哦？"刘劲升不防有他，依然笑盈盈地道，"能让先生感兴趣的，必是好戏，刘某若能旁听，幸何如之。"

"不过在看戏之前，我有个不情之请。"斯蒂夫眉头一动，道，"眼下这场戏万事俱备，独缺个演出的场地，可否借刘大掌柜的仓库一用？"

刘劲升暗自一怔，心想区区一场戏，哪儿不能演，为何要去我的仓库？当下脱口问道："为何？"

"刘大掌柜莫要多心，此戏排场较大，不管是演戏还是观戏之人，都是有头有脸的显赫人物，不巧的是我的仓库已经满了，总不能让人家在露天将就吧？"斯蒂夫道，"你的仓库现在不是已经腾出来了吗，我想正可一用，不知刘大掌柜意下如何？"

刘劲升迟疑了一下，一丝隐隐的不安一闪而过，却又想不出哪里有蹊跷，因此只得笑道："先生既然开口了，刘某却之不恭，只管安排便是了。"

斯蒂夫告了声谢，唤来一人，吩咐将一干人等及用具搬去山西会馆的仓库。那人应是，转身出去了。

刘劲升忍不住问道："请恕刘某冒昧，这究竟是场什么样的戏，令先生如此上心？"

斯蒂夫幽蓝的眼里精光一闪，严肃的脸上带着若有若无的冷笑："戏的主角是王炽和李晓茹。"

刘劲升心头倏地一跳，既紧张又兴奋："您是要处置他们了？"

斯蒂夫却是一副讳莫如深的样子："到时候你就知道了。"说话间，他取出怀表看了眼时间，又道："现在还有些时间，刘大掌柜可有兴趣喝一杯？"

刘劲升听说他要对付的是王炽，心头已完全放松下来，笑道："先生也好饮吗？"

斯蒂夫起身从壁橱里取出一瓶葡萄酒，边用起子娴熟地开封，边微哂道："中国的烧酒我有些喝不习惯，倒是偶尔会喝一杯葡萄酒。"说话间，已倒了两杯酒在高脚玻璃杯里，拿在手中时，微微一晃，送到刘劲升的面前。

刘劲升伸手接过，只见此酒殷红如血，不觉笑道："此酒刘某也曾喝过一两次，据传是由葡萄汁酵酿而成，只觉颇是神奇，然其味微涩，亦未见酒之烈性，因此不甚喜欢。"

斯蒂夫微哂着晃了晃杯中酒，道："酒是一种文化，亦是信仰。欧洲人把葡萄酒和面包视作上帝的血肉，故每日必食，反倒是中国的酒食，只将其当作娱乐助兴之物，暴饮暴食，丝毫不加珍惜，未免暴殄天物。"

刘劲升闻言，微微一怔。斯蒂夫瞄了他一眼，又道："此酒红而不烈，温柔如女人尚且能杀人不见血，刘大掌柜如何能小看了这酒呢？"

刘劲升怕得罪了对方，连忙赔笑道："听了先生此番言论，刘某豁然开朗，刘某先干为敬了！"言落间，仰首一饮而尽。

斯蒂夫见他这般地牛饮葡萄酒，顿时兴趣索然，只小酌了一口，把酒杯放下，"我们先去仓库看一下，点验无误后，再去看戏，尽兴之后再回来结你的货款，可好？"

刘劲升称好，便随了斯蒂夫走出门去。

是日午时，山西会馆的仓库外围，已被一群官兵围了起来，在靠近仓库的地方，则由一支洋枪队和带刀侍卫守着，里外围了两层，个个神色肃然、杀气腾腾，引来大批路人的围观。

刘劲升随同斯蒂夫从马车上下来时，看到这般场景，不由得倒吸了口凉气，忍不住回头朝斯蒂夫看了一眼，心想莫不是以借场地为由，要往我身上泼什么脏水吧？但转念一想，斯蒂夫要处置的是王炽，至少眼下他们之间的利益是相联的，这脏水再怎么泼应也泼不到我的身上来。

斯蒂夫似乎看透了他内心的不安，笑道："有人被劫持了，官府自然要摆摆样子，虚张声势而已。"

刘劲升讪笑道："先生所言极是。"

两人走进去时，熊挚臣已在里面了，脸色一如往常的冷漠，好似天塌下来都不关他的事，然在见到刘劲升时，脸色似乎一沉，目光一转，望向别处。刘劲升知道他们之间如今形同仇敌，决计说不上话，当下也只作视而不见，冷冷地站在一边，心下却想，你与王炽一个鼻孔出气，着实害了我一把。今日洋人出面对付王炽，看你还如何神气！

正思忖间，仓库门口人影一闪，进来两人。刘劲升定睛一看，正是祥和号的魏元、魏坤兄弟，因其父刚故，脸上自是不太好看，冷冷瞭了眼现场后，也没去理会熊挚臣，径往斯蒂夫拱手道："见过先生！"

刘劲升虽不知道魏氏兄弟与斯蒂夫结盟的事，但看今日到场之人，暗觉好笑，心想今儿个倒是热闹了，斯蒂夫诚不欺我，果然是一场好戏！心念电转，拱手道："两位少掌柜请了！"不想魏氏兄弟却横视了他一眼，没给他好脸色看，魏坤冷哼一声，道："刘大掌柜，祥和号遭此变故，你的功劳不小啊！"

刘劲升碰了一鼻子灰，强笑道："魏少掌柜误会了，刘某也是让王四利用了，如今咱们应同仇敌忾才是。"

魏元"嘿嘿"一声怪笑，却未置言。斯蒂夫瞭了他们一眼，道："几位且慢使气，不论如何，今日咱们都是站在同一条阵线上的，即便是要斗法，也等过了今日再说吧。"又朝熊挚臣道，"熊大人，把你手里的人也带上来吧！"

熊挚臣回头往这边看了一眼，眉头微微一动，然后朝身边的一名随从低声吩咐，那随从领命，躬身退出去。须臾，四名衙役押了孔孝纲、席茂之两人上来。

魏坤见状，脸色蓦地涨红，大喝一声，冲过去就要动手。衙役一边阻止，一边将孔、席两人保护了起来。

"放肆！"熊挚臣低喝道，"你要是再敢胡闹，本官便将你抓了治罪！"

"放你娘的狗屁！"魏坤的脾气要比他哥哥魏元大了许多，红着眼厉喝道，"杀人偿命，天经地义，你却为何迟迟拖着不判，是何道理？别以为老子不知道你与王四同流合污，今日若不给个交代，老子要你的狗命！"

祥和号也算是大商号，财大气粗，这样的话要是在私下里说，并不稀奇，可在众目睽睽之下公然辱骂朝廷命官，不免有些刺耳。好在熊挚臣并非那种容易上火的人，不然只怕是要闹起来。斯蒂夫作为主事之人，见氛围不对，连忙道："魏坤兄弟，你信得过我吗？"

魏元闻言，忙呵斥魏坤不可胡为，又朝斯蒂夫赔笑道："我等兄弟自是信得过先生，听凭先生做主。"

经此一闹，仓库内谁也没有再作声，静得落针可闻，使得氛围有些压抑。这时候门口又来了两人，前头那人正是一脸书生气的于怀清，其后跟着的是杜元珪，不知是出于什么用意，杜元珪特意换了身官服，腰佩大刀，手按在刀柄上，大摇大摆地走将进来，威风凛凛。刘劲升、魏氏兄弟等人虽对于怀清恨之入骨，但一来慑于杜元珪之威；二来有斯蒂夫坐镇，都不敢放肆，只冷冷地敌视着。

于怀清故作轻松地朝大家拱了拱手，强挤出一丝笑意："该来的不该来的，今日倒都来齐了，好不热闹！"

"热闹吗？"斯蒂夫眼里寒光一闪，嘴角露出一丝冷笑，"莫非于先生今日也是来看戏的？"

于怀清仰首强笑一声："不才若非看戏，难不成是为劫人的吗？"

刘劲升一副作壁上观的样子，拂掌笑道："于先生不愧是大雅之人，好雅兴！"

于怀清未去理会他的揶揄，径直走到席茂之、孔孝纲两人面前，弯腰拱手，"不才无能，教两位受苦了！"

席茂之紫糖色的脸毫无表情："受苦无妨，不要再受辱便是。"

孔孝纲咬着钢牙道："于先生，咱好歹兄弟一场，一会儿给兄弟来个痛快的！"

于怀清又是躬身一揖，转过身来，面向斯蒂夫道："今日此会，可是斯蒂夫先生安排的？"

刘劲升把头转向斯蒂夫，要看他如何回答。斯蒂夫冷冷一笑，慢条斯理地道："于先生是怀疑我劫持了李小姐吗？"

于怀清冷哼道："莫非不是？"

斯蒂夫笑着摇头道："于先生号称能洞察先机，今日这话却是说错了，我也只不过是听命于人罢了。"

斯蒂夫此话说得实在，这场戏从头到尾都是王炽和李晓茹安排的，他的的确确是被动行事而已。然而刘劲升却听蒙了，心想这场戏不正是你一手安排的吗，莫非后面还有人不成？

于怀清眼里精光一闪，也不由问道："若非是你安排，那又是何方神圣？"

未及斯蒂夫回答，但听外面有人高喊道："内务府武备司郎中常正英常大人到！"

众人闻言，心下不觉都是一震。喊声未了，门口处走来五人，当中那位体形又矮又胖，若弥勒佛似的肥头大耳，满是麻子的脸上带着一丝笑意。其身后跟着四名侍卫，统一佩了刀，一脸肃穆。

熊挚臣见状，连忙迎上去，甩了甩袖子跪拜道："下官买卖城理事熊挚臣参见常大人！"

其实买卖城的理事大臣，相当于各地知府，属正五品官员，内务府郎中也是正五品，两者是同一品级的，只是内务府是皇家总管，乃皇上身边的人，在气势上总压人一头，外官见了不得不以礼相见。

"熊大人多礼了！"常正英伸手将他扶起，眼睛滴溜溜地往周围扫了一圈，又笑道，"买卖城方寸之地，大有乾坤，熊大人坐镇此地，委实辛苦了！"

听了此话，熊挚臣大有遇上了知己之感，心头一暖，拱手道："大人体恤边塞外官之苦，下官感激不尽！"

常正英出现后，刘劲升的眼睛一直盯着他转，从今日的事态来看，内务府应是带着通缉令来了，不然的话他没理由千里迢迢地跑这一趟。这对刘劲升而言，是绝对的好事，只要那通缉令一到，王炽无论如何也难逃一劫。可转念一想，似乎又有些不太对劲儿，区区一份通缉令，让传令兵送过来，报与熊挚臣，让当地的衙差负责抓人就是了，武备司郎中何以亲自来了，这里面究竟有何玄机？思忖间，他忍不住朝斯蒂夫看了一眼，莫非斯蒂夫所说的听命于人，指的便是常正英？

斯蒂夫却没理会他的眼神，径走过去跟常正英寒暄。

看着再次热闹起来的仓库，刘劲升只觉心头突突直跳，总觉得这里面有哪里不对劲儿。斯蒂夫会与常正英联合吗？他手里有李晓茹，若是处理得当，足以给王炽致命一击，为何要专门邀常正英来？除非他与王炽有深仇大恨，定要置其于死地，可斯蒂夫和王炽有深仇大恨吗？一连串的问题一下子从心头冒出来，越想越是摸不着头绪。

斯蒂夫跟常正英寒暄一番后，回身过来低声吩咐一名洋人，不远处的刘劲升竖着耳朵，听得分明，他是在吩咐人把正主儿请上来。

谁是正主儿？是李晓茹吗？若真是她的话，这明显是个陷阱，王炽会为了李晓茹往里跳吗？刘劲升目不转睛地盯着门口，紧张得咽了口唾液。

不消多时，果然看到李晓茹被反绑着双手，由两个身强力壮的俄国大汉带了进来。刘劲升迅速地看了眼那两个俄国人，属于典型的大力士，身似铁塔，浑身都是肌肉，眼神顾盼之间，犀利如刀。

在那两位俄国大汉的后面，紧跟着一位黄发碧眼的俄国人，四十开外，身材中等，外貌上并无独特之处，因其穿了件白色的衬衫，戴着戒指的手指上夹着根雪茄，看上去却是煞有气场。走到里面时，只见他抬手吸了口烟，然后"噗"地吐将出来，朝斯蒂夫哈哈一笑："哦，斯蒂夫，近来可好？"

斯蒂夫迎上去，与那人亲切地拥抱了一下："托维克多先生的福，过得还算不错！"

看到这个维克多的时候，刘劲升似乎看明白了一些，斯蒂夫听命的应是此人，或者说是两人联合起来共同设计了今日之会。

在刘劲升的内心翻腾之时，李晓茹看着这个场面，也不由得蒙了。

按照李晓茹自己的设计，她是受了王炽的气，又恨他时时念着许春花，把眼前人视若无睹，这才委托斯蒂夫找人把自己"绑架"了，目的是让王炽也好好地紧张她一回，同时要看看在他的心中，她究竟占了多少分量。

这个计划是她跟斯蒂夫秘密商定的，她自然不知道斯蒂夫怕侍候不了这位大小姐，已然把他们的秘密泄露给了王炽，而王炽则借势谋局，索性依了她的性子，安排了这场大戏。李晓茹不知道这里面的玄机，被眼前的阵势吓着了，一脸的惊恐，颇有些假戏真做的意味。

李晓茹的表现，正是王炽想要的效果，因此斯蒂夫只当作没看见，把头偏往一隅。是时，那两名俄国大汉将她一推，喝一声："走！"李晓茹娇躯跟跄了一下，被推上前去。

戏已然开场了，而且这场戏是她自己安排的，虽说剧情没往她想要的方向走，但事到如今，只得硬起头皮往下演了。她狠狠地瞪了眼俄国大汉，极不情愿地往前走。

这时，维克多的眼神朝于怀清身上一落，喊道："王四呢，莫非还想当缩头乌龟，连他的女人也不要了吗？"

于怀清用眼角的余光迅速地瞟了眼斯蒂夫，心下暗暗好笑，你所找之人演得甚是逼真啊！但脸上却装出一副愤怒的表情，甚至连眼睛里都冒着火气："你们究竟是谁，得了十万两银子，还不肯罢手，不嫌欺人太甚了吗？"

维克多抬起手吸了口雪茄，道："王四在俄国境内，大肆开展生意，当我俄国没商人了吗？今日就是想让他开开眼，好教他知道俄国的卢币也并非那么好赚的！"

听了此话，刘劲升心下窃喜，看来洋人跟中国人一样，也排斥同行，搞暗中打击报复这一套！

于怀清朝仓库内的人扫了一眼，冷笑道："维克多先生好手段啊！找这么一大帮人来，中外联合，同心协力，一起打击我等，如此大的场面，着实令不才受宠若惊！"

李晓茹显然也感到了气氛不太对劲儿，蛾眉一竖，也不知是真急了还是在接着演戏，娇斥道："你们到底要做什么？"

话犹未了，只听一阵笑声传来："制造如此大的场面，不就是要逼着在下现身吗？"

众人循声望去，只见王炽紧蹙着浓眉，目如朗星，大步入内。到了仓库里时，扫了周围一眼，王炽提了口气道："我王四本是一小贩，承蒙诸位看得起，为在下一人，竟请得官商两界之重要人物，幸何如之，在下有礼了！"说话间，果然把手一拱，行了个四方礼。

刘劲升见他果然出现，且表现得不卑不亢，不禁暗暗喝了声彩，心说好你个小子，果然有胆色！

与刘劲升不同的是，李晓茹见他冒险赴约，芳心大为感动，许是受了这种大场面氛围的影响，眼里竟是流出泪光来："你个傻小子，明知危险，却果真是来了！"一时间真情流露，言语哽咽，竟连斯蒂夫、于怀清等知道内情的人，置身于这等情境之中，也不由得动容。

"不妨跟你实说了吧，我不缺钱。"维克多丢了烟头，傲慢地道，"只是要你认个错。"

王炽浓眉一扬，问道："在下错在何处？"

维克多道："这生意场往好听了说叫商场，说白了它就是个弱肉强食的角斗场。你现在就好像闯入了一座森林，侵犯了这座森林里面众多虎狼之权益，摆在你面前的有两条路，一是认错退出角斗，二是遵守丛林法则，接受角斗。"

王炽看了眼李晓茹，冷笑道："绑架一个女人，也算是丛林法则吗？"

维克多笑道："是你把她带入丛林的。"

王炽问道："敢问如何个认错法？"

"跪下！"维克多笑嘻嘻地看着王炽，一副戏谑之状。

众人闻言，都不觉惊异不已，生意也罢，报复也好，有事谈事便了，何以如此辱人？王炽浓眉一动，生硬地道："你这是要当众辱我吗？"

"跪你祖宗！"孔孝纲睚眦欲裂，甚为入戏，"七尺男儿，只跪天跪地跪父母，给洋狗下跪，岂有此理！"

尽管大家都是在演戏，可这番话却把维克多骂火了，转身抓过李晓茹，手腕一翻，不知何时，手心已多了把明晃晃的匕首，把李晓茹的手强按在桌面上，恶狠狠地道："我数到三，若是不跪，便剁她一根手指！"

李晓茹惊叫一声，眼睛看向王炽，心里却想，考验你的时候到了，看你在不在意本大小姐！

"一……二……"

王炽双目暴突，带着血红，恶狠狠地看着维克多。在他数到二的时候，蓦地双腿一屈，"扑通"跪倒在地。

李晓茹见状，又惊又喜又是感动，心想好你个王小贩子，原来你可以为我屈尊落跪，平时却为何对我那样的冷淡，活该你今日受这般的屈辱！心里虽作如此想，看到王炽低着头跪在那里，终归还是心疼了起来，含泪道："王小贩子，你可恨我？"

王炽抬头看向她，真诚地道："在昆明的时候我曾恨你入骨，到了重庆后，我们合心同力，一致对外，你成了我最好的生意伙伴，而如今你却是我的知己，心中唯有感激，并无恨意。"

李晓茹闻言，泪水扑簌簌而下："当真吗？"

王炽郑重地点点头道："绝无虚言！"

这场戏演到这儿，李晓茹的心愿已了，本可就此收场，但如今这么多外人在，自是不便陡然收场。维克多收起匕首，道："好一个多情种子！中国有句话叫爱江山更爱美人，诚然不虚，看来你是愿意放弃在俄国的业务，换她一命了？"

王炽咬了咬牙，目光从李晓茹的身上掠过，落在维克多身上："只要放了她，我愿放弃俄国的一切业务，并退出买卖城！"

此话一落，可谓是语惊四座。要知道王炽在买卖城和俄国已打通了业务渠道，生意做得风生水起，此时放弃，就意味着之前的努力都将付之东流了。特别是刘劲升，他是了解王炽的，情知他做生意颇具谋略，手段更是大开大阖，隐然有大家手笔，莫非真的甘愿半途而废？

事实上王炽所说的也并非虚言，他审时度势，明白随着洋人一步步深入中国，直接在国内收购货物，甚至建设工厂，买卖城功能的丧失不过是早晚的事罢了，与其等着买卖城衰弱再谋出路，不如现在急流勇退，再返重庆，早做打算。

这番心思李晓茹自然是不知道的，她还以为王炽真让自己给骗了，为救自己宁愿放弃大好前程，一时大为感动，哭得如泪人儿一般，转首朝维克多嘶喊道："这下够了吗，他已答应了退出俄国，还不能饶了他吗？"

维克多愣了一愣，心想这是你出的主意，要吓唬一下这小子的，如何怪起我来了？奈何当着这么多人的面，做戏须做全套，道："你当众立下字据，承诺退出俄国商界，我便放了她。"

王炽称好，起身要了笔墨，提笔写下承诺书，交予维克多。李晓茹吃惊地看着王炽的举动，心想你当众许下这等承诺，哪还有挽回的余地，急道："你当真要这么做吗？"

王炽斩钉截铁地道："在下心意已决，绝不后悔！"

李晓茹心想，这下糟糕了，假戏真做端是要毁了生意！游目间，见刘劲升、魏氏兄弟等辈，正虎视眈眈地看着，强敌环伺之下，若说这其实是她一时兴起，设计王炽的把戏，那么斯蒂夫的身份就彻底暴露了，到时真的要死无葬身之地！

正不知如何是好时，突见魏元转首朝斯蒂夫沉声道："就如此放了他吗？"

魏坤大声道："趁着两位大人在场，望大人为民做主，把家父被杀一案断了吧！"

熊挚臣看了眼常正英，常正英微微一笑，道："今儿个既然来了此地，该办的事自然得办，熊大人，此乃你的管辖所在，还是由你来判吧。"

熊挚臣微微一躬身，目光落在魏氏兄弟身上："两位要为父报仇是吗？"

魏元冷笑道："熊大人，此话您可能说错了。并非我兄弟要为父报仇，而是希望您给家父申冤，给他老人家一个公道。"

熊挚臣道："好，那么本官便给你一个公道，在刘劲升的茶叶里掺鸦片的，的确不是你们祥和号所为，而是另有其人。"

刘劲升早就想到此案是有人暗中作祟，而且极有可能是王炽跟熊挚臣合谋之下所导致的结果，但他没想到熊挚臣会当众揭露真相，不由得暗自一怔。魏坤急问道："敢问大人，究竟是何人害我父亲？"

熊挚臣目光一转，落到王炽身上："是王炽！"他声音嘶哑，吐字略有些不清，但此三字落入众人耳中，却是字字惊心。

"果然是他！"魏元脸色一沉，咬牙切齿地道。

李晓茹脸上兀自挂着泪，睁着大大的眼睛，朝熊挚臣急喊道："你胡说什么？"

刘劲升虽不明白熊挚臣是出于什么心思，要当众与王炽决裂，但既然机会来了，他自也不想放弃替自己辩白的机会，大声道："熊大人，王四栽赃嫁祸，纵容孔孝纲杀人行凶，并借此机会，离间刘某与祥和号，致使我等损失巨大，恳请大人按律法办！"

熊挚臣却不疾不徐地道："刘大掌柜可还记得此案是谁发现，又是哪个举报的？"

刘劲升愣了一下道："百里遥。"

熊挚臣颇有深意地咧嘴一笑，此一笑对熊挚臣来讲，只怕是破天荒的，十分难得，然众人看在眼里，却是比哭还要难看，特别是刘劲升，看着他脸上的那份笑意，只觉心里传来阵阵寒意，似乎是意识到了什么，脸色倏然一变："是他举报的又如何？"

"兹事体大，作为您的左膀右臂，并且作为山西会馆的智囊，难道他在行事之前，真没有想过要设法先与您商量吗？"熊挚臣脸色一沉，恢复了原先的冷漠，"在晋商总会当众揭露魏伯昌之恶行时，莫非他真的没想到后果吗？"

这些问题刘劲升都想到了，甚至为此怀疑过百里遥，但后来发生的事，又让他改变了想法，特别是在与斯蒂夫初次商谈时，百里遥以性命作担保，叫他深为感动。今天，这些问题再次从熊挚臣的嘴里吐出来，他觉得每一个字都直撞心窝，击得他心口咚咚直响，唇舌发干。这是真的吗，是真的吗？还是将陷害魏伯昌的伎俩再次重施，来离间他们主仆？

刘劲升慌了，眼神迷乱地看着熊挚臣，越看越觉得看不透对方。只听熊挚臣又道："还记得龙票一事吗？"

刘劲升闻言，脑子里嗡嗡直响，脸色变得纸一样白，不可思议地瞪着熊挚臣道："你说龙票一事，也是他所为？"

熊挚臣没有接话，把头一转，看向站于怀清身后的杜元珪。刘劲升连忙也朝杜元珪看过去，此时此刻，他是多么希望杜元珪能够推翻熊挚臣的言论，即便是从侧面证明百里遥并没背叛他也是好的，不然的话，纵横一生，最后却死在身边人之手，他死难瞑目！

杜元珪瞥了眼刘劲升，道："当日我跟着百里遥去查龙票，本是要伺机杀他的，奈何迟了一步，待我赶到时，他已从里面出来，说是龙票已然不见。"

刘劲升瞳孔充血，眼里的血丝根根暴现："那又如何？"

"因为龙票是他拿的。"杜元珪沉声道，"在茶叶里掺鸦片，也是他所为。"

刘劲升蓦地仰首一声长笑，声嘶力竭地道："你们合力离间了我和魏伯昌，莫非还要再次离间我们主仆吗？哈哈，你以为刘某还会信你吗？"

话犹未了，门口走来一人，正是百里遥。此时，他的脸色比以往更加的阴沉，直如奄奄一息的垂死之人，看不到一丝的血色。刘劲升虽说早已看惯了这张脸，可在此时看来，未免令他触目惊心，因为他似乎已然从那冷得如寒山之巅的神色里读出了某种不祥的信息。

百里遥走到熊挚臣不远处，停下脚步，然后转个身与刘劲升面对面地一站，探手入怀，取出了一张龙票。刘劲升定睛一看，突然间眼前一黑，趔趄了两步，那龙票上分明写着"重庆山西会馆刘劲升"的字样，正是他丢失的那张！

"这是为何啊？"刘劲升看着他艰涩地问道。

"取你而代掌山西会馆。"百里遥冷冷地说了一句，丝毫不留余地。

刘劲升皱着眉头，保养较好的脸上因了极度的愤怒，尽显岁月刻下的痕迹，似乎在这一瞬间，一下子老了许多，"你日夜在我身边，杀我之机会，何其之多，在重庆的时候，我被唐炯所抓，是你率捻军兵临城下，不计生死将我解救出来，那样的情况下，尚且未曾动手，为何要在此地对我下黑手？"

"因为我看到你大限已至。"百里遥眉头微微一动，眼里似乎闪过一抹痛色，"你斗不过王四。"

刘劲升惊讶得微启着嘴，目光从王炽身上开始，慢慢地往在场的人扫视了一遍，倏地心头大痛，他说我大限已至？为何我却尚未看到失败的迹象？莫非我真的老了吗，老得已然迷失了心智？

"为什么？"刘劲升最后把目光又转回到百里遥身上，神色间带着抹深沉的痛苦以及从巅峰跌落到谷底的失落。王炽身上背着军火买卖案，且内务府的人就在现场，即便是我败了，也是两败俱伤、玉石俱焚，为什么说我斗不过王炽？

第十一章

高瞻远瞩放弃买卖城　开帮立户布局天顺祥

　　"好计谋，好谋略！"就在刘劲升愣怔着等着百里遥的答案时，门口又走来两人。前面一人正是人高马大的叶夫根尼，他边走边阴沉着脸拂掌而来，"用你们中国的话来说，果然下得一盘好棋，看似每一步走得都是闲棋，却已在不经意间将对方围死，到最后关头，大局收官，给人以致命一击！"

　　叶夫根尼身后跟着的是英国办事处的阿尔瓦，他笑吟吟地朝王炽摊了摊手，并做了个鬼脸，然后道："叶夫根尼顺着莱克公司的运货渠道，查到了你在俄国的商铺，然后又找到了我，死缠烂打地逼着我说出了你的计谋。"

　　阿尔瓦并没参与王炽的全盘计划，他所知道的不过是个大概罢了，王炽朝他微微一笑，道："无妨。"

　　刘劲升惊讶地看着众人，在这瞬间，他觉得自己被孤立了，除了祥和号的魏氏兄弟，在场的所有人好像都知道王炽算计自己的这个局，他像一个被隔离起来的傻子，由人看着自己在这个局里团团乱转。

　　他曾是重庆的一方霸主，但要他放一句狠话，重庆商界所有人都会为之动容，而现在，那一双双炽热的眼睛，仿佛都在等着看自己的笑话！他愤怒地瞪大了眼睛，蓦地转身，大喝一声，朝王炽扑将过去。

　　王炽未提防，被抓个正着。只见刘劲升咆哮着道："你到底想要做什么？"

　　李晓茹见状，朝身边的俄国大汉娇斥道："还不放开本大小姐？"

　　俄国大汉见戏已结束，连忙给她松绑。李晓茹三下两下挣脱绳索，急蹿上去，飞起一脚，把刘劲升踢了开去，一把抱住王炽，带着一脸的歉疚道："你个傻子，如何就真的答应了他们退出买卖城？"

王炽也趁机抱住她的娇躯，深吸了一口气，只觉她身上的发香袭入鼻端，闻着这既陌生又无比熟悉的味道，他的心顿时安定了下来，暗想经历了这许多的风风雨雨，终拥你入怀，吃再多的苦也是值了！

刘劲升咬着牙起身，还待扑上去，却听得常正英陡然一声喝："来人啊，将人犯刘劲升绑了！"

这一声喝落在刘劲升的耳朵里，不啻晴天霹雳，他像一只被彻底激怒了的凶兽，咻咻然地用那通红的双眼瞪着常正英："常大人，当初你和桂大人可没少拿银子，如何又来过河拆桥？"

常正英那满脸麻子的脸依旧带着抹笑意："你如此说可有证据？不过本官告诉你，污蔑朝廷命官，可罪加一等！"

这时候，已有衙差上去，把刘劲升抓了起来，刘劲升使劲地挣扎着，疯了一样破口大骂："常正英，你不得好死！"

"是吗？只怕不得好死的是你吧？"常正英被骂得有些恼了，从怀里取出张纸来，"啪"地往桌上一放，喝道，"你最好看清楚了，这是你和魏伯昌在花旗洋行私购军火的出货单，上面有你俩联名签署的字迹，白纸黑字，铁证如山，你还有何话可说？"

魏氏兄弟听了这番话，着实吃惊不小，疾步走过来查看，一看之下，顿时便面色煞白。魏元结结巴巴地道："我父亲……私贩军火……"

"你以为你父亲真是被冤杀的吗？"于怀清走上两步，冷冷地道，"他们在北京的时候，为置我等于死地，一边利用军火陷害我等入狱，一边大发其财。可天网恢恢，疏而不漏，在英俄两国友人的帮助下，终使此案真相大白！"

于怀清说话间，朝着斯蒂夫、阿尔瓦等人微微一笑，大家都心知肚明，所谓的天网恢恢，不过是利益驱使下做的另一桩买卖罢了。而所谓的真相大白，也不过是各种权力和利益挤压下的结果，其实真正的真相，只怕是永远也没有大白的时候了。

魏坤几乎不敢相信眼前的事实，大喝道："我父亲一生朴实勤恳，诚信为本，如何会做这等事？"

王炽牵了李晓茹的纤手，走将上去，沉声道："在下原也很欣赏令尊，可惜的是后来其利令智昏，终是未能保得晚节。恕在下说句不敬之言，令尊死有余辜。"

魏坤把手指向孔孝纲，大声道："他杀我父亲，莫非不该遭到报应吗？"

王炽浓眉一扬，也大声道："我俞二哥命丧西堂，就该白死了吗？今日在下不妨把话说白了，我等苦心孤诣设下此局，就是要让害我等之人得到应有的报应！从昆明到重庆，从重庆到天津，再从天津到北京，在下一路走来，都受到欺压陷害，甚至害得席大哥的山头被剿，俞二哥命断西堂，几次下狱，九死一生，我设此局，便是要让世人看看，我王四并非任人宰割之辈！"

"王大掌柜好强的气势！"常正英脸上端着笑，眼里却散发着寒光，他此番北上买卖城，也是受到了英俄洋人的逼迫，今听着王炽的这番话，不免有些刺耳，阴阳怪气地道，"但愿王大掌柜日后生意兴隆，财源广进啊！"

王炽自是听得出这是揶揄之词，也没去理会他，转首朝刘劲升道："你还有何话要说？"

刘劲升看了眼百里遥，再看看斯蒂夫，万念俱灰，道："商海沉浮，潮起潮落，你也要记住了，哪个都不会有永久的辉煌。"

王炽恭身一拱手："多谢刘大掌柜训示！"眼皮一抬，目送着刘劲升被押出仓库去。

熊挚臣轻咳一声，道："刘劲升私贩军火，按律当斩。念魏伯昌已死，不再追究。王炽等一干人，在北京时所定的罪名取消，即刻起还你等自由之身。本官希望在场的各位，日后能诚信经营，良性竞争，不可再有杀人放火这些下作的勾当！"

王炽、于怀清等人闻言，相互看了一眼，均露欣喜之色，背负了这么久的私贩军火之罪，终于沉冤昭雪！

魏氏兄弟见私贩军火已然扣实，无可反驳，双双悻然离去。叶夫根尼点燃了一根雪茄，狠狠地抽了两口，说道："你佯装离开重庆，吸引我的注意力，然后在买卖城捅了我一刀，这一招果然够狠够绝，咱们重庆再见吧！"言落间，又吸了两口烟，然后把大半根雪茄猛掷于地，返身离开。

王炽朝仓库里的人行了个四方礼，道："在下王四，本是滇南小贩，今能得诸位鼎力相助，深感荣幸，亦深为感动。在下承诺，料理完后续之事后，便离开买卖城，不再插足此间生意。"

言落间，门外进来个穿短褂的汉子，说是京津帮的工人，他们各商号的茶叶已陆续到了买卖城，未曾销售出去的，尽皆入库，请求王大掌柜定夺。

王炽用莱克公司的名义，号召各商号运茶叶入城，在自行销售的基础上，凡滞销的莱克公司照单全收，以此来抵制叶夫根尼。京津帮一直让晋商压了一头，听到这消息，自是闻风而动，致使茶叶大量涌入，各仓库几乎都堆满了。

王炽转首朝斯蒂夫看了一眼，道："咱们做出的承诺，须如实履行，你先回莱克公司，把他们滞销的茶叶，照单全部收购进来。"

斯蒂夫称好，带着维克多等人离开仓库。

熊挚臣走上两步，突然向王炽行了一礼。王炽见状，大惊失色，连忙上前伸手扶住："熊大人何以如此，愧煞王四了！"

熊挚臣道："王四兄弟大胸怀、大手笔，本官心悦诚服。此番买卖城之风波，也亏了你暗中周旋，使本官躲过一劫，该是受我一礼。"

王炽笑道："有今日之结果，是大家同心协力所致，大人多礼了！"

从仓库出来后，王炽率众人直奔落脚的客栈，望眼欲穿的许春花，盼了多日后终于见到了主子，喜极而泣，嘤咛一声，情不自禁地扑入王炽怀里，啜泣起来。

王炽连忙安慰道："王四该死，教春花担心了！"

"主子回来就好！"许春花哽咽着道，"这下奴婢再也无须担惊受怕了！"王炽见她脸上带泪，若梨花带雨，心下一软，情不自禁地将她抱在怀中。

李晓茹站在一旁看着，心里不免产生醋意，但转念再寻思，那王小贩子为了救自己，甘愿舍弃在俄国的生意，也算是情真意切了，现在人家只是主仆情深，急切间做出的举动，无须在意，当下便隐忍了下来，在一旁冷眼旁观着。

许春花抱着王炽哭了会儿，不经意间看到李晓茹的表情，连忙省悟，伸手抹了把眼泪，向李晓茹请安。李晓茹佯装一副不在意的样子，笑道："春花无须多礼！"

这一日，一伙人在客栈备了桌好菜，好生庆祝了一番，次日一早，王炽便赶去莱克公司，与斯蒂夫交割商号事宜。并按照原先的承诺，将俄国及买卖城的商号转让给斯蒂夫，其中的财产两者均分，并由斯蒂夫折算出商号具体财产后，将现银交给王炽，而王炽则不再插手原商号的生意。

五六日后，买卖城后续之事已然安排完毕，王炽等人便准备行李，打算离开买卖城。

买卖城官府的监狱里，刘劲升披头散发地蜷缩在角落里，双目无神，嘴里念念有词，也不知在说些什么，完全没了昔日的气势和风采。

百里遥站在监狱的门外，怔怔地看着昔日的主子，他的脸色虽说依然冷峻如常，可眼里却隐隐露着痛苦之色。他是冷酷的，像冰一样不可亲近，可这并不代表他无情。他只是现实的、理智的，在分析和看透了局势后，为了生存，抑或说为了自己今后的前程，毅然选择了背弃。从情理上来讲，此时此刻，他也有颇多的无奈和苦痛。

百里遥站了会儿，蹲下身倒了两碗酒，道："大掌柜，可还愿与我再喝碗酒？"

刘劲升听到声音，慢慢地抬起头，朝着百里遥看了会儿，仿佛在看陌生人，面无表情，沙哑着声音道："予我送行吗？"

"送行也罢，道别也好，咱们总算是主仆一场。"百里遥端起碗，伸手将酒送到牢里去。

刘劲升"嘿嘿"一声怪笑："可怜我吗？刘某驰骋商场一生，该享受的荣华富贵都享受过了，无须哪个来可怜。"

百里遥依然固执地端着酒碗，道："我会打理好山西会馆，纵然他王四手段再多，也绝不使其败落。"

刘劲升沉默了会儿，挪动了下身子，伸手接过酒碗，一饮而尽，然后把碗一扔，"啪"的一声，瓷碗应声而碎，道："你走吧！"

百里遥看着那碎裂的碗，慢慢地直起身子，朝刘劲升行了个礼后，转身离开。

待百里遥走远后，刘劲升转过头看向那碎碗，突地从鼻孔里嘿地喷出一口气，眼里竟进出泪来，仰头阖上眼时，泪水滑落脸颊……

王炽等一行人骑着骆驼离开买卖城的当天，熊挚臣专程前往送行，而俄国方面，在斯蒂夫的带领下，一些曾在王炽那里获过利的俄商，亦结队而来，加上京津帮的一些商号掌柜，送行之人竟达上百之众，从北街蜿蜒而来，浩浩荡荡，蔚为壮观。

看到如此一幅场景，李晓茹不由心花怒放，然在一阵兴奋之后，却又不免感慨。曾几何时，他们这群人总是低人一等，无论到哪里，处处皆受排挤，与今日之场面不啻云泥之判，原来所谓的尊严，是拼出来的！

告辞了，买卖城！李晓茹回头望向这座繁华的商贸小镇，这座曾带给她屈辱和荣耀的城池，这里所发生的一切，终将永远铭刻在她的生命里！

王炽等人离开后，其出行之情景以及他们在买卖城的事迹，越传越广，为人所乐道。

十余日后，他们走出了沙漠，进入陕甘地界，再走十来日就可以抵达四川了。王炽手搭凉篷，说道："前边有一个镇头，今日我们便在那里歇脚吧！"众人称好，当下拍马而行，径直往那镇头赶去。

入镇时，已是落暮时分，一轮红日挂在西边的山头，映得山坡上的黄土一片金黄，众人迎着这夕阳，相互莞尔一笑，继又往里走。

入了镇不久，众人正想要找个客栈住下，突见一人气喘吁吁地飞奔而来，至李晓茹的马前时，扑通跪倒："大小姐，可算是把您找着了！"

李晓茹定睛一看，见跪于马下之人，正是父亲李春来身边的随从，名唤李福，在李家已打了二十来年的工，老实敦厚，深得其父信赖，当下连忙下马，将他扶了起来，问道："福叔叔，你不是在昆明吗，如何到了此地？"

李福皱着眉头，急道："大小姐，您是不知道，出事了！"

李晓茹大吃一惊："阿爸怎么了？"

"自您离了重庆后，当地之药商便图谋不轨，联合起来抵制济春堂。"李福一脸的愁容，说话间眼光瞟了下王炽，颇有些不满之色，"特别是魏伯昌死在买卖城的消息传到重庆后，那些药商趁着商界愤怒之情绪，扬言是一个行脚之商贩，搅得我重庆鸡犬不宁，当真是当我重庆无人了吗？徐福记的大掌柜徐刍在我济春堂的同一条街上，连开了四五家药铺，使得济春堂连月入不敷出。老爷听说了这情况后，从昆明赶去了重庆主持大局。"

李晓茹闻罢，扬了扬马鞭，嗔怒道："前次商界之轩然大波，引起政商两界动乱，连知府王择誉亦因此而丧命，他们闹得还不够吗？"

"每处地方都有排外之心理，这是难免的。"于怀清拂着青须，朝王炽说道，"看来我等重返重庆，压力依然不小。"

席茂之的目光从王炽掠到李晓茹身上，喟然道："只怕王兄弟的压力会比我等更大。"

李晓茹似乎听出了弦外之音，转首朝李福问道："阿爸可是大发雷霆了？"

"可不是嘛！"李福道，"老爷命我出来，便是要把你拉扯回去，说是她要还想在外面疯，就无须再回去了。"

李晓茹倒吸了口凉气，道："明日我便赶回去！"

当下在镇头歇了一晚，次日一早，就随着李福径直往重庆赶，十日后，到了重庆，李晓茹丝毫不敢怠慢，连忙去济春堂见了父亲。

进去的时候，李晓茹发现父亲沉着脸坐在大堂之上，虽未见其有明显的怒色，但作为一方之商界领袖，举止之间自有一番威严，他目光一转，往外看来时，李晓茹的娇躯下意识地一颤，缩了缩身子。

李春来从鼻孔里哼了一声，厉声道："你不是胆大得很吗，如何也有怕的时候？"

李晓茹平时自是天不怕地不怕，但此番搞得济春堂亏损，心里难免发虚，连说话的声音也低了："阿爸，地方上的商人，见不得人好，一副小肚鸡肠，您又不是不知。"

李春来"嘿嘿"一声怪笑："英雄尚且死于小人之手，莫非你不知道吗？"

李晓茹把头一低，怯生生地走上前去，装出一副可怜状，撒娇道："阿爸，女儿知错了，女儿一定把失去的争回来。"

李春来依然未改严厉之色，问道："可知你错在何处？"

李晓茹轻声道："任性。"

听了这两个字，李春来又好气又好笑，不觉气消了大半："任性不假，把为父教你的从商之道，忘得一干二净，却是不该！"

李晓茹忙道："女儿不曾忘。"

"不曾忘？"李春来眼里精光一闪，"与那王四一起，四处闯祸，还敢说不曾忘？何为生意？信为本，和为贵，商之道也！你把重庆商界闹得翻江倒海，居然还要了祥和号、山西会馆大掌柜的性命，这是在做生意吗？要是如此为商，为父百条命也赔没了！你说要把失去的争回来，如何争？要再次把重庆商界搅个天翻地覆吗？"

李春来的这股怨气，李晓茹早已料及，况且重庆商界确实被他们玩了个天翻地覆，故也并没去反驳，但这并不表示她便认同了其父的观点。至少目前，她对王炽的做法是欣赏的，一个没有背景、没有资金的普通人，若不靠自己的本事去拼杀出一条血路来，如何能在这乱世出人头地？而且那些当地的所谓的商界领袖，仗势欺人，不择手段排除异己，倘若不给他们些教训，如何立世？

思忖间，李晓茹装作战战兢兢地瞄了眼父亲，虚心地请教道："那么按阿爸之见，我们下一步该如何做？"

李晓茹如此低声下气地说话，其目的是想让李春来快些消了气，莫再把怒气撒到王炽身上去，不想李春来沉声道："断了与那王四的来往，专心治理济春堂。"

李晓茹大吃一惊，心里陡然生出一股叛逆之意。她对王炽的感情一直是若即若离的，虽说后来受许春花的刺激，时时萌生醋意，却也没敢明显地表露出来，这才有了买卖城联合斯蒂夫所唱的那出戏，以此方式来考验王炽对她的态度。人的心理便是如此奇妙，本是隐晦的感情，让人一激反而会爆发出来，听李春来让她与王炽断了来往，大声问道："阿爸为何要我如此做？"

李春来道："年轻人气血方刚，有胆色、敢拼搏是好事，可不能不顾大局，恣意妄为，那王四四处树敌，不但他自己难以在重庆扎稳脚跟，你若与他相处，还会把济春堂拖入万劫不复之地。"

"阿爸，我承认一直不怎么听你的话，可对你的经商之道，向来是尊重的，且也一直在如此做，可这一次却是难以苟同。"李晓茹微蹙着柳眉，大大的眼睛里精光灼灼，决心要与父亲辩论一番，"阿爸，任何理论放在不同的人身上，都需要区别对待。王四一介行商，无依无靠、无财无势，他想要在这乱糟糟的世道活下来，若是完全遵从以信为本、和为贵，叫他如何活下来？从天津到买卖城，刘劲升、魏伯昌设下一个个陷阱，我们今天能回到重庆，可谓是九死一生，一个人若连立于世尚且不能，如何谈信为本、和为贵？若非置之死地而后生，把他们打垮了，我们能回得来吗？尽管有的时候我也认为他锋芒太露，树敌太多，可他不如此做，还有第二条路吗？"

"所以他跟我们不是一路人！"李春来似也动了真气，竖着灰白的眉头道，"道不同，不相为谋，你与他为伍，只会害了你自己！"

"可女儿相信他。"李晓茹激动地看着父亲，眼圈一红，泪光闪闪，"有句话叫'三军可夺帅也，匹夫不可夺志也'，他有志气、有谋略，眼下虽举步维艰，可终有一日，他定然会攀上人生的巅峰，傲视群雄！"

李春来被她这一番话气得岔了气，涨红了脸道："你当真要如此违逆为父吗？"他见她的神色越来越坚决，一连说了几个好字，"你若是非要跟了他去，不管济春堂之安危，我就当白生了你这女儿！"

李晓茹娇躯一颤，怔怔地看着父亲，眼里的泪水大滴大滴地滴落下来，蓦地身子一拧，往外跑了出去。李福一直在外听着里面的动静，见她跑将出来，连忙追出去："大小姐，不可使性子啊！"

"叫她走！"李春来气得浑身发抖，朝李福暴喝了一声。李福闻言，止住了脚步，叹息一声，返身转回。

李晓茹跑出济春堂后，径直来找王炽诉苦，不想他竟不在屋内，许春花说主子去赴唐炯大人之约了。李晓茹本就是个心急之人，要寻之人寻不见，气得跺了跺脚，转身就又走了。

事实上到了重庆后，王炽的压力也非常大，眼下虽说少了刘劲升、魏伯昌那样的对头，可其人虽去，势力犹在，再加上重庆商界均对他怀有敌意，想要在这个地方扎根，可谓是阻碍重重。听得唐炯来邀，心想此人与马如龙一样，是个性情中人，倒可一叙，便带了于怀清前去赴约。

此时的唐炯已离开绵州，辖绥定府[1]，虽说品级未改，但辖制六县，且依然握有兵权，权力较原先大了许多。此番听得王炽从买卖城大胜而还，因特地赶来，要与其一会。

双方见面，寒暄了几句，未免尴尬，都是只字未提杜元珪奉骆秉章之命北上伺机行刺一事。闲谈过后，唐炯突问道："王兄弟，今后可有什么打算？"

王炽轻轻叹息一声："此番北上，虽是打击了叶夫根尼，却也彻底得罪了重庆之商人，眼下在下之处境依然是不容乐观。"

唐炯点了点头，似在等他继续往下说。王炽也是准备好了要与其推心置腹一番，便又道："有人的地方便有竞争，到哪里都无可避免，如是因了竞争，退避三舍，所谓的一展抱负，只怕永远只是纸上画饼之说罢了。因此在下依然想在重庆建立商号，于乱中争利。"

唐炯闻言，拍案叫好，笑道："王兄弟胸怀大志，不畏纷争，乃成大事者也！可想好了在哪里立号，号为何名？"

王炽道："具体位置倒是尚未曾选定，号名却是有了，叫天顺祥。"

"天顺祥，大吉之名，取得好！"唐炯赞了一声，随后面色一正，又道，"我有一事相劝，听与不听，王兄弟自行定夺。"

王炽闻言，端正了坐姿，正色道："请唐大人赐教！"

唐炯道："重庆之商人，皆对你虎视眈眈，连那与你结盟的济春堂都受到了牵连，此局面对你极为不利，若是走寻常之路，很难突出重围，站稳脚跟。"

王炽称是。唐炯继道："做大生意者，无不有大胸怀，王兄弟不妨把目光从重庆商人的争利之中移开，落在官员身上。"

王炽闻言，情知唐炯要吐肺腑之言了，大为感动，拱手道："王四身陷困境，多谢唐大人指点迷津！"

唐炯摇摇手，示意无须客气，道："所谓政商，从古至今，浑如一体，官要靠商提升政绩，商要从官处得到实惠，两者相互依靠，亘古如斯。我前段时间得到一个消息，川东道库银告急，眼看着秋后解缴之期将至，急得团团乱转，

---

[1]　绥定府：今四川东北部，开府于四川达州，下辖六县。

201

四处向商人借款，以解燃眉之急。可大家都知道，川东道库银亏空也不是一两天的事，借出去的银子相当于填了无底洞，届时碍于官威，还不敢去讨要，因此各商人都寻由推诿，不肯出借。"

王炽朝于怀清看了一眼，转首问唐炯道："缺了多少？"

唐炯道："三万两。"

王炽浓眉一动，低目凝思起来。

按照清朝官制，地方行政机构设省、府、县三级，所谓川东道，实际上是省级行政的衍生权力机构，为正四品，在知府之上，总督、巡抚之下，直接听命于布政司，负责监督地方机构，防止地方势力坐大，兼管厘金税收、司法教育诸事。然也正是因其职位是监督而非管治，使之地位有些不明朗，可官场之妙也就妙在此处，越是晦涩不明的便越可大展手脚，不只是权力之手可伸向各处，腾挪渔利的空间也颇大，是时天下动乱，人人自危，官员也是中饱私囊，以图后路，这便是川东道库银亏空的原因所在，同时亦是当地商人不愿借银的理由所在。

王炽低头想了会儿，思路逐渐打开。从目前的局面来看，诚如唐炯所言，受重庆诸商人之围困，想要闯出一番新天地，势必做困兽之斗，且成败与否，尚是两说。若是改变策略，避开商人而从官府下手，急其所急，必获其赏识，进而得其支持，那么局面便不一样了。所谓官之所求，商无所退，便是此理。思忖间，王炽眼睛一亮，道："唐大人，这笔银子在下垫付了。"

"不急。"唐炯摇摇手道，"两军作战，尚且讲个师出有名，你这么大笔银子送出去，自然也需个名分。依我之见，不妨在你的天顺祥招牌打出来之后，给那道台大人设个小小的局，好教他对你感恩戴德，铭记这雪中送炭之谊。"

于怀清闻言，不由笑道："唐大人深谙官场之道，洞彻商界之理，高人也！"

唐炯笑道："先生过誉了！"

双方又闲谈了会儿，王炽遂告辞出来，及至重庆的落脚处时，听许春花说李大小姐曾来找过，见其脸色，似乎不太好看。王炽听说，暗叫不妙，交代了众人一声，急又转身出来。

寻了半天，眼见已过了亥时，仍未见李晓茹踪影，王炽急得满头大汗，心想如此苦寻终不是办法，不如去济春堂看看她回去了没有。当下硬着头皮径直去了济春堂。

李春来被女儿气得连晚饭都没心情吃，突听李福来报说，王四求见，怒意不由得又涌将上来，心想好你个小子，骗得我女儿晕头转向，这会儿又来诓她老子不成？当下把眼一抬，沉声道："让他进来，老夫倒要看看他能说些什么！"

不一会儿，王炽大步入内，眼光滴溜溜地一转，未见李晓茹，心想莫非她尚未回来吗？思忖间，又看了眼李春来，见他脸色阴沉，隐含着一股怒意，连忙躬身抱拳道："小子王四见过李大掌柜！"

李春来拍案而起："王四啊，可还记得昆明时你我结的怨隙？"

王炽吓了一跳，惶恐地道："李大掌柜息怒，此一时彼一时也，你我虽有过不快，但如今远离昆明，均是身处异乡，何须再计较这些？"

李春来一副摆明了就要给他难堪的态度，蛮狠地道："倘若老夫定是要计较呢？"

王炽道："在下以为，李大掌柜现在之怒，源于济春堂之危机，而非昆明之怨。"

李春来"嘿嘿"冷笑道："今日济春堂之危，你小子自然脱不了干系，旧怨未除，又结新仇，你居然还有脸来见老夫，胆子不小啊！"

王炽眼里精光一闪，问道："若是小子能解李大掌柜眼下之危，您可愿一笑泯恩仇？"

李春来灰白的眉头一扬："济春堂的危机老夫自有办法解决，何须你来教我？"

"适才小子在外面观察了一下，在济春堂的旁边，至少多了四五家药铺，那徐氕分明是要以合围之势，困住济春堂。"王炽道，"若非出奇招，绝难突出重围。"

李春来冷哼道："那又如何，莫非这世上只有你有奇招不成？"

王炽又是拱手一礼，诚恳地道："李大掌柜乃昆明数一数二的大生意人，当知审时度势，衡量利害，若是因了此事，迁怒于您的女儿或是小子在下，只会是越闹越僵，更与解决济春堂之危无益。小子诚望李大掌柜给个机会，以赎小子之罪过。"

所谓伸手不打笑脸人，李春来见他一副诚挚赔罪之态，再说面对眼下的局面，自己确也没想出良策应对，当下便顺坡下驴，道："姑且说来听听！"

王炽心下一喜，道："百姓买药无非是治病救人，然普通百姓得了病，须先请郎中诊断，再来药铺抓药，李大掌柜若能不惜重金，请来一位重庆地区赫赫有名的郎中，来此坐诊，百姓必闻风而来，到时候……嘿嘿，任是他徐刍把整条街买下来都开上药铺，也是无济于事的。"

李春来闻言，心下狂喜，暗忖这小子鬼主子果然多得紧，老夫若是把病人都揽了过来，他徐刍开多少家药铺也是徒然！然心里虽作如此想，脸上却丝毫不露喜色，依然沉着脸做出一副不屑之色，道："你当徐刍是傻子了吗，老夫可请郎中，莫非他便不会吗？"

"从商之道，讲的是先机，这便要看李大掌柜请的是什么样的郎中了。"王炽道，"人一旦有难，便易迷信，况生死之事乎？您只要打听清楚，重庆地区哪一位郎中名声大，便请哪一位前来坐诊，小子担保届时不管是大病小病，大伙儿都愿往济春堂跑。"

李春来闻毕，深以为然，可转念一想，这小子是为了讨好于我，方有此举，若是女儿将来跟了他，四处树敌，我的家业还是要被他毁了。思及此，又是一声冷哼，道："莫要以为献计讨好，便能让老夫容纳了你，今晚不妨把话与你说绝了，想也休想！"

王炽闻言，不再置言，恭身告辞出来。走到路上时，突见李福从门里出来，朝他小声道："你在里面所献之计，我也听了，端是好计！我相信大小姐的眼光，你去朝天门码头找她吧。"

王炽惊道："她在朝天门码头？"

李福道："正是哩，我早就找着她了，奈何大小姐的脾气倔得紧，死活劝不回来，你去好生开解开解她吧！"

王炽连忙道谢，急往朝天门码头而去。

是时，已过亥时，一轮秋月正圆，悬于半空，银色的月华若薄纱似的，垂泻于天地之间，滚滚的嘉陵江水从此流过，水波泛银，江山蒙纱，使这一座先秦时所建的"古渝雄关"，平白多了一种神秘之美。

再开朗的姑娘，亦难免会有多愁善感、楚楚可怜的时候，王炽看到码头广场上那一个娇小的身影时，心里莫名地悸动了一下，在江风的吹送下，她的裙袂翻飞，月光洒在她的身上，使她身体的娇弱及美丽一览无余。

王炽轻轻地走上去，伸出手想要去触碰她的肩头时，突地迟疑了一下，停在了半空，然后喟然道："我错了。"

李晓茹也没回头，淡淡地问道："你何处错了？"

王炽道："我只顾做自己的事，一直忽略你的感受以及难处。"说完这句话，他抬起头去看她，却看到她微微耸动的肩膀，不由大吃一惊，忙走到她的前边，只见她泪水涟涟，一脸的委屈之色。王炽见状，心下越发内疚，忍不住一把揽她入怀，道："我知错了，我罪该万死！"

李晓茹攥起拳头，在王炽的胸口捶击着。王炽却也不躲，由其打着，待她的气消了些，便把适才去济春堂的事说了一遍。

李晓茹睁着大大的眼睛，惊讶地道："这时候你居然敢去见我阿爸！"

王炽苦笑道："我苦寻你不见，只得硬着头皮去了。"

李晓茹含着眼泪扑哧笑出声："亏了你所献的奇招，应可稍解阿爸之怒。"

"令尊还是容不下我。"王炽道，"不过我能理解令尊的心，你看我们到处闯祸，所过之处，鸡犬不宁，如何能叫他放心呢？"

李晓茹抹了把眼泪，似笑非笑地看着他问道："那你以后还到处闯祸吗？"

王炽苦笑道："我又何尝想闯祸？只是时势逼人，我若不如此抗争，这天下何有我王四的立锥之地？他日我若站稳了脚跟，必不会如此了。"

李晓茹自是理解他的苦楚，道："好好地做下一番事业来，为了你自己，也为了我，可好？"

王炽郑重地点点头，道："必不负大小姐所望！"

十日后，王炽在朝天门码头附近，租了个临街的店铺，挂出"天顺祥"的招牌，正式对外营业。

看着那黑底烫金的招牌，听着噼里啪啦不停炸响的鞭炮，王炽站在店铺的门口，心情久久难以平静。为了这一日，他几经风雨，历经劫难，九死一生，然而他相信，这一切都是值得的，从今日起，他的人生将是另一番模样，他要带着自己的商号，在重庆落地生根，将之做大做强，有朝一日真正地成为一块金字招牌！

遐思间，忽有人碰了下他的肩膀，回头一看，只见孔孝纲朝他眨了眨眼睛，一脸的坏笑。王炽意识到了什么，连忙转身，看到了李晓茹站在阳光下，正笑吟吟看着他。

今日，李晓茹穿了一袭浅蓝色的琵琶襟衣衫，绲边描绣，很是精致，下着件时下最为流行的鱼鳞百褶裙，站在晨风里，裙摆飞舞，亭亭玉立，美丽不可方物。许是因了性子的缘故，她平时穿着极为简单随性，陡然盛装出场，不由教王炽看得呆了。

李晓茹抿嘴一笑："莫非不曾见过如此大方得体的美貌女子吗，直把你看得若二流子一般，找打不成？"

王炽脸上一红，连忙上去招呼。李晓茹把手一伸："喏，阿爸说了，你小子今日好歹立业了，虽说是冤家，少不得随份贺礼！"

王炽赶忙接在手里，憨笑道："多谢李大掌柜！"

于怀清不失时机地凑上来，笑道："李大小姐随的这是什么贺礼，可否拆了看看？"

李晓茹道："这是阿爸的礼，并非我的。"

于怀清若有所悟地道："哦，李大小姐没捎礼，却把自己捎来了，也是好的！"

李晓茹佯嗔着要打于怀清。正说笑间，突听得蹄声骤起，三匹快马疾往这边而来。定睛一看，在前头的是唐炯，与其并肩而行的则是位四十出头的官员，体态微微发福，面白无须，着一身锦缎华服，像极了略有些资产的生意人。王炽未曾见过此人，却也猜得出来，他应是唐炯嘴里所说的川东道台付少华，最后的是杜元珏。

王炽连忙带着于怀清、席茂之、孔孝纲等人迎将上去，待他们勒住马头时，躬身行礼。

唐炯下了马，哈哈一笑，客套两句后，便与王炽、付少华两人引见。

付少华早就听说了王炽其名，只是在重庆出事的那段日子，他刚巧去了外地办事，缘悭一面，后又听唐炯说，王炽愿意解囊，救其所急，因此这时两厢见了，付少华显得很是亲切，握着王炽的手道："王大掌柜有勇有谋，端的是少年英雄，今日得见，三生有幸！"

寒暄几句后，王炽将他们请入店铺内，待许春花奉上茶后，唐炯瞄了眼王炽，打了个哈哈，开口道："付大人，先前我曾与您提过，王兄弟有意借资于川东道，如今你们两厢见了面，不妨今日就把这事给定下来吧。"

付少华目光一转，落向王炽，笑道："不瞒王大掌柜，川东道最近银库……"

王炽抬手打断了他的言语，微哂着道："付大人，此事在下已听唐大人说了，在下确有意愿拿银子出来，以解大人之急。不过，大人您也看到了，今日天顺祥刚刚开业，里里外外的开销大得很，眼下手里并无余银，您看可否这样，宽限在下半个月，待商铺的第一笔营业款收进来，便与大人送去？"

付少华自然知道他并非什么大生意人，又是新店开张，手头拮据在所难免，听其说第一笔营业款上来后便送予自己救急，大为感动，连忙拱手道："王大掌柜急公好义，付某没什么好说的，你这朋友我交定了！"

唐炯笑道："如此甚好！"

正说话间，有店内伙计送上来一个锦盒，说是祥和号送来的贺礼。于怀清讶异地看了眼王炽，起身去接了过来，打开看时，清癯的脸倏然一变。王炽问道："是什么？"

于怀清走上前，将锦盒放在桌上，众人凑上去一看，均不由得吃了一惊，里面所放的并非是什么贺礼，而是一块凝固了的猪血。李晓茹道："这是何意，血债血偿吗？"

"该是此意。"于怀清道，"我们与祥和号的梁子怕是难解了。"

王炽想了一想，抬头吩咐那伙计道："你速去把席大哥、孔三哥找来。"

伙计应声而去，须臾，席茂之、孔孝纲两人大步入内，问是何事。王炽让他们看了那块血，道："孔三哥手刃了魏伯昌，魏氏兄弟不会善罢甘休，所谓强龙不压地头蛇，我等要想在重庆安安稳稳地做生意，便不能与他们公然冲突，孔三哥，在下有一事相求，你可愿否？"

孔孝纲把大眼一瞪，道："要我远走避难吗？"

"非也，非也！"王炽忙解释道，"我们在天津有一条漕运船，在下想让你去负责漕运。"

孔孝纲依然不服，道："男子汉大丈夫，敢作敢当，出门避难却是哪门子事？那漕运船你差他人去吧，老子就是要留在重庆，看他们能奈我何！"

席茂之呵斥道："三弟，天顺祥刚刚成立，岂能在这个节骨眼儿上生事？王兄弟做此安排，并非是胆小畏事，而是为了生意，不须再闹，明日便走！"

孔孝纲无奈，嘟囔了两句，应承了下来。

付少华见状，道："王大掌柜，开门做生意，须防小人啊，日后若有难事的话，可来寻我，但要力所能及，必不推辞。"

王炽看到这位川东道台表面上一副贪得无厌的样子，但为人倒是颇有江湖义气，心想此人倒是可交！便在言语间刻意与其套近乎，相谈甚欢。

次日，送走了孔孝纲去天津后，王炽又安排席茂之去组织一支马帮，要利用这支马帮队伍，打着天顺祥的旗号，于川滇之间来往走货，亦购亦销，并任命席茂之为管事，负责马帮及进购货物，于怀清为天顺祥总管，管理商号日常之事务，自此，王炽的商业团队初具雏形。

越十日，眼看着答应付少华的半月之期将至，王炽交代了于怀清一声，转身出来，径往道台衙门而去。

道台府设在重庆西南部，与天顺祥所在颇有些路程，王炽骑了马出来，及至衙门时，两厢见了面，付少华还以为他带了银票来，不想王炽见了面便跪倒在地，口呼："草民有罪！"

付少华大吃一惊，边去扶他起身，边急问道："王大掌柜有话慢慢说，到底出了何事？"

王炽苦着脸道："本是答应大人以半月为限，便奉上三万两银子，争奈在下新店开张，只有支出去的款项，并无回收之资，眼看着日期将至，未能兑现昔日之约，特来请罪。"

付少华不知是计，心里"咯噔"一下，也是慌了，但一则人家是确实有困难，二则他答应借银子，只是出于好意，并非义务，却也责怪他不得，当下把眉头一沉，道："不瞒王大掌柜，那解缴的银子，下月必须上缴，若是延误，着实担待不起，这可如何是好啊！"

按照王炽与唐炯商量的计策，是要给付少华出些难题，表现出王炽借银之不易，由此好教付少华记得此恩。王炽见火候差不多了，正摆出一副要为朋友两肋插刀之态，说即便是四处去借，也要筹齐银子，给大人奉上之言。不想付少华道："王大掌柜，眼下有一笔买卖，不知道你敢不敢接。"

王炽闻言，反倒是愣了一愣，便顺口问道："是何买卖？"

付少华道："太平军在大渡河大败之后，最近其余部又联合了捻军，在犍为一带活动，唐炯大人前日已率兵去了。古语有云，兵马未动，粮草先行，但唐大人走的时候，只带了三日的粮草，布政司的赵培大人说，至少要等半个月之后，方有军饷拨下来。你看可否利用你的渠道，去收一批粮草上来，给唐大人送过去，待军饷下来了，你的盈余部分，便挪出来借予本官，如此可好？"

王炽浓眉一沉，问道："唐大人带了多少人去？"

付少华道："三万。"

王炽迅速地盘算了下，心想这笔买卖即便赚不了三万两银子，就当是赚个人情了，当下拱手道："多谢付大人，这趟子买卖在下接下了！"

付少华大喜，道："如此甚好，那你赶快回去准备吧。"

王炽告辞出来，到了天顺祥和于怀清一商量，于怀清捻着青须想了会儿，道："王兄弟，不才明白你的意图，付少华那笔银子反正要出，不如再卖他个人情，可千里迢迢运粮草出去，是有危险的。咱们如今建了商号，不比从前，行事须有顾忌，不才以为，不值当。"

"于先生可还记得我们在重庆监狱时，李大小姐说过的一番话？"王炽道，"她说这世上每个人都活在圈里，每个固定的圈都有一帮志同道合的人，官场如是，商场亦如是。人之所以能成事，须靠圈里的人帮扶，个人的力量是有限的，远远撑不起一座大厦。"

于怀清笑道："不才记得，她说我等缺少人脉。"

王炽点头道："在下认为，她说得颇有道理，这趟买卖可能赚不了银子，但也要把它当作天顺祥的一件大事来做。"

"可是从以往的经验来看，军粮都棘手得紧，你就不怕再出个意外？"

正说话间，席茂之进来道："席某以为，可学前次犍为收粮的经验，直接去地头收购。"

王炽笑道："在下正是此意！"

于怀清转目朝席茂之道："你有把握？"

席茂之道："到了那边后，便联系唐大人，让他派军给我们护送，可保万无一失。"

于怀清虽依然有些担心，但见王炽和席茂之都已下了决心，只得不再言语。

当天准备了一番后，翌日王炽便带了席茂之以及天顺祥的马帮，往犍为方向而去。

这一支马帮是席茂之刚建立起来的，共有三十人，个个都是精壮汉子，马锅头名叫牛二，体形较孔孝纲还粗，长得又高又大，好似有一身使不完的力气。他是重庆当地人，说起话来操一口浓浓的川音，在川滇之间当了十来年的马帮工人，对这一带的地形极为熟悉。因此，一路上便由牛二为向导，专抄小路近路行走，以便能在最短的时间内赶到犍为。

六七日后，抵达犍为境内一处叫猪石滩的地方，此处濒临岷江，河系众多，猪石滩遍地都是被河水冲刷过的石头，而在其下流，则是一大片丘陵地，梯田沿着山势梯次往上，层层叠叠，蔚为壮观。在其上面，便是连绵不绝的大山，山上林深树密，云蒸雾绕，见之便教人望而却步。

王炽吩咐牛二带两名兄弟去山上探一探，看唐炯的军队是否在山上。牛二欣然应好，招呼了两人，便往山上走。

那牛二长得一副粗蛮相，可毕竟是走了十余年的马帮，心思缜密得紧，到山麓时，见另两个兄弟只管大摇大摆地上山，牛二急赶上去，扬起蒲扇样大的手，"啪啪"两声，落在那两人的脑袋上，瞪起牛一般大的眼，低喝道："赶啥子赶？万一山上的不是唐大人的军队，是太平呢，你俩不就赶着去投胎了吗？"

那两人闻言，吓得脸色一变。牛二往前打量了下，回头道："跟着老子走！"便借着一条山沟，弯着腰爬了上去。

到了山腰，牛二突地停了脚步，后面两人正要发问，牛二却回头，那铜铃样大的牛眼一瞪，吓得两人生生把话头咽了下去。停下来听时，在清脆的鸟鸣声中，随风隐隐吹来一两句说话声。牛二朝后面的两人打了个眼色，小心翼翼地循声而去。

爬过一道山脊，不远处有一座山坪，上面席地坐了五六个人，其中一人是个三十开外的汉子，长得也是十分高大，一脸的横肉，再加上一嘴如戟的胡须，活脱脱一个玩命的主儿。牛二观看了会儿，粗眉一扬，心想看样子那并非是唐大人所率的官兵，莫非太平军驻扎在了山上？再凝目一看，那些人果然都未结发辫，个个披散着头发，且都穿了前明的服饰，定是乱军无疑了！

若是王炽或席茂之在场的话，定能认出那汉子便是捻军头目杨大嘴，牛二与他素未谋面，只觉心头突突直跳，目光往四周打量了下，见无异样，便朝后面的两人挥了挥手，示意赶紧下山。后面的两人会意，悄悄地掉了个头，轻手轻脚地摸下山来。

却说在猪石滩等候的王炽等人，见牛二入了山后，许久没有动静，不免有些担心。正仰着头往山上张望，旁边的席茂之像是听到了什么，脸色微微一变，转身往后潜行过去。王炽见状，暗吃一惊，心想莫非有太平军摸上来了？

思忖间，席茂之已到了前面那道山坡的边缘，微探出头向外看，甫伸出头去，又迅速地缩了回来，回头朝王炽使了个眼色。王炽虽没看懂他的意思，但看他的脸色，便知不是什么好事情，猫着身走过去，顺着席茂之所指的方向探头一看，不由得倒吸了口凉气。

原来正从山坡下摸将上来的是两名清兵，倒不是说被清兵发现了后会将他们如何，而是他们错估了形势，如果说清兵驻扎在下游的话，那么山上很有可能隐藏了太平军，牛二等三人危矣！

王炽霍地站起身来，把从山坡下正往上走的两名清兵吓了一跳，呼地举起鸟枪，对准了两人，低斥道："什么人？"

王炽边摇手示意叫他们别开枪，边道："在下是重庆商人王四，敢问唐炯唐大人可在下面？"

那两名清兵相互看了一眼，其中一人又问道："既是商人，来此做甚？"

王炽道："奉川东道付大人之命，前来送粮草的。"

清兵闻言，这才把枪放下来，两人商量了一下，决定一人留下来继续打探敌情，另一人带王炽去找唐炯。王炽道了谢，吩咐席茂之率马帮兄弟继续在此等候，密切关注牛二的动静，随后便跟了清兵往下游而去。

沿着溪流一直往下，穿过几片梯田，进入一座山涧，这才看到清兵驻军所在。此时唐炯正坐在临时搭建的营帐里面，见到王炽时，大为惊异："王兄弟！你如何到这里来了？"

王炽道："在下奉付大人之命，前来筹备粮草。因想着从重庆运过来，恐有不测，欲在当地收购些粮食，想请大人派些人护送，以保周全。"

唐炯闻言，浓眉一蹙，古铜色的脸顿时阴沉下来。王炽见状，心里"咯噔"一下，急问道："这里面有何问题吗？"

王炽走后，另一名清兵便端着枪又去打探。临走时，席茂之交代他说，我们有三位兄弟上了山去，尚不曾下来，若是遇见了，嘱咐他们速速下山。那清兵称好，径往山上走。

那清兵并没利用有利地势，而是专拣好走的山路走，这般行径诚如牛二所言，是往山上投胎去的。牛二等人很早就发现了他，苦于山上有杨大嘴一帮人，不敢出声示警，没过多久，果然便出事了。

清朝的兵种往大了说，大致可分为两种：一为八旗兵，是入关时八旗子弟组合而成，清朝立国后，这帮人开始疏于训练，好吃懒做，几乎上不了战场；二为绿营兵，基本上由汉人组成，在清乾隆朝中期之前，战斗力相当强，康熙平三藩时更是立下了汗马功劳。到了后期，随着皇朝的没落，绿营兵的战斗力也随之下降，有的甚至是中途拉壮丁强行入伍的，没经过正规的军事训练。是时，这个清兵估计是没什么经验，堂而皇之地往山上走，陡听得"砰"的一声枪响，好在鸟枪的精准度不高，子弹从他的身前擦了过去。

那清兵吓得面无人色，要往树丛中躲时，"砰、砰"又是几声枪响，被射在脑袋上，哼都没哼出声，当即栽倒，滚下了山去。

牛二见此情形，也是吓得不轻，忙叫其他两人蹲下来，不可妄动。刚藏好身子，便听得山上一阵骚动，冒出一批义军。几乎与此同时，杨大嘴带了二十几人，冲下山来，敢情是要看看还有没有其他清兵。

如此一来，牛二等人便遭殃了，眼看着那些人越走越近，再蹲在原地非被他们发现不可。牛二回头看了眼后面的两人，见他们吓得面白若纸，不由怒从心生，轻斥道："等死吗，格老子的还不快走！"

那两人"唰"地起身就往山下跑，估计是动静大了，让对方发现了行踪，"砰、砰、砰"几声枪响，子弹从他们的脑袋边飞射而过，直把两人吓出了一身冷汗，急忙又矮下身去。牛二瞪着铜铃样的眼睛，恨不得将他俩一口吞了。"要投胎何须这般地着急？"踢了他们一脚，牛二弯着腰继续往山下走。

杨大嘴见状，边喊边追将过来。

唐炯浓眉一沉，看着王炽道："山西会馆的百里遥也来这边筹备粮草了！"

王炽大吃一惊："奉了何人之令？"

唐炯沉声道："布政使赵培。"

王炽身子一震，一股不祥的预感袭上心头，看着唐炯道："赵培为何要如此做？"

"付少华要你来此，是为了筹集那笔上缴的银子，这才临时决定要你跑这一趟，从这一点上来看，不像是什么陷阱。"唐炯蹙着眉想了会儿，苦笑道，"官场的水深得紧，我也无法看透，但毫无疑问，此间定然有鬼，依我之见，你应退出，回去之后，寻个理由，把那三万两银子给了付少华便是。"

王炽点头称是。正说话间，陡闻数声枪声传来。唐炯霍地起身，正要喊人，便见杜元珪大步入内，道："将军，枪响是从山上传来的，应是乱军有动作了！"

唐炯道："你速带人去看看，顺便把王兄弟送出去。"

杜元珪领命，急带了王炽出去。赶到那边时，牛二等三人正抱头鼠窜，从山上跑下来。杜元珪打量了下山上的情形，见对方人数不多，便领了清兵往前阻击。杨大嘴见下面有清兵反击，不敢再往下追，呼啸一声，退上山去。

杜元珪走到王炽跟前，道："王兄弟，此地不宜久留，我护送你们出去吧。"

王炽道了声谢，便在杜元珪的带领下，走出猪石滩。至官道上后，两厢道别，分道扬镳。

却说王炽与杜元珪作别后，径往重庆赶，进了重庆城后，叫席茂之先带马帮兄弟回天顺祥，自己则去见了付少华。

付少华听完王炽的叙述后，脸色越来越难看。王炽小心问道："付大人，怎么了？"

付少华瞟了他一眼，道："怕是赵培有意为难于我。"

王炽知道这里面涉及官场秘密，也没多问，说道："付大人，那三万两银子在下既然答应了你，便绝不会食言，请大人给在下三日时间，三日后必双手奉上！"

付少华闻之，不由大为感动："王兄弟，付某谢了！"

王炽见他以兄弟相称，笑道："大人既视在下为兄弟，便莫要见外，在下这就去筹银子！"

三日后，王炽从天顺祥支了三万两银子，专程跑去送予付少华，付少华千恩万谢，隔日便拿这银子上缴了布政司。

此时此刻，不管是王炽还是付少华，决计不会想到，便是这三万两银子给他们惹来了大麻烦！

原来自火烧圆明园之后，在《天津条约》的基础上，清廷又被迫签订了《北京条约》，在热河避难的咸丰帝身体本就不好，内忧外患之下，以酒色鸦片麻醉自己，身体一日差过一日，朝中大员皆知他们的主子时日无多，便开始暗下活动，寻找新的靠山。

精于实干且嗅觉敏锐的恭亲王奕䜣，早已意识到在内忧外患的双重夹击之下，清朝必亡，便想着以改革图中兴，力挽狂澜，是年秋后协同桂良、文祥等大臣，上书咸丰帝，分析时局，认为太平军、捻军之乱，为心腹之患，而西方列强则为肢体之患，要攘夷须安内，并提议成立总理各国事务衙门，以处理外事。

此提议被咸丰帝接受，并于同年成立了总理衙门。然奕䜣的野心并不于此，他成立总理衙门意在"师夷制夷，中体西用"，通过效法西方的武器、军事，以达到自救强国的目的，这便是后来发生的著名的晚清洋务运动。此乃后话，姑且按下不表。

且说奕䜣露出"媚洋"的姿态后，朝中分作了两派，一方为改革派，一方为顽固派，两派势力在咸丰末年及慈禧执政之前的这段特殊历史时期，暗暗较着劲儿，且从朝中延伸到了地方官府，布政使赵培、四川巡抚萧知章反对改革，骆秉章与曾国藩如同知己，自是支持改革，那付少华贪虽贪也，却也看清了当下之朝廷，若不变法图强，唯亡而已，因此站了在骆秉章一方。

川东道受布政司直接管理，赵培觉得付少华不识抬举，就利用粮草一事，给他出了个难题，好教他知道哪个才是他的顶头上司。也是合该王炽倒霉，本是想着让付少华记恩，这才生出粮草一事，无端卷入了官场暗斗。赵培听说付少华缴了缴银，好生奇怪，差人去一打听，方知是王炽救济。

付少华缴了银子后，来找骆秉章，将近来发生之事原原本本地说了一遍。骆秉章素有眼疾，听完之后，微微眯着的双眼倏地射出一道精光，道："虽千万人吾往矣，好你个王四，为人处世果然与众不同！"

付少华称是，道："此番的解缴之资，重庆之商人均不肯解囊，若非王四，卑职万难交差。"

骆秉章从鼻孔里哼出一口气，像是冷笑，亦像是对王炽之举的赞许，却没再发话，只摇了摇手，示意付少华下去。

待付少华退下后，骆秉章徐徐地从椅子上站起来，走到窗前，眯着眼往窗外瞅着，天上云锁晴空，阳光时隐时现，而西边却早已是乌云弥天，看来晚上便是要变天了。

那么当今之天下呢？骆秉章吐了口气，抬起右手倚在窗框上，瘦若干柴的手因紧抓着窗户而显得越发苍白。时势造英雄，眼下即将展开的这个变局，可会有人脱颖而出，去改变这变幻莫测的时局？

骆秉章抬起左手抹了下眼睛，再次睁开眼睛时，眼前出现了那个浓眉大眼、虎头虎脑的王炽，嘴角微微一翘，心下寻思：天下将有大变，大清国即将迎来一场翻天覆地的变革，你可会顺势而为，翻云覆雨？

第十二章

重庆府派粮征饷逼商人　天顺祥效仿前明开中法

1861 年 8 月 22 日，在大清朝的历史上，是一个极其重要的日子，从这一日开始，清朝进入了一个新的时代，历史的走向从此改变了。

咸丰十一年，这个历经了苦难的皇帝结束了他悲剧的一生，驾崩于热河避暑山庄，因英法联军进逼北京，火烧了圆明园，咸丰帝在咽下最后一口气的时候，依然未能回到紫禁城。

他刚继承大统时，如同所有的年轻人一样，意兴遄飞，欲改革振兴这个积贫屡弱的国家。他勤于政事，日日理朝，去邪任贤，启用曾国藩等一批能臣，旨在重振纲纪。叵耐道光帝刚刚去世一个月，便爆发了太平天国起义，其如蝗灾一般，迅速地漫延；紧接着英法联军发动了第二次鸦片战争，步步蚕食中国，内忧外患，中国三千年未有之变局，尽是让这位瘦弱的年轻皇帝赶上了！

他想抗争，却又疲于应付，他痛恨国内纷纷揭竿而起的起义军，厌恶趁机犯境的洋人，奈何道光朝后，国库空虚，穷得连军饷亦捉襟见肘，甫承大统，抱负未展，空有一腔热血，如之奈何？

他懊恼、痛不欲生，终在两次大沽口之战，以及英法联军入侵北京后，心情跌入谷底，以酒和鸦片麻醉自己，心神交疲之下，崩于热河，享年 31 岁。

咸丰帝并非昏庸无能之帝王，其虽在被迫无奈之下，做了不少错误之举措，然终归是时局所向，无可厚非。只是有一人他本应提防，却是疏忽了，导致其后代子孙大权旁落，亦使锐意改革的光绪帝手脚受缚，使大清精锐北洋水师尽数亡于甲午一战，此人便是他的懿贵妃——叶赫那拉氏。

叶赫那拉氏权力心甚重，咸丰帝死后，暗中联合恭亲王奕䜣、军机大臣文祥、顾命大臣僧格林沁等人，发动辛酉政变，在同治帝登基后，挟幼帝垂帘听政，史称慈禧太后。

慈禧听政后，为迎合奕䜣，开始了中国近代史上具有划时代意义的洋务运动。

洋人轰开了闭关锁国的清政府的大门，国人被迫走出门，去迎接外面的事物，开启了一个新的时代。当这道大门被打开的时候，国内的争斗亦趋白热化，一边是朝中顽固派和洋务派的明争暗斗、唇枪舌剑，一边是朝廷与起义军最后的你死我活的拼杀。

何为师夷制夷、中体西用？关键是讨好并稳住洋人，唯有让对方满意了，不来骚扰了，方可静下心来、心无旁骛地学习洋人的技术，并且休养生息。也只有得到了洋人的认可和帮助，才能专心致志地处理国内问题。

这一点奕䜣做到了，尽管讨好洋人之举，受到朝野上下之非议，但不得不承认，奕䜣的行为取得了洋人的支持，至少在短时间内，朝廷可以腾出手来处理国内问题了，而国内的首要问题便是揭竿起义的起义军。

起义军看清了国内形势后，自然也意识到与朝廷决战的时刻到了，不管是太平军还是捻军，纷纷在各地行动起来，攻城略地，欲作最后一搏。

唐炯出师后，在犍为一带遭到捻军和太平军的疯狂攻击，三万人马节节败退，起义军则势如破竹，袭击了自贡盐场，大军直指川西、成都一带，唐炯被迫退守绵州。

起义军席卷四川，朝野震惊，作为四川总督的骆秉章更是吃惊非小。

"是我低估了敌军实力！"骆秉章微微一叹，混浊的眼落在身侧所坐的那人身上，一脸的歉意，"辛苦老弟了！"

在骆秉章旁边所坐的是位六旬开外的老者，名唤萧启江，字潏川，湖南涟源人，少年时曾在四川经商，后折节读书，入国子监，1853年加入湘军，此后南征北战，因战功显赫，官至按察使记名[1]，因四川大乱，率湘军入川平乱。

萧启江虽年纪略小于骆秉章，但由于连年作战，身上大小伤无数，伤及筋骨，入川时身体抱恙，与骆秉章一样已是风烛残年，高大的身躯皮包着骨头，瘦骨嶙峋。见骆秉章满脸愧疚之色，他爽朗一笑，道："老哥哥，你我征战一生，若是临了病死在床上，反倒是憋屈了，报效朝廷，何来辛苦一说！"

骆秉章点了点头，颇是认同此言，便问道："老弟入川，可有御敌之策？"

萧启江沉吟片晌，叹道："匪首李永和、蓝大顺本在云南活动，曾建了小朝廷，改元顺天，如今之形势于他们不利，因此各股起义军便联起手来，做最后的反扑，顺天军[2] 投靠太平军，受太平军节制，此番入川，更是联合了捻军，号称三十万，你我眼下之兵力，难堪一战。"

骆秉章眯了眯，他明白并不仅仅是兵力，还有粮草和军饷以及朝廷上下明争暗斗、意见不一，本来就乱成一锅粥的国家，现下更是混乱不堪了，以至于做事前先要看看对方是哪一派。

骆秉章抬起手揉了揉眼睛，并未言语，只待萧启江继续往下说。萧启江却是苦笑一声，道："唯死战耳！"

骆秉章将目光投向厅外，是时即将入冬，寒风萧瑟，阳光晦明不定，毫无暖意。骆秉章吸了口凉气，慢慢地起了身，脸色若寒冬的岩石，冷峻而坚硬，道："老弟，国难当头，就让我俩拼却这身老骨头，去沙场走一遭吧！"

萧启江眼里射出道精光，起身与骆秉章并肩而立，提了口气道："卑职愿以老哥哥马首是瞻，不平叛乱，誓不还师！"

重庆知府王择誉以烈酒生吞鸦片自尽后，川东道台付少华暂理重庆事，身兼二职，本该是件喜事，可付少华的脸上却看不到丝毫喜悦之色。

朝中两个派系在争，地方两个政权在斗，这种时候，不管你站在哪边，皆是不堪其扰，身上的职务越多，也就意味着面临的麻烦越大。

---

[1] 按察使：清朝官名，记名，则为清朝官阶制度，一般为有功之臣，在吏部或军机处记名，以备升迁。

[2] 顺天军：指李永和、蓝大顺的起义军。

面对当下纷扰之形势，付少华的头脑是清醒的，骆秉章亲率大军出征后，上面的任务就下来了，要求重庆方面不遗余力地支援战事，一月之内须凑足十万粮饷，送到军前，若有懈怠，军法从事。

接到这命令时，付少华不由得摇头苦笑，这也算是官场上的惯用伎俩了，拿一件冠冕堂皇的事来给你出难题，你想反驳都找不到理由。可是没银子靠什么去支援战事？当今朝廷，从上到下，穷得叮当直响，能支援的也就一条烂命了。

付少华决定放下身段，去求重庆的商人高抬贵手，只不过前次因粮草之事，让布政使赵培算计了一回，此番他不敢再去寻王炽，而是直接去找了百里遥。你不是跟赵培穿一条裤子吗？现在赵大人命令下来了，那就由你带头去做这件事吧。

百里遥的头脑，并不逊于前山西会馆的大掌柜刘劲升，自他接管重庆山西会馆以来，业务稳步上升，很快便得到了上下之认可，顺利稳固了地位。听了付少华来意后，百里遥并未有丝毫推诿之意，爽快地答应了。这让付少华多少有些意外，正要表示谢意，突又听百里遥道："付大人，此番匪祸，不同以往，朝廷投入之兵力，亦是倍于往日，如若仅靠山西会馆一己之力，无疑是杯水车薪，到头来要是粮饷不足，战事不利，上面还是要责怪于大人。"

付少华听这话说得在理，点头道："百里大掌柜所言甚是，本官也是为此夜不能寐，不知大掌柜有何想法，本官愿洗耳恭听。"

百里遥依然是一副冷冰冰的样子，目光一转，道："要想从根本上解决此事，不妨以官府的名义，召集本地商人开一个协商会，到时按商户规模之大小、经营项目之区别分摊下去。派粮征饷、捐资助剿历朝有之，想来到时候大家也不敢当着众多人的面回绝。"

"此计甚妙！"付少华眼睛一亮，心想你虽与萧知章、赵培一路的，这次倒果然是在为我出谋划策，当下笑道，"两天后本官便安排协商会，届时望百里大掌柜带头响应，本官感激不尽！"

"付大人客气了！"百里遥道，"国难当头，做些力所能及的事罢了。"

付少华以为，山西会馆乃重庆商界的龙头，只要百里遥带头响应，此事多半就没有问题，因此回府后，便令下面的人填写名帖，投送至各商户手中，筹备协商会事宜。

王炽是在次日一早收到邀请帖的，看到这个帖子时，浓眉一蹙，叫来天顺祥总管于怀清商议。

"付大人如何找了百里遥带头捐饷？"于怀清看完帖子后，奇怪地念叨了一句。

王炽苦笑道："前次粮草一事，我们刚到犍为，百里遥却先我等一步，到了那边，后经打探，方知是朝中两派暗斗之结果，百里遥显然与萧知章是一路人。付大人此时找他，估计是被逼急了，病急乱投医。"

"此事怪就怪在这里。"于怀清手捏颔下青须，徐徐地道，"付大人支持洋务派改革时弊，按道理萧知章该会授意百里遥，从中作梗才是，缘何百里遥爽快地答应了带头派粮征饷之事？"

"我找你来，便是为解此惑。"

"依不才之见，有两个可能。"于怀清道，"一则是眼下起义军闹得正凶，萧知章他们暂时摒弃了政见，协同骆总督作战；二则此番所谓的协会商，恐怕不会如表面上看起来的这般简单。"

"你是说这里面有猫腻儿？"王炽眉头一沉，又道，"在下如何没察觉出端倪来？"

于怀清摇头无奈地笑了笑道："既是未露端倪，担忧亦是徒然，静观其变就是了。"

两日后，重庆商界的战时派粮征饷协商会于知府衙门召开，几乎重庆商界有名有姓的商人都请到了，竟有上百之众，满满地挤了一厅。

付少华作为主持方，分析了当下之形势，太平军、顺天军、捻军集结三十万大军，扰乱川境，兵锋直指成都，形势危急云云，最后坦言："国库空虚，难以支撑眼下声势浩大之战事，望我重庆商界，有钱出钱，有粮出粮，共度时艰。"

此番话落后，下面的商人均议论起来，付少华目光炯炯，看着他们的反应，然讨论许久，未见有回应者。付少华不由得冷冷一笑，这些商人不便公然回绝，却是有意识地集体装疯卖傻，做出一副关切之状，却是没一人出头承担责任。

付少华将目光有意无意地往百里遥投将过去，百里遥静静地坐着，好像眼前所发生之事与他并无关联。

王炽一直在暗中留意着事态的变化，付少华和百里遥的举动，自然也尽落眼里，心想百里遥在背后答应得好好的，莫不会在众目睽睽之下给付少华吃记闭门羹吧？

思忖间，不想百里遥却开口了。"诸位——"其声音并不洪亮，却是极为深沉，一下子将嘈杂的议论声压了下去，"国家有难，匹夫有责，妇孺尚且懂得此理，我等岂能熟视无睹，任由起义军祸乱国家？"

百里遥的脸色如同病入膏肓之人，毫无生气，在山西会馆任总管之时，便有许多人畏惧于他，如今荣升大掌柜，身上更是多了种威严之气势，因此在他说话之时，百余人鸦雀无声。

"在下提议，眼下秋收甫毕，粮食不是问题，关键是银子。大伙儿既然来了，多少帮衬一些，待筹齐了银子，再委派一人运送粮饷，可好？"百里遥鹰隼般的眼里精光一闪，在大厅上转了一圈，未待众人反应过来，又道，"山西会馆愿出一万两白银，以支援出征之将士，各位量力而行，出多少随意便是。"

百里遥话音甫落，众商人再也无法作壁上观了，纷纷上报支援之数目。

看到这一幕，付少华咧嘴笑了，看来此番他找百里遥是找对人了，此会过后，重庆粮饷问题，已可无忧。王炽往于怀清望了一眼，发现他的眼里也尽是疑惑，莫非值此大战之时，朝中两派果然已摒弃了前嫌？

过不多时，众商人填报饷银事宜已进行得差不多了，王炽自是不便置身事外，也要上去填报天顺祥的支援款，百里遥走上几步，把王炽叫了下来，"王大掌柜且慢！"

因了在买卖城王炽设计相继要了祥和号魏伯昌及山西会馆刘劲升的性命，到了重庆时，双方都是老死不相往来，即便是在街上相遇了，也是未曾说过话，此时见百里遥主动开口，王炽不免有些意外，出于礼貌，拱了拱手道："百里大掌柜有何赐教？"

百里遥嘴角一弯，像是冷笑："王大掌柜胸藏丘壑，腹有谋略，在下岂敢赐教于您？只是眼下饷银已足，独缺一个运送粮草之人，王大掌柜胆大心细，又自建了马帮，不妨担了运粮重任，以解前方将士之急？"说话间，目光一转，看了眼不远处的付少华。

王炽曾资助付少华三万两的解缴之银，他一直感念于心，自是不会将麻烦事推给王炽。可眼下此事，王炽可免缴饷银，只负责粮草运送，无论如何也不会亏了他。见百里遥目光投来，付少华转目朝王炽问道："不知王大掌柜意下如何？"

王炽未忙着答应，朝百里遥浅浅一笑，道："百里大掌柜这是要便宜在下吗？"

百里遥道："便宜谈不上，只是人尽其事，各司其职罢了。"

王炽仔细留意了下百里遥，见他的脸上兀自毫无表情，委实吃不透他此番究竟是好意还是歹意，又朝付少华问道："上面可有要求，几时送达粮饷？"

付少华道："一月之内，将粮饷送至军前。"

王炽想想时间足够，再看此事怎么也不像是陷阱，便点头应承了下来。

及至散了会，王炽随着众人离开衙门，到门口时，只见一位少女急匆匆而来，明眸皓齿，长相清秀，只是神色之中隐含了一股霸蛮之气，正是济春堂重庆分店的大掌柜李晓茹。王炽见状，连忙迎将上去，笑道："李大小姐也来了！"

"有些事耽搁了，竟是迟来了一步。"李晓茹往王炽望了一眼，坏笑着问道，"经此一会，你被刮去了多少，透露予我一些，好教我心中有个数。"

于怀清失笑道："与会者多则上万，少则数百，独我等未出分毫。"见李晓茹好奇，便将百里遥的提议说予她听。

李晓茹闻言，大为惊异："那半死不活的痨病鬼，何时关心起人来了，莫非你们果然在买卖城建立起了深厚之感情？"

王炽情知这小妮子嘴毒，便不再跟她斗嘴，只说道："是福不是祸，是祸躲不过，且由他去吧。"辞别李晓茹后，径回了天顺祥商铺。

越三日，马锅头牛二从云南走马帮回来，在席茂之处交割完进出货单后，顺口道："起义军三面合围成都，亏的是长江以东暂时安全，不然这一路上来，很难顺利抵达重庆了。"

席茂之闻言，不由抬起头问道："可有听说从哪三路合围成都？"

牛二想了想，道："北路军正在攻打绵州，据说唐炯大人现如今被困在城内，动弹不得；东北方向是在达州一线作战，战线拉得较长，令官兵头疼得紧；另一路嘛，起义军霸占了自贡盐场后，一路北上，听说已打到了眉山，距成都不过几十里路了……格老子的，你说万一成都果然不保，重庆会不会成为起义军的下一个战场？"

席茂之未曾说话，放了笔后，径去找了王炽。牛二以为是自己说错了话，惹他生气了，一时瞪着牛样大的眼睛，看着席茂之的背影念叨："不曾想席大哥恁地小气！"

席茂之将牛二带来的消息说了一遍，王炽听完当前之局势，目不转睛地看着席茂之道："席大哥的意思是……"

席茂之点头道："不错，食盐！"

千年以来，盐商是众多商人为之眼红的一个行业，然在绝大多数时候，盐业之经营权都掌握在少数人手里，须凭盐引行销，一引难求。本朝宣宗皇帝 [1] 因见盐价暴涨、盐业垄断之局面愈演愈烈，遂改盐引为盐票制，招贩行票，不论资本多寡，皆可量力运行，去来自便，将盐业融入市场竞争。可形式虽易，根本未改，盐票制依然保留了盐引的各项手续，普通商人想要参与盐业，漫说一票难得，那些老牌盐商也不允许你抢他们的饭碗。

最为关键的是，自贡盐场为太平军所占，战区的食盐固然是紧缺的，可你敢冒着生命危险运过去吗，即便是你想运，到处都有义军把守，运得进去吗？

王炽在开设了商铺后，显然不敢如以前那样敢于冒险了，摇摇手道："此事风险太大，不可轻率从事。"席茂之情知危险系数颇高，当下也没强求。

又过三日，因协商会后付少华那边一直没有动静，王炽不免觉得奇怪，心想当日各商户都填报了支援之粮饷，按说六七日过去了，应该都上缴了才是，何以迟迟不见响动？正思忖间，突见李晓茹大摇大摆地走了进来，她美目一转，在屋内扫视了一遍，道："咦，今日何以未见春花在前侍候主子？"

王炽笑道："牛二家的房顶漏了水，春花帮忙去了。"

---

[1]　宣宗皇帝：道光。

李晓茹摇头叹息道："这小妮子用心不专，须好生管教才是，万一要是主子饿了渴了，怎生是好？"

王炽知道女人善妒，许春花日日在他身边侍候着，她心里一直不舒服，便把话题引了开去，道："济春堂的生意近来可好？"

"自打听了你的主意，请了城内知名的郎中驻店后，客似云来，济春堂的业务总算是恢复正常了。"李晓茹话头一顿，瞟了眼王炽，又道，"只是阿爸依然担心我与你厮混，要继续留在重庆一段时间。"

王炽哑然失笑："令尊管束得紧，今日却何以跑来见我？"

"你这王小贩子只怕又有麻烦了！"李晓茹"嘿嘿"怪笑着道，"今日我去了知府衙门，缴那粮饷，你猜付大人是何表情？"

王炽正为此事奇怪，见李晓茹一副讳莫如深的样子，心里"咯噔"一下，忙问道："是何表情？"

"协商会上，大伙儿都慷慨填写支援粮饷，可那都是空头承诺，迄今为止，兑现之人寥寥无几，绝大部分商户未见动静，你可知道这意味着什么？"李晓茹目射精光，冷笑道，"上头有令，一月之内须将粮饷送到军前，如若违约，军法从事。他们给付少华在纸上画了一张大大的饼，让你负责运送粮饷，这中间一旦出现差池，被送上断头台的就是你和付大人了。"

王炽周身一震，怪不得百里遥爽快地答应带头筹饷，原来其用意在此！更令他想不到的是，朝中两派朋党相争，竟置国家安危于不顾，不由怒道："协商会上众商户所填写的支援数目，白纸黑字地写在纸上，粮饷未到，如何能迁罪于筹备及运送之人？"

李晓茹道："他们拖你个半个月以上，你未能如期运到，不迁罪于你，却要怪哪个去？再者说当下之官府，均存党同伐异之心，黑的尚且能说成白的，杀你一个小商贩又岂在话下？"

王炽沉默了，他知道李晓茹说的是实话。自从替付少华垫付了那三万两的缴解银后，他便在无意间卷入了这场朋党之争，加上地方商人私人恩怨的推波助澜，他王炽已无法从那泥潭中脱身出来，眼下唯一的可行之计是，只能在这场杀人不见血的暗斗中去寻找生机。

如何寻求生机呢？王炽浓眉一动，目光一抬，望向门外。

与王炽同样忧心的是付少华，他本以为协商会后派粮征饷之事已圆满解决，可随着时日的过去，心里越来越沉重。这一日将百里遥叫过府来询问，因何粮饷迟迟未曾到位？

百里遥依然是一副冷冰冰的样子，鹰隼般的眼看了付少华一眼，道："付大人，眼下四川各地战事四起，大大地打击了商业，商人的日子也不好过，答应之粮饷迟迟未到，估计是他们手头也不宽裕，不妨再等几天看看。"

付少华不傻，见百里遥一副波澜不惊的样子，心里就明白了三分："百里大掌柜，明人面前不说暗话，本官心中藏着一个疑团，恳请解惑。"

百里遥道："大人只管说来便是。"

付少华道："唐炯出征犍为之时，本官曾让王四负责粮草之事，不想他到了那边时，你却已经在犍为了，敢问百里大掌柜，可是奉了赵大人之命？"

其实这是心照不宣的事，即便是不说，彼此心里也都明白是怎么回事，付少华之所以拣这个时候相问，另一层意思是，你可是赵培的人？如果是的话，此番拖延粮饷的事可是受了赵培的意思，打击异党的？

"是的。"百里遥目光一抬，眼睛冷冷地看着付少华，直截了当地承认了。

看着百里遥那肆无忌惮、目空一切的样子，付少华的心头倏然涌起股怒火，加重了语气道："为党同伐异，你等竟置国家安危于不顾吗？"

"呵！"百里遥从喉咙底下发出一声怪响，好似付少华的言语可笑至极，"是哪个将国家安危置于不顾了？家国飘零、千疮百孔，莫非便是匹夫之罪？江山是你们坐的，律法是你们定的，享受着来自四方之供奉，收受着来自各界之奉敬，战事来了还要征派粮饷，天下乱了却责怪是匹夫之罪吗？不妨实话告诉大人，这天下不管哪个来坐，对我等而言，不过是换了番天色罢了，是雾是雨，生意照做，倘若果然大难临头，该死的是你们，怪只怪你们贪得无厌，怪只怪在国家千疮百孔之时，还不忘了朋党之争。大人以为我等草民，愿意在你们的争斗中生存吗？非也，此不过是无奈之举、权宜之计罢了。"

"好一个是雾是雨，生意照做！"付少华霍地一拍桌子，面白无须的脸顿时涨得呈紫红色，"既然你说得如此豁然，何以要加入赵培阵营，来与本官作对？"

百里遥冷冷地道："民怨沸腾，义军四起，列强入侵，国将不国，值此大乱之时，不图强自保也就是了，还要去迎合洋人的思想，学习他们的技术，莫非华夏几千年之历史，还不如蛮夷吗？所谓的改革，不过是自取灭亡罢了。"

付少华的脸由红转青、由青变白，他似乎从百里遥的话里，听出了一股不祥之感。倒并不是说他动摇了支持朝廷改革的心，而是觉得，在这件事的背后，恐怕还有更大的阴谋。他怔怔地看着百里遥，道："既然话已说开了，不妨把你知道的都说了吧。"

百里遥倒也不避讳，说道："骆总督此番出征，只怕是有去无回了。"

付少华周身大震，这句话的另一层意思是，骆秉章一死，你们这群站在骆秉章背后支持改革的人也活不长久了。

"为何？"付少华瞪着百里遥问，眼里终是露出了惶恐之色。

百里遥道："如今的军队之中，亦有派别之分，不然的话，兵匪之乱，何以如此猖獗？眼下骆总督在四川能调动的兵力只怕不多；其次，萧知章大人传了密令下来，粮饷之事要我等虚与委蛇，能拖则拖，偌大的军队，无粮无饷，人心思乱，如何作战？因此，骆总督此去，恰如孤军深入，凶多吉少。"

付少华倒吸了口凉气，道："待此战败后，萧大人再以拖延粮饷罪，将本官绳之以法，借此排除异己？"

"正是。"

付少华只觉脑子里嗡嗡作响，瘫软在椅子上，脸色白得吓人。确切地说，他并非什么好官，此前他也曾在川东道任上贪过不少。但他是有抱负的，不想看着这个国家由着洋人欺凌，希望它强大起来，因此支持洋务派改革，投入了骆秉章的阵营。

从当前的形势来看，支持改革并没有错，恭亲王已成立总理衙门，慈禧太后亦对此表示支持，曾国藩、左宗棠、李鸿章、张之洞等一批能臣，均在全国开展以"师夷长技以自强"的运动，只是令付少华没有想到的是，顽固派竟然如此明目张胆地排除异己，问题到底出在哪里，他们就不怕朝廷治他们的罪吗？

付少华自然想不明白，问题出在哪里，更不会想到慈禧支持洋务派，不过是为了得到和稳固权力的权宜之策罢了。

眼看着大难临头，却不知问题究竟出在何处，不知该如何应对，付少华慌了，莫非就要这么不明不白地送了性命吗？

"退出来吧，只要你退出此番的承运粮饷任务，即便他们要怪罪，也怪不到你头上。"李晓茹看着蹙眉凝思、一脸沉重的王炽道，"在这种时候退出，没人会怪你。"

王炽抬头看了她一眼，没有说话。相对于付少华而言，王炽倒并未乱了心智，他知道眼前的局，是四川巡抚和当地商人合谋挖的，表面上看跳将下去，万劫不复，可转念一想，之前那么多陷阱，你是如何过来的，又是如何借势谋局，将死棋走活的？这个时候退出来，仅仅是逃避运粮吗？

王炽浓眉一扬，只怕是在逃避责任吧？国将不国，生灵涂炭，狠得了心逃避责任，不闻不问吗？

李晓茹见他还在犹豫，不由急道："王小贩子，你可是吃饭吃傻了，如此明显的陷阱莫非你还想往下跳？"

"事有百态，福兮祸兮，不去尝试，焉知非福？"王炽说了一句后，让外面的伙计去叫了席茂之、于怀清两人过来。

"你……你……"李晓茹被他气得直跺脚，"你就倔吧，官府关了你几次，还不长记性，下次送你去吃皇粮时，休想本大小姐去救你！"

王炽却是一副似笑非笑的样子，既不接她的话，也不去反驳她，待席、于两人入内后，径吩咐道："席大哥，你火速去查一下附近几个城池的食盐流通情况，越详细越好，明晚之前，将结果说与我听。"

席茂之两眼一亮，心领神会地笑了一笑："你可想好了吗？"

王炽郑重地点了点头，道："我想赌一把。"

席茂之应好，转身而出。于怀清正待相问，王炽却一把拉了他的手，边往外走边道："于先生随在下去一趟衙门！"

于怀清尚是一头雾水，问道："去衙门做甚？"

王炽道："路上再与你说。"

"王死贩子！"李晓茹独个儿被扔在天顺祥，王炽临走时也并未向她有个交代，一时怒从心起，追出门去，双手叉着小蛮腰道，"你以为你有七十二变，能把十万粮饷变出来吗？刑部大狱没要了你的贱命，萧知章要剁了你的狗头时，可别来本大小姐面前哭！"

王炽回头喊道："此番凶险得紧，未免令尊骂你胡闹，快回济春堂去吧！"

到了衙门里时，王炽看到付少华的脸色，委实吓了一跳。只见他面若死灰，两眼无神，好似众叛亲离、大难临头一般，能在他脸上嗅出死亡的气息。

"王兄弟，本官让人算计了！"付少华在椅子上微微地挪了挪身子，垂头丧气地道，"那些粮饷，他们拖着不上缴，分明是要将本官置于死地。"

王炽在其旁边坐下，伸出手搭在他的肩膀上，沉声道："大人，如若要死，王四陪你一起死，但如今离缴饷日期尚有二十余日，在此期间，我们不能坐以待毙。"

所谓树倒猢狲散，大难临头各自飞，此情景虽然残酷，却也是世情如此，如果王炽在此时抽身离开，付少华自也怨不得他。然而让付少华没想到的是，在这种时候，王炽居然要与他共生死，一时情绪激动，竟落下泪来，握住王炽的手，哽咽道："兄弟，有你这句话，付某死而无憾了！不过萧知章、赵培要置骆总督一党于死地，此一劫是无论如何也逃不过去了，你不过一介商人，不必插足进来，好生做你的生意去吧。"

王炽正色道："依在下看，未必就没有活路。"

付少华神色一振："莫非兄弟有办法？"

王炽道："大人可听说过开中法？"

付少华一愣，未曾明白过来："兄弟指的是什么？"

王炽道："自春秋以降，盐业一直实行盐引制，盐商想要经营盐业，须在官府取得盐引，而后在固定的引岸[1]经销食盐，致使盐业垄断，盐价暴涨，财富亦聚于少数人的手里。明太祖推翻元朝后，为防止蒙古残余势力反扑，在北

---

[1] 引岸：指盐商固定的经营区域，每位盐商在拿到盐引时，都被指定了地区，不得越界。

边安置了二十余万兵力，沿长城设九镇，以拱卫京师。如此边关倒是稳定了，可随着时日的推移，问题亦暴露了出来，那二十多万人每年需耗粮千万石计，布匹十万余匹，再加上从内地调粮过去，所损耗之人力、物力巨大，使朝廷财政不堪重负。为解决此问题，明太祖便实施了盐业开中之法令，允许民间商人向边关输送粮草，以三十斤粮食换取一份盐引。商人见有利可图，应者如云。大人您看，明太祖四两拨千斤，不费国库分毫，解决了边关粮饷问题，且又让利给了商人，岂非利国利民之举吗？"

付少华一字一句地仔细听毕，脸上的血色越来越浓，及至王炽的最后一个字落去，他的脸激动得涨成了猪肝色："兄弟要以明太祖的开中之法，解决此次的粮饷问题吗？"

"为何不可呢？"于怀清微哂道，"大人身兼川东道之要职，握有四川盐票分配之大权，是时自贡盐场为太平军所占，附近城镇的食盐必然紧缺，大人要是能给予我等行盐之权，以食盐的销量兑现粮饷，岂非利人利己之事吗？"

付少华一拍大腿，大声道："此事无甚可说的，只要能渡过此劫，教骆总督安心作战，救我万千川民，付某甘愿以王兄弟马首是瞻，听凭吩咐！"

"大人言重了。"王炽道，"在下的意思是此事要么不做，要做就索性把它做大了！"

付少华愣怔了一下，问道："兄弟要怎么做？"

"他们屡番算计于我等，来而不往非礼也，我们也该回敬一下了。恳请大人帮在下做两件事。"王炽郑重地道，"第一件事，公开历数重庆商人不顾国家安危，大战之际阳奉阴违，不肯捐饷之罪行，好使他们吃不了兜着走；第二件事，希望大人给在下一个名分，向重庆父老说明，此番骆总督出师之粮饷，均由天顺祥一力承担，以便于在下日后于重庆扎稳脚跟，开展生意。"

付少华起身，也郑重地道："兄弟不顾安危，救付某于水火，助剿匪大军无后顾之忧，此名分即便是兄弟不说，付某也会给你。"

"好！"王炽浓眉一扬，起身道，"那么此事就这么定了！"

从衙门出来后，王炽就着手准备盐运。翌日傍晚，席茂之派出去查探的人陆续从各地回来，并给了王炽一张报表，详细标注了各地用盐情况。

"从目前的情况来看，老百姓家里的盐暂时不缺。"席茂之道，"只不过自贡盐场沦陷，百姓心慌，纷纷囤盐，致使商户手里的盐所剩无几，因此盐价日日走高。"

于怀清道："眼下川盐源头被截，两淮的盐远水救不了近火，确实是个大好的商机。但这里面也有问题，我们看到了此商机，其他盐商定也留意到了，市场不免被瓜分，要想在二十日之内以盐运生出十万两粮饷来，只怕是有点难。"

王炽把报表放在桌上，道："你们看，越是接近战区，缺口越大，要置之死地而后生，唯随军销盐。"

于怀清倒吸了口凉气，不可思议地看着王炽道："王兄弟，随军做生意，这不是闹着玩的！"

席茂之是山匪出身，艺高人胆大，笑道："于先生可莫要忘了，有时候最危险的地方兴许就是最安全的。"

"随军行商，也是有先例的。"王炽道，"当年康熙爷平准噶尔时，便是带了一批山西商人，随军深入蒙古草原，贩卖军粮、马匹等军需品，又同时在蒙古与当地人进行贸易，这就是晋商，他们的生意能占大清朝的半壁江山，靠的不仅仅是运气，还有勇气。"

"即便是随军贸易可行，但还是有问题。"于怀清忧心地道，"货源在何处，我们在短时间内去哪里弄那么多的盐？"

王炽胸有成竹地道："当然是自贡盐场。"

此语一出，连席茂之也吃惊不小："自贡盐场已让太平军占了，莫非你要与太平军交易吗？此乃死罪也！"

"不！"王炽微哂道，"是要火中取栗。"

席茂之看了眼于怀清，于怀清亦是一脸不可思议地看向他，两人面面相觑。

"如何取？"于怀清紧张地看着王炽问道。

王炽道："他们怎么占的，咱们就怎么取。"

四川盆地内山多水广，除去嘉陵江外，还有一条辽阔的江水，名曰涪江。其发源于岷山雪宝顶，穿越重山，带着一身的绿意，奔流而下，至平武县时，乍遇凤翅山、鹰嘴岩处，因两山夹峙，周围皆是峻岩峭壁，水流骤急，浊浪滔滔，此处有一座关隘，名唤江油关，自古便是兵家必争之地，三国时刘备入川后，在此驻防大军，后主炎兴元年，曹魏征西大将军邓艾兵出阴平，从峭壁攀崖而下，奇袭江油关，灭了蜀汉。

涪江水出江油关后，迂回至四川盆地北麓，江面逐渐开阔，到绵阳平原后，最终汇入嘉陵江。

这一路上险山恶水，尽数被起义军占领，清廷要想夺回失地，难于登天，是时骆秉章面临的不只是声势浩大的义军，还有这天险屏障。

马如龙带着曾小雪一路从云南而来，继又北上平武县，为的是要与骆秉章大军会合，参与这场史无前例的决战。

千里跋涉，从云南领万余大军北上入川，倒不是说马如龙如何忠君爱国，他是要报仇，为了曾小雪的哥哥曾幺巴，也为了他曾经的部下、出生入死的兄弟杨振鹏，他要捻军血债血偿。

站在涪江边上，马如龙转头看向曾小雪。她的脸微微有些发白，清澈的眼里透着丝幽怨，蛾眉紧蹙着，怔怔地望着江水。

山风吹起她的衣袂，亦吹乱了她的思绪。她生于这片山水，长于这片山水，曾几何时，在哥哥的庇护下，她无忧无虑地生活在山寨里，不知世道之凶险，甚至时常伤春悲秋，莫名其妙地去伤感花开花落、时季轮换，怜悯蝼蚁鸟虫之卑微，唯独忽略了风云变幻的时势。

毛坝盖山一战，山寨尽毁，曾幺巴为此丧命后，原本就寡言少语的曾小雪更加不爱说话了，心中只是想着要为哥哥报仇。除了此事，任何事都难入其慧眼，哪怕面对的是婚姻大事。

在跟马如龙成婚时，她也只是说一切从简，摆个仪式就是了。马如龙甚为心疼于她，自然不想为此俗事而扰了她的心境，因此在成婚当日，友人同事一律没请，只他两人面对红烛，虽道是显得冷清了些，但两人的心却是平静而满足的。

每当思及这些，马如龙便觉得，她是不幸误入人间的仙子，这世上纷扰之事，统统与她无关，了结了此番的事情后，就带她回云南，好教她安静地生活。

是时，见她俏生生地站在江边，白衣胜雪，衣袂迎风，更显得其弱不禁风，禁不住走上去，轻轻地握了她的手。曾小雪回过头来，报以一笑。

过不多时，一名兵卒上来，递交了封密函，说是骆总督那边来信了。马如龙急忙拆开，上书二十字：匪寇猖獗，合而击之，明日亥时，效仿士载，奇袭江油。

士载就是三国时曹魏大将邓艾，看来骆总督要学他拿下江油关了！马如龙浓眉一动，顿时间神采飞扬，他多少是了解骆秉章的，江油关紧邻绵州，如果合清军主力，拿下了江油关天险，对围在绵州城外的义军的打击是巨大的，如此一来，清军就能一鼓作气解围绵州，救了唐炯。想到此处，他朝曾小雪投去一瞥，意思是说，曾大哥之仇可报了！随后命令全军就地休息，俟明日配合骆秉章主力作战。

是晚，为了不教义军发觉，三军就地而坐，也不埋锅造饭，一律只食干粮。因恐曾小雪感染风寒，马如龙特地给她搭了个小帐篷，算是享受特殊待遇了。

戌时过后，夜色渐深，山中湿气重，又是秋后，没多少时间，众将士身上就被露水打湿。沉寂之中，山里忽传来一阵嘈杂声，马如龙觉得奇怪，遂命人去探。过不多久，士卒回来禀道："声音从平武境内传来，从山头望下去，城里灯火通明，像是在举办什么活动。"

马如龙浓眉一动，心想这时节会有什么活动，如此热闹？再者平武已为匪寇所占，老百姓又有甚可庆祝的？越想越觉得不对劲儿，交代了曾小雪两句，让她先行休息，遂带了两名随从，趁黑摸上山头去。

从这座山往下望，平武城之景象一览无余，诚如士卒所言，城内灯火通明，人影幢幢，且伴着嘈杂之声，像极了在搞什么活动。细细一听，虽说只能从夜风中听到零散的只言片语，但由于说话之人声音很大，还是能听出个大概。那不是百姓在举行什么活动，而是太平军在宣扬异教，大意是强调天下一家，上帝为父，耶稣为子，而太平天国各王则为上帝之子，耶稣之兄弟，降人间以降邪魔外道。何为邪魔？自秦汉以来，佛教道术皆为邪魔外道，包括统治了中国的清廷，皆为妖魔，鼓动百姓弘扬正道，铲妖除魔……

宣道者在上面大声说几句，下面便有一帮喽啰附和，因此声震山川。马如龙听了会儿，不由皱了皱眉头，心想以迷信蛊惑百姓之政权，终将是难以长久的。正要转身回去，突见不远处的草木中埋伏了数人，因双方隔了些距离，加上城内透出来的光线晦暗不明，辨识不清到底是哪方面的人。

马如龙暗自一震，心想莫不是骆总督的人也被吸引过来了？如果真是骆总督方面的人……想到此处，心头禁不住狂跳起来，太平军为何要在此时宣扬教义，仅仅是为了让老百姓跟随他们对抗清兵吗？如果是让老百姓相信他们的信仰的话，为何不选择在白天，而要在晚上进行呢，难道他们就不怕清兵偷袭吗？

除非是另有目的。马如龙的心怦怦剧跳起来，眼睛又朝埋伏在草木中的那几人看了一眼，把钢牙一咬，断然做了个决定，朝身边的两名随从做了个手势，意思是潜行过去，以迅雷不及掩耳之势，制住对方。

那两人会意，随着马如龙猫着腰蹑足而行，及至相近时，奋然跃身虎扑过去。隐藏在暗处的那几人猝不及防，被扑倒在地，正要反抗，见马如龙等人乃清兵装束，急道："自己人！"

马如龙目光如电，在他们身上打量了一番后，问道："你等是何人部下？"

原来潜伏在此的共有四人，皆是骆秉章底下的士卒，因见平武城内嘈杂，特来打探情况。马如龙听完他们的解释，倒吸了口凉气，太平军成功吸引了官兵的注意力，定还有下一步的举动。

心念未已，城内传来数声尖叫，紧接着火光大盛，几所民舍相继起火，借着山风之势，越烧越旺，噼里啪啦的燃烧声几里外亦能听得到。

从城外看去，火光下人影幢幢，风中时不时地传来凄叫和厉喝声。马如龙转首看向身边的几人，火光映得他的脸异常凝重："速去通报骆总督，谨防今夜有变。"

那四人被说得莫名其妙，明明是平武城内出了事，而且事情已经发生了，何以要禀知骆总督谨防有变？马如龙加重了语气道："此乃声东击西之策，贼兵有可能偷袭军营，快去！"

那四人这才省悟过来，慌慌张张地转身回去了。见他们离开，马如龙又朝身边的一名亲随道："去调一支百人精兵来，随我去支援骆总督，要快！"那人不敢怠慢，转身飞奔而去。

不出多时，一支百人组成的精兵已到，马如龙轻喝一声，率众往清军大营方向而去。刚翻过一座山头，便见一处山坳里露出火光，只一会儿工夫，火势愈来愈大，浓烟卷着火舌直冲上天。马如龙见状，脸色大变，顿足道："来迟一步了！"

其余人面面相觑，心想果然让马将军料到了，此乃起义军声东击西之策！正不知如何是好时，只听马如龙又道："赶过去看看！"众人低声应喝一声，急往起火处赶。

刚下山头，听得一阵杂沓的脚步声传来，火光之中人影幢幢，从前面一道山坳里跑出来，尚未待众人回过神来，只见马如龙浓眉一扬，低喝声："杀过去！"众将士这才省悟过来，原来那是起义军，忙打起精神跟着马如龙冲了过去。

马如龙临战经验丰富，果然如他所料，那些冲出来的正是与太平天国军联合作战的捻军，他们以太平军在城内宣教、焚烧不信教的百姓房舍为掩护，趁机袭击了清军的粮草，领头的那人是个三十开外的中年汉子，又高又大，一脸的横肉，满嘴如戟的胡子，正是捻军旗下的杨大嘴。

莫看杨大嘴长相粗犷，战场上的经验却是不缺，见迎面扑来一支人马，也不与他们正面交锋，大喊了一声，带着他那十几人往小径上跑了。

马如龙甫到此地，不熟悉地形，加上骆秉章那边突遭偷袭，人心慌乱，亦未能及时追击，让杨大嘴一帮人跑了。

进入清军大营时，众将士正忙着灭火，场面很是混乱。骆秉章也赶到了后路军的粮草大营，脸色铁青，火光映得他的身子越发得瘦弱。马如龙上前行礼时，骆秉章摇了摇手，示意免了此礼。一旁的萧启江恨得迭连跺足，黑瘦的脸尽是怒意，骂人时连湘音都带了出来："那些贼配军，下次叫我遇上，老子非干死他不可！"

"怕是已经失去与他们交锋的机会了。"骆秉章回头看了眼萧启江，脸上露出沮丧之意，"随军之粮草本就寥寥无几，如今一把火如数化为灰烬，何以为战？"

马如龙看着骆秉章的脸色，心头暗暗一震。骆秉章虽垂垂老矣，但论智慧和谋略，天下鲜有匹敌者，即便是再大的战役，又何曾见过他露出沮丧颓败之色？眼下粮草尽毁，军心不稳，若是敌军趁机突袭，焉能与之一战？思忖间，只见骆秉章转过头来，道："明晚奇袭江油关的计划取消，三军连夜退出三里，以防不测。你的军队于我殿后，保证我军主力安全撤离，可有问题？"

马如龙忙拱手道："卑职誓死保证主力安全撤离！"

骆秉章长嘘了口气，"去吧！"

马如龙领命而去，回到驻地后，将本部人马分作两股，一股以瞭望为主，分散各处，侦察敌军动向，一股则迅速转移到骆秉章部不远处，掩护他们撤离。

好在骆秉章当机立断，连夜撤了出来，并未受到起义军追杀。然撤是撤了出来，接下来该如何是好呢？等待着朝廷拨下来的粮草，还是弃战撤军？要是在原地等朝廷的粮草，那救命的粮何时能到，在等待的这段时间，会否再次遭到敌军之偷袭？

一系列的问题，若巨石一般压向骆秉章的心头，那瘦弱的躯体在晨风里微微颤抖着，仿似已然不堪重负……

是日清晨，天刚破晓，重庆城朝天门码头的工人及商户们则已然开工了，淡淡的晨雾里，码头上人来人往，摩肩接踵，在人群中一名衙差敲着铜锣，大喊道："天顺祥大掌柜、义商王炽，独立承担川军出征之粮饷……"边敲边沿着码头一路喊将过去。与此同时，在重庆城的城头及各个人流聚集处，皆贴了衙门布告，痛斥重庆商人，面对国难漠然之行径，大力赞赏王炽一力承担粮饷之功绩。一时间重庆上下议论纷纷，满城都是在说天顺祥王炽的事，几乎一天之间，天顺祥名声大噪。

王炽、席茂之、于怀清及牛二所带领的马帮，出城门的时候，付少华特意组织了一批百姓，沿途送行，场面之壮观，即便是京城大员，亦难望其项背，可谓史无前例。

于怀清看到这一幕的时候，这才觉得王炽此举是值得的，不管这趟以盐易饷的生意，前途有多少风险，但只要是挺过了这一关，可抵他人十年经营之功，脸上不觉露出了笑意。

到了城外，王炽拜别付少华，又朝送行百姓拱了拱手，大声道："各位重庆的父老，我王四虽为一介商人，但在下言必行、行必果，此番出行，定助川军将士无后顾之忧，好教他们保我大清江山无虞，保我四川全境百姓平安！"

这一番话算不上慷慨激昂，听之亦不能使人热血沸腾，可在时局异常紧张之时，听来却是十分暖人心窝。付少华作为一方之父母，临难之时，王炽毅然出手，在此情此景下，更是心潮澎湃，大声道："王兄弟放心去吧，本官及全城百姓，定保天顺祥无事！"

王炽颔首称谢，与众人拜别，翻身上马时，蓦然发现在送行的人群里，有一位娇小的身影，站在众人的前头，一双妙目滴溜溜地在一人身上打转，眼波含情，依依难舍。那姑娘正是许春花，王炽微微一愣，心想春花何时与他好上了？不觉将目光往牛二身上落去。

牛二的眼神亦望着许春花那娇小的身影，古铜色粗糙的脸上，此时竟也满是柔情。看到这一幕，王炽不由得嫣然一笑，所谓"何意百炼钢，化为绕指柔"，再硬的铁汉，在女人和情感面前，也能有柔情的一面！

两人似乎在避讳什么，彼此都没有说话。许春花挥了挥手，一脸的希冀。牛二似乎看懂了她的内心，朝她微微颔首，似乎是在说，不会让她徒然空等。

无声的表白，默然的誓言，让王炽心头为之一怔，眼前油然浮现出一个姑娘的身影。他与李晓茹之间的关系似乎也是如此，因了身份、地位、财富等之间的差距，相爱却难相守。从某种层面上来说，许春花是他的人，牛二想把春花要过去，就得掂量掂量他的身份，需要有足够的底气来向他要人。

这便是现实社会，即便是爱情，也得在现实中低下三分腰。王炽纵身拍马，迎着晨风向前奔出去，与此同时，心里做了一个决定，让许春花有一个好的归宿，只要她与牛二两情相悦，将来定要成全他们！

马蹄声响，踏破清晨的宁静，一行人在众人的期盼下离开了重庆城。实际上不管王炽此行成功与否，天顺祥和他个人在重庆的地位已然奠定，无可动摇，这一点连对他颇有成见的李春来也不能否认。

李福喘着气跑进来的时候，李春来就已料到是什么事，未待李福开口，便问道："可是小姐不见了？"

李福吃惊地道："大掌柜如何就猜到了？"

李春来摇头苦笑一声，说道："知女莫若父，那丫头心里在想些什么，老夫如何不知？"

"可要去把小姐找回来？"

"随她去吧！"李春来叹息一声，"王四那小子，论心机论能耐，老夫也自愧弗如，此番官府派粮征饷，于他而言，本是祸事，他却硬是四两拨千斤，避开了与重庆商人的正面冲突，效仿前朝的开中法，以盐易饷，转祸为福了。嘿嘿……让丫头去帮帮他也好，此人前途不可限量啊！"

李福一听，松了口气，心想这下大小姐可以如愿了。

从重庆到平武一带，有相当远的一段路程，因了战事紧张，加上王炽身负重担，不敢耽搁，日夜兼程，于七日后抵达了平武城一带，本是要想方设法跟骆秉章联系的，可沿途一打听，说是清军粮草让义军烧了，早已撤军。

王炽闻言，一时百味杂陈，不知是喜是忧。若说骆秉章放弃了此次的作战计划，他身上的担子也就没了，但如此一来，心里不免也有些失落，临行时付少华搞了那么大的阵仗，全城都知道他王炽支援战事来了，空手回去，如何与人交代？若是骆秉章没走，只是暂时隐藏了起来，伺机而动呢？那么就暴露出了另一个问题，要是在短时间内找他们不到，一旦战事失利，又如何回去见重庆父老？

于怀清望了眼周围的崇山峻岭，道："要在这种地方找出一支军队来，犹如大海捞针，不才以为，如果骆总督没走的话，定也是在密切关注着敌军的动向，与其我们主动苦寻，倒不如按计划开展业务，让他们来和我们联系。"

"好计！"王炽眼睛一亮，道，"这一带是两军的主战场，主要兵力皆布防于此，我们就从这里开始打开突破口。"

席茂之称好，转首朝牛二招呼了一声，一行人带了马帮便往前走。

太平军、顺天军、捻军联合攻占自贡一带地区，其战略目的十分明显，川盐、淮盐是清政府主要的产盐地区，阻断了川盐，也就意味着阻断了西南地区的盐务，掌控了这一带主要的经济收入。事实上四川除了自贡盐场外，还有乐山一带的犍为盐场，在道光朝以前，其规模比自贡盐场还要大，现在这两大盐场悉数让义军控制，相当于攥住了两大金矿。

所谓共患难易，同富贵难，三军联合起来后，表面上看去声势强大，实际上是有分歧的，特别是捻军，起义之初便无信仰，以生存聚财为目的，如今天天在金矿边上转，岂有不生私心之理？太平军、顺天军情知他们的德行，于是便日夜派人防着，甚至专门派了人手督办盐运。

如此一来，捻军就不依了，一起打下来的地盘，凭什么让你来管理？因了这层怨气，捻军时常去码头或盐场私扛盐包、贩卖私盐。太平军一来怕内部矛盾升级，二来也是战局紧张，防不胜防，只得睁一只眼闭一只眼，由着他们去了。如此一来，相当于默认了贩私盐的合法性，太平军、顺天军方面的人见捻军可以扛盐包，为何我就不能扛？及至后来，底下的将士皆在偷盐贩盐。

王炽所说的突破口便在于此，进入平武城内后，租了个民舍，打算就地收购食盐。这一带由顺天军掌管，两军将士都藏着私盐呢，听说有人在城内收购，纷纷拿了盐去卖。

杨大嘴自偷袭了骆秉章的粮草后，认为立了大功，更是肆无忌惮地命人去私扛盐包，待积累了一定的量后，就着人偷运出去，卖给附近一带的盐商。这一日听说平武城内有人收盐，大是高兴，径往王炽处而来，欲先去打探一下是哪里的盐商在收购。

王炽做梦也不曾想到，会在此处遇上杨大嘴，见他高大的身子大摇大摆地走进来时，想躲已然不及，愣愣地站在当地。

杨大嘴乍见王炽，也是愣了一下，随即脸色一沉，如戟似的胡须根根倒竖，厉喝道："好你个王四，真是冤家路窄啊！"边说边从腰际抽出刀来，杀气腾腾地往里面走。

王炽见状，脸色大变，此前在毛坝盖山时，他曾与曾幺巴联合诓了杨大嘴一回，险些使他丧了性命，此番相见，可谓是分外眼红，以杨大嘴的性子，岂能饶过了他？

席茂之连忙抽刀在手，呼地把刀一扬，挡在门前："你要做甚？"

"做甚？"杨大嘴咧嘴冷冷一笑，眼神往里面的王炽身上一落，凶光大盛，"在毛坝盖山老子叫这小子好生诓骗了一回，自那以后，日夜记挂在心，想念得紧哪！"

王炽心下虽然着慌，但毕竟是见过大风大浪的人，强展笑颜，打了个哈哈，道："杨大哥，先前之不愉快，小子王四在此给您赔不是了！"言落间，拱手躹躬，行了个大礼。

杨大嘴怒笑道："你以为赔个不是，便能消了老子心里的怒气？"

王炽正色道："毛坝盖山那事，在下也是为了生意，这才不得已而为之，您看如此可好，咱们间的不愉快既是由生意而起，就让它以生意结束，如何？"

杨大嘴惯于打打杀杀，在智谋方面，自是难及王炽万一，听说有利可图，便问道："你倒是先说来听听，看老子中不中意。"

王炽道："毛坝盖山之事，乃在下的不是，欠了杨大哥一个大大的人情，今日在下承诺，只要是杨大哥的盐，不管多少，照单全收。"

杨大嘴"嘿嘿"怪笑道："自贡让咱们占了，盐是紧俏货，老子不怕没人要，何须你来做此人情？"

王炽微哂道："盐的销路自是不成问题，莫非来路也不成问题吗？"

杨大嘴愣了一愣，眼下盐业的实际控制者是太平军，掌管平武一带的是顺天军，而捻军呢，手里的盐大多是顺手牵羊偷来的，此事在偷袭清军粮草有功的杨大嘴心里，犹如一根刺一般，难以释怀，听得王炽之言，慢慢地把刀放了下来，瞪着眼道："你对咱们义军内部的情况倒是了解得一清二楚啊！"

王炽情知他已然动心了，眉头一挑，问道："杨大哥是爽快人，您看咱们可否就此一笑泯恩仇，一起来做他一笔大大的生意？"

杨大嘴还刀入鞘，挥了挥手，示意席茂之让开，入得里屋，大马金刀地坐将下来，眼睛一抬，道："你倒是说说如何来做这笔大大的生意？"

王炽微微一笑，亲自倒了茶送到他面前，这才不紧不慢地道："在下来此之时，沿途便听说了杨大哥火烧清军粮草的功绩，您想那骆秉章何许人也，论谋略论战绩，当今天下也没几人能与骆总督相提并论的，您却一把火逼退了他的大军，这是何等样的功绩啊！"

这些天来杨大嘴一直为此引以为荣，然在顺天军中却只得到几句口头的夸奖，并没人真正念他的功劳，听了王炽这一席话，直说到他心里面去了，忍不住咧了咧嘴，笑逐颜开。王炽留意着他的脸色，又顺着往下说道："您想打仗打的是什么？无非是银子罢了，眼下起义军占了两座盐场，捻军分他一座，也是合情合理的，您说可是这理儿？"

杨大嘴气愤地拍了拍桌子，完全掉入王炽为他挖的沟里去了，瞪起眼道："太平军依仗人势，控制了盐场，顺天军则欺负我军人单力薄，成天压着咱们一头，老子只有干瞪眼的份儿，格老子的，提起这茬儿老子便是一肚子气！"

"人单力薄便合该吃亏吗？"于怀清手捋额下的青须，徐徐地道，"杨兄弟您想想，贵军与太平军合作为何？"

杨大嘴道："清廷满足了洋人的一切条件，让洋人满意了，便腾出手来对付咱们，各路起义军这才抱团取暖，欲以此一举推翻清廷。"

"那么推翻清廷之后呢？"于怀清笑嘻嘻地道，"卧榻之侧不容他人酣睡，历来如此，最后拼的就是软硬之实力，贵军若是没有银子，就算推翻了清廷，亦会让对手吃掉。如此一来，而今浴血沙场，不过徒劳而已。"

杨大嘴深以为然，但他毕竟不是愚笨之人，道："顺天军盯着我军不放，莫非还能去抢不成？果然如此的话，义军内讧，现在便要让清军收拾了，断然不可。”

“内讧自是不好的。”于怀清搬了把椅子到杨大嘴旁边坐下，做出一副为他考虑之状，道，“杨旗主若是信得过不才的话，倒是有一计，可使贵军得到实惠。”

杨大嘴端起杯子喝了口水，咂了咂嘴，一脸的兴奋，问道：“却是何计？”

于怀清手抚青须道：“您就说找到了一位大生意人，可包销盐场生产出来的大部分食盐，使义军之粮饷无忧。但有一个条件，所得利益，两军必须均分。您想一想，义军虽说占领了自贡、犍为两大盐场，可迫于战事，销出去的食盐不过是冰山一角罢了，且没有盐票，属于私盐，盐商更不敢大批量进购，如今有人肯包销这里的盐，顺天军岂有不动心之理？”

杨大嘴低头想了一想，觉得有些不大对劲儿，又问道：“别的盐商不敢销这里的盐，为何你们就敢销售？”

王炽笑道：“没点门道，哪个敢到这里来做生意？”

“这倒也是！”杨大嘴会心地笑了一笑，“不过那些顺天军精明得紧，万一他们不肯均分利润呢？最为重要的是，这里虽然由顺天军掌管，可说到底他们也是受太平军节制，就算顺天军动心了，这事也做不得数。”

“顺天军蓝大顺的心思莫非你还不知吗？他们表面上虽跟太平军合了伙，实际上是貌合神离，他也恨不得夺了两座盐厂，在四川自个儿称王称霸。”一旁的席茂之“嘿嘿”冷笑道，“此事但要蓝大顺动了心，一切就都好办了，至于如何去应付太平军，那就是蓝大顺的事了，杨大哥无须操心。”

杨大嘴一想也是，蓝大顺本来就曾称过帝，改元顺天，如果义军真要是拿下了四川，他估计真会再次称帝。到了那时，捻军要么苟活于顺天军之下，要么继续跟着太平军南征北战，总之是始终寄人篱下，如能借王炽着实捞他一笔，的确是个大好的机会。心下虽作如此想，表面上却装出一副不为所动的样子，起身道：“且让我好生思量一下，再作计较吧。”

“无妨。”王炽送他到门外，拱手道，“王四这扇门，随时为杨大哥开着！”

杨大嘴边走边思索着，入了军营内，找到游民生后，将事情说了一遍。

自捻军白旗军总旗主龚得树死后，游民生便接任了此职务，领导白旗军扛旗起义。他仔细想了一下，说道："我等与那王四也有过些交集，此人非官非民，非正非邪，胸藏经纬，腹有机杼，十分难以捉摸，跟那种人合作，须小心在意才是。"

杨大嘴道："游旗主所言甚是，可归根结底他只是个生意人罢了，说穿了他此番前来，不过是趁着盐场让咱们占了，走私食盐而已，咱们跟他合作，各得其利，属下以为，并无不妥。"

游民生看了他一眼，似乎有些心动："要成此好事，须经蓝将军同意，先看他怎么说。"

杨大嘴咧嘴怪笑一声："那厮与咱们非一路人，倒真是要小心在意才是。"游民生未作言语，带了杨大嘴去见蓝大顺。

蓝大顺是云南昭通人，又名蓝朝鼎，三十岁在家乡起义，曾建号称帝，改元顺天，入川后联合太平军，甘受太平军节制，为人颇具谋略，野心极大，拿下自贡后，便欲以此为根据地，与清廷做殊死搏斗，如若事情顺利的话，以他性格，估计会彻底脱离太平军，在此建立自己的小政权，这也是他帮着太平军严控盐场的原因所在。

听完游民生之言后，蓝大顺浓眉一挑，眼里闪过一抹精光，沉声道："你俩认为，此人可信吗？"

游民生一愣，不过他为人谨言慎行，一时未曾言语，杨大嘴心直口快，反诘道："蓝将军何以认为此人不可信？"

蓝大顺道："我们在四川占了大小五十余座城池，朝野震惊，清廷派了大军来剿，要与我军死战。如今之川境，风声鹤唳，草木皆兵，这时候蹦出来一人说，可收购我两大盐场之盐，他若非清廷的人，何来如此通天的手段？"

游民生心头一震，大觉在理，道："将军觉得，该如何处理此人？"

蓝大顺眉头一沉，却没有继续谈论王炽，话头一转，望着游、杨两人道："两位可是觉得，本将厚此薄彼，亏待了捻军将士？"

游民生不知他为何陡然话锋急转，谈论此事，瞟了他一眼，见他脸色黑沉沉的，看不出任何表情，一时心下发虚，说道："两军合作，贵在心诚，若能均分利益，自然是最好的。"

蓝大顺道："本将不妨给游旗主颗定心丸，待大事一定，绝不负捻军之功绩。然当务之急是杀退清军，拿下四川全境，以全我等之抱负，游旗主认为呢？"

"蓝将军所言甚是。"

杨大嘴瞟了眼游民生，刚要说话时，见他使了个眼色，示意不可乱说。杨大嘴忍了忍，终是未说出来。事实上两人心里都明白，蓝大顺又给他们在纸上画了张大饼，待拿下四川全境后，届时的局面若何，还是两说。奈何势力不如对方，只得暂时咽下心头的这口气。

蓝大顺的眼神有意无意地看了他俩一会儿，似乎是看破了他们的心事，却又不愿道破，一声冷笑，道："至于那个商人，倒是可以用他一回，引骆秉章出来。"

杨大嘴一时没反应过来，心想那王四有何能耐，可以引骆秉章出来？游民生却已心领神会，道："蓝将军以为，他是借行商之名，来刺探军情的？"

蓝大顺冷冷一笑，朝杨大嘴吩咐道："你去与他说，我军急需军资，同意与他合作，顺便透露一个消息给他，我军于三日后，将大规模搜山，誓要找出清军，与之决战。"

杨大嘴恍然大悟，心想这厮鬼心眼果然多，一次生意罢了，竟也能搞得如此复杂。转念一想，不管蓝大顺如何折腾，只要能跟王四合作，对自己都是有益无害，若是试探不出王四有问题，到时再与他长久合作也不迟。是日傍晚，用了晚膳，杨大嘴便出了门来找王炽。

诚如王炽所料，骆秉章在密切关注着平武城的动静，是日晚上，探子回报，说是有一个叫王炽的商人进了城。马如龙一听，又惊又喜，道："没想到王兄弟来了！"

"是没想到。"骆秉章叹息一声，将头靠在树干上，整个人几乎隐没在夜色里，瘦弱的身子仿如与树干已融为一体了，"我最担心的事情还是发生了。"

萧启江黝黑的脸微微一动，愕然道："粮饷出问题了？"

骆秉章动了下身子，不知是近来三餐不继身子虚弱的原因，还是过于激动，双肩微微耸动着，"前方将士出生入死，他们却为了派别之争在窝里斗，连军队的粮饷亦可因此拖延，一帮畜生！"

萧启江心下虽恨，但他还是没想白，那商人的出现与粮饷有何关系，因问道："老哥哥如何料定粮饷出了问题？"

骆秉章道："那王四虽是个名不见经传的小商贩，胆子却是大得很，人家不敢为之事他敢，若非粮饷出了问题，他哪有权力来此销盐？想是付少华被逼到了墙根下，没奈何才批准他来战区以盐易粮，资助我军。"

马如龙听毕这番话，脸色涨红，激动地道："销盐易，运粮难，王兄弟这是冒了天大的危险来此经商，卑职这就派人与他联系去。"

"不可！"骆秉章断然道，"那蓝大顺非等闲之辈，莫着了他的道，看看动静再作计较。"

知己知彼，百战不殆，战争如此，生意也是如此。王炽料到了顺天军与捻军间的矛盾和隔阂，却不知道蓝大顺的为人和谋略，在看到杨大嘴连夜出现之时，不由喜上眉梢。按照他的计划，只要起义军肯上钩，清军的粮饷问题自是可以迎刃而解，还打算通过生意手段，一步一步加深他们的内部矛盾，襄助清军作战。王炽怎么也不曾想到，一着疏忽，将酿成大错。

杨大嘴笑吟吟地走入屋内，把刀往桌上一放，大声道："三日后，大军将要搜山，因了粮饷紧缺，顺天军已同意让你们接手盐务，望日后精诚合作，皆大欢喜！"

王炽心头一震，如果骆秉章的军队真在附近，他们一旦搜山，非暴露不可。眼下军中无粮，士兵无饷，人心思乱，清军必败无疑。想到此处，不禁心惊胆战，可表面上却依然装出一脸笑意，道："杨大哥只管放心，在下绝不会亏待了您。"

双方约定，由于初次合作，先做两大引生意[1]，日后可再行深入合作，于明日一早去码头提货，到时银货两讫，互不拖欠。

杨大嘴走后，王炽交代席茂之道："以骆总督的性子，应该不会无功而返，

---

[1]　盐引制始于宋朝，指盐业经销的特殊凭证，每张盐引可领盐116.5斤，价值六贯，到了明清，又分大引和小引，大引为300斤，小引为200斤。

轻易撤军，他们一定还在附近的山上，并且在留意着城内的动静。不出意外的话，他们应会与我们主动联系，明日运盐时，沿途要密切留意，尽快跟他们联系上，告诉他们太平军要搜山的消息。"

席茂之情知兹事体大，道："你放心吧，我会留心的。"

翌日，天刚蒙蒙亮，王炽带着一伙人去了码头，到了那边时，杨大嘴已经在那儿了，双方过磅提盐，交割完毕后，王炽让牛二负责盐运，席茂之负责经销，沿涪江而下，销往食盐紧缺的绵州一带。

码头上的这一切，尽在顺天军的监视之下，亦在清军的窥视之中，马如龙得悉情况后，再也坐不住了，道："骆总督，席茂之运盐沿涪江而下，这是个极好的机会，卑职这就去与他接头，好让他们知道我军的情况。"

骆秉章心里清楚，眼下对清军而言，已是到了生死存亡的关头了，如果再不联系到王炽，让他接济粮饷，一旦发生意外，后果不堪设想。但他同时也清楚对手，蓝大顺城府极深，善用计谋，要是在与王炽接头时，被对方察觉，其后果也是致命的。他动了下灰白的眉头，回头看了眼萧启江，似在征求其意见。

萧启江脸色一动，道："老哥哥，俗话说得好，不入虎穴，焉得虎子，从眼下的情况来看，我们不得不去冒这个险。"

"你脱下这身戎装，乔装改扮一下。"骆秉章看着马如龙道，"切记下山时一定要小心。"

马如龙神色一振，道："请总督大人放心，卑职定不负使命。"当下回身出来，与曾小雪道别，换了身衣服，便要下山。

曾小雪总觉得不放心，好似他这一走就要出什么事一般，赶上去道："山下都是起义军的地盘，万不可大意。"

马如龙微哂道："放心吧，不会出事的。你只管在山上等我回来便是。"拍了拍她的肩，示意其安心，然后大步走下山去。

距平武约一日路程，有一处涪江的支流，名叫火烧河，因了来往船只颇多，设有一座码头，唤作红岸码头。顺天军控制了码头后，专门于此设立了一个水运使，一则是监控来往货物，二则是收取税款，所有船只按照所装载货物的重量，分别缴税。

在席茂之、牛二的货船抵达红岸码头之前，水运使官员已经接到蓝大顺的命令，要求其借故扣押王炽的货船，使押货之人在红岸码头留下来。

蓝大顺如此做，自有他的一番算计。红岸码头离平武不算近，却也不太远，如果清军要与王炽接头的话，这里便是最佳地点。

是日向晚时分，席茂之等人到了码头时，被拦下来盘查，出示了顺天军所发的通行证后，盘查的士兵道："眼下战事吃紧，我军不会随意签发商船通行证，请随我去趟水运衙门，待查明之后再作计较。"

席茂之不防有诈，心想查就查吧，这是你们签发的通行证，莫非还能出什么问题不成？便依言跟着士兵去了水运衙门。

马如龙是骑着马沿江赶过来的，沿途山路崎岖，耽误了许多时间，及至红岸码头时，已过当晚戌时，码头上的人寥寥无几，就近找了一圈，发现席茂之的货船尚在，却不见人影，正自奇怪，突听有人叫道："马提督！"

马如龙暗自一震，心想此地如何会有人认出我来？转身看去，见是个四十开外的中年人，穿一身墨绿色的锦缎长袍，外面罩了件马褂，戴一顶瓜皮帽，帽准镶的是一粒玛瑙，一看便知是有些实力的富贵人家。马如龙仔细打量了他两眼，觉得眼生，便问道："足下是哪一位？"

那中年人拱手笑道："重庆祥和号魏元便是！"

马如龙这才想起是祥和号魏伯昌的长子，因其尚不知魏伯昌已死于孔孝纲之手，所以也没在意，问道："少掌柜怎么会在此？"

魏元正色道："重庆商人为支援战事，筹集了十万两军饷，由在下负责送过来。不想到了这边才听闻，大军已撤退。因不知撤到了何处，一路寻访，不想竟是在这里遇上了提督大人。"

马如龙闻言，浓眉一动，心想王四冒大险来此以盐易饷，定是重庆那边的饷银出了问题，不然官府也不会批准他来战区做此生意，何以魏元又送来筹集之军饷，莫非这里面有问题？马如龙虽说是武将出身，但毕竟不是鲁莽之人，看了眼魏元道："少掌柜若是信得过本官，不妨将饷银交予我，由我转送。"

魏元道："提督大人知道清军所在？"

马如龙留了个心眼儿，道："暂时还不知道，不过已派人去打探了。"

魏元看了他两眼，显然也有疑心，因涉及军事机密，也不敢多问，只说道："如此就劳烦提督大人了！"从怀里取出几张山西会馆的银票，交到马如龙手里。

马如龙看了一眼，共有四张银票，合计十万银，"本官替作战的将士谢过少掌柜及重庆商人，因身怀要务，不敢耽搁，就此别过。"

马如龙刚要走，只听魏元道："提督大人可是在找席茂之等人？"

马如龙回头过去，眉头一动，问道："少掌柜莫非知道他们在哪里？"

魏元故作轻松地笑了笑，道："在下比提督大人早到一步，刚好看到他们让顺天军的人带走了。"

马如龙又看了眼不远处席茂之的货船，心想这批货是从顺天军仓库所出，按理说席茂之身上应该有他们的通行证才是，缘何还要为难他们？

"提督大人可信得过在下？"

马如龙目光一转，道："自然是信得过的。"

魏元道："此乃顺天军的地盘，提督大人的身份不宜暴露，不如让在下去水运衙门打听一下，可好？"

马如龙不知道魏元与王炽有杀父之仇，自然也不会去提防，说道："如此有劳了！"

送走魏元后，马如龙便找了个角落坐下来。身子刚刚坐定，便见一群人大步而来，领头的一人身材矮小，脸色黝黑，额下留着稀松的胡须。由于此时天色已黑，看不清对方的来路，但凭马如龙的经验，那帮人是冲着他来的。

果然，那帮人走近时，只听领头的那人一声断喝，不由分说，举刀就砍。马如龙虽说早有提防，却哪里想到他们见人就打，忙不迭退了几步，喝道："你们是什么人？"

魏元辞别马如龙后，就换了副脸色。杀父之仇不共戴天，他不管朝中两派如何争斗，也不管重庆的其他商人如何看待王炽，他只想置王炽于死地，以慰慈父在天之灵。

重庆商人在百里遥的带领下，集体拖延军饷银，是故意给王炽下的套，谁知道那小子借势谋局，居然想出了效仿前朝开中法，以盐易饷，转危为安，且还利用付少华，给他做了个大大的广告。在巨大的压力下，百里遥不得不拿出饷银，交由祥和号送出来，以平民愤。

魏元心里很清楚，百里遥那个老狐狸绝不是省油的灯，此举乃是在利用他与王炽的仇恨，借刀杀人，胜了自然有利于山西会馆，若是败了，后果则由祥和号自负。不过魏元管不了那么多，他不想放过这个千载难逢的好机会！

老天有眼，让他在红岸码头巧遇马如龙，他知道马如龙在此出现，一定是想要跟王炽的人接上头，只要证实了这一点，王炽必将死无葬身之地。

及至水运衙门，魏元只说有要事需要单独与大人说，叫守卒去通禀。守卒见他衣着不凡，自是不敢怠慢，进去禀报了。须臾，返身出来说，大人有请。

进入水运衙门后，魏元被请入一间斗室，里面坐了个面白无须的中年人，眼下虽即将入冬，但他手里却还习惯性地拿把折扇，脸色清癯，温文尔雅，一看便知是个读书人。

魏元没想到顺天军中还有这等人物，行了个礼，道："重庆祥和号大掌柜魏元见过大人。"

"重庆的商人？"那水运使瞟了他一眼，目光炯炯有神，"你见本大人，却有何事？"

魏元冷冷一笑："王炽与贵军合作销盐，按理说是合作伙伴才是，大人扣留他的人为何？"

"原来是为这事。"水运使拿折扇在手里把玩着，"你是来保举他们的吗？"

魏元摇了摇头。水运使眼里精光一闪："看来你是要与本大人合作。"

"正是。"

"商人行事，讲的是利益。"水运使悠悠然地道，"你有何条件？"

"杀父之仇，不共戴天。"魏元脸色一沉，寒声道，"但要手刃王炽，别无他求。"

"好！"水运使抬头看了他一眼，把折扇往桌上一敲，"怎么合作？"

"在下刚才在码头碰见了云南提督马如龙。"魏元道，"此人与王炽的关系非同一般，如果在下所料不差的话，应是来接头的。"

"哦？"水运使眼里闪过一抹异彩，"如今还在码头吗？"

魏元道："此人之前远在云南，尚不知在下与王炽之间的仇恨，如今还在码头等着在下打探了消息，回去报与他知道。"

"好得很！"水运使眼皮一抬，道，"你回去告诉他，就说本大人很快就会放了席茂之。"

魏元会意地笑了一笑，正要拱手出来，突听门外有士卒禀报："启禀大人，码头有一帮人斗殴，打得很凶，请大人示下。"

水运使斜着眼瞟了下魏元，"嘿嘿"笑道："这可有趣了，这个时候何人会来凑热闹？"

魏元眉头一皱，看了眼那水运使，莫非斗殴之人是马如龙？如果是的话，却是哪方面的人要与之过不去？思忖间，不待水运使说话，急忙走出门去。

马如龙见那帮人不由分说见人便打，也被激起了怒火："你等到底要做什么？"

领头的那人"嘿嘿"冷笑道："拿了银子出来，便饶你不死！"

马如龙一听，这才知道是遇上了贼匪，反倒是放心了些，道："在下只是一介平民，身上并无银子，倒有几吊铜钱，好汉若是想要，拿去便是。"

领头那人喝道："当老子好耍是吗？你个龟儿子，今天要是不把十万两银子留下，老子砍死你个龟儿子！"

马如龙心头大震，这十万两银子是重庆商人筹集的饷银，断然不能落到贼匪手里。瞥眼间，见对方足足有三四十人，而他自己为不引人注目，出来时连兵器都没有带，心想须设法突围出去才是。心念未已，猿臂一探，挥开旁边的两人，要去夺前面一人手里的棍子，领头那人似乎早已瞧破他的心思，手里的刀一扬，便往他的手上砍落。

马如龙大吃一惊，连忙收手退步，身子往后移动时，不慎被后面的棍子击中腿部，脚下踉跄之际，左右两边的人已然袭将上来。马如龙虽说久经阵仗，毕竟手里没兵器，在数十人的围攻下，被逼得手忙脚乱，漫说是脱身，连应付尚且不暇。

领头那人觑了个真切，刀尖一指，落在马如龙的膝关节处，马如龙吃痛，脚步不由自主地一晃，领头那人飞起一脚，踢在其背后，将之踢倒在地，喊声："绑了！"众人一哄而上，七手八脚地将马如龙绑了起来，抬着他迅速地离开了码头。

魏元赶到时，码头上早已没了人影，不由心下大急，到底是谁掳走了马如龙？

水运使在一帮士卒拥簇下随之而至，听了码头的守卒禀报后，用折扇轻敲着手心，思索了片晌，叫来两名士卒，吩咐他们追踪下去，摸清楚是何人所为。

"且慢！"魏元叫住士卒，转首朝水运使道，"大人，何不将此消息透露给席茂之，让他们去找呢？"

水运使笑吟吟地看着他道："魏大掌柜的心机果真是深得紧哪！可本大人为何要相信你呢，万一那马如龙不是骆秉章所派来的接头之人，本大人岂非让你带到沟里去了吗？"

魏元反问道："大人可否知道王炽为何会出现在平武销盐吗？"

水运使眼里精光一闪，目不转睛地看着他。魏元冷冷一笑，将重庆捐饷，给王炽设下圈套，而王炽又是如何跳出圈套，来平武销盐的前因后果，简单地叙述了一遍，随后又道："在下知道大人不会轻信，您只需将马如龙的消息透露给席茂之，一试便知。"

水运使道："马如龙身上的十万两银子是你给的？"

魏元道："是的，迫于压力，不得不如此。"

水运使道："好，本大人就信你一次。"吩咐士卒将席茂之等人放出来。魏元嘴角一弯，露出抹冷笑，看你这次还如何逃出平武城去！

席茂之、牛二及十几名马帮工人走出水运使衙门的时候，将近亥时了，天上有一弯冷月挂着，风里带着寒意，很是清冷。席茂之问带他们出来的顺天军道："我等带了贵军的通行证，何以查了这么久才放我等出来？"

那顺天军道："战时情况特殊，难免盘查得严一些。好在已经查清楚了，你们也无须担心，只管开船就是了。不过需要注意的是，沿途最好不要跟陌生人接触，刚才码头上就有个人揣着十万两银子，被一帮盗匪掳了去。"

席茂之心头一震，问道："可知是何人？"

那顺天军道："听说是云南提督。"

席茂之脸色微微一变，为免让顺天军觉察出来，告了声谢，走到码头边，对牛二悄声道："被盗匪掳去的是我们的人。"

牛二两眼瞪得大大的，问道："是来跟我们接头之人吗？"

席茂之郑重地点了点头。牛二急道："这可要如何是好？"

席茂之微作沉吟，吩咐马帮工人在船上等候，他则带了牛二一路追查了下去。

席茂之、牛二两人前脚刚走，水运使则带着五人，随同魏元一起跟了下去。魏元认为，马如龙与王炽的关系非同一般，一旦他跟席茂之会了面，定然会把清军所在位置告之，到了那时，王炽是官府派来救济清军主力之名坐实，他想不死都难。然而让魏元没有想到的是，接下来发生的事，完全超出了他的想象。

红岸码头的南面，有一座山谷，背枕群山，面朝火烧河，乃是个险峻所在。

马如龙被抬入谷里后，几个人一扔，将他扔于地上。由于地面都是碎石，石头硌到骨头，疼得他龇牙咧嘴，嗷嗷直叫。领头那人命令众人将火把点燃了，双手负于背后，大摇大摆地走到马如龙跟前，冷笑道："格老子的，没想到是个要钱不要命的龟儿子！疼是吗？疼你还不把银票拿出来？"话落间，咬牙切齿地在马如龙身上踢了几脚。

马如龙被五花大绑着，无从躲闪，结结实实地挨了几脚后，怒道："士可杀不可辱，有种把我杀了！"

"哟！充好汉？"领头那人冷笑着蹲下身去，把刀抽了出来，搁在马如龙脸上，道，"可惜老子要钱不要命，想充好汉去别的地方吧。"边说边在马如龙身上摸索起来，摸出了那四张银票。

此时，在火光下近距离打量，马如龙越看越觉得此人似曾相识，特别是看着其一脸的坏笑时……

"你……你是……"马如龙惊讶得合不拢嘴。

"是……是什么？老子是你的索命无常！"领头那人嘴上大声嚷嚷着，背着火光却朝马如龙做了个鬼脸，趁机凑近他的耳朵小声道，"本大小姐这是在救你。"

马如龙瞪大了眼看着她，心想你不由分说就是一顿好打，却还说是救我，天下何来如此救人之法？

原来领头这人是乔装改扮的李晓茹，她古灵精怪，又善于伪装，把脸涂黑了，粘上胡子，打扮成土匪的模样，操着一口当地粗鲁的川音，委实很难认得出来。她离开重庆后，为掩人耳目，便乔装打扮了一番，果然这一路上没遇到什么麻烦。

到红岸码头时，李晓茹本是要在此地入宿，待次日再北上去平武，不想正好让她撞上了席茂之等人被顺天军带走，她料想可能要出事，正想办法该如何救他们时，马如龙出现了。

昔日的情人陡然出现在眼前时，不由得让李晓茹慌了下神，心想他远在云南，如何会在此出现，莫非是去支援骆秉章的吗？正要上去打招呼，突听有人叫了一声，却正是祥和号现任大掌柜魏元。

李晓茹亲历了买卖城魏伯昌被杀一事，魏元身负杀父之仇，他在此出现，自然不会有什么好事。听着他俩的对话，李晓茹听得出两人的言语中，都有防着对方的意思，对眼下的形势便也猜了个大概。清军主力撤到山里隐藏了起来，顺天军自是急着想把他们找出来，而清军粮草被烧，极缺粮饷，马如龙才冒险出来，想与王炽的人接上头。那么魏元呢……

当李晓茹看到魏元说帮马如龙去水运衙门打探情况时，她便明白了，这厮是要借刀杀人，报了那杀父之仇！

李晓茹眼珠一转，计上心来，回身去找了三四十个码头工人，每人分了他们一两银子，帮她去教训个人。码头工人都是老实人，虽说一两银子令他们怦然心动，却也不免担心，因问道："这么多人去打一人，会不会出人命？"

李晓茹笑道："打的时候手脚注意些就是了，打伤了不关你等的事。"码头工人这才放心，跟了李晓茹把马如龙绑到了这个山谷里。

是时，李晓茹见马如龙一脸茫然的样子，又在其耳边道："一会儿陪我演一场戏。"未待马如龙说话，她却已然站了起来，回头看周围的那些码头工人时，见他们俱皆盯着她手里的银票，便说道："这银子是个烫手的山芋，谁拿谁死。一会儿就会有顺天军的人追到这里来，你们哪个敢来拿这银票？"

码头工人起初的确眼红，毕竟是老实人，听了此话，也就死了心，问道："顺天军来了时，我等该如何应付？"

李晓茹笑道："你等放心，有我呢！"

没过多久，便见一名放哨的人来报说，有人来了。李晓茹神色一变，脸上露出抹狡黠的笑，回身慢慢悠悠地走到上面的一块大石头上坐好，扫了眼在场之人，突喝声："给老子打！"

码头工人一听蒙了，心说银票都让你搜出来了，还有什么好打的？转念一想，这矮个子别看他瘦弱了些，却不是个吃素的主儿，如此做自有他的道理，两人走将上去，扬起棍子就往马如龙身落去。

马如龙吃痛，心想这小妮子在云南时曾吃过我的亏，莫不是借此机会挟私报复吧？你不是要演场戏吗，那我就演给你看，破口骂道："你这不男不女阴阳怪气的东西，银票都让你拿走了，却还要这般羞辱于我，你就不怕遭报应，走路磕着摔断了腿，喝水呛着咽了气！"

这番骂语半真半假，却也极为难听，李晓茹冷笑两声，也不知是真气还是假气，又是一声喝："给老子打，重重地打，打死这龟儿子！"码头工人加重了手劲儿。

马如龙不知她究竟唱的是哪出，身上挨了几下，端的是痛得入骨，大声道："你究竟要做什么？"

"做什么？"李晓茹"嘿嘿"怪笑一声，"你撒泡尿照照自己，长得一副穷鬼样，闻都闻得出来是饿死鬼的命，何来这许多银子？"

马如龙连忙道："这……这是朝廷的军饷，祖宗快让他们停手吧！"

"再打！"李晓茹怒喝道，"当老子好耍是吗？这银票明明是码头上一个商人给你的，如何成了朝廷的军饷？你他娘的先人板板，骗鬼的吧？"她学做当地的匪徒，说起川话竟是有模有样。

马如龙边挡着如雨点般下来的棍子，边顺着她的话道："这是官府向商人筹集的饷银，托了重庆祥和号的魏元送过来，千真万确！"

"就算这是饷银，你又是哪个？"李晓茹道，"魏元为何会把银票交给你？"

马如龙道："我乃云南提督马如龙，入川支援战事的。"

李晓茹把手一摆，示意码头工人停手，谷内顿时安静了下来。是时，谷外正有两帮人潜伏着，目不转睛地观察着里面的动静。前面两人是席茂之和牛二，席茂之为人精细，善于谋略，可看到眼前这一幕，也不免心里着慌。毫无疑问，马如龙定是骆秉章派来与他接头之人，可那帮匪徒又是哪方面的人？因怕着了敌军的道儿，一时不敢现身出去，静观其变；在距席茂之不远处，也潜伏了几人，正是顺天军水运使及魏元等人，听得马如龙的话，魏元回头朝水运使看了一眼，意思是我说得没错吧，马如龙就是骆秉章派来与王炽接头的！

"朝廷没银子了，找商人筹饷。"李晓茹拍拍大腿，眯着眼道，"可老子就是搞不明白，商人凭什么给朝廷出银子，无利不为商，那个魏元就没有目的吗？"

马如龙愣了一下，想起自己刚到红岸码头，那魏元刚巧也带着银子赶到了，莫非这里面有什么蹊跷吗？因不敢确定，一时不知如何接她的话。

李晓茹要的就是这种效果，冷哼一声，道："怎么，无话可说了吗？别以为当官的老子就不敢碰，给老子打，打到这龟儿子老实了为止！"码头工人似乎也习惯了，举着棍子过去就打。

这边，水运使看着马如龙挨揍，眉头紧锁，心想一般的盗匪之徒，要么要财，要么要命，如何还有拿了银子拷问的，这些盗匪究竟是何来路？思忖间，看了眼魏元，心里越来越疑惑。

马如龙被打得满地乱滚，大喊道："你究竟想要知道什么？"

李晓茹手一摆，待码头工人停了手，说道："给你提个醒，老子是土匪没错，可老子是个有良心的土匪，家乡让太平军占了后，家不成家，乡亲们每日过得战战兢兢，活得比狗还窝囊，老子一狠心，投身到了骆总督手下，给他探个路，摸个消息。此番下山，为的就是打探朝廷粮饷一事，你说你是云南提督，可老子就搞不明白了，为何老子就没听骆总督提起过你，一个外籍官员凭什么收受骆总督的饷银，那魏元又凭什么会放心地把银子交给你，你俩之间到底有什么见不得人的勾当？"

李晓茹这一番问将下来，不仅把马如龙问得心惊胆战，那水运使和魏元同样变了脸色。特别是水运使，他随军作战，只听说是萧启江率湘军来支援骆秉章作战了，确实没听说过有云南的军队调过来，那马如龙突然出现在红岸码头，究竟是怎么回事？这魏元说与王炽有不共戴天之仇，此行就是为报父仇的，他为什么要将银子交给马如龙？想到此处，水运使心头一震，莫非这厮故意说王炽是朝廷的人，想要借本大人的刀，报他的仇？

魏元看了眼水运使，道："大人……"

"你没想到那些盗匪竟会是骆秉章的人吧？"水运使深沉地一笑，"这不正好吗，看看王炽究竟是不是骆秉章的人。"

魏元咽了口唾沫，也觉得眼前的情景有些诡异，可偏偏又说不出究竟是哪里出了问题，只得继续往下看。

马如龙在重庆时经历了官商勾结陷害王炽之事，听了李晓茹之言，他虽不知道魏元与王炽有杀父之仇，但也回过味来了，魏元此行只怕没这么简单，说不定又想用什么诡计来害王炽……想到此，马如龙突地眼前一亮，李晓茹为何要乔装打扮演这么一场戏，莫非在这谷外有顺天军的人在窥视？魏元是要通过顺天军置王炽于死地？怪不得到了谷内后，她命令将火把点起来，原来是为了吸引顺天军！

想通了此中的关节，马如龙朝李晓茹投去一瞥，你这小妮子，为了救你的情人，竟然这般折磨于我！不过心里虽作如此想，对李晓茹的计谋却是佩服的，不使如此苦肉计，如何取信于顺天军？

思忖间，只听李晓茹竖着眉头道："还不肯说吗？再打！"

马如龙惊道："别打了，我说！"

李晓茹从那石头上起身，一步一步走上来，及至马如龙身前时，沉声道："说吧！"

第十四章

诱敌深入清军破城　勇闯虎穴舌战江油

马如龙道："眼下咱们的国家，洋人入侵，义军四起，烽火遍地，兵燹不绝，当官的也想求个自保，万一往后有个什么不测，好歹有个退路。我的确是前来支援战事的，不过……也……也趁机想捞些好处。"

李晓茹见他渐渐入了戏，不由笑道："你倒是说说怎么个捞法。"

马如龙皱了皱眉头道："这十万两军饷，我扣下三成。"

"好你个狗官，不费吹灰之力，净得三万两白银！"李晓茹寒声道，"那么你给魏元什么好处呢？"

马如龙道："饷银本就不足，再被我扣下一部分，自然更是杯水车薪了。我便带他去见骆总督，让总督答应他就地行商，以盐易饷，从这里把盐销往重庆各地，然后从盈余中再拿出一部分来补充军资。"

李晓茹点了点头道："也就是说你来支援战事，魏元来支援军饷，都是千真万确之事，只是一个贪士兵的血汗钱，一个借机发战争财，皆是心机不纯是吗？"

马如龙点了点头。李晓茹怒道："堂堂提督，在国家危亡之时，私扣军饷，中饱私囊，你的良心真是让狗吃了！把他带走，交由骆总督去发落吧！"

几名码头工人上去把马如龙提了起来，一行人往山谷后面走。一场好戏落幕，演员退场后，下面的几个观众心里都炸开了锅。特别是魏元，本是想借此机会，拉王炽下水，却不想没把王炽拉下水，自己反而溅了一身泥，面对这突如其来的情景，他即便浑身是嘴，也说不清楚了。

水运使的眼里尽是杀气，这个书生此时一改文雅之气，神色间恨不得立马把魏元斩了："魏大掌柜好计策啊，你杀不了王炽，却想借顺天军的刀报你的仇，本大人险些被你耍得团团转。只可惜你运气不好，偏偏遇上了骆秉章的人。"当下不由魏元分辩，将他押了回去，另吩咐两名士兵，秘密跟踪李晓茹，务必摸清楚清军据点。

看着眼前的场景，席茂之如置五里雾中。他是清楚马如龙为人的，在重庆时，为了救出王炽，曾一力肃贪，震动官商两界，以他的脾性，如何会做出私扣军饷之事？可如果马如龙没有贪污，那么眼前的这一切又如何解释呢？

席茂之觉得，他得弄清楚这件事情，于是交代牛二回码头，按原计划继续南下去绵州，待他把事情弄清楚了，再去绵州与他们会合。牛二称好，返身去了码头，席茂之则往山谷后面跟了下去。

走了一段路后，前面不远处便是一座林子，李晓茹故意放大了声音道："为免引起顺天军的注意，你们都散了吧，先行回军营，这个狗官由我押着便可。"趁着夜黑，摸着一个银锭，偷偷塞到领头的码头工人手里，微声道："这些银子权当是我犒劳兄弟们的，拿去给他们分了，快些散了吧。"

码头工人谢过李晓茹，呼喝一声，钻入林子里去了。马如龙问道："下一步如何行事？"

李晓茹轻笑一声，道："后面有顺天军的人跟上来，你说如何？"

马如龙年纪虽轻，却已是久历沙场的老将，很快就明白了李晓茹的心思，笑道："莫非你想将计就计，给我军送一份大礼？"

李晓茹眼神之中颇有得意之色："你觉得如何？"

马如龙道："我军粮草被烧，士气低迷，若能大胜一场，振三军之士气，我这些苦也算是没白受了。"

"先进林子再说。"李晓茹拉了他进入林子，在一个隐秘处蹲下身来，观察林外的动静。不一会儿，两名顺天军便出现在了林子外，因李晓茹突然间不见了，正伸着脖子小心翼翼地往林子里张望。

"来了两人……咦！"李晓茹定睛一看，发现在太平军的后面，还有一人，转首朝马如龙道，"你可看得清后面那人是什么来路？"

马如龙眯着眼看了会儿，道："好像是席大哥！"

"不好！"李晓茹道，"席大哥不知内情，他见我俩被顺天军尾随着，为免清军主力的据点暴露，可能会出手替我们除掉那两个尾巴，这样就坏事了，须将他吸引过来才是。"

马如龙点头称是，"可让席大哥先去给骆总督通个信，确保此次行动无忧。"

李晓茹道："我正是此意。"

当下，马如龙将清军所在位置告诉了李晓茹，以便她向席茂之传达，说完之后，又道："可我们在顺天军的眼皮子底下，如何把席大哥吸引过来？"

李晓茹坏笑一声："再来演场戏吧！"

马如龙见她又抽出刀来，惊道："还来啊！"

话犹未了，只听李晓茹暴喝道："好你个狗官，想暗算老子吗？"一脚把马如龙踢得滚下山去，撞在一棵树上，若非是他身体结实，今晚如此又打又踢，非要了他的命不可。

马如龙只得配合着她，喝道："到了骆总督处，不是发配就是在军前斩首，横竖是个死，有种你现在杀了我啊！"

李晓茹装作一副被激怒的样子，提了刀过去，"格老子的，你以为老子不会杀你吗？你这种狗官少一个是一个，老子现在就结束了你的狗命！"话落间，果然扬刀就要劈。

林子外的两个顺天军倒是不急，反正他们只要跟着李晓茹走，必能顺藤摸瓜找到清军据点，只在那里作壁上观。席茂之不知李晓茹身份，生怕她果然一刀把马如龙砍了，大喝一声，现身出去。

李晓茹故作吃惊，喝道："什么人？"

席茂之山匪出身，身手矫健，奔入林子时，拔出刀来，往李晓茹身上落去。李晓茹不敢硬接，转身躲开，轻叫道："席大哥！"

席茂之听得这一声叫，愣了一愣，只听李晓茹又道："是我，李晓茹。"

席茂之这才从她的神色中认将出来，正要说话，却又听李晓茹道："林外有顺天军监视着，你且不要说话，只管听我说。"两人边说边装作斗得激烈，

258

待交代清楚了后，李晓茹佯装斗不过，卖了个破绽，抽身出来，把刀抵在马如龙身上，道："你到底是什么人，为何来管此闲事？"

席茂之道："我王四兄弟与这位马提督有些交情，席某自是不能见死不救。这位兄弟，马提督是斩首还是发配，该由骆总督发落，你动用私刑，斩杀朝廷命官，一旦让骆总督得知，只怕也讨不了好处。"

林子外的两个顺天军闻言，心想看来魏元有一点儿说得没错，这马如龙与王炽交情匪浅，只可惜这姓马的贪得无厌，选择了与魏元合作，这才有如今的下场。

李晓茹沉吟会儿，道："罢了，老子卖你个面子，将他押送给骆总督发落便是。"

席茂之抱拳道："大丈夫一言既出，驷马难追，望你莫要食言。席某还有批货要送，先行告辞。"说完，大步走出林子来。

两名太平军见状，更加坚信王炽只是单纯来做生意的，与清军无关，见李晓茹又押着马如龙上路，便偷偷地跟上去。

次日午时，席茂之按照李晓茹所言，果然找到了清军主力所在，见到骆秉章时，把李晓茹和马如龙的计划说了一遍。骆秉章听闻，神色为之一震，道："我军正需要打一场胜仗，此消息来得太是时候了！"

辞别骆秉章后，为免平武城的顺天军起疑心，席茂之没敢去见王炽，骑马南下与牛二会合去了。

也就是在这一日下午，魏元被押送到平武城。听得红岸码头那边传来的消息时，蓝大顺又惊又喜，惊的是他怀疑错了王炽，与清军接头的生意人居然是魏元；喜的是红岸码头的水运使误打误撞，发现了骆秉章的人，不出意外的话，今天晚上之前，就能知道清军所在的位置。当下传令下去，要求部队做好随时作战的准备。

杨大嘴接到军令后，喜上眉梢，料理完所有事情后，出来找王炽，进门便笑道："恭喜王兄弟了！"

王炽见他一脸笑意，问道："在下有何喜事，竟让杨大哥亲自登门道喜？"

杨大嘴径自找了把椅子坐下，道："不瞒王兄弟，先前蓝将军对你有些怀疑，怕你是清军的人，所以这第一批货实际上是对你的一次试探。不过现已查明，此次负责前来与清军接头的是祥和号的魏元，与你并无关系，接下来我们的盐估计都会交由你来销售。"

旁边的于怀清闻言，脸色一变："贵军如何发现是魏元在与清军接头？"

杨大嘴心直口快，也没多少城府，便把魏元如何与马如龙合作贪赃，马如龙又是如何让骆秉章派去的人绑架等事说了一遍，并道："这叫作偷鸡不成蚀把米，两人都想发战争财，结果遇上了正主儿，事情败露，反而丧了性命。"

于怀清眼珠一转，又问道："如此说来，贵军已经找到了清军据点吗？"

因涉及军事机密，杨大嘴笑了一声，没详细往下说，只道："应也快了。"

王炽、于怀清听完杨大嘴的话，相互望了一眼，两人皆是心知肚明，这里面漏洞太多，定然有蹊跷，只不过顺天军和捻军不清楚马如龙的为人，这才使得此计可成。但是有一点可以确认，若非那人绑架了马如龙，且演了一场戏，使席茂之与马如龙错过了接头时间，不然王炽的身份可能已然暴露，那么是时杨大嘴便不会是来向他道喜，而是要取他性命了！

想到此处，王炽不由得汗流浃背，应付了杨大嘴几句，将其送出门后，脸色一变，沉重地道："会是谁在暗中帮我们？"

于怀清手捏青须，蹙着眉道："马将军与我们相熟，他应该就是骆总督派来与我们接头之人，但是他尚未与席茂之接上头，却和从重庆赶来的魏元相遇了，魏元正愁找不到清军所在，这才把十万两饷银给了马将军。然那魏元是何许人也？他与我们有杀父之仇，重庆方面的商人，又是迫于舆论压力，不得不交出饷银，新仇旧恨，萦绕心头，这才派了魏元来，借顺天军之手欲置我等于死地。"

王炽眉头一动，道："也就是说，那救我们之人，知道我们与魏元有不共戴天之仇？"

"正是。"于怀清突然眼睛一亮，"莫不是李大小姐吧？"

话落间，只听门外传来一阵银铃般的笑声："于先生果然不愧是于先生，居然这么快就猜到了是本大小姐所为！"

于怀清往门外看时，李晓茹已如一阵风般地跑了进来，她将马如龙送到军营后，脱下那一身土匪装扮，又换回了女儿身。李晓茹到了屋里时，明眸瞟了眼王炽，握起粉拳在他胸口打了一下，得意地道："本大小姐又救了你这小贩子一命，该如何谢我？"

王炽看到她，心头一暖，嘴上却道："此地危险，你如何不待在重庆，跑了过来？"

李晓茹冷哼道："本大小姐若是不来，你小子还有命在这儿与我装正经吗？"

王炽一想也是，太平军对他早有防备，若非她适时闹了一场，他早已身首异处了。继而想到，这两年以来，她数次与自己共患难，陪着他风里来雨里去，生死与共，不由心下感动，道："李大小姐于在下恩重如山，在下没齿难忘！"

于怀清摇头叹息道："此恩确也重如山，只怕是要用一生来偿还了。"

李晓茹闻言，俏脸一热："从来书生多矫情，果然不虚！"

王炽看了眼李晓茹，眼波含情，然后正色道："你吸引了顺天军后，清军的位置也就暴露了，此事你是作何处理的？"

"将计就计。"李晓茹嫣然一笑，"我让席大哥先行去向骆总督禀明了情况，借此机会，把顺天军引入山去，然后一锅端了。"

王炽回头看了眼于怀清，只见于怀清也是一副既惊异又钦佩之神色，一条计策，两番谋略，好计啊！

"不出意外的话，清军即将迎来一场大捷。"王炽的目光从于怀清身上移开，落向门外，当他站在胜利者这边时，突然想起了魏元，那个父亲被杀，承受着巨大痛苦和仇恨的人，他知道当站在高处，去同情或怜悯一个人的时候，对受害者而言，同样也是一种伤害，可越是作如此想，心中越发愧疚，魏元不该死，更不应该死在顺天军的刀下。

"我想去救魏元出来。"王炽收回目光，再次落向于怀清。

于怀清大吃一惊，"为何？"

"冤冤相报何时了？"王炽浓浓的眉头一蹙，"我们为了生意，已然致其父身亡，莫非还要再次置他于死地吗？"

李晓茹笑吟吟地看着他道："你这王死贩子何时慈悲起来了，你想过救他出来的后果吗？"

"李大小姐所言甚是。"于怀清忙道，"他身负血仇，即便是救了他出来，也不会念你的好，万一他再次报复，如何是好？"

"一个人想要把事业做大，须有容人之量。"王炽正色道，"天顺祥想要发展，想要做出他人无法做到之事，就必须能容形形色色之人，而非将对手一个个送上死路，你要知道，有时候对手的逼迫，也能逼出商机。就像此次我们来此行商，难道不是对手所逼的吗？"

于怀清急了："王兄弟，你所说的道理不才明白，做大事必有大胸怀，可你到了这种地步了吗？天顺祥刚刚起步，脆弱得如婴儿一般，再小的打击，也有可能是致命的。"

"那么你觉得把魏元送上死路，理所应当吗？"王炽加重了语气，道，"害了魏伯昌，再去害他的儿子，于心何忍？"

李晓茹怔怔地看着他，她知道他被逼急了时，会愤然作色，会奋起抗争，可是他的内心是忠厚善良的，甚至是有侠义情怀的，也许正是因了如此，他才能一步步走到如今，一个成功的商人，首先是做人，而后才是行商，从这个角度上来说，他也许是没有错的。

"于先生，当人产生愧疚的时候，即便身边的银子堆积如山，也是不会快乐的。"李晓茹道，"在去买卖城的路上，先是桂老西，后是魏伯昌和刘劲升，每一次生意上的成功，都是用他人的生命和鲜血铺就的，这样的竞争其实是反常的。我们只是商人，不是军人。"

于怀清叹息一声，再没反驳："对顺天军来说，魏元已无利用价值，必是杀之而后快，你想要怎么救？"

"大战在即，蓝大顺正想着如何一举歼灭清军，估计暂时无暇去理会魏元。"王炽道，"待开战之后，再伺机救他出来便是。"

落日隐没在大山里后，气温便开始下降，平武城倚水枕山，初冬时节，要比其他地方阴冷一些。

蓝大顺命人在落院里生了堆火，与其弟蓝二顺隔石桌面对面而坐。

蓝二顺与其兄不同，他通史书，重情义，如果说蓝大顺是一个有谋略和勇气的大将之才，而无政治头脑、一心做着帝王梦的草莽英雄的话，那么蓝二顺则是一个重情重义、拥有一腔热血、古道热情的侠客。他知道眼下世道混乱，群雄并起，与历史上所有的末世王朝一样，正在进行着新一轮的更新换代，在天下未定之际称王登基，并非明智之举。但即便是错的又怎样呢？人说上阵父子兵，打虎亲兄弟，朝廷无道，官逼民反，在苛政之下父母双亲在一次天灾中饿死之后，他便与兄长相依为命，没有兄长的扶持，他能活到今天吗？既然兄长要打天下，要称王称霸，不管错也好，对也罢，他都要帮他去实现这个愿望，哪怕是为此付出生命，亦是在所不惜！

"酒热了！"蓝大顺从火堆上提起吊壶，在各自的杯子里倒满了酒，举杯笑道，"二顺，哥哥敬你一杯，预祝你今晚旗开得胜！"

蓝二顺拿起杯子，一轮淡淡的月光恰好映在杯中，模糊不清，一如眼下的局势，晦涩不明。他看了兄长一眼，很想告诉他，如今跟了太平军，前面的路也是吉凶难料，从目前各路义军全面反扑的情形来看，更像是垂死前痛苦而疯狂的挣扎，但当他看到兄长一脸的兴奋和希冀时，终是忍下了没说出口，咧嘴一笑，饮尽了杯中酒。

刚放下酒杯，看到一名士兵跑进来，禀报道："启禀将军，刚接到探子传来的消息，那个山坳确认是清军据点。"

蓝大顺看了眼弟弟，起身走入厅内，来到地形图前，冷笑道："这个山坳果然是藏身的好所在，不过有利必有弊，此处三面都是悬崖峭壁，只有一个出口，可将他们一锅端了，彻底歼灭骆秉章所部。"

蓝二顺剑眉一扬，道："我这就出兵，打他个措手不及。"

"再等等。"蓝大顺眼里闪着精光，道，"骆秉章并非省油的灯，他也在时刻留意着咱们的动静，等夜深之后，再分批出兵，方有把握一击奏效。"

蓝二顺道："哥哥想得周全！"

是晚子时，天上飘浮的云遮挡了月光，天地瞬间被黑色吞噬，蓝二顺命令部队分批次出发，不得发出任何声响。三军将士不敢违令，踏着碎步，疾速地跑出平武城，犹如幽灵般悄无声息地奔向黑夜。

杨大嘴在营地里眼睁睁地看着他们出兵，轻骂道："他个先人板板，累活、苦活咱们去干，这等天大的功劳却没咱的份儿，全给他自家兄弟去了！"

游民生瞟了他一眼，淡淡地道："心胸不宽，终是难成大事，你与他计较做甚？"

杨大嘴惊道："游旗主也对那姓蓝的不放心吗？"

游民生朝左右看了看，拉了杨大嘴一把，走出军营来，道："咱们捻军起义，可有坐天下之意？"

杨大嘴想了一想，笑道："咱们起义这么些年，倒是没有听说哪个头领要当皇帝的。"

游民生道："姓蓝的跟咱们不是一路人，所谓的两军合作，也不过是时局所迫罢了，按姓蓝的脾气，一旦此战得胜，席卷四川全境之后，他便又要自己做土皇帝了，到时候朝廷和太平军都饶不了他，咱们夹在中间，左右不是人，须提前留个心眼儿算计下后路才是。"

杨大嘴闻言，想起于怀清也对他说过"卧榻之侧不容他人酣睡"之类的话，与游民生之言不谋而合，不由兴奋地道："咱们手里握着两座金库，索性与那王炽全面合作起来，待捞足了咱们就走，心里也踏实。"

"现在是时候了。"游民生的脸上露出一抹浅笑，"姓蓝的已经证实王炽没有问题，他也希望手里的盐变现，以充军资，俟明日你去与王炽谈谈。"

杨大嘴拍拍胸脯道："游旗主放心，包在我身上便是！"

丑时，后半夜的风更冷了，李晓茹搭了个梯子，爬上屋顶，静静地看着山那边的动静。

此时的山好似一座蛰伏着的庞然大物，黑乎乎看不到任何景物，也没有一丝响动，然而这样的静默让人有些压抑，因为你可以猜想得到，再过一会儿，这样的宁静将会被打破，随之而来的是地动山摇般的一场大决战！

王炽也没有睡着，走出屋来时，见李晓茹坐在屋顶，便也爬了上去，与其并肩而坐。王炽看了她一眼，见她的脸有些发白，问道："你在紧张什么？"

李晓茹幽幽地道："这是一场大仗，有很多人会死，却是我一手促成的。"

王炽闻言，颇是惊讶，没想到她也有多愁善感的一面，道："即便没有你，清军与顺天军也早晚有此一战，你要知道，今晚的这场战役，其实与你并没关系。"

"你是说我自作多情了吗？"李晓茹转首看向他，"我千里迢迢来此，是否也是自作多情？"

王炽没想到女人的思维竟如此跳跃不定，不由苦笑道："你来助我一臂之力，我求之不得呢，如何会是自作多情？"

李晓茹哼一声，问道："算你还有些良心！"

说话间，突听得山那边起了阵躁动，两人抬眼望去，只见漆黑的山上，蓦然出现了无数火光，犹如流星一般，在空中一闪而过，又倏然而没，与此同时，惨叫声、呐喊声大起，战斗开始了！

耳听着惊天动地的声响，王炽的心亦陡然紧张起来，"看这些火箭的方向，应是清军所射，他们已经按计划将顺天军引入山谷之内，要关门打狗了。"

在距王炽不远处的城楼上，蓝大顺手扶城墙，目不转睛地看着山那边的战场，越看越是吃惊，蓝二顺神不知鬼不觉地出去袭击，本是瓮中捉鳖，志在必得之事，清军如何会事先知道？

不一会儿，有士兵疾步上来禀报："将军，我们上当了，那是个陷阱，二顺将军被敌军两面夹击！"

"他姥姥，是哪个透露了消息！"蓝大顺愤然地踢了脚城墙，目光一转，落向旁边的游民生道，"速率五千人马，前去助蓝将军突围！"

游民生在心底冷笑一声，收拾烂摊子便轮到我们了吗？表面上却依然是一副恭敬的样子，领命下了城楼来，招呼杨大嘴一声，迅速地率军出城去了。

随军跑了一段路，杨大嘴道："游旗主，清军打这场包围战，乃早有准备，只怕早料到了我们会去支援，如此过去，不是送死吗？"

"我知道，好事能轮得到咱们吗？"游民生眉头紧皱，道，"到了那边见机行事。"

杨大嘴只觉心头怦怦直跳，跑了一段路，只听得厮杀声越来越重，又道："不能再过去了，让清军包了饺子，想出来就难了。"

游民生向着那个山坳望了望，心下也是惴惴不安，明知是计，还往前冲，唯死而已，可如果不上前线，回去如何交代？

正值此时，突见一小队人马从山上冲了过来，杨大嘴大惊道："什么人？"

对方看清楚了是杨大嘴等人，忙叫道："自己人！"

游民生见是顺天军，走上去问道："你等突围出来了吗，蓝将军何在？"

原来蓝二顺为人谨慎，在上山之前将队伍分成了两部分，一部分为主力，由他亲自率领，负责主攻；另一部分殿后，以策应主力。然即便如此分布，在骆秉章和萧启江的率领之下，清军的阵势犹如铜墙铁壁一般，里面的蓝二顺突围不出来，外面殿后的部队也杀不进去，后来又有一小股清兵杀过来堵他们的后路，蓝二顺为使军队免遭全军覆没之灾，让他们撤出来，告诉蓝大顺，让他撤出平武城。

游民生虽然不怎么待见蓝氏兄弟，但当听到蓝二顺之举时，亦不由得为之动容："蓝将军阵亡了吗？"

"我们逃出来时，将军依然在顽强作战，但身上多处负伤，估计撑不了多久。"

杨大嘴叹息道："二顺将军是条汉子！"

到了平武城，蓝大顺听说战况后，两眼通红，眦眦欲裂："二顺，哥哥对不起你啊！"转身下了城楼，命人集结队伍，道："老子若不杀光清狗，誓不为人！"

身旁士兵连忙劝道："将军，打不得！"

蓝大顺怒喝道："老子去救弟弟，有何不可？"

游民生上前道："将军且息雷霆之怒，眼下清兵士气正盛，我军又是刚受重创，不管是士气还是兵力，皆不如对方，二顺将军拼了性命在给我们争取撤退的时间，不可辜负了他一番苦心啊！"

蓝大顺若怒兽一般，来回踱着步，各路起义军虽号称三十万，但由于战线拉得太长，兵力分散，在平武城的兵力实际上不足十万，蓝二顺一败，十已去五，远不足与气势如虹的清兵一战。蓝大顺望着战场的方向，咬着钢牙，心想二顺为我拼却性命，我这做哥哥的若是独自逃生，何以为人？蓦然大喝道："撤他个鸟，老子若救不出弟弟，坚决不撤！"

游民生大吃一惊，心想我们若跟了你去，唯死而已，连忙走到蓝大顺身边，附耳道："将军，军中有内奸，再战只会徒增伤亡。"

蓝大顺周身一震，随即想到今晚的行动计划周密，本望以迅雷不及掩耳之势，一举歼灭清军，却不想反而落入了他们的包围圈，若非有人泄密，哪有这么巧的事？他的脑海里迅速地掠过王炽的影子，城内只有他们几个是外人，不是他们还能有谁？

"你觉得是何人所为？"蓝大顺粗眉一动，寒声问道。

游民生则摇了摇头："眼下还不好说，末将以为，先退守江油关，待稳定下来后，好生查查，为二顺将军报仇。"

蓝大顺又回头望了眼山那边的战场，厮杀声渐渐稀了，此番出征的将士只怕已是凶多吉少，而他的弟弟应也已阵亡。想到此处，蓝大顺心如刀绞，咬着钢牙道："带上魏元，撤！"

游民生看了眼杨大嘴，值此盛怒之际，他居然不杀魏元泄恨，还惦记着叫他随军撤离，是在怀疑他还是想要利用他？

思忖间，游民生眉头一挑，似乎有些明白蓝大顺的用心了，从目前的情形看，魏元被关在牢里，且有专人看守，即便是他想通风报信，也是做不到的，那么最为可疑之人便非王炽莫属了。如果说王炽真是清军的人……

游民生被自己的想法吓得脸色一变，不久之前，他还想着要与王炽合作，给自个儿留条后路，如果说那小子真是清军的人，就是非同小可之事了，捻军与顺天军虽说有隔阂，可好歹同是义军，至少在推翻清王朝之前是合作关系，然清军就不一样了，在这场不是你死就是我活的殊死搏斗中，身边留着个清军的人，岂非嫌命长了吗？

"你现在就去找王炽。"游民生吩咐杨大嘴道，"跟他说我军马上撤退，问他要不要随军去江油关。"

杨大嘴似乎还没明白过来，道："我们即将与他进一步合作，自然是要带他去的，因何还要去问？"

游民生沉声道："那小子很可能是清军的人，你见到他后，只管如此相问，看他是何反应，他若迟疑或拒绝，马上抓起来。"

杨大嘴神色变了一变，旋即会过意来："好，我这就去！"

王炽在屋顶上留意战局，见山那边厮杀声渐寥，城里的顺天军正忙着要撤退，回头朝李晓茹道："是时候了，走！"

按照王炽的想法，在顺天军大败之际，忙着撤退，应该不会在意魏元这么个犯人，与杨大嘴商量一下，估计就能放他出来。下了屋顶后，和于怀清交代一声，正要出门，却不想杨大嘴带着两个随从到了。

王炽微微愣了一愣，随即笑道："杨大哥来得正好，在下正要去找你呢！"

杨大嘴问道："找我做甚？"

王炽道："在下想请杨大哥帮个忙，把魏元放了。"

杨大嘴暗自一怔，心想那魏元是清军的人已确认无疑，你小子想要救他，看来你果然是清军安插在我军的内奸了！正要下令动手，突地脑子一转，游旗主要让我试探他一下，且先问问他再说。当下问道："我军已准备撤军去江油关了，蓝将军下令将魏元一道带走，这个忙我怕是帮不了的，你可要随我们一起去江油关？"

王炽闻言，第一反应是蓝大顺没打算杀魏元吗？顺天军以为魏元是清廷派来的人，如今已无可利用的价值，区区一介商人，蓝大顺让他随军去江油关何用？随即又想到，此次顺天军遭遇清军伏击，伤亡惨重，莫非是在怀疑……

想到此处，王炽陡然吃了一惊，如果顺天军真的是在怀疑他是内奸的话，他们可能会以魏元为突破口，试图找出些蛛丝马迹来。魏元本来就是被李晓茹设计后才落到顺天军之手的，再加上之前的杀父之仇，如果魏元真与顺天军合作，那么他的危险也就近在眼前了，杨大嘴来问他是否要随军去江油关，很有可能是另一次试探！

于怀清在一旁紧盯着杨大嘴的神色，见他慢慢地将手扣在腰际的刀柄上，已然明白是怎么回事，连忙道："我等要与贵军继续合作，自是要随军去的。"

杨大嘴闻言，目光瞟了眼于怀清："当真吗？"

于怀清佯装出轻松样子，笑道："莫非杨兄弟不想与我等合作吗？"

杨大嘴听了此话，放在刀柄上的手又移了开去，但心中却是疑惑不已，今晚顺天军惨败，的确像是内奸所为，从表面上看，那内奸确也非王炽莫属。可如果他是内奸的话，如何还敢随军去江油关？

"我自然是想与你们继续合作的。"杨大嘴道，"快些收拾一下随军启程吧，晚了清军就会来攻城。"

于怀清道了谢，亲自送杨大嘴出门，回身时，脸色顿时凝重了起来："顺天军已经起疑心了，刚才若非不才答应得快，只怕已经动手了。"

"是我疏忽了。"李晓茹跺足道，"我只想到诱惑他们，却忘了这件事的后果。"

"不怪你，是我们都没有想到。"王炽转首朝于怀清问道，"于先生可有应对之策？"

"魏元一定会报复的，他不可能放过这个机会。"于怀清看了眼王炽，眼神之中显然也有些慌乱，"魏元知道我们此行就是以盐易饷来支援清军的，只要他一开口，我们必死无疑。此时此刻不才也是方寸大乱，想不出应对之策，只有趁乱逃走一途了。"

"逃走？如此一来，我们此行岂非无功而返？"王炽瞪大了眼睛看着于怀清，断然道，"不行，临走时我们让付大人造足了声势，无功而返，何以见人？"

于怀清激动地加重了语气，"性命重要还是名声重要？"

"人无信而不立，若是失信于官府、失信于百姓，我们还如何在重庆立足？"王炽也加重了语气道，"于先生，此一逃不只是性命和名声的问题，还有我们刚刚建立的基业将毁于一旦！"

于怀清道："那么你想如何行事，去江油关吗？那是个易进难出的鬼门关，到了里面，我们想逃都逃不出来。"

"于先生的担忧不无道理，那确实是个易进难出的鬼门关。"李晓茹见两人快吵了起来，朝王炽问道，"如果我们去了江油关，该如何化解眼下的危机？"

王炽见李晓茹也向着于怀清，不由得冷笑一声，道："你既然可利用马如龙骗过顺天军，何以不能再骗他们一次？"

李晓茹一愣，随即反应过来，笑道："你这王死贩子，演戏演上瘾了吗？

不过此计倒是可行。"

于怀清皱了皱眉头，问道："果然要冒这种险吗？"

王炽毅然道："开弓没有回头箭，我们既然在重庆官府和百姓面前答应了这件事，绝没有空手回去的道理。"

"罢了，罢了！"于怀清道，"不才豁出性命，陪你走一趟鬼门关便是。"

商议既定，当下在屋子里留下字条，放在一个不起眼儿的角落，便草草收拾了一下，随顺天军一起撤往江油关。

当天凌晨，清军便进入了平武城，顺天军走得匆忙，未能将粮草如数带走，骆秉章命人将粮草全部收集起来，分发给士兵，另命人去将那十万两银票，兑换成现银，发了下去，犒赏三军。

待军队安顿完毕，马如龙便带了曾小雪找到王炽住过的地方，推门而入。曾小雪觉得奇怪，问道："你到这里来做什么？"

马如龙边四处看着，边道："王兄弟随顺天军去了江油关，如果他有事交代的话，定会留下线索。"

不一会儿，果然在一个角落发现了张纸条，马如龙拿起来一看，只见上面写道：死贪官，去鬼门关吧！

曾小雪见状，不由皱着蛾眉道："何人如此无礼？"

马如龙笑道："为免被他人看到起疑，这是王兄弟留下的暗号，他们希望我去江油关。"

曾小雪娇躯一颤，"顺天军屯兵江油关，你如何进得去？"

马如龙怜惜地握着她的双肩，道："放心吧，我自有办法。"

曾小雪还是不放心，道："可是即便进去了，也无异去闯龙潭虎穴，一旦出事，如何是好啊！"

"等报了仇，我就不再冒险了，好吗？"马如龙自与曾小雪成婚后，十分珍惜与她的这段姻缘，因此连性子也变了不少，温柔了许多，"我先带你回营。"

安顿好曾小雪后，马如龙便来找骆秉章，将那张纸条呈了上去，道："王兄弟已随顺天军去了江油关，他要让我入关去帮忙，敢情其处境不容乐观，卑职请求总督大人，让卑职入关。"

骆秉章的脸色发黄，连日来藏于山中的压力以及军中缺粮饷的煎熬，熬得他几乎油尽灯枯，看上去神形俱疲，一副无精打采的样子。他微微抬起眼皮，轻声叹道："王四那小子胆子端是大得紧啊，不管是龙潭还是虎穴，他都照闯不误！从眼下的情况来看，王四的确危险得很，江油关也无异于鬼门关，你想清楚了？"

马如龙闻言，只觉心头热血涌动，大声道："王兄弟尚且敢冒大险入关，卑职身为朝廷命官，有何不可呢？况且卑职与王兄弟是一起出生入死过来的，他如今有难，做兄弟的如何能不管不问？"

骆秉章转头看向萧启江，似乎在征求他的意见。萧启江的神色也不太好看，本来就长得瘦，是时脸庞呈暗灰色，看不到丝毫血色，他与骆秉章交换了个眼神，说道："老哥哥，眼下我军与顺天军处于胶着状态，相持难下，我以为此险值得冒。不光是要去助王四一臂之力，江油关乃天险雄关，易守难攻，我军要想拿下此关，实属不易。马提督入关，可作内应，以便我军顺利入关。"

骆秉章点了点头，"那么你去吧，进去后切要谨慎从事。"

马如龙大声道："多谢总督，卑职这就去准备！"

"且慢！"骆秉章嘶哑着声音道，"上山入匪，尚且需要投名状，你如此莽莽撞撞过去，岂非送死吗？"

马如龙一怔："请总督大人赐教。"

"给蓝匪送一份礼过去。"骆秉章不疾不徐地耐心交代完后，又道，"唯如此方可取信于他。"

马如龙闻罢，对骆秉章更是佩服："卑职明白了！"

天色阴沉沉的，江油关四面环山，又有涪江从中而过，山风吹过时，更是寒气森森。

蓝大顺一夜未眠，又经历了丧弟之痛，这使他的脸色看起来更加阴沉。在蓝大顺的对面跪着魏元，经历了此番的生死大劫后，魏元以为必死，如今被提了出来问话，他知道事情有变化了，顺天军惨遭大败，定然是对王炽起了疑心。

想到此处，魏元的脸上浮起抹冷冷的笑意，杀父之仇，有望能报了！

"你说你与王四有杀父之仇，是吗？"蓝大顺目光如电，沉声问道。

魏元提了一口气，道："正是。"

蓝大顺道："与本将说说此仇是如何结下的。"

魏元应是，便将王炽如何明修栈道、暗度陈仓，骗过俄国人，一路北上，以及一路上的明争暗斗说了一遍。在一旁坐着的游民生边听边暗瞟了蓝大顺一眼，心想姓蓝的经历了蓝二顺之死后，似乎多长了些心眼儿，居然想到从事情的源头问起。

蓝大顺听完后，又问道："你说当日在红岸码头，马如龙是去与王四的人接头的，有什么凭据？"

魏无又将重庆府征饷派粮，山西会馆的百里遥如何为报复王炽，给他下了个套，让其护送军饷，重庆府的付少华又是如何在百般无奈之下，与王炽合作以盐易饷等事情详细说了一遍。蓝大顺闻言，脸上寒光大盛："既如此的话，红岸码头为何会发生有人掳走马如龙之事？"

"魏某敢用人头担保，马如龙绝非所谓的贪官，相反，此人嫉恶如仇，曾在重庆肃贪，震动官商两界。"魏元眉头一扬，又将马如龙如何在昆明城大闹云贵总督府，如何在重庆大力肃贪，逼死重庆知府王择誉等事说了，并道，"魏某相信，当日红岸码头的事，是他们演的一出戏，目的是要排除王四的嫌疑，诱使贵军入山，这才有了昨晚贵军惨败之事。"

蓝大顺"嘿嘿"一声怪笑，霍地拍案而起，朝杨大嘴喝道："还愣着做甚，去把王四一干人给老子带过来！"

杨大嘴被他喝得愣了一愣，游民生忙不迭使了个眼色。杨大嘴这才起身，走了出去，及至外面，嘟囔道："格老子的，老子又不是你的奴才，他凭什么对老子呼来喝去？"但不情愿归不情愿，游民生已暗示他去了，他也不得不去。

到了王炽等人所在处，杨大嘴将一肚子火撒了出来，喝令士兵将王炽等人围起来，冷笑道："好你个王四啊，亏老子那么信任于你，你却联合清兵，来对付老子，带走！"

"且慢！"王炽蓦地喊了一声，朝杨大嘴道，"杨大哥，你果然信得过魏元吗？"

"如何会信不过？"杨大嘴大声道，"他把你如何杀了魏伯昌，如何与付少华合作以及马如龙与你出生入死等事，事无巨细统统说了一遍。"

"这就是生意场。"于怀清故作轻松地笑了笑，道，"生意场犹如战场，虚虚实实，奇正相生，杨大哥历经战事无数，该是知道这个道理的。"

杨大嘴虽说出身草莽，却也不是傻子，道："你还想来骗老子吗？"

"非也！"于怀清道，"在昆明时，马如龙的确为了王兄弟大闹过云贵总督府，可你知道他是为了什么吗？"

杨大嘴不觉问道："为了什么？"

于怀清道："马如龙原先跟你一样，是义军出身，跟着杜元秀去打昆明，只因当时形势所迫，在王兄弟劝说之下投了清廷。可是他投靠清廷后，并无实职，大闹云贵总督府，乃是为了逼桑春荣许他一官半职，当时杜元秀大军压境，桑春荣无奈之下，当场写下字据，承诺待战事结束后，向皇上奏请给他个临元总兵当当。"

于怀清虽将马如龙的用意弯曲了，可所说之事却是千真万确，杨大嘴无可辩驳，又问道："那么重庆肃贪又是怎么回事？"

李晓茹哼的一声，道："新官上任三把火，莫非你没听说过吗？贪官为了证明自己是清白的，查起别人来比一般人狠得多了！"

杨大嘴挠了挠头，道："他个先人板板，老子被你们绕糊涂了，有话你们去跟蓝将军说吧，老子不管了！"

"杨大哥，您可不能糊涂，如果蓝将军杀了我等，信任了魏元，你我之间的合作就彻底结束了。"王炽走上两步，朝其小声道，"您可别忘了，贵军与顺天军的合作只是暂时的，没有银子，贵军日后的出路何在？"

杨大嘴被说得心头大乱，急道："可你要老子如何相信你？"

王炽眼里精光一闪，道："在下不奢求杨大哥能完全相信，咱们用事实说话，可好？"

"给在下一天时间。"王炽道，"一天之后，在下会用事实向杨大哥证明，我等是清白的。"

杨大嘴有些被说动了，道："可蓝将军已完全相信了魏元，到时他若要杀你，我也拦不住啊！"

王炽拱手道："蓝将军那里，我等自有说法，到时只望杨大哥高抬贵手，与我等帮个腔,待一天之后,证明了我等之清白,重操贩盐生意时,绝亏不得您。"

"好，那我就给你一天！"杨大嘴的语气明显缓和了下来，挥了下手，命人将王炽等三人押走。

大堂里魏元已然被带下去了，估计是蓝大顺不想看到双方吵得不可开交的样子，来混淆其视听吧。见王炽等三人进来，蓝大顺的眼睛首先落到李晓茹的身上，问道："你又是何人？"

李晓茹虽身为女流，然毕竟经历过大风大浪，处在大险之中，依然是泰然若素，她相信以他们的智慧，一定能对付得了眼前的莽夫。听得蓝大顺问起，李晓茹说道："我是王四的合伙人，不然以这小子的财力，如何做得了这么大的生意。"

"哦？"蓝大顺微微地眯了眯眼，如铁般冷峻的脸上挤出抹冷笑，"你是来帮他的？"

李晓茹泰然承认道："正是。"

蓝大顺沉声道："魏元已经交代了你们为何来此，与马如龙又是怎样的关系，本将军已经可以确认，你们就是来帮清军的，刀都已经架在你脖子上了，你不怕吗？"

李晓茹不答反问道："将军以为魏元的话可信？"

蓝大顺冷笑道："为何不可信？"

李晓茹道："所谓狗急了跳墙，人急了上梁，一个身负血海深仇之人，什么样的事情都可能做得出来，如果将军认为魏元的话可信，那么我也无话可说。"

蓝大顺闻言，目光一转，落在王炽身上，问道："本将军问你，魏元之父是否乃你所害？"

王炽坦然答道："不错。"

蓝大顺又问道："那么重庆府征粮派饷之时，山西会馆的百里遥故意设陷阱，逼使付少华与你达成以盐易饷的意向，是否真的？"

"不是。"王炽摇了摇头道，"商人势力再大，能力再强，也不敢公然违

274

抗官府的命令，魏元在撒谎。"

蓝大顺道："你说魏元在撒谎，那么本将军如何信你？"

王炽微哂道："将军试想，如果重庆府真的被逼无奈，与在下达成以盐易饷的合作，魏元为何会千里迢迢地送饷银过来，这岂非自相矛盾吗？"

蓝大顺道："如果不是为助清军，那么你为何要冒此大险，来此行商？"

王炽"嘿嘿"笑道："商人以牟利为宗旨，哪儿有生意可做，在下便会去哪里。关于这一点，将军可以问问杨将军，当年重庆被捻军围攻，城内的物资紧缺，洋人趁机作乱威胁官府，在下料到官府不想被洋人控制，也是冒了大险转运物资。"

杨大嘴忙道："当年的那件事我也参与了，他的物资被我劫了，还险些丧了性命。"

"看来你小子果然是胆大包天。"蓝大顺斜着眼瞟了下王炽，道，"那么你与马如龙的关系又如何解释，红岸码头一事，不是你与马如龙联起来演的一出戏吗？"

于怀清突然哈哈笑道："如果那是一场戏，那也定然是有头无脑的书生编撰出来的。"

蓝大顺看向于怀清，道："为何？"

于怀清道："魏元送那十万两军饷过来，到了这边后，方知清军的粮草被贵军烧了，全军撤退，不知所踪，他正愁如何联络清军时，恰好在码头偶遇马如龙，我等毕竟是生意人，并非能掐会算的神仙，如何能事前知道魏元会偶遇马如龙？既然不知道他们会相遇，又何来演戏之说？"

蓝大顺突然加重了语气道："那么按你所说，马如龙果然是个贪官？"

"不只是贪，简直是个贪得无厌、迷恋权力的蛀虫。"李晓茹插嘴道，"将军说魏元将我等与马如龙的关系都交代清楚了，那不过是他的一面之词，而且他一个重庆的商人，又如何知道云南官员的事情？"当下把临行前与杨大嘴说的那些番，又说了一遍。

三人你一言我一语，说得天衣无缝，蓝大顺心里不免也疑惑起来，魏元身负大仇，莫非他真是狗急了跳墙，对我说了谎话？转念又想，如果说马如龙偶遇魏元是巧合，那么昨晚之战呢，莫非也是巧合吗？

想到昨晚惨败，蓝二顺为此牺牲，蓝大顺的怒意便又往上涌，不觉提高了声音，道："就算前面所说都是真的，那么昨晚一战又作如何解释？我军的行动，清军是如何知道的，莫非这也是巧合吗？"

"当然不是巧合。"王炽道，"从昨晚一战来看，清军显然是提早有防备的。"

蓝大顺脸上杀气腾腾："你说魏元才是来与清军接头之人，他昨晚被我关在军营，如何能把消息透露出去？平武城内，除了你们，还能有谁会把消息透露出去？"

王炽闻言，蓦地仰首一笑："将军此话，未免鲁莽了些，清军有所防备，不一定就是从平武城透露出去的消息。"

"哦？"蓝大顺目光如刀，存心要看看他如何自圆其说，"嘿嘿"冷笑道，"那你倒是给本将军一个合理的解释看看。"

王炽不疾不徐地道："将军可曾想过，贵军士兵从红岸码头一路跟踪到清军营地，这中间有足足一天的路程，这么长的路，贵军士兵始终跟着，但凡机灵点的人都能察觉得到，更何况他们所跟踪的是当地的一个土匪呢？"

蓝大顺听完，哑口无言，绑架马如龙的确实是当地的土匪，只不过后来投靠了清军，对方熟悉这一带的地形，且出于土匪的习性，对周围环境敏感度自然要高些，莫非昨夜惨败的问题真的出在跟踪的时候？

杨大嘴见蓝大顺犹豫，插嘴道："禀将军，我觉得王四这小子说得不无道理，相比之下，魏元报仇心切，其心必然不纯，那么他的话也不怎么可信了。"

游民生不由得往杨大嘴望了一眼，心想他怎么向着王炽说话？转念一想，现在魏元和王炽都有嫌疑，相形比较之下，他自己也更希望王炽是清白的，毕竟在这战乱时期，利益大于天。

大堂内沉寂了下来，空气显得异常凝重。王炽看得出蓝大顺在犹豫，他显然被说动了，当下打破沉寂，说道："将军，事实大于雄辩，您给在下一天时间，在下定然可证明清白。"

蓝大顺不由问道："如何证明？"

王炽讳莫如深地笑了一笑，道："请容在下卖个关子，也许不出一天，便能给将军一个交代。"

"好！"蓝大顺起身道，"本将军就给你一天时间！"

待王炽等人走后，蓝大顺使了个眼色，命人去监视王炽。

走出大堂的时候，王炽这才松了口气，道："这一关终算是过来了，希望马兄弟能发现我们留下的纸条，及时赶过来。"

于怀清皱着眉头道："即便是马兄弟发现了纸条，也得看骆总督放不放行、配不配合我等的行动了，毕竟潜入江油关非同小可，稍有不慎，就会丢了性命。"

王炽道："骆总督之谋略胆识，天下少有，他不会放过这个机会的。"

李晓茹往后看了一眼，突然冷笑道："顺天军派了人在监视我们，须小心了。"

王炽、于怀清闻言，连忙闭嘴，低着头径往住所走。

整整一天时间，王炽等人都不敢随意走动，只待在屋里，盼着马如龙早些到来。当日傍晚，杨大嘴出现在门口时，王炽心头大震，是马如龙来了吗？如果是的话，那么真正的较量将在江油关展开！

"你们能想得到吗，马如龙居然到了江油关！"杨大嘴一脸的兴奋，像是在讲一件十分离奇的事情，"那狗官居然能从清军中逃出来，而且还逃到了这里来！"

王炽朝于怀清望了一眼，于怀清的神色十分凝重，下面的事情是成是败，就要看马如龙的表现了！

第十五章
敌营再演苦肉计　自贡布局盐生意

古语云：蜀道难，难于上青天，说的是四川的险山恶水。历史上许多皇帝被逼无奈，避祸四川，一则固然是天府之国，粮食充沛；二则是因了此地的环境。

入蜀只有两条路可行，即东面的瞿塘关以及北面的剑门关，一东一北，两关雄峙，其周围皆是险山峻岭，千仞峭壁，绵延百里，易守难攻，这也是三国后期蜀汉尚能于乱世中存在数十年的原因所在。

巍峨的剑门山横亘两百多里，到了江油关时，其险峻之势依然不减，西北有鹰嘴岩、凤翅山两山对峙，东南有夫子山、箭杆岭险峰并立，四山环抱，峭壁巍巍，中间又有条浊浪滔滔的涪江从中而过，造就了这一道蜀北名关。

从平武城下来，清军要想攻克江油关，必须要经过鹰嘴岩，或者渡涪江而入，但无论是水路还是陆路，都极其凶险，一旦遭遇伏击，绝无突围的可能。

是日晚上，月黑风高，一支队伍悄然地出现在了鹰嘴岩的山道上。

这是一支千余的清兵，由萧启江亲自率领，往江油关的方向摸了下去。

与此同时，江油关的一座帅府大堂上，灯火通明，蓝大顺笔挺地坐在上首，脸色铁青。在他的下面，右侧分别坐着游民生等捻军及顺天军的头领，而在其左侧，则站了王炽、于怀清和李晓茹三人。

堂内火光摇曳，火把时不时地爆出啪啪声响，使得大堂内的氛围越发沉闷，众人连大气都不敢喘一声，神色肃然。

脚步声响起，堂外走来三五人，当火光映射在那些人的身上时，王炽等人的心头不由得怦怦剧跳起来。只见马如龙被五花大绑，由四名士兵押着，走入堂来。

"跪下！"后面的士兵一推，马如龙不由自主地被推倒在地。

王炽的脸皮一动，一股怒意上涌的同时，也为马如龙感到不平。他少年英雄，南征北战，威风八面，即便是面对再大的阵仗、再大的官员，他也敢以睥睨之态，漠然无视，何曾屈过他那黄金膝！而如今，他不仅被污为贪官，还要在顺天军面前屈膝下跪，这对一个浴血奋战过来的将领而言，是痛苦的、难以承受的。

马如龙跪在地上，转过头来，目光从王炽、于怀清、李晓茹身上一一掠过，突然咧嘴笑了一笑："原来三位也在此啊！"

蓝大顺目光一瞥，落到王炽身上，并未发话，似乎想要看看王炽会如何应对。

王炽收回遐思，摇头一叹，道："马兄弟，在下敬你，才称你一声兄弟，而你却没将在下当兄弟看待。"

马如龙哈哈一笑，道："别跟我扯什么兄弟之义，我从加入杜元秀起义，到投靠清廷，为的是什么？活着！靠什么活着？银子！在这个乱糟糟的世道，除了银子什么都靠不住。"

王炽深沉的一声叹息："你的话令在下心寒！"

王炽的这一声叹息，大有为马如龙的遭遇心痛之意，李晓茹却是怒气冲冲地走上去，一个巴掌拍在其头上，"你这狗官，贪赃枉法，莫非你还有理了不成！"

"打得好！"蓝大顺看了会儿，终于发话了，他起了身一步步地走向马如龙，及至面前时，霍地解下腰际的佩刀，"啪"的一声，刀鞘砸在马如龙的头上，直将他打倒在地，脑袋嗡嗡作响。

王炽浑身一震，定睛看时，只见马如龙的头上慢慢地溢出血来，顺着右侧的太阳穴，缓缓地流下。他们一同出生入死，一同闯过无数的艰难凶险，他实在无法容忍马如龙被敌军侮辱，更无法眼睁睁地看着而视若无睹。他捏紧了拳头，脸上明显地表现出了愤怒。

这时，王炽只觉一只手悄悄地捏紧了他的手，转目一看，看到了于怀清暗示的眼神。王炽猛然省悟，是的，现在蓝大顺既不相信魏元，也没有完全相信他们，他这是要通过马如龙来试探他们。

想到此处，王炽不觉往李晓茹看过去，只见她竖着蛾眉，胸脯快速地起伏着，显然她也在隐忍着巨大的愤怒和悲痛，而且她心中的这股悲愤比之王炽更甚。她痴恋过他，他曾是她为之疯狂追求的对象，现在马如龙受辱，若非身处在特殊环境之中，按照她的性子，只怕早已爆发了。

"你居然还敢来江油关，哈哈！"蓝大顺怒笑一声，举起刀鞘再次落向马如龙的头，又是"啪"的一声，刀鞘裂作数片，散落在地。在蓝大顺的心里，怒打马如龙不只是要试探王炽，更是要将心头积攒的火发泄出来。如果不是马如龙陡然出现在红岸码头，也许他现在已经知道谁是真正与清军接头的人，蓝二顺更不会无端丧命，今日的结果，其源头皆出自这个人身上。

蓝大顺刀头一指，将刀锋搁在马如龙的脖子上，额前露着青筋，咬牙切齿地道："你来错地方了，老子今晚就要用你的血来祭二顺兄弟！"

李晓茹见状，脚步一动，待要出去，于怀清眼疾手快，伸手制止了她的行为，一旦暴露身份，他们一个也别想活着走出这大堂的门！

蓝大顺握刀的手使劲儿的同时，目光一转，落在王炽等三人身上，见李晓茹阴沉着脸，停了手上的动作，阴恻恻地一笑，问道："你急了吗？"

于怀清大吃一惊，心想这下完了！李晓茹何等机灵，走上去要拿蓝大顺手里的刀，道："让我来结束了他。"

如此一来，蓝大顺反而被她弄得莫名其妙，紧捏着刀柄道："你与他有何仇恨？"

李晓茹愤然地瞟了马如龙，冷哼道："在昆明的时候，这小子坏了我生意，还抓了我作威胁，要家父跪在他面前认错，当时家父无奈，只得下跪。那一幕至今历历在目，是为奇耻大辱，反正将军也想杀他，不如便宜了我可好？"说话间，目光一转，眼含杀气，朝蓝大顺直射过去。

王炽和于怀清看到此情此景，心头咚咚直跳。李晓茹的这一招好比是战场上的背水一战，企图在气势上去压倒敌人，然而剑走偏锋的结果是胜得彻底，败得也彻底。他们心里都清楚，蓝大顺是在试探，考验他们的内心，而且按照常理来讲，蓝大顺在没弄清楚马如龙的来意之前，是不会真下杀手的，李晓茹如此做，固然可以彻底让蓝大顺取消怀疑，但谁能保证蓝大顺在丧弟之痛的情况下，不会做出意料之外的事呢？

蓝大顺突然咧嘴一笑，放开了手里的刀，直起腰来，朝李晓茹道："我成全了你。"

王炽、于怀清不禁面面相觑，连脸色都变了，心想这下弄巧成拙，如何是好？

李晓茹只觉脑子里嗡嗡作响，这个疯子不按常理出牌，他是真想我杀了马如龙，还是依然在试探？如今骑虎难下，这一刀该不该下去？

李晓茹暗吸了口气，朝马如龙看了一眼，心想你小子该不会什么也没准备，就咻咻然前来送死的吧？

思忖间，陡然听得马如龙仰首哈哈一笑，舔了下流到嘴边的血，破口骂道："你这恶婆娘，倒贴都嫁不出去的假女人，你要是敢杀了我，相信你也走不出这里！"

听了这骂声，李晓茹反倒是暗松了口气，心想看来你是有备而来的，嘴上却恶狠狠地反骂道："你这死了都没人收尸的狗官，死到临头了还敢满嘴喷粪，本大小姐现在就解决了你，看看你有什么本事让我走不出去！"话落间，紧握着刀，作势欲劈。

"不需我收拾你，蓝将军自会杀你。"

李晓茹等的就是他这句话，见他把问题抛向蓝大顺，手一停，往蓝大顺看过去。

蓝大顺本来就是想试探下李晓茹，并无意在事情没弄清楚前，要了马如龙的性命，见他话里有话，便问道："此话何意？"

"让这女人走开，给我松绑。"马如龙道，"我虽然贪财，可也是从战场上走过来的，休要这般地来羞辱于我。"

蓝大顺寒声道："你有跟老子谈条件的资格吗？"

"有。"马如龙紧盯着他道，"我既然敢到这里来，必是带了筹码。"

王炽暗松了口气，看来这一关算是过去了，只要马如龙所说的条件有足够的吸引力，那么就可以稳住蓝大顺。

蓝大顺上前两步，在马如龙面前蹲下身，用手指拨开李晓茹的刀，"是什么样的筹码？"

"关乎贵军存亡。"

"我凭什么相信你？"

"你知道我为何来这里吗？"马如龙冷冷一笑，"我犯的是贪污罪，并没违反军纪，骆秉章不会贸然处决了我。本是要进入平武城后，再将我移送朝廷处置的，我却在混战之时逃了出来，因为我知道一旦被移送朝廷，革职不说，在牢里还得关上个十几年，试问我还有出头之日吗？"

蓝大顺没发话，只盯着马如龙看，似乎想要看透他是不是在撒谎。马如龙浓眉一扬，又道："在我说这件事情之前，你必须答应我一个条件。"

蓝大顺道："说来听听。"

马如龙道："留我下来，加入顺天军。"

蓝大顺愣了一下，随即哈哈笑道："那要看你所带的消息值不值得本将军留你了！"话音落时，夺过李晓茹手里的刀，将马如龙身上的绳索割断了。

李晓茹见状，心头犹如落下了块巨石，脸上却是一股愤慨之色，"就这么便宜了他吗？"

"杀不杀他，自有本将军说了算！"蓝大顺喝了一声，李晓茹狠狠地瞪了眼马如龙，悻悻然走开去，转身时，朝王炽使了个鬼脸。王炽见状，脸上露出抹淡淡的苦笑，心想方才凶险万分，稍有不慎，便是身首异处，你却还有心情做鬼脸！

马如龙从地上起来，甩了甩被打得兀自嗡嗡作响的头，然后朝蓝大顺道："昨晚一战，贵军伤亡惨重，其因在于从红岸码头跟踪过去的那两个士兵暴露了行踪。那个绑架我的土匪狡猾得紧，故意装作不曾察觉，把他们引到了清军的大营。"

蓝大顺暗吃一惊，心想这倒与王炽的猜测不谋而合，问题果然是出在跟踪之人身上："骆秉章得知这个消息后，便将计就计，打了一个漂亮的伏击？"

马如龙点了点头。蓝大顺又问道："魏元到底是何身份？"

"不过一个无利不图的商人罢了。"马如龙冷冷一笑，"重庆府向商界筹了十万两军饷，让他送过来，这小子想趁机捞一把，顺便利用贵军，杀了王炽，报他的杀父之仇。但令他想不到的是，到了这边后，听闻清军粮草被烧，藏匿山中，不知所踪，正不知如何是好时，恰巧在红岸码头遇上了我。”

蓝大顺紧逼着问道：“那么你为何会出现在红岸码头？”

“我是从云南赶过来的。”这一套说辞马如龙已在心里默念了无数遍，因此说将起来，极为顺畅，“战争对百姓来说是灾难，而对当权者而言，却是机会。我带了两千余人，以支援四川战事为由，进入川境，到了红岸码头外围时，我让军队暂时隐藏起来，本是想去打探一下情况，谁知就遇上了魏元。后面发生的事情，相信将军已然知晓了，我有权他有钱，与之一拍即合。”

蓝大顺眉头一沉，思索了起来。他把马如龙所言与他所掌握的情况快速地理了一遍，可以肯定的是，马如龙的话基本可信，唯一值得怀疑之处就是，红岸码头他与魏元的巧遇，真的有如此之巧，让他们两个遇上并在短时间内达成了合作？

“你现在可以说你的筹码了。”蓝大顺决定再试探一次，看看他所谓的这个筹码，究竟有几分真实性。

“将军算是相信我了吗？”马如龙看了他一眼，又道，“骆秉章在拟定了那场伏击战之后，同时又制订了一个作战计划。”

蓝大顺闻言，心里不由紧张了起来，问道：“是什么？”

马如龙瞟了他一眼，道：“在我说出这个计划前，请将军应允我的条件。”

“在本将军答应你之前，你也须回答一个问题。”蓝大顺“嘿嘿”怪笑道，“如此重大的作战计划，你是如何知道的？”

马如龙也“嘿嘿”笑了一声，道：“将军不要忘了，我虽贪得无厌，却是个身经百战的将领，他们虽恨我贪赃枉法，但他们同时也清楚，如今大清国的官员，有几个不贪的？他们对此早已见惯不怪，所以并不曾对我防备，当我要求将功补过参与战事时，骆秉章就同意了。”

蓝大顺眼睛一亮：“也就是说你参与了作战计划的制订？”

马如龙道：“不错，这就是我来此投靠贵军的筹码。”

蓝大顺转过身，朝右侧所坐的顺天军及捻军头领看了一眼，“你等觉得如何？”

游民生当作没听见一般，避开了他的目光。他为人比较谨慎，认为这是顺天军内部的事，最好不要去参与，如此出了问题也怪不到捻军头上，乐得个清静。杨大嘴启了启嘴，似乎想要表达想法，看到游民生的神色时，到了嘴边的话又憋了回去。最后由顺天军的几个头领建议，只要证实马如龙所言不假，可以考虑让他加入。

蓝大顺一想也是，先证明真伪，再决定他的去留。当下说道："只要证实了你所说，本将军便让你留在军中。"

马如龙拱手相谢，朝着蓝大顺沉声道："拿下平武关后，清军会以迅雷不及掩耳之势奇袭江油关。"

"什么时候？"蓝大顺瞪大了眼睛，惊道。

"今晚。"马如龙冷冷地道，"由萧启江为先锋，从鹰嘴岩南下，目标是快速袭击贵军驻扎在鹰嘴岩的部队，如此一来贵军在西北的两翼便失去其一，无法遥相呼应，进而拿下贵军的凤翅山部队。战斗一打响，骆秉章所率的主力也会随之而来，而你们估计也会闻风而动，赶过去增援，由于关中距以上两处地方尚有一段路程，加上夜黑路陡，及至你们发现，从这里赶去时，只怕清军主力已居高临下在那里等着你们了，这时候他们就会对江油关展开强攻。"

蓝大顺心头一震，袭击西北两翼，吸引关内的军队出去，一石二鸟，倘若此计成功，赶去增援的部队被如数歼灭，江油关就危险了！此时的蓝大顺已经基本相信了马如龙，转身吩咐一名头领速去探明情况，另命令余下的所有人，集合军队，准备迎战。

起风了。四周的林子里树影摇曳，沙沙作响。不远处涪江水的咆哮声亦是越来越响，大自然雄壮的声音，似乎在配合着战前的氛围，使江油关一下子充满肃杀之气。

关内的一块空地上，密密麻麻地站了数千士兵，他们或持钢刀，或扛鸟枪，神情肃然，只待头领一声令下，奔赴战场。

王炽远远地望着这边，心里紧张得怦怦直跳。于怀清手拂青须，神色间倒是轻松了许多："骆总督倒是下血本了。"

李晓茹抿嘴一笑，道："骆总督就是骆总督，果然是大手笔！"

"只怕也是无奈之举，没有如此大的阵势，如何取信于蓝大顺？"王炽眉头一蹙，神色越来越凝重，"总督大人如此配合我们，接下来我们的压力就更大了。"

"若是能在短时间内拿下江油关倒是好说，要是拿不下的话……"于怀清叹息一声，道，"只怕咱们还得秘密转运一批军粮过去，以保障清军的军粮不缺。"

王炽皱着眉点了点头，却没有发话。要想从这里转运一批军粮出去，难于登天。

这时候，只见从城门外奔入一匹快马，向蓝大顺禀报军情，蓝大顺听完，脸色倏地一沉，大声道："以最快的速度赶赴鹰嘴岩，要是出半点差池，本将军唯你们是问！"众将得令，喝令三军出发，急往城门外跑了出去。

于怀清道："看来他们已经查实，清军正在向鹰嘴岩进军的消息了。"

李晓茹松了口气，道："马如龙的罪算是没有白受。"说话间，借着火光，朝马如龙望将过去，他的脸上依然留着血迹，不知为何，心里竟是起了股疼惜之意。

约过了一炷香的工夫后，山风里传来厮杀声，看来是两军交上手了。

蓝大顺转头看向马如龙，脸上浮现出一股笑意，"本将军看到了你的诚意，今晚这一战的胜利，将大大激发我军的士气，即时起，你就是我军中的一员了。"

马如龙连忙单膝跪地，"多谢将军不杀之恩，马如龙今后愿誓死效忠将军！"

"起来吧。"蓝大顺笑容一敛，突问道，"依你之见，魏元该如何处置？"

马如龙想也没想，答道："杀了。"

蓝大顺道："你先前不是要与之合作吗？"

马如龙道："此人如今不管是对将军，还是对属下而言，都没有了利用的价值。放他回去，万一向清军报告这里的情况，对我军极为不利。"

"好得很！"蓝大顺哈哈笑道，"可利用者留，不可利用者杀，倒是合本将军的脾性！"

一个时辰后，出去的队伍回来了，他们脸上带着兴奋之色，满脸通红，眼里闪闪发光，昂首阔步地进入了城门。蓝大顺舒了口气，昨晚惨败后，他们太需要一场胜利了，不在于杀了多少人，他们需要这么一次发泄，来振奋士气。

对他自己而言，也需要这样的一场胜利来出口恶气，唯如此才不负蓝二顺拼了性命让他顺利撤出来。

蓝大顺看了眼马如龙，拍了拍他的肩膀，道："敢与本将军一起喝酒吗？"

马如龙装作一副恭顺的样子，道："属下恭敬不如从命，将军请！"

进入大堂里，马如龙看了眼地上自己流的血，依然未干，只一会儿工夫，却成了蓝大顺的座上宾，想起不久前所发生的事，不免一阵后怕。蓝大顺瞟了一眼，笑道："先前的不愉快，都忘了吧，凡热血男儿，都不应记过往的仇恨。"

马如龙称是，跟着蓝大顺在桌前面对面坐下。不消多时，酒菜上来，蓝大顺举杯与马如龙一口饮尽，突然叹道："就在昨晚，我也与二顺一同饮酒，谁能想到，如今却是天各一方了。"

马如龙看着他黝黑如铁的脸，不想竟也有多愁善感的一面，便问道："将军只有二顺一个弟弟吗？"

蓝大顺点了点头道："父母谢世时，二顺还不到十岁，我挖了个坑，草草地将父母埋了，二顺在坟前大哭，我劝他说，有哥哥在不用怕，哥哥会保护你……"

蓝大顺哽咽了一下，眼圈微红，道："从此之后，我们兄弟俩相依为命。那年天灾，赤地千里，再加上这天杀的年代，很多人都活不下去了，于是我们就揭竿起义。一路走到现在，终于熬出了头，我原是想打下四川后，让二顺找个好女人成个家，让他可以过上安生日子……如今想来，这许多年南征北战，是他在为我建功立业，是我这个当哥哥的耗尽了他年轻的生命，昨晚一战，是他保护我逃了出来……"

"我食言了。"蓝大顺略带伤感地看了眼马如龙，"没有保护好他，让他战死在了沙场。"

马如龙眉头一动："如将军所言，这是一个充满苦难的时代，或为了生存，或为了尊严，都拿命去争取，在乱世说不上谁对谁错，也没有是非可言，我相信二顺将军死得其所，他用生命保护了他身后的兄弟，应是死而无憾。"

两人又对饮了一杯，蓝大顺问道："对王四你有何看法？"

马如龙微微沉吟了一下，道："那小子胆大包天，行事往往不按常理，所以他不是寻常的商人。"

蓝大顺饶有兴趣地道："那么在你眼里，他是个怎样的商人？"

"大胸怀，大气魄。"马如龙道，"他可以容得下一切，却不会与任何一方同流合污，在云南时，他曾两次救了弥勒乡，乡绅曾为他捐了个官，而他却弃官不做，毅然南下去了昆明。到了昆明后，曾为守昆明提供了巨大帮助，然因其性子使然，又被官府排挤，几经周折，逃出昆明远赴四川。在重庆的时候，他也曾为守重庆城提供物资保障，九死一生，到最后却依然难免被陷害入狱，原因无他，凡有能力者，一旦露出锋芒，便会对别人造成威胁，极容易成为众矢之的。"

蓝大顺道："如此说来，把我军的盐交给王四代理是可行的？"

马如龙道："属下以为，完全可以。再多的盐到了那小子手里，都不是问题。"

蓝大顺低头思量片晌，道："我军的盐务今后就由你来负责，游民生毕竟不是自己人，本将军不甚放心。"

马如龙闻言，反倒是怔了一怔，这是在试探还是真的信任了他？但无论如何这都是件好事，只要在日后行事时小心一些，不露马脚，这无疑是个很好的开端。

马如龙神色一正，道："多谢将军信任！"

次日一早，魏元被拉出去斩了，在行刑前，他大骂着王炽，骂蓝大顺瞎了眼，骂老天不公，在痛骂和怨恨中结束了一生。

对魏元的死，王炽深为愧疚，他害了魏伯昌，如今魏元又死于非命，为了生意、为了个人的利益，莫非要害得人家断子绝孙吗？这不该是生意人的行径。但是他同时也明白，当官场、战场和商场这三股势力纠缠在一起的时候，魏元的死又是必然的，谁也救不了他。

马如龙道："这里是战场，如果把生意场上的恩怨挪到战场上来了结，那么就是你死我活的恶斗，不存在两全其美的结果。"

王炽微微地点了下头，表示理解。马如龙道："好在蓝大顺已经把盐务交予我负责，接下来你就可以把大宗的盐销出去，此举可以救得千万人的性命。"

王炽抬起头，看向马如龙，脸上漾起抹浅浅的笑。是的，几经波折，以盐易饷的目标终于可以顺利实施了，若是保障了清军的粮草，保卫了四川全境的安危，那么所拯救的就是千万人！

"多谢马兄弟！"王炽微哂道，"那么接下来我们就一起再大干一场吧！"

于怀清道："起义军占了犍为、自贡两大盐场，年产盐量在数百万石，如此大的数量，我们怕是吃不消。"

"于先生所言不差，我们的确吃不消，但我们拥有特权，可以分配这些资源。"王炽道，"盐场被太平军占据之后，随着战争的持续，整个四川都会缺盐。但是，有销盐资格、有自己引岸[1]的盐商，又不敢来拿太平军的盐，一经发现，便是杀头之罪。而我们可以将太平军手里的黑盐合法化，盐商见有盐可卖，岂不趋之若鹜？等席大哥回来后，于先生和席大哥负责联络盐商，我们争取在近一段时间内，于沱江、嘉陵江、涪江、岷江、长江沿岸形成一条销售网，以此来消化两大盐场所产出的盐。"

李晓茹闻言，惊诧地道："王小贩子，你野心端是不小啊，如此下去，很快就能成为王大贩子了！"

于怀清笑道："如果能实现这个目标，的确是一笔大大的生意！"

马如龙道："冒多大的风险，做多大的生意，做成了也是应得的。"因恐蓝大顺起疑，马如龙不敢在此久留，说完后便告辞出来。

两日后，席茂之从绵州一带销盐回来，说是因不知王炽已至江油关，从平武城绕了一圈回来，这才耽误了行程。王炽问及绵州的情形时，席茂之道："绵州城被围已将近一月，据说城内几近械尽粮绝，军民皆是苦不堪言。此外，我打听了一下那边的盐业情况，太平军为了消化手里的盐，大多与私盐贩子合作，不过私盐虽猖獗，却依然是杯水车薪，盐场内的盐滞销严重，盐场主怨声载道。"

王炽差了一个马帮工人，去把马如龙叫了来，向他转述了下绵州的情况，说道："唐将军被困绵州城，械尽粮绝，须让骆总督尽快想办法，不然的话，绵州早晚不保。"

---

[1] 引岸亦称引地、销地，特指每个商人在某地区所划分的指定经营区域，销售经营区域划分严格，不得越雷池半步。

马如龙称是，道："我们就趁着去自贡盐场的时机，差人给骆总督带个信过去，让他尽快想办法。"

越一日，由于怀清、席茂之负责去联络盐商，而王炽、李晓茹和牛二则在马如龙的带领下，去了自贡的盐场。不知是蓝大顺防着马如龙、王炽等人，还是真想派人去做帮手，差了杨大嘴和顺天军的一个裨将萧逸随行，说是盐场那边有捻军和太平军的人，有这两人在身边好做事。王炽朝着马如龙笑了一下，马如龙也会意地一笑，你既然留了一着，那么我们也只好小心从事了。但不论如何，对王炽来说，迈出了天顺祥涉足盐业的第一步。这一步的迈出，在王炽的经商史上，意义非凡，他即将从一位不知名的商贩，迈向大生意人的行列！

自贡盐场只是一个统称，在自贡地区有很多盐场，其中最为著名的是富顺、荣县两个地方，甚至有川盐之都之称。

盐都之誉乃四川人民智慧的结晶，井盐是靠钻凿工具往地下打井，所得卤水煎煮而成，盐井的深浅决定着卤水含盐量的多少，早期设备落后，俱是浚淘小井，为粗陋的工具手工所挖，挖到的卤水含盐量可想而知，煮不出多少盐来；到乾隆帝后期及嘉庆帝年间，挖钻技术有所发展，盐井的深度可达六七百米，汲出来的是浅黄色半透明状的黄卤，含盐量较高，盐业自此进入高速发展期，大盐商、大型盐厂纷纷涌现出来；及至道光、咸丰时期，自贡盐场的盐井最深可达上千米，汲出来的为黑卤和岩卤，含盐量最高。

值得注意的是，大清朝的这种钻探技术领先世界八百年，为后来石油工业的发展提供了借鉴，也难怪到了清朝后期朝中的帝王将相一直以为自己是天朝上国，这种优越感是有历史根基的。

四川人在商业上自古以来并无多大影响，当时的川盐生意大多由秦商和晋商控制，秦、晋商人在盐场翻云覆雨，成就了许多大商号，然而盐业虽高速发展，却也并非一本万利，所有的投资都存在风险，盐业也是大浪淘沙，经营投资者能存活下来的并不多。

井盐想要出效益，要经过凿井、汲卤、输卤、煎盐等工序，从人工到设备，投入巨大，井浅者几千两银子，然卤水含盐量不高，效益自然也得不到多少；

井深者须数万两银子，然也不是每口井打下去都会出卤水，耗费几万两银子不见其功者比比皆是。

王炽等人来到富顺的时候，被眼前的景象震慑住了，平原之上，满目皆是井架，像铁塔似的，立于平原及丘陵之间，雄浑壮观。成千上万的工人，在井架及平原上来往穿梭。再往远处望，担水的或运输的工人在两条平行的路上，排着长龙徐徐移动，衔接着井架和远处的灶房。灶房乃煎盐所在，房顶的大烟囱吐着白烟，直入云天，千百根烟囱、千百道直冲上天的白色烟雾，与蓝天白云映衬着，其磅礴之气势令人窒息。

王炽微吸了口气，吸入鼻端的是咸咸的卤水的味道，以及煎盐的灶房里烧出的怪味。仿佛这是另一个世界，如果未曾目睹，决计难以想象在四川盆地上会存在如此一个热火朝天、气势磅礴的工业盐场！眼前的情景，让王炽对这个世界的印象发生了改变，也让他的眼界大大开阔了，生意不仅在于城里商铺的方寸之间，它是可以形成一个工业，甚至形成一个单独的帝国，眼前所看到的不就是一个不太为人知的商业帝国吗？

通过深入了解，王炽内心的震动越来越大，在这个上万人的工业世界里，分工井然有序，管理十分严格，高级工种有凿井的山匠、煎盐的烧盐匠，输卤的笕匠，均是有专业技术的工匠，其次有挑水的担水工、烧火工、仓库管理人员等，分工达四十五种，工钱从一吊到三十吊不等。在重要的工事上，又分别配备了掌柜、经手、管事等管理人员，俨然一个管理体系完善的商业王国。

与之相比，王炽方才觉出自己的渺小，而且以前所做的事，不管是粮食、茶叶还是杂货，其实赚的都是收货和销货之间的差价，说白了只是一个中间经销商。而眼前的却是商业的源头，真正的制造商，他觉得这才是真正的商人该做的事情，所掌握的不仅仅是货源，还有技术。

想到此处，王炽禁不住心潮澎湃，谁说商人只会投机取巧，只能生存在商场和官场的夹缝中？到了一定程度时，伟大的商人一样可以成为国家发展的重要推动力。就以眼前的盐场而论，如果没有他们的建设，中国的盐业如同其他行业一样，将被洋人控制，如果没有他们的探索，中国的制盐技术如何能达到世界领先水平？是的，只要努力探索，不断钻研，商人也可以是伟大的，商人的付出也可以彪炳千秋！

从盐场转了一圈回到休息处后，王炽沉默了。怪不得李晓茹一直笑他是投机取巧的小商贩，今日他明白了，李晓茹说得没有错，他的的确确是个投机者。

李晓茹走到他面前，笑道："看到今日之景象，你是被震惊了还是自卑了？"

王炽老老实实地答道："不瞒大小姐，在下是自卑了。"

"人啊，最为可怕的是狂妄自大，会自卑说明你还有救。"李晓茹在他旁边坐下，斜着眼瞟了他一下，装出一副前辈训导后辈的样子，道，"你如果真的有心，本大小姐倒是可以提点一下。"

王炽看着她的架势，却也没在意，只诚恳地道："请李大小姐不吝赐教。"

李晓茹见他诚心讨教，便故装高深地喝了口茶，让牛二去外面放哨，以防让杨大嘴和萧逸偷听了去，这才不疾不徐地道："眼前的这场战争，不知要打到什么时候，但可以肯定的是，太平军是在做最后的垂死挣扎，势头很猛，即便是清军胜了，也是两败俱伤。这场战争的后果你可有想过？"

王炽认真地想了一想，道："清廷的经济可能会崩溃，百废待兴。"

"你说的只是大方向。"李晓茹摇了摇头，"往细节处想，你觉得太平军一旦溃败，会不会把这里的盐场拱手送给朝廷？"

王炽闻言，身子陡然一震，旁边的马如龙忍不住道："你是说他们会毁了这里？"

李晓茹冷笑一声："换作你，你会把大好的金矿完整无损地拱手送给敌军吗？"

马如龙倒吸了口凉气，"从战争的角度来看，谁也不会让敌军得了便宜。"

"这便是了。"李晓茹道，"不过这件事也要分两方面看，对朝廷来说，这种打击是致命的，对商人而言，却不失为一个绝佳的商机。"

王炽静静地听着，慢慢地回过味来。如果李晓茹所说之事真的会发生，那么朝廷必会干预整饬盐场，朝廷会如何整饬呢？从当前的形势来看，国库空虚，连军饷都发不出来，那么盐场的整饬必是官管商行，至于谁敢去接手那千疮百孔的烂摊子，就要看你有没有勇气和信心了。

王炽思量了会儿，抬头望向李晓茹道："李大小姐所言极是，咱们要想把业务做大、做强，应将目光放在国家的层面，去审时度势，掌握关键的业务和技术，振兴我们的工业。不过，此乃以后的事，姑且放下不论，眼下还有一个难题，需要向李大小姐讨教。"

李晓茹端起杯子，笑吟吟地道："说吧，本大小姐今日心情好，多传授你些生意经也无妨。"

马如龙不觉笑道："王兄弟，你若果然拜了李大小姐为师，我可不依，本是同辈，彼此无甚隔阂，你这一拜，她便高高在上，与我们差了一辈，我实难接受。"

王炽看了眼李晓茹那装模作样的姿态，摇头苦笑，随即眉头一扬，正色道："这里的经销业务一旦运作起来，便会在四川大部形成一条巨大的业务链，在这个过程中，我们的资金链如何解决？"

李晓茹美目一转，瞬间明白了他的意思。这里的盐大批量运出去，到了目标口岸后方才可以结算，验货入库，银货两讫，这是生意场上的规矩。但是在这个过程中会形成一个资金回收期，也就是说头期的货款必须王炽支付，往后才会慢慢回笼资金，然而以王炽当前的实力，他还无法承受如此巨大的资金流水线。

"只能在盐场主身上想办法了。"李晓茹转首看向马如龙，笑道，"你现在是顺天军的走狗，可以拿着鸡毛当令箭，不妨和杨大嘴、萧逸两人打个招呼，然后再去与盐场主商量一下。"

马如龙无奈地苦笑一声："我有今日这身份，全拜李大小姐所赐，要我去可以，但你须敬我碗茶。"说话间，大马金刀地往椅子上一坐，笑吟吟地看着李晓茹。

"想报复吗？"李晓茹"嘿嘿"怪笑道，"说到底这是王小贩子的事，与本大小姐无关，你要找人敬茶，却是找错对象了。"

"这段时日以来，我被你又打又骂，吃得苦还少吗？"马如龙道，"况且你如今与王兄弟差不多已经穿一条裤子了，要我帮忙，敬我一碗茶殊不为过。"

"找打！"李晓茹俏脸一红，瞪着马如龙道，"哪个跟王死贩子穿一条裤子了？"

王炽支支吾吾地道："在下说句公道话，马兄弟在你面前确实遭了不少罪，拳打脚踢不说，还一口一个狗官，漫说是马兄弟，连在下听了也是颇不自在，敬碗茶道个歉也是应该的。"

李晓茹想起在红岸码头时把马如龙打得嗷嗷直叫，不由扑哧笑将出声。"罢了，看在你吃了这么多苦的份儿上，本大小姐就给你端碗茶喝喝。"言语间，李晓茹倒了茶送到马如龙面前，说道，"非是我要下手那么重，不那么做难以取信顺天军，喏，这碗茶算是给你赔不是了。"

马如龙伸手接过，道："还没说与王兄弟穿一条裤子，为何他一开口，这碗茶就送了过来？"

李晓茹娇喝一声，要去夺回那碗茶，马如龙早有防备，身子一斜，躲了开去，回头见李晓茹追过来，急忙夺门而出。

一天后，马如龙在杨大嘴、萧逸的协助下，与盐场主都谈妥了，约定在出盐后五天内付款。王炽一听，一颗悬着的心才落了下来，有了这五天的缓冲余地，他的资金就可以周转了。

又过一日，第一位盐商到了盐场，乃是当地有名的大盐商"太和全"的大掌柜刘太和，因是第一位重要商户，王炽亲自出去接见。

那刘太和见到王炽时，神色间愣了一愣，笑道："果然是英雄出少年，眼下义军和清军交战正酣，王大掌柜居然可以在两军之间游走自如，如鱼得水，刘某自叹弗如！"

王炽打量了下此人，长得又高又大，肤色黝黑，显然是经常在外奔走，从最底层一步一步做起来的实干家，当下拱手笑道："刘大掌柜过奖了，我等行商除了必要的手段外，还要靠时运，在下不过是运气好，恰逢其会罢了，论商场经验手段，如何能与刘大掌柜相提并论。"

"果然是运气吗？"刘太和收起笑意，看着王炽道。很显然，作为当地知名的盐商，他心里并不服气，本是自己的势力范围，握在手里的生意，自太平军进来后，盐虽还是一样的盐，只因出自太平军之手，无端变成了黑盐，不得正常销售。本地商人也曾到处走关系，叵耐各级官府都不敢担此责任，军匪有别，这是根本问题，与起义军做生意，就是间接帮助起义军，是杀头的大罪。

现在倒好，不知从哪里来了个乳臭未干的小子，也不知其有什么后台，用了什么手段，竟然接手了这盘生意。

王炽看着他的脸色，心中暗自一震，看来附近的这些大盐商心中是有怨气的，今后再面对这些人时，须多长些心眼了，不然的话，随时都会有性命之虞。心中虽如此想着，脸上却兀自端着笑意，反问道："古人行事，讲究天时、地利、人和，排于首位的天时，便是所谓的时运，当今天下，时局混乱，我辈行商端的是靠运气了。"

刘太和哈哈一笑："如此说来，王大掌柜的运气真是太好了！不过刘某提醒王大掌柜，千万不要以为盐商会感激你，人皆善妒，为了生存，他们都会赶来要你的盐，与此同时，你也会落入他们的视野，一个不慎，王大掌柜便会从天堂掉入地狱，非同小可啊！"

王炽收敛了笑容，他的眼里不由看到了这样一幅画面：一只孤狼不小心闯入了一群狼的领地，那群狼龇牙咧嘴地将它围了起来，狼眼里射出凶狠的幽蓝的光，寻找着机会，伺机要将他撕碎。

"多谢刘大掌柜提点，在下记下了。"王炽看着他的脸，感受到了一种赤裸裸的威胁。他隐忍着，这样的较量不同于战争，来不得硬的，凭的是谋略和手段，"刘大掌柜请去库房提盐吧。"

刘太和哈哈一笑，走了出去。

李晓茹目送其离开，随后道："我担心会出事。"

王炽也觉得惴惴不安，皱着眉头道："本地的商人如果要发难，会从何处下手呢？"

"不好说。"马如龙道，"凡有些根基的商人，关系都十分复杂，难说会从何处下手。"

"这也是最为可怕之处。"李晓茹道，"我们初来乍到，人生地不熟，何时会被人算计都无法知晓。"

马如龙道："这一单生意，让萧逸负责去押送吧，有顺天军的人跟着，会多些保障。"王炽点头称好。

此后的几天，来提盐的盐商越来越多，王炽不敢大意，小心应付着。另差牛二在当地招了几百名工人帮忙，以应付搬运或押送事宜。

好在几日过去了，并没出什么事，第一笔资金回笼后，生意也渐入正轨。这一日，突接到骆秉章送来的密件，马如龙拆开一看，上书八字：围魏救赵，援粮救军。

马如龙把信件交给王炽看，王炽看了一眼，神色沉重起来。按照骆秉章的意思，他是想围困江油关，逼使绵州那边的太平军回来救援。如此一来的话，绵州的棋就活了，唐炯大可以挥师北上，与骆秉章一南一北遥相呼应。

然而围城是需要时间的，特别是像江油关这样的天险雄关，要对它形成合围之势，并非易事。当然，那是骆秉章所要考虑的事，与他王炽无关，让王炽担心的是，支援的军粮该如何运出去？

眼下刚刚进入冬季，秋粮收上来没多久，收粮并不成问题，难就难在当地的那些盐商都在盯着他，身边又有杨大嘴、萧逸随时跟着，哪个能保证在收粮和运粮的过程中，不会有人从中作梗？

"马兄弟可有良策？"王炽把头转向马如龙问道。

第十六章

杨大嘴中计险丧命　李晓茹为情跳沱江

"我们深处敌营，所走的每一步，都须万分小心，不能出任何差错。"马如龙沉着眉头道，"想要在他们的眼皮子底子把粮食运出去，难如登天。"

王炽道："我们不能忘了来此的初心，这批军粮非送不可。"

"王兄弟所言极是。"马如龙郑重地点了点头，王炽此行既是行商，更是为了支援川军作战，作为一个有良心的商人，岂能因做成了生意忘了本？思忖间眼角瞟了下李晓茹。

李晓茹七窍玲珑，从马如龙的眼神里已读出了他的心思，却是故意装作没看见，兀自道："这是趟要命的差事，做之前可要想清楚了，凡事都须量力而行。"

王炽道："马兄弟，你在军事方面熟悉一些，此事由你来做主吧，我等听凭吩咐便是。"

"其实也并非没有办法。"马如龙道，"让李大小姐再装一次土匪，到稍远一些的地区去收粮，避开顺天军运出去，应不会出事。"

王炽吃了一惊，"若说要乔装行事的，咱们这里哪个都可以，让李大小姐一个姑娘家冒此大险，在下以为不妥。"

"莫非你是看不起我吗？"李晓茹生性好强，她本是有所顾忌的，听王炽一说，反而嘴硬起来，"本大小姐做事哪次搞砸过？"

"王兄弟莫要忘了，你也是吃过她的亏的。"马如龙似笑非笑地看着王炽道，"而且她上次扮过半路改邪归正的土匪，就算让顺天军察觉到了，也不会怀疑到我们头上来。到时我会联系清军，让他们派人接迎，应该不会出什么问题。"

"罢了。"李晓茹道，"本大小姐再走一趟便是。"

王炽担心地看了她一眼，道："切记一定要小心。"

李晓茹给了他个白眼："你何时变得如此婆婆妈妈的了？"

马如龙笑道："动了情之人，皆是如此！"

李晓茹含羞带嗔地看着他："看来你还没被我打够啊，嘴巴利索得很！"

是日晚上，李晓茹趁黑摸出盐场，到了一座林子里，取出衣服和乔装之物，迅速地改扮起来，不消多时，便已换了番模样，活脱脱一副矮小精干的土匪模样，提了把刀，大摇大摆地往林子深处走去。

次日早上，萧逸押送刘太和的那批货回来，在王炽处交割好了，出来找到杨大嘴，将他拉到一个无人处，小心翼翼地道："杨兄弟，你可有发现不对劲儿？"

杨大嘴愣了一下，道："各处按部就班，井然有序，并无异常啊？"

萧逸只有三十岁的样子，人却长得机灵，道："我刚才去交割的时候，王四一伙人似乎在商量什么，发现我进去时，皆不说话了。"

杨大嘴细细想了一下，道："说起这个，我确也曾遇上过，被你一说，似乎是有些异常。他们来盐场做生意，说到底做的就是我们的生意，有什么事是不便让你我知道的？"

"最为重要的是，那个李晓茹不见了。"萧逸道，"在来找你的路上，我特意留意了一下，并未见到她的踪影。"

"看来蓝将军让咱们来看着，倒是来对了。"杨大嘴眼里寒光一闪，"这些人果然有事瞒着咱们。"

萧逸道："你暗中去查一下，看看李晓茹去了哪里。"

江油关内，蓝大顺阴沉着脸坐于大堂之上，旁边坐着一位五大三粗的壮汉，是时虽已入冬，身上穿多了衣服，却依然难掩其雄健之躯体。此人名叫李永和，外号李短鞑，按四川方言的称呼叫李短鞑鞑。

李永和虽也粗鲁，但与蓝大顺又有不同，蓝大顺是凶狠而有野心，曾自立为王，李永和是愤世嫉俗，看不惯清廷所实行的所有制度，就连头发都看不惯。于是当所有人都留辫子的时候，他偏偏留一头齐肩短发，后来凡是加入他们军队者，皆是割辫而留短发，李短鞑鞑之名便是由此而来。

李永和力大无比，性情豪爽，为人仗义，据传有一年春天，正是春耕播种时节，村里的人家大多插上了秧，唯有一户因有事耽误了些，其秧田又位于中间，尚未耕种。这一日牵了牛去耕地时，发现其周围的田地都已插了秧，他的牛若是从别人的地里过，势必会把人家插好的秧践踏，正自焦急时，李永和出现了，说道："兄弟莫要担心，我把你的牛背过去便是了。"说时迟那时快，只见他走到水牛旁边，弯下身子往牛的肚子旁一靠，右手在牛肚下一托，大喝一声："起！"几百斤的一头牛，被他扛了起来，摇摇晃晃地往秧田中央走，任是背上的牛如何叫喊，犹如粘住了一般，无法挣脱，村人见状，尽皆叹服。

传说难免牵强附会，不可尽信，不过李永和力大如牛，却是毋庸置疑的。大军入川，镇守江油关后，凭着天险和英勇，凡是来犯之兵，无不铩羽而归，蓝大顺对其也是特别放心，认为江油关只要有李永和守着，那便是铜墙铁壁，谁也休想越雷池半步。顺天军从平武城撤到江油关后，李永和就被派去了前线军营，并没留在府上。

然而，这次李永和遇上了骆秉章，却头疼了起来，因此来找蓝大顺商量对策。

蓝大顺在谋略上也并没比李永和高明多少，得知消息后，也颇是头疼，"骆秉章那老匹夫真是无所不用其极，截流蓄水这种下三烂的手段，他居然也能想得出来！"

李永和铁拳在椅子上一敲，道："这种手段虽说费时费力，却不失为有效的方法，一旦上流的蓄水量猛增，掘堤放水，咱们这里可就变成泽国了，这天险便毫无优势可言。"

"有一点我始终是想不明白。"蓝大顺蹙着眉道，"清军的粮草被我军烧了，他骆秉章哪来的底气在此与我们耗着？"

"确实耐人寻味。"李永和虎目一瞪，"该不会有人偷偷地在给清军运粮吧？"

"我也有此怀疑。"蓝大顺道，"可是这一带都是我军的势力范围，哪个有此狗胆，冒着天大的风险给清军运粮？"

"这个可就不好说喽。"李永和摇头道，"有可能是当地乡绅，也有可能是商人。"

"派些人出去到附近查查。"蓝大顺眼中精光一闪，终于下了决断，"只要切断了他们的粮道，骆秉章便再也没什么心思挖水渠了。"

"我看可行。"李永和道，"东南西北四处撒出网去，定能找出些眉目来。"

牛二走进去的时候，席茂之、于怀清刚巧回来，奔波了数日，脸上均有疲惫之态，不过因了事情进展顺利，盐商纷至沓来，两人虽累，但依然难掩兴奋之色，正眉飞色舞地与王炽报告。

王炽转目一看，见牛二脸色不太好看，便问道："牛二，出了何事？"

牛二愤然道："杨大嘴正在暗中调查李大小姐的去向，教我发现了，因此来请教大掌柜，该如何收拾那厮？"

王炽闻言暗吃了一惊。于怀清问是怎么回事，王炽便将这里的情况向他简述了一下。于怀清听完之后，眉头微微一皱，道："须想法子转移他的注意力。"沉吟片晌，计上心来，对牛二如此这般地交代了一番。

牛二闻言，两眼一亮，答应了正要出去，突听席茂之道："给他们点把火，效果会更好一些，今晚我也一起去吧。"

于怀清会意地笑了一笑："也好，不过切不可露出马脚。"

是日晚，刮起了风，不过天上倒是一片云朵都没有，月光洒落大地，天地间青蒙蒙的，只是入了冬后，风吹在身上很是不适。

杨大嘴喝了些酒后，正哼着小曲打算睡觉，突听得有人敲门，便问道："是哪个？"

门外有人答道："杨大将军，有情况。"

杨大嘴听是捻军士兵，开了门出来，被寒风一吹，缩了下脖子，问道："什么情况？"

那士兵道："有一小股顺天军偷偷摸摸地运了批盐出去。"

盐场内的人员十分复杂，起义军为了各自的利益，都派了自己的人驻扎在里面，算是相互监督，内心其实是谁也不服谁，杨大嘴把眼一瞪，问道："有多少人？"

那士兵道："约有三五十人，推了十来辆车子。"

杨大嘴咬了咬牙，愤然道："这帮龟儿子，居然背着我们干这等事！传我命令，去叫五十个咱们的人来，老子要逮他个正着。"

那士兵道："早该如此了，顺天军仗着人多，干这种事也不是一次两次了，该是给他们些颜色看看了！"

不消多时，五十人已准备完毕，随着杨大嘴一声令下，借着月色，一路追了下去。约过一顿饭工夫，果然见前方不远处，几十个人推着十辆车正在赶路，杨大嘴咬了咬牙，道："拿出家伙来，给老子追上去。"说罢拔了刀出来，大喝一声，急奔过去，将那些人拦了下来。定睛一看，果然是顺天军，杨大嘴"嘿嘿"怪笑道："各位兄弟，咱们现在是两军合作时期，讲的是精诚团结、共同抗敌，你等这般私下运货、中饱私囊，不怕伤了我捻军兄弟的心吗？"

当中一人正是牛二所扮，他将脸都涂黑了，在帽子里装了假发，委实难以看得出来，压低了声音道："杨兄弟，你要知道咱们当前虽与太平军合并了，但人心隔肚皮，谁能说得准日后将面对怎样的局面呢？积攒些军费总是不会有错的。"

"老子明白了。"杨大嘴阴沉着脸道，"如此说来，你等此举是蓝将军授意的吗？"

"那倒不是。"牛二道，"兄弟们如此做，一则是搞两个私房钱；二则嘛，到上面缴些厘金就是了，贵军不也如此在搞嘛！"

杨大嘴冷笑道："捻军势单力薄，可比不了顺天军，这个地区基本是由贵军控制的，咱想拿也拿不了啊！"

牛二道："那么杨兄弟今晚是什么意思？"

杨大嘴扬了扬刀，道："有两条路供兄弟们选，一是把货送回去，皆大欢喜；二是将此事交由蓝将军裁决，若是蓝将军裁决不了，那就交给太平军去处理，总之老子需要一个公道的说法。"

按照眼下各路义军的形势来看，捻军和顺天军同时受太平军节制，这件事如果真捅到太平军那边去，就非同小可了。牛二明白这里面的利害，回头看了旁边的那人，那人正是席茂之所扮，朝其使了个眼色。牛二会意，抽出了刀来，沉声道："看来杨兄弟是不给兄弟们活路了。"

杨大嘴喝道："大家干的都是拎着脑袋的活计，凭什么好处尽让你们得了？现下王四正在销售盐场的盐，你们却还在营私，把咱们捻军当傻子耍吗？给老子上！"

双方都喊一声杀，两厢恶斗起来。杨大嘴是存了心想把事情闹大，一旦死了人了，蓝大顺也得吃不了兜着走。可惜的是这帮人是席茂之、牛二所扮，他们巴不得义军内部结怨，双方各怀心思，大打出手，只不过席茂之这边的人乃是马帮工人，未曾受过专业训练，时间一久便吃了亏，席茂之喝声："走！"率众就跑。杨大嘴哪里肯依，喊一声："追！"一路追将下去。

及至盐场，席茂之大喊道："捻军杀人啦！"回身又与杨大嘴斗作一团。盐场是义军的经济命脉，十分重要，太平军、顺天军、捻军都有派人在此管理，如此做有个好处，可以相互监督牵制，但凡事都有利弊，一旦发生混战，便会一发不可收拾。

是时，各方面的人均已休息了，听到厮杀声，纷纷拿了兵器跑出来，牛二见状，正中下怀，喊道："捻军要反！"跑出来的人不明就里，见自己的人被打了，不由分说，见人便打。

一场混战就此拉开，寂静的盐场顿时热闹了起来。席茂之见已收到预定的效果，领了牛二等人退出来，任由那些人混战。

于怀清、王炽两人站在屋外观战，见席茂之、牛二换了衣服回来，双方交换了个眼神，均是会意地一笑，如此一来，各路义军隔阂加深，应该再没心思去查李晓茹的下落了。然而他们并不知道，江油关方面的人也正在查支援清军的力量。

泸州[1]濒临长江，南接富顺，历来乃鱼米之乡，李晓茹收粮的第一站便选择了此地。

按照李晓茹的算计，清军约有十五万之众，按每人每三日约需要三斤半的

---

[1] 泸州：今四川省泸州市泸县。

供给计算，那么该军队每日的粮食大约是十七八万斤。从眼下的局势来看，清军要想对江油关形成合围，实现北路的骆秉章部和南路的唐炯部对起义军两面夹击的战略目的，至少需要一个月时间，那么就需要五百多万斤粮食，足足四万三千余石，这相当于一座大型县城一年的粮食总产量，如此多的粮食，于泸州全部收齐并不现实，也较容易引起怀疑，因此她选了三座县城，只说是附近占山为王的好汉，因时局动荡，想来收些粮草，以防万一。

乡民们当然不会去管她是何出身，只要给银子，自然就愿意卖粮，双方谈妥价钱，于当日便开始收粮。然而即便如此，还是引起了李永和的注意，他得到这个消息时，眼睛一亮，冷笑道："看来果然有人在为清军筹粮！"当即就去找了蓝大顺商议。蓝大顺闻言，两眉一竖，咬牙切齿地道："看来又是他！"

李永和讶然道："蓝将军认得他吗？"

蓝大顺道："前次掳了马如龙去，破坏我们计划的就是此人。"

"哦？"李永和哈哈笑道，"如此一来倒是有趣了，我去会会他。"

蓝大顺道："非是本将军长他人志气灭自己的威风，李将军去会他我不反对，不过那人狡猾得紧，与其过招时，须万分小心。"

"我理会的，能让蓝将军如此看得起之人，必非平庸之辈。"李永和说完，大笑着走了出去。如果让他知道了那个所谓的山匪，其实是个女流之辈，不知会做何感想？

十余日后，李晓茹在泸州收了万余石粮食，她知道如今之行为，犹如在悬崖上走钢丝，极易引人注目，一个不慎，万劫不复。便想见好就收，等骆秉章的人到了后，马上转移地点。然而就在她等待骆秉章的人来之时，还是出事了。

这几日来，李晓茹总觉得背后有人在盯着，回头时却又没发现异常，是幻觉还是真的有人在暗中盯梢？如果真有人在注意她，会是哪方面的人？李晓茹虽然行事干净利索，胆大心细，也没有怕过哪个，但当感觉到有人在窥视的时候，心中难免惴惴不安。

这一日晚上，李晓茹故意漫不经心地走到街上，装出一副闲逛的样子，暗暗地留意着周围的环境，想要看看到底是什么人在窥视。过没多久，那种背后有人盯着的感觉果然再次袭来，她沉住了气，佯装没发现，往街的另一端走去，行至一个拐角时，身子一闪，躲在了暗处。

须臾，一个中年汉子小心翼翼地走过来，眼神往四周观察着，一脸的诧异，似乎在思量，只一会儿工夫那人去了何处？李晓茹趁其不注意，从腰间拔出匕首，一个箭步蹿将上去，刀锋抵在那人喉咙上："别动！"

那中年汉子周身大震，脸色亦是为之一变："好汉饶命！"

"要想饶你一命却也不难，跟我走吧。"李晓茹将匕首抵在其腰后，去了她临时租用的粮仓。

关了门后，李晓茹将那人推倒在地，点了火把将其打量了一番，从他的肤色和气质看，并不像是从军的人，基本可以排除是顺天军派来的细作，如果不是顺天军的人，却又会是何人在注意她？

"老实说吧。"李晓茹把右脚搁在一张板凳上，把玩着手里的匕首，装出副土匪的模样，神色一沉，"哪个吃了豹子胆，敢来老子身上打主意？"

"好汉休怒。"中年汉子道，"小的不过是个打杂的，在太和全刘大掌柜手底下做事。"

"刘太和？"李晓茹眼睛一亮，"嘿嘿"笑道，"姓刘的是嫌命长了吗，那龟儿子差你来到底是何目的？"

中年汉子道："详细的情况小的也不知，刘大掌柜也不会跟小的讲，据说是重庆来了个人，估摸着是好汉您所做的事，触及了他们的利益，方有此举。"

李晓茹眼珠子骨碌碌一转，刘太和非省油的灯，此前便放过狠话，威胁王炽，莫非是我的行迹引起了他的疑心？那个从重庆过来的人又是何方神圣，为何会来查粮草的事情？

思忖间，看了那中年汉子一眼，料想从此人身上也问不出什么有价值的东西来，便道："你回去跟姓刘的讲，老子是占山为王的好汉，叫他晚上睡觉的时候小心一些，免得哪天老子心头不爽了，便去割了他的狗头玩玩，滚吧！"

那中年汉子如获大赦，从地上爬起来，连忙跑了出去。刚刚出了门，脚下一停，神色间像是见了鬼一般，又一步一步往后退了回来。李晓茹见他这副神情，握紧了手里的刀，悄悄地往门边摸过去。

盐场的混战进入了白热化，很多人都不明白为何而打，但是在打群架的时候，人的内心很容易在气氛的感染下，产生一种对立的矛盾，一个在想你捻军是什么东西，敢在顺天军的地盘撒野，另一个想你顺天军算是哪根葱，以为我们捻军便是好欺负的吗？人同此心，不需要什么理由，越打越是激烈，而太平军方面的人则夹在中间，一会儿帮这边，一会儿又去帮那边，本是要劝架，却是越劝越乱，三路人马在盐场内越来越乱，不可收拾。

死的人越来越多，浓烈的血腥味在带着咸味的空气里弥漫开来，看着这场越来越激烈的战斗，看着倒下去的人越来越多，王炽的心里开始慌了。并非是他没见过大场面，比这更惨烈的战事他也经历过了，他也并不是害怕，而是参与这场战争的人，都是苦难的底层百姓。他们因不满现状，揭竿起义，渴望的是有一个公平公正、安定的生存环境，从另一个角度来看，这些人是怀揣着梦想在为理想抗争的英雄，他们不应该在这种内部的利益之争中无端地死去。

"去通知太平军的头领了吗？"王炽皱着眉头问于怀清。

"在席大哥出发时，不才就派人过去了。"于怀清看了眼王炽，读出了他的心思，道，"不过太平军的驻防所在距此有些路程，估计赶过来尚需要些时间。"

席茂之道："战争是残酷的，这时候发生的事情不能用是与非对与错去衡量，大家都是在错综复杂的时局里求生存，生死一线间，做好自己的事吧，是非对错百年后由后人去评说罢了。"

于怀清抿嘴笑了一下，道："席大哥说得在理，不管做什么，问心无愧便是。眼前的这一战虽是我们一手促成的，但如果不如此做，我们就会死，清军千万将士会阵亡，国家的乱象会持续得更久，这恐怕也不是我们想看到的局面。"

王炽自然明白这个道理，但他依然觉得心烦意乱，回身进了屋去。牛二跟进去，给他倒了碗水。不一会儿，于怀清也走了进来，看了眼王炽，道："既然走到了这一步，想想后面的路吧，优柔寡断非大丈夫所为也。"

王炽抬起头道："于先生有何高见？"

于怀清道："快刀斩乱麻。"

"在下明白。"王炽点了点头，"这种时候容不得半点犹豫，就按先生的意思行事。"

说话间，陡然听得外面有人一声断喝："住手！"随即"啪、啪"两声鸟枪声，杀声震天的盐场一下子安静了下来。王炽霍地起身，往外走去。

　　只见一名太平军将领率着支五六十人的骑兵，冲入盐场里面，个个手持鸟枪，严阵以待。那将领在场地里扫视了一圈，大声道："不管是太平军、顺天军还是捻军，咱们都是为了推翻清廷揭竿而起义的义军，为了这么些利益，不顾兄弟之谊大打出手，咱们的初心何在、义气何在？"

　　盐场内鸦雀无声，浓浓的血腥味让这里的气氛显得无比凝重。那将领眉头一扬，喝问道："是哪个起的头？"

　　无人应答，大家都低着头，似在反思。然而众人的神色却是迷茫的，稀里糊涂地打了一架，确实不清楚是为何而打，哪个带的头。杨大嘴愤然道："是顺天军的人偷盐！"

　　那将领两眼一眯，语气生硬地道："是你亲眼所见吗？"

　　杨大嘴朝众人看了一眼，这时候哪还辨得出究竟是哪个偷了盐，不由恼羞成怒，"你的意思是老子无端闹事吗？"

　　"你看看这里躺下了多少兄弟？"那将领大喝道，"莫非这些人就该白死吗？若是指不出是哪个偷了盐，本将唯你是问！"

　　杨大嘴又朝人群中看了一眼，心里莫名一慌，心想又是老子疏忽了，怎么就没逮住那几个人，稀里糊涂地就参与混战去了？

　　"你要杀老子？"

　　"军有军规，出如此大的事，本将要是睁一只眼闭一眼当作什么也没发生，你觉得对得起死去的兄弟吗？"那将领喝道，"抓起来！"

　　杨大嘴本就是粗人，见他们果然要拿他开刀，痛骂道："你娘的，说是联合作战、共同抗敌，你把捻军当兄看了吗？别人偷盐卖盐不管不问，偏拿老子问罪，你要是敢动老子，捻军兄弟定是不依！"

　　那将领看着虎视眈眈的捻军，"嘿嘿"一声冷笑："斩！"

　　捻军兄弟见状，便要冲上前去，那将领沉声道："哪个敢动，杀无赦！"太平军端着鸟枪，对准了气愤填膺的捻军。萧逸见状，恐又引起另一场战争，忙不迭上前道："将军且慢。"

那将领目光一转，问道："你又是何人？"

萧逸抱拳道："末将隶属蓝大顺将军麾下，可否请将军暂息雷霆之怒，借一步说话？"

那将领终是动身下了马，往外走去，萧逸看了眼杨大嘴，随即跟将上去。

这边的席茂之见状，惊道："萧逸颇有城府，怕是对我们不利。"

于怀清问道："你们回来时，可有让人发现？"

席茂之仔细想了一下，道："当时太乱，不好说。"

牛二浓眉一动，道："如果真让萧逸抓住了把柄，咱们如何是好啊？"

王炽看着萧逸和那将领的背影，也有些沉不住气，"果若如此，唯死而已！"

"看情形不太像。"于怀清眯着眼分析道，"如果真有把柄握在萧逸手里，他不会等到现在，最多也就是怀疑罢了。"

那将领走到一处盐井前，回过身来道："说吧。"

萧逸道："将军若是杀了杨大嘴，怕是难以服众，而且会伤了捻军兄弟的心，迫使他们离开我们的队伍。末将以为，以杨大嘴的性子来看，他绝不会无端闹事，这中间有蹊跷。"

那将领眉头一皱："说来听听。"

萧逸道："王炽那一伙商贩，自从进入盐场后，行为便鬼鬼祟祟的，有些异常。前日我发现随他们而来的李晓茹不见了，便去与杨大嘴商量，让他查查李晓茹的去向，不出一天，就发生了今晚这件事情。"

那将领闻言，不由得沉思起来，李晓茹的失踪、王炽等人行为的异常，与今晚之事会有何联系？

"方才将军让杨大嘴指认是谁偷了盐，杨大嘴却无从辨认，此事值得深思。"萧逸进一步道，"这可能是一起有预谋的陷害，末将以为，贸然杀了杨大嘴不可取，万一错杀了呢？"

"那么你觉得应该如何是好？"

萧逸道："将杨大嘴先行关押，继续追查李晓茹的下落，如果李晓茹真有问题，那么今晚之事，必是王炽等人的阴谋无疑。"

"就依你所言便是。"那将领边往回走边道，"近几日我会待在盐场，直至此事水落石出为止，查李晓茹一事由你负责吧。"

萧逸拱手道："末将定当竭尽全力，尽快给将军一个交代。"

李晓茹紧攥着匕首，一步步往门边走去，微微探出头往门外一望，娇躯倏地一震，脸色煞白。

仓库外面站着的是一位五大三粗、身如铁塔般的大汉，大冷天的穿一件短打，外罩件镶毛的马褂，留着头齐肩的短发，与时下留辫的人相比起来，显得很是怪异。腰挂柄佩刀，看其样子应是行伍出身。身后跟了两名随从，手持大刀，神情肃然。

李晓茹见了这三人，心中又惊又奇，心想那中年汉子不是说他是刘太和差遣来的吗？如何会出现个军人？再看那中年汉子的脸色，似乎也是怕得要命，看样子他们并不相识，在此相遇，纯属巧合。

李晓茹心念电转，强自振作心神，粗着嗓子道："这位军爷是打哪儿来的，到此有何贵干？"

那大汉正是李永和，他上上下下打量了番李晓茹，见其身子瘦小，也没见有多少力气，不由咧嘴笑道："让蓝将军惦记的原来是你这么个跳梁小丑，哈哈！不妨告诉你，我叫李永和，本是顺天军的将领，现隶属太平军节制，镇守江油关。"

李晓茹暗吃一惊，强挤出一抹笑容道："原来是李大将军，老子……我叫李孝孺，本是占山为王的好汉……"

"如今却归顺了清军，听命于骆秉章，是吗？"李永和接过她的话头，脸上依然挂着丝笑意，但眼里却分明已含有杀气了。

李晓茹见他的气势，心想今晚本大小姐命休矣。正不知如何是好，突见不远处的草丛里人影一晃，夜色中也没看清楚是什么人，只模糊地看到有人影一闪而没，李晓茹银牙一咬，反正死到临头了，索性赌他一把试试。心下一定，倏地跳到那中年汉子身前，大喝一声："想要杀他吗？想也休想！"

李永和被她这突如其来的举动搞得莫名其妙，心想哪个要杀他？那中年汉子也是惊诧莫名，只听李晓茹又道："你以为杀了他，就可以掩盖你做下的事吗？"

李永和听出了些苗头来，蓝大顺曾说此人狡猾，劝他切要小心，看来果然不假，此人行事端是出人意料。思忖间，往后面看了一眼，并无什么异常。未及他回头，只听刀风飒然，急切之下，脚下一错，往右侧退了几步，定睛一看，李晓茹手臂一扬，又是一刀劈将过来。

李永和两眼一瞪："好个不知死活的东西！"叫身后的两个随从让到一边，抽刀在手，往前一迎，"当"的一声大响，夜色中火星四溅。李晓茹力气不及对方，虎口一麻，身子不由自主地退了数步。这一退恰好退到那中年汉子身旁，喝道："不逃在此等死吗？"

那中年汉子愣了一下，似乎还没明白李晓茹为何要誓死护他，慌张地看了她一眼，掉头就要跑。

李永和不知那人的底细，见李晓茹如此护他，以为他也是清军的人，心想若是让他跑了，清军一到，这里的事情就不好办了，连忙朝那两个随从道："拦他下来！"那两人得令，追将上去，把那中年汉子抓了起来。

李晓茹眼神往不远处的草丛处瞟了一眼，只见草丛里冒出十余个人来，当前两人一个是像痨病鬼一般的中年人，另一个年纪稍轻，剑眉朗目，长得倒是颇为英俊，只是眉宇间含了一股杀气，好似身负血海深仇。

那两人李晓茹都识得，一个正是山西会馆的大掌柜百里遥，另一个则是祥和号大掌柜魏元的弟弟魏坤。这两人在此出现，让李晓茹惊讶不已，他们联袂而来却是为哪般？转念一想，刚才那中年汉子说有重庆方面的人去了太和全，想来应该就是他们了，估计是得知了魏元之死后，欲联合这边的商人，来找王炽的麻烦。

两人先是往李晓茹身上扫了一眼，估计是觉得眼生，眼里露出丝讶异之色。好在他们也是初到此地，对这里的人和事俱不了解，因此也没有怀疑。目光一转，望向李永和，两眼一眯，露出抹凶光来，很显然他们也不认得李永和，在李晓茹的诱导下，把他当成了替清军收粮之人。

"你等是什么人？"李永和天生神力，且又是历经了大大小小的战役，似乎并未将他们放在眼里，冷冷地问道。

"商人。"百里遥寒声道，"阁下又是哪个？"

"商人？"李永和又看了眼百里遥，心下更是疑惑，难道真有商人替清军筹粮？可问题是泸州虽非太平军的势力范围，然毕竟是前线战区，他们替清军筹粮，何以敢如此明目张胆？李永和咧嘴一笑："好大的狗胆，你就不怕本将军把你一刀砍了吗？"

百里遥眼里寒光一闪，李永和为方便行事，出行时穿的是平民的服饰，百里遥听他自称本将军，以为是清军的将领，来此接管军粮的，要杀了刘太和的人，替背后出资的王炽掩盖行迹，嘿嘿冷笑道："阁下的胆子也不小啊，你以为杀了他们，就万事大吉了吗？"

百里遥天生就有一股凛然之气，再加上其说话的态度，彻底把李永和激怒了，粗黑的眉毛一扬，喝声："区区商贩，也敢在本将军面前放肆！"话犹未了，大刀一扬，往百里遥奔袭过去。

百里遥也是经历过大风大浪的人，夜色中见一道凌厉的刀光朝他袭来，脸色兀自未变，两手一挥，后面的那十几人便朝李永和杀将上去。

兵器的撞击声若爆栗般骤然响起，火星激溅中，只见李永和身子滴溜溜一转，手里的刀化作一道白练，若银龙似的，随着他身子的移动，绕天匝地，两三招下来，便有三四人倒地痛呼。

李晓茹见状，心想这李永和天生神力，眼前这些人绝非其敌手，此时不走，更待何时？趁着众人没注意于她，转身就跑。

李永和虽被身前的这几人缠住，但是他此行的目的就是来会李晓茹的，因此激战中他依然留意着李晓茹的举动，见她要跑，蓦地一声大喝："抓住她！"

那两名随从本是看着中年汉子的，听得李永和的这一声喝，其中一人连忙追了上去。

"你俩都去，莫要叫她跑了，我随后就到！"李永和又是一声喝，刀尖一探，其前面一人应声而倒。另一名随从闻言，不敢怠慢，亦随后追了出去。

百里遥见他如此重视那个矮小的土匪，不由回头疑惑地看了下魏坤，心想那不起眼儿的矮小汉子究是何人？魏坤显然也是莫名其妙，他们来之前并没听刘太和说起过这一号人物，眼见得他们的人已然死伤过半，再斗下去难免都成为李永和的刀下亡魂，便往百里遥使了个眼色。

百里遥眉头一沉，喊了声："撤！"带了余下的四五人，撒腿就跑。

李永和没心思去管他们，提了刀迈开大步朝李晓茹逃窜的方向追了下去，在他眼里看来，只要逮到了李晓茹，逼其开口，必能知道清军筹粮的情况。

就在李永和追出去没多久，百里遥和魏坤再次从夜色中现身出来，他们走到仓库门边，往里看了看，见里面全是粮食，便料定里面必是清军的粮草无疑，当务之急是要查清楚那两人的身份，看他们到底与王炽有没有联系。百里遥轻喝了声："走！"带了刘太和派来的那中年汉子，一行人也朝李晓茹消失的方向跟踪了下去。

李晓茹摸黑跑出了泸州，是时虽有月光，可风很大，风沙遮眼，情急之下，李晓茹顾不上辨方向，只管往前奔跑。

也不知跑了多少路，李晓茹喘气如牛，回头一望，见月色下三条人影飞快地往这边移动，不觉心头怦怦直跳，她的身份是决计不能暴露的，一旦让他们识破了她的真实身份，王炽等人怕是一个也逃不掉。当下把银牙一咬，继又往前跑。

风中传来奔腾咆哮的水声，空气里的水汽亦是越来越浓，李晓茹已跑得上气不接下气，听到水响，弯着腰用手支在双腿上，抬头往前一看，神色大变。前边不远处就是一道悬崖，那水响就是从崖下面传来的。

李晓茹只顾着拼命地跑，并未留意方向，此乃泸州南部，崖下的那条河水便是沱江。

沱江乃长江支流，横贯四川中部，流域面积广，水流量大，水势湍急，听那咆哮的水声，若是从悬崖上跳下去，绝没生还的道理。

李晓茹往后面望了一眼，后面那三人越来越近了，不由得心头一沉，莫非本大小姐今晚要葬身于此了吗？可如果不跳下去，身份被揭穿，王炽等人就会被一网打尽，一个也休想活着出去。想到此，李晓茹银牙一咬，抬头向着明月吐了口气，心说：王小贩子啊王小贩子，本大小姐虽说不上叱咤风云，可在昆明也是要风得风，要雨得雨，后来跟着你走南闯北，出生入死，尽管吃尽了苦，可这一路上来也说得上是运筹帷幄，替你挡灾消难，谁能想到你我良缘未成，不曾看到苦尽甘来的美满，却要为你献身捐躯了！

"前面已没有路了，你还想跑吗？"李永和的声音从后面传来。李晓茹美目一闭，一股悲伤涌上心头，只觉眼眶内火辣辣的，你个王死贩子，本大小姐活着不能再折磨你，死了我也不会放过你，还会去与你痴缠！娇躯一拧，猛地往前跑了出去，在悬崖边纵身一跃，月光下一道娇小的人影一闪，落下崖去！

李永和浑然没想到她会选择跳崖，跑到崖边去看时，下面浊浪滚滚，水汽迷漫，却哪里还有她的人影。

后面尾随而来的百里遥、魏坤看到此景，亦是震惊莫名，此人究竟是谁，是怎样的信念，让他一跃而下，选择了死亡？

（第三部完）

《大清钱王 4：资本大博弈》剧情预告

　　李晓茹跳入沱江生死未卜。江油关内，王炽一行同义军斗智斗勇。战后，王炽获得代办四川盐运的特权，并将票号业务搞得如火如荼，成为西南富商。中法之战前后，英国欲掌控西南地区的经济，从而建立东南亚商贸圈，而法国则试图控制云南矿业。面对来势汹汹、势在必得的洋人，王炽又会采取什么措施保护民族工业？敬请期待《大清钱王 4：资本大博弈》，且看"钱王"王炽如何同洋人进行资本博弈。